KERSTIN CANTZ | Die Hebamme

Über dieses Buch

Als die junge Landhebamme Gesa ihre Ausbildung im Marburger Gebärhaus antritt, hofft sie, den unverheirateten Schwangeren helfen zu können. Die Methoden und Werkzeuge der modernen Geburtsmedizin, die entwürdigende Zurschaustellung der Gebärenden im Hörsaal verstören Gesa allerdings zutiefst. Dagegen bewundert sie die geheimnisvolle Stadthebamme Elgin, die sich nicht von Professor Kilian, dem Leiter des Gebärhauses, für seine ehrgeizigen Pläne einnehmen lassen will. Doch der Drang nach Unabhängigkeit wird für Elgin verhängnisvolle Konsequenzen haben, die auch Gesa nicht aufhalten kann ...

Ein spannungsgeladener historischer Roman über zwei ungewöhnliche Frauen, die ihre Freiheit verteidigen.

»Spannung mit Tiefgang.« *Oberhessische Presse*

Über die Autorin

Kerstin Cantz wurde 1958 in Potsdam geboren und wuchs im Ruhrgebiet auf. Nach dem Publizistikstudium arbeitete sie als freie Journalistin, war Redakteurin bei einem privaten Fernsehsender und ist heute Drehbuch- und Romanautorin. Ihr erster Roman »Die Hebamme« wurde auf Anhieb ein großer Erfolg und eroberte die Bestsellerlisten. Kerstin Cantz lebt mit ihrer Familie in München.

KERSTIN CANTZ
Die Hebamme

Roman

Diana Verlag

Verlagsgruppe Random House FSC-DEU-0100
Das für dieses Buch verwendete
FSC-zertifizierte Papier *Holmen Book Cream*
liefert Holmen Paper, Hallstavik, Schweden.

Taschenbucherstausgabe 04/2007
Taschenbuchsonderausgabe 10/2008
Copyright © 2005, Copyright © 2007 und Copyright © 2008
dieser Ausgabe by Diana Verlag, München,
in der Verlagsgruppe Random House GmbH
Redaktion | Barbara Raschig
Umschlaggestaltung | Hauptmann & Kompanie Werbeagentur,
München - Zürich, Teresa Mutzenbach unter Verwendung eines Fotos von
© Leonardo da Vinci / The Bridgeman Art Library / Getty images
Herstellung | Helga Schörnig
Satz | C. Schaber Datentechnik, Wels
Druck und Bindung | GGP Media GmbH, Pößneck
Printed in Germany 2008
978-3-453-35297-1
http://www.diana-verlag.de

*Meiner Mutter
und Günter in Liebe*

– aber das Traurigste wird sein, dass ich mit dem Fluch der Sünde belasten werde, was keine ist, wie sie es alle machen – und mir wird Recht dafür geschehen.

BETTINA VON ARNIM

Eins

MARBURG, MÄRZ 1799

Sie hatte nicht erwartet, dass der Schmerz aus der Mitte des Rückens kommen würde, und nun zerrte er an ihr, als wollte er sie in Stücke reißen. Wenn er ihr eine Ruhepause gönnte, dann nur, um danach noch zorniger zu werden.

Feine Schneeflocken schwebten an ihr vorüber, berührten sie kaum, schienen nur die Nacht ein wenig heller zu machen, und kälter. Der Winter war noch einmal zurückgekehrt, als hätte er in den Wäldern vor den Toren der Stadt nur darauf gewartet, sie in dieser Nacht hier anzutreffen und ihr alles noch schwerer zu machen.

Alle waren gegen sie, davon war sie inzwischen überzeugt. Alle, die in den Häusern der Oberstadt schliefen. Denen es nicht passieren konnte wie ihr, schnurstracks in die Hölle zu geraten für etwas, das ohne jedes Versprechen über sie gekommen war. Das reichte, um gegen sie zu sein. Sie konnte nicht anders, als zu glauben, dass sie es verdiente. Etwas anderes hatte man ihr nicht beigebracht.

Sie lief, so schnell sie konnte, und kam doch kaum voran auf der alten Pilgerstraße, die unten an der Stadt entlangführte. Ihre Füße fühlte sie nicht mehr, sie hatten in der Kälte jede Beweglichkeit verloren, fanden keinen Halt auf dem steinigen Weg.

Sie hatte es nicht gewagt, ihre Holzschuhe mitzunehmen, denn sie musste auf ihrer Flucht jedes Geräusch vermeiden. Heute Nacht war sie das erste Mal froh gewesen über das Schnarchen der alten Textor, deren schlechter Atem ihr mehrfach ins

Gesicht geschlagen war. Dann, wenn sie nach ihren Wehen gefragt hatte.

Keine der anderen Frauen hatte sie aufgehalten, und sie hatte nicht darauf geachtet, ob sie schliefen oder vielleicht wach lagen in den harten, mit muffigem Stroh gestopften Betten. In wenigen Stunden würde eine von ihnen wieder hinter die Flügel jener Tür geführt werden. Im Fortgehen hatte sie es vermieden, dort hinzuschauen, als könnten sie sich plötzlich öffnen und sie für alle Ewigkeit verschlucken.

Draußen hatte sie den Fluss gerochen und für einen Moment in Erwägung gezogen, allem ein Ende zu setzen. Doch dann war der Schmerz zurückgekommen, in einer mächtigen Welle, um sie von dem Haus nahe der Brücke fortzutreiben. Dieser Schmerz, den sie gefürchtet und den sie seit Einsetzen der Dunkelheit belauscht hatte. Sie durfte sich doch nicht verraten, denn was sie dort erwartet hätte, wäre noch schlimmer gewesen als alles, was sie bisher über sich ergehen lassen musste.

Das hatte sie begriffen in den Tagen, die mit Angst begannen, noch bevor man sie rief und die Scham sie durchflutete.

Wenn die Hände der Alten sie mit rohen Griffen auf den Tisch hievten, vor die wartenden Männer. Wenn dieses Zittern durch ihren Körper lief, das sie nicht beherrschen konnte. Immer hielt sie den Blick gesenkt, sie wollte sich schützen, nur ein Versuch.

Hände hatten ihren Leib betastet, waren in sie eingedrungen, als suchten sie in ihr nach einem düsteren Geheimnis. Worte, deren Bedeutung sie nicht verstand und die nie an sie gerichtet waren, sprachen sie schuldig, immer wieder, jeden Tag.

Sie wusste von Werkzeugen, mit denen sie das Leben aus ihr herauszerren würden. Sie hatte die Schreie einer Frau gehört und den barschen Ton der Alten, der diese zu einem Wimmern erstickte.

Ein leichter Wind fuhr durch die Bäume des verwilderten Parks, an dem sie vorbeimusste. Sie hörte Äste knarren und zog das Schultertuch enger um sich. Sie versuchte, ihre Schritte zu beschleunigen, und plötzlich, ohne dass erneuter Schmerz sie gewarnt hätte, spürte sie einen heißen Schwall zwischen den Beinen hervorbrechen. Sie suchte Halt, und für einen Moment spürte sie die zerfurchte Rinde eines Baumriesen so hoffnungsvoll wie eine menschliche Berührung. Ein Schluchzen stieg in ihr hoch, sie schlug die Hand vor den Mund, um es nicht herauszulassen. Mit der anderen umschlang sie ihren Bauch, der hart war und sie nach unten zog, sodass sie ihm am liebsten nachgegeben hätte. Sie wollte auf die Knie fallen, sich auf die Hände stützen, das Gewicht von ihren steifen Beinen nehmen, von den wunden Füßen. Sie wollte ihren Rücken lehnen an etwas, das sie wärmend stützte, und alles geschehen lassen, auch die Schmerzen. Sie wollte schreien.

Stattdessen setzte sie ihren Weg fort und lief weiter auf der dunklen Straße, ohne jemandes Schlaf zu stören.

Sie hatte es nicht mehr weit bis zum Haus des Töpfers, dort, wo sie als Magd verdingt gewesen war, und wo man sie weggeschickt hatte. Die Dienstherrin hatte gesagt, es sei zu ihrem Besten, aber sie wusste doch nicht, wovon sie redete, als sie ihr versprach, sie würden ihr helfen in jenem Haus. Sie hatte vielleicht noch nie gehört, was die Leute erzählten. Oder doch?

Im Laufen schlangen sich die Röcke um ihre Beine, durchnässt und schwer, als wäre sie durch Schlamm gewatet. Sie stellte sich die Stiege vor und zählte im Stillen die Stufen, die außen am Haus zur Öffnung des Dachstuhls führten, wo sie das Stroh lagerten. Sie würde der Versuchung widerstehen müssen, sich unten in der Werkstatt am Brennofen aufzuwärmen, denn er wurde bewacht.

Und sie würde alle Kraft brauchen, unbemerkt hinaufzukommen. Sie würde alle Kraft brauchen, ihr Kind zu gebären. Ohne einen Laut.

*

Der Himmel riss auf, und in der Märzsonne konnte Gesa Langwasser sehen, wie hässlich das Haus war. Es stand in keinem guten Ruf, das hatte sie gleich bemerkt, als sie am Barfüßertor das erste Mal nach dem Weg fragte, und noch hatte sie keine Ahnung, warum das so war.

»Das Haus Am Grün?«

Keiner ließ es sich nehmen, den Worten einen ganz besonderen Klang zu geben, und stets waren diese begleitet von einem Blick auf ihre Körpermitte.

Die Leute hatten ihr kaum ins Gesicht geschaut. Die Leute sahen das, was sie immer sahen, wenn nach dem Haus Am Grün gefragt wurde: eine Frau in Schwierigkeiten. Man hörte Dinge und erzählte sie gern weiter, denn man konnte sicher sein, damit jederzeit Zuhörer zu finden. Diese Frau schien nun gar nicht zu wissen, was sie erwartete. Dafür hatte sie sich zu viel Mühe gegeben, anständig zu erscheinen. Ihr blondes Haar war aus dem jungen Gesicht zu einem straffen Knoten gezurrt und von einer bestickten Kappe bedeckt, deren Bänder sie sorgfältig unter dem Kinn verschlossen hatte.

Die Blicke der Leute hatten sich an nichts länger aufgehalten als am Bund ihrer Röcke, von denen sie drei übereinander trug, wie es auf den Dörfern üblich war. Sogar Lederschuhe hatte sie an. Wenn man es so betrachtete, waren ihr die Schwierigkeiten nicht anzusehen.

Die Bemühungen, ihr den Weg zu erklären, fielen nicht sonderlich gründlich aus. Gesa musste sich mit vagen Richtungsangaben zufrieden geben und mit Straßennamen, die ihr hingeworfen wurden, gleichgültig, ob sie etwas damit anfangen konnte.

Sie hätte meinen können, man schickte sie mit einer gewissen Absicht kreuz und quer durch Marburg. Doch für Gesa gab es keinen Grund, so etwas anzunehmen. Alles Fremde war an ihr vorübergeglitten, es war so vieles, und sie hatte es zu eilig, als dass sie es fassen konnte. Nur der Gestank und der Dreck in den Gassen sagten ihr, dass manches in der Stadt nicht anders war als zu Hause.

Erst als eine der Frauen, die sie nach dem Haus fragte, den Kopf geschüttelt und Gesa ein armes Kind genannt hatte, war sie ungeduldig geworden. Fast hatte sie alles erklären wollen: dass sie nach Marburg gekommen war, weil es neue Gesetze gab, die von allen Hebammen verlangten, sich einer Prüfung durch Ärzte zu unterziehen; dass es der Dorfschulze damit sehr ernst nahm und ihm das Wort der Frauen nicht reichte. Gesa hätte erklären können, wie stolz sie darauf war, dass sie von ihnen einstimmig gewählt worden war und der Schulze auf einer Prüfung bestand. Doch sie erklärte nichts und fragte niemanden mehr.

Sie stand am unteren Ende der Stadt vor dem Haus mit der fleckigen Fassade und war nicht einmal enttäuscht. Sie hatte sich beim besten Willen nicht vorstellen können, was ein Gebärhaus war, und darüber, wie es aussehen könnte, hatte sie sich erst recht keine Gedanken gemacht.

Bis heute kannte Gesa nur wenig mehr als ihr Dorf, das in einer Senke lag, zwei Tagesmärsche von Marburg entfernt. Dort hatte sie gelebt, seit sie denken konnte. Sie wusste, dass sie dort zwar nicht geboren, aber mit Tante Bele in einer Zeit dort angekommen war, an die sie keine Erinnerung hatte. Gesa kannte kaum mehr als die abgelegenen Höfe, zu denen sie oft mit ihr gelaufen war. So wie in der frostigen Nacht, die Bele mit dem Leben bezahlen musste, nachdem sie zusammen noch ein anderes auf die Welt geholt hatten.

Gesa blinzelte hinüber zum Fluss, auf dem in der späten Sonne Lichter tanzten. Einige Trauerweiden neigten sich dem Wasser zu, und die Uferwiesen waren noch braun vom Winter. Sie dachte an ihren Garten, der jetzt am Hang vor dem kleinen Haus schmucklos dalag. Wäre alles so geblieben, wie es war, dann hätten sie bald in den ersten Apriltagen die Beete für die Aussaat vorbereitet.

Aber nichts war so geblieben, wie es war. Vielleicht würde jemand ihren Garten bepflanzen, damit sie Gemüse für den Winter hatte, denn man wartete schließlich auf ihre Rückkehr. Sie hörte die Räder eines Fuhrwerks über eine Brücke rumpeln und wollte ihm nachlaufen. Sie tat es nicht, denn fürs Erste war sie am Ziel.

Ein Fenster wurde über ihr aufgestoßen. Nacheinander klappten im ersten Stockwerk die Flügel aller Fenster auf, ohne dass Gesa einen Menschen entdecken konnte. Eine ungeduldige Männerstimme brachte eine andere zum Schweigen und verlor sich dann.

»Willst wohl da draußen festwachsen«, sagte jemand.

Nur schwer konnte Gesa die Züge der Frau erkennen, die ihr die Tür geöffnet hatte. Alles an ihr schien grau zu sein, als sei sie ein massiger Schatten. Sie trug ein dunkles, hochgeschlossenes Kleid und eine lange, helle Schürze, die einige Flecken erkennen ließ.

»Hättest dir ruhig noch ein paar Wochen Zeit lassen können, wie ich das sehe. Wir sind nicht dazu da, dich durchzufüttern.«

»Ich weiß nicht, was Sie meinen«, sagte Gesa und fasste ihr Bündel fester. »Ich heiße Gesa Langwasser, und ich bin hier, um die Prüfung zu machen.«

»Ach was.«

Die Frau trat einen Schritt vor. Eine weiße Haube bedeckte ihren großen Kopf und das Haar, sofern sie welches hatte. Man konnte Zweifel daran haben, weil das Gesicht so vollkommen nackt aussah. Ihre Augen, die Gesa weiterhin regungslos musterten, lagen darin wie flache Steine.

»Eine neue Schülerin also.«

Es war eindeutig Branntwein, den Gesa roch, als sie so dicht vor ihr stand, was unangenehm genug war, und er mischte sich mit einem süßlichen Geruch, der es keinesfalls besser machte.

»Na los, dann komm mit«, sagte die Frau. »Aber glaub nicht, dass du jetzt eine Hausführung kriegst. Die macht der Herr Professor gern selbst, er legt sogar allergrößten Wert drauf. Dann kann er nämlich seine Regeln mitteilen, die sind ihm sehr wichtig, seine Regeln.«

Gesa musste dicht bei ihr bleiben, um zu verstehen, was sie sagte. Und sie wollte es verstehen, obwohl sie nicht mehr damit rechnete, dass es sich um etwas Freundliches handeln könnte.

Das Einzige, was Gesa erkennen konnte, während sie der Frau durch den unteren Teil des Hauses nachlief, war die Küche. Die Wärme des Herdfeuers flog viel zu schnell an ihr vorbei, und sie bemerkte, dass sie hungrig war. Zuletzt hatte sie mittags etwas gepökeltes Fleisch gegessen, ein letztes Stück, das sie in der Speisekammer hatte finden können, bevor sie sich auf den Weg gemacht hatte. Ihre Vorräte waren in diesem Jahr früher aufgebraucht als sonst. Sie hatte Tante Bele zum Schluss jeden Tag eine Fleischbrühe gekocht, jeden Tag, bis zum letzten.

Über eine dunkle Treppe erreichten sie den ersten Stock. Hinter leicht geöffneten hohen Türen nahm Gesa eine Bewegung wahr. Sie vermutete, dass es ein großer Raum war, der dahinter lag, und plötzlich konnte sie wieder die Neugierde spüren, die in den letzten Wochen stetig in ihr gewachsen war.

Gesa folgte der Alten durch einen lichtlosen Gang, in dem es kälter war als unten. Hier lagen weitere, wohl kleinere Zimmer nebeneinander, in denen sie gedämpfte Stimmen ausmachen konnte, die verstummten, sobald ihre Schritte sich näherten.

»Das Lüften ist hier im Hause eine der wichtigsten Regeln, damit du das weißt. Ständig werden die Fenster aufgerissen, und wenn du mich fragst, ist es für nichts gut, als sich gründlich den Hintern abzufrieren. Aber der Herr Professor wird dir seine gelehrte Meinung dazu verkünden, und du wirst tun, was er will. Trotzdem wirst du zuallererst das tun, was ich von dir will.«

Die Frau öffnete die Tür am Ende des Flurs und wandte sich zu Gesa um.

»Ich bin die Haushebamme Textor.«

Mit ihr betrat Gesa eine kleine Schreibstube, in der selbst das wenige schlichte Mobiliar kaum Platz hatte.

»Und Sie unterrichten uns?« Gern hätte Gesa darum gebeten, sich auf den Stuhl neben der Tür setzen zu dürfen. Ihr taten die Füße weh in Beles Schuhen.

»Das fehlte noch!« Die Frau lachte freudlos.

Während ihre Finger unter die Schürze griffen und einen Schlüsselbund hervorzogen, zwängte sie sich an dem Tisch vorbei zum Schrank, und ihre Versuche, das Schlüsselloch zu treffen, misslangen mehrfach.

»Frau Textor?«

Die Stimme kam vom Flur, und Gesa fragte sich, ob der Mann, der jetzt im Türrahmen auftauchte, sich genähert hatte, ohne den Boden zu berühren. Seine Gestalt wirkte groß und dunkel in dem kleinen Raum, doch das mochte an dem schwarzen Gehrock liegen und den schmalen Hosen.

Die Alte fuhr auf, und ihr überraschtes Prusten hatte einen aufsässigen Unterton. Sie holte etwas unter der Schürze hervor, steckte es sich in den Mund und schob es, was auch immer es war, darin herum.

»Aus Ihrer Frage schließe ich, dass Sie eine unserer Hebammenschülerinnen sind ...«, sagte der Mann mit einem flüchtigen Lächeln. »Nun, ich kann Ihnen dazu sagen, dass Sie von Professor Kilian unterrichtet werden, einem angesehenen Geburtshelfer und Gelehrten. Und in unwesentlicheren Anteilen von mir.«

Sie war sich selber fremd unter dem Blick dieses Mannes, der vermutlich ein Doktor der Medizin war und jünger, als man das von so jemandem denken würde.

Er musste sie für unhöflich halten, weil sie immer noch keinen Ton herausgebracht hatte. Fahrig strich er seine Haare aus der Stirn, und entweder hatte er vergessen, seinen Namen zu nennen, oder fand möglicherweise, Gesa müsste sich zuerst vorstellen. Die Stille rauschte in ihren Ohren, und sie fühlte sich unbehaglich.

»Wie auch immer ...«, fuhr der Mann fort, »... Frau Textor, ich möchte Sie daran erinnern, dass wir von nun an in der Nacht das Haus verschließen, wenn Sie das bitte nicht vergessen möchten. Der Professor bat darum, es Ihnen noch einmal zu sagen. Das tue ich hiermit und empfehle mich.«

Er nickte kurz und verschwand. Gesa lauschte auf seine Schritte, die sich rasch entfernten.

»Vergessen!«, sagte die Hebamme und verzog ihr dickes Gesicht. »Wie soll ich das vergessen nach dem Affentheater heut früh.«

Sie nahm ein großes Buch aus dem Schrank. Dann klappte sie das Tintenfass auf und begutachtete die Spitze der Schreibfeder.

»Das war der Herr Doktor Heuser. Wenn du ihm schöne Augen machen willst, dann kannst du dir die Mühe sparen. Das Einzige, was der mit Weibern anfängt, ist nämlich, sie zu vermessen. Hast du das Geld?«

Gesa stellte ihren Korb ab und begann ihr Bündel aufzuknüpfen.

Sie zählte der Alten das Geld auf den Tisch, laut, so wie es der Dorfschulze getan hatte, feierlich, jeden Taler einzeln. Es beruhigte sie, ihre eigene Stimme zu hören. Das hatte ihr schon geholfen, als sie noch ein Kind war und Bele sie in den Nächten allein ließ.

✳

Es gab noch etwas, das Gesa beruhigte, nämlich mit nackten Füßen den Boden zu berühren. Dabei war es gleichgültig, ob es die feuchte Erde einer Wiese war, die harten Furchen eines

Feldes oder die Kiesel am Grund des Alten Wassers, eines Weihers, in den sie jeden Herbst den Flachs zum Weichen gelegt hatte. Es war gleichgültig, ob es der Lehmboden zu Hause war, den sie fegen, befeuchten und festtreten musste, oder ein Holzboden, wie sie ihn von den größeren Höfen kannte und wie sie ihn jetzt hier unter den Füßen hatte, in dem Zimmer mit vier leeren Betten.

Die Haushebamme hatte sie hier heraufgeführt, nachdem sie umständlich Gesas Namen in das Buch eingetragen hatte, ihre Konfession, den Tag ihrer Geburt und den Tag ihrer Ankunft im Gebärhaus zu Marburg. Gesa hatte versucht, weitere Eintragungen auf der Seite zu entdecken. Doch die Hebamme schrieb mit dicht über das Papier gebeugtem Kopf, und Gesa hatte nicht gewagt, ihr zum Entzünden der Kerze zu raten.

Sie wagte auch nicht, nach etwas zu essen zu fragen, und so bekam sie auch nichts.

Aus einer Kammer im oberen Flur hatte sie Leinzeug erhalten und etwas, das eine Schürze sein mochte, wie jene, die Frau Textor trug. Nun blickte Gesa auf ihre Füße hinab, auf denen die dicken Wollstrümpfe ein Muster hinterlassen hatten, und bewegte sie. Die Dielen schienen wärmer zu sein als die abgestandene Luft in dem Zimmer. Hier legte man offenbar nicht so viel Wert auf das Lüften. Über sich hörte sie ein Geräusch, als würde ein Stuhl verschoben, und nebenan öffnete sich eine Tür.

Gesa setzte einen großen Zeh auf und zog einen Halbkreis in die dünne Staubschicht, die den Boden so gleichmäßig bedeckte, als hätte ihn lange niemand betreten. Sie breitete die Arme aus und drehte sich weiter, bis sie mit der Zehenspitze den Kreis schließen konnte. Ihr Blick war auf den Boden geheftet, und Gesa war überrascht, als ihr dort wenige Schritte entfernt ein zweites Paar nackter Füße begegnete, über dem sich der Saum eines dunkelblauen Kleides bewegte.

In der Tür stand eine junge Frau und sah ihr zu.

»Wenn man bedenkt, dass ich erst heute die heilige Elisabeth angefleht hab, mich hier nicht länger allein zu lassen ... Und jetzt kommst du, na so was«, sagte sie. »Ich bin Lotte Seiler. Und du? Du bist doch die Neue?«

»Ja. Ich bin Gesa Langwasser.«

»Du bist noch jung, um eine Hebamme zu sein oder auch nur eine zu werden. Wie alt bist du?«

»Neunzehn.«

»Na so was«, sagte Lotte wieder und kam auf sie zu. Sie neigte ihren Kopf zur Seite und begutachtete Gesa. Ihre flinken Augen huschten über alles, was sie interessierte. Mit ihrem leicht gedrungenen Körper und den kurzen Schritten wirkte sie wie eine Henne, die ihr Gelege abschreitet, und sogar ihre Haare erinnerten an das Gefieder brauner Hühner.

»Und noch nicht verheiratet?«

»Woher willst du das wissen?«

Lotte blieb stehen und schaute Gesa weiter an.

»Die Farben deiner Haubenbänder. Hellblau unverheiratet, weiß für die Witwen, blau für den Rest – das Dorf sieht alles, das muss ich dir doch nicht sagen. Sie haben doch bestimmt einen langen Hals gemacht, die Kerle – du bist hübsch. Also, wie hast du sie dir vom Leib gehalten? Hast du Waffen unter deinen Röcken versteckt? Die trägt man hier übrigens länger, hast du das gesehen?«

Gesa lachte. Es war das erste Mal seit vielen Wochen, dass sie das konnte.

»Willst du nicht mit mir rüberkommen?«, fragte Lotte und senkte ihre Stimme ein wenig. »Warum soll jede für sich sein? Nur, weil sie die Betten nicht voll kriegen. Nicht bei uns hier oben und bei den Schwangeren auch nicht. Heute Nacht ist ihnen eine entkommen. Der Professor war außer sich, den ganzen Tag hat er sich nicht beruhigt.«

Entkommen?, dachte Gesa und fragte: »War die Hebamme deshalb so schlechter Dinge?«

»Du wirst feststellen, dass sie keinen besonderen Grund braucht, um schlechter Dinge zu sein.«

Sie folgte Lotte hinüber in das andere Zimmer, das sich in nichts von dem anderen unterschied. Dass es von Lotte bewohnt war, reichte Gesa, um sich dort besser zu fühlen. Sie überließ sich dieser jungen Frau wie ein Kind, folgte ihrem Rat, das klumpige Bett aufzuschütteln, nahm aus ihrer Hand das Leinzeug entgegen, um es zu beziehen und sich darauf niederzulassen.

Sie ließ den Schmerz dieses Tages aus dem Körper gehen und musste nicht daran denken, dass noch ein anderer auf sie wartete. Sie konnte das vergessen, weil sie Lotte zuhörte, die ihr erzählte, dass sie verheiratet war und zwei Kinder geboren hatte, von denen eines nur ein Jahr alt geworden war. Sie sprach von ihrem Mann, der Schmied war und dem im vergangenen Sommer ein Ackergaul vor den Schädel getreten hatte. Sie erzählte, dass er seit dem Tritt nicht mehr richtig arbeiten konnte und dass sie ihn deshalb rumgekriegt hatte, sie etwas dazuverdienen zu lassen. Ihr Dorf in der Schwalm brauchte eine Hebamme, weil die alte wegen ihrer gichtigen Finger nicht mehr recht hinlangen konnte.

»Jedenfalls«, sagte Lotte, »schlage ich zwei Fliegen mit einer Klappe. In diesem Jahr krieg ich selber kein Kind mehr, weil ich hier bin und weg von zu Hause. Nämlich eins sag ich dir: So geschwächt ist mein lieber Mann nun auch wieder nicht, dass er damit aufhören wollte, mir immer wieder ans Hemd zu gehen.«

»Wie lange bist du denn schon hier?«, fragte Gesa schläfrig.

»Drei Wochen.«

»Wie ist es?«

»Ach«, sagte Lotte. »Das wirst du morgen selber sehen.«

*

Marietta war nervös, seit sie nach der Gottschalkin geschickt hatte. Sie öffnete den schweren Deckel der Truhe und ärgerte sich über den Staub, der selbst in dem matten Licht zu sehen war, das durch die kleinen Fenster in die Stube fiel.

Sie war Herrin eines gut geführten Haushalts, die Frau des Töpfermeisters, und sie war es nicht gewohnt, ihr Handeln infrage zu stellen. In Wirklichkeit ärgerte sie sich maßlos über dieses dumme Ding, das im anderen Teil ihres Hauses auf dem Heuboden lag. Und wenn Marietta noch länger darüber nachdachte, dann musste sie selbst sich fast für ehrlos halten. Man konnte ihr vorwerfen, dass sie ihrer Pflicht nicht nachgekommen war, ein unerträglicher Gedanke.

Sie zerrte eine grobe Decke hervor und schloss die Truhe mit einem Knall. Besser, sie machte alles selber. Das Gesinde würde nur herumplappern. Die neue Magd war zwar schwer von Begriff, aber an dem, was es da oben zu sehen gab, war nichts falsch zu verstehen.

Deshalb hatte Marietta den alten Mattes geschickt, der fast taub war und zu nicht viel mehr nütze, als die Wache am Brennofen zu halten. Sie hatte ihn aus der Werkstatt fortzerren und an ihn hinschreien müssen. Sie musste ihm warmes Bier versprechen und würde dafür sorgen, dass er es sofort bei seiner Rückkehr bekam. Dann konnte sie sicher sein, dass er den zahnlosen Mund hielt über das, was sie ihm aufgetragen hatte.

Zwei Stunden waren vergangen, seit sie dem unverkennbaren dünnen Ton die Stiege hinaufgefolgt war. Diesem zittrigen Laut, den sie kannte, weil er ihr schon aus so vielen Stuben entgegengekommen war. Immer dann, wenn sie als gute Nachbarin eine Wochensuppe brachte, die sie so zubereiten konnte, dass sich alle die Finger danach leckten.

Es war bekannt, dass Marietta ein schwarzes Huhn schlachten ließ, wenn es in der Nachbarschaft eine Geburt gegeben hatte, denn das konnte sich hier wahrhaftig nicht jeder leisten. In der Stadt nahm das Elend täglich zu, die Töpfer aber hatten im Gegensatz zu anderen Handwerksbetrieben in diesen Tagen ein gutes Auskommen. Viele konnten ihre Waren kaum losschlagen, die Auftragslage der Euler jedoch stieg. Und seitdem sie nicht mehr nur Dachsteine brannten, sondern man plötzlich nach Töpfen, Krügen und Geschirr verlangte, die bis nach Frankfurt geliefert wurden, kam das Geschäft erst richtig in Schwung.

Deshalb gefiel es Marietta, die Frau von Eugen Schricker, dem Töpfermeister, zu sein. Und sie wollte es bleiben. Dafür musste sie sich anstrengen, sie wusste es, obwohl er nicht darüber sprach. Bis jetzt reichte es ihm vielleicht noch, dass sie sich so bereitwillig beschlafen ließ.

Seine Mutter dagegen hatte begonnen, ihr unverhohlen auf den Leib zu starren, sobald die Zeit reif gewesen war nach der Hochzeit. Schlimm genug, dass sie jeden Handstreich, den sie im Haus tat, kontrolliert hatte, die alte Vettel. Ob die Suppe, die sie für die Gesellen auf den Tisch brachte, nicht zu fett und das Brot nicht zu dick geschnitten war. Sie schien über alles Bescheid zu wissen, was sich unter dem Dach des Hauses tat.

Jedes Mal, wenn Eugen die schweren Leinenvorhänge des Bettes mit der einen Hand schloss, während die andere schon ihr Hemd hochschob, fürchtete Marietta, die alte Schrickerin hätte ihr Ohr an der Wand, denn ihre Schlafkammer war nebenan. Und so hatte sie regungslos dagelegen und geschehen lassen, was immer auf gleiche Weise geschah, wenn sie Eugens Hände auf ihren Schenkeln spürte. Sein Verlangen befriedigte er mit schnellen Stößen. Nach ihrem fragte er nicht.

Die Alte hatte sich nicht entblödet, ihr an einem frühen Morgen, während sie ihre Sauermilch schlürfte, zu sagen, dass sie sich in der Nacht ein Kissen unter den Hintern legen sollte. Das würde Wunder wirken.

Nie vergaß Marietta die Scham, die sie empfunden hatte, und sie hatte es ihr nie verziehen. Im zweiten Jahr ihrer Ehe, kurz vor Michaeli, war die Alte gestorben. In diesem Punkt war Gott Marietta gnädig gewesen.

Seitdem ließ er sie warten.

Marietta spürte die vertraute Wut kommen und lief ihr davon. Verließ das Zimmer. Fand auf dem kühlen Flur ihre Beherrschung wieder. Sie musste unten in der Küche nachschauen, ob Wasser auf dem Feuer war. Sie würden wohl Wasser brauchen – war es nicht immer so? Die Gottschalkin würde danach verlangen, und sie wollte nicht unvorbereitet sein.

Erst hatte Marietta geglaubt, sie habe sich doch getäuscht, so still war es dort oben gewesen. Der Geruch des trockenen Strohs war ihr in die Nase gestiegen, und sie hatte niesen müssen. Im Halbdunkel sah sie zunächst nur die ängstlichen Augen des Mädchens und erst dann das dünne weiße Ärmchen, das sich in einer zitternden Bewegung aus dem Wolltuch wand. Mit einer Hand bedeckte das Mädchen das Gesicht des Kindes.

»Bei Gott, willst du es umbringen?«

Sie war auf sie zugestürzt, hatte die Hand weggerissen. Im ersten Moment wusste Marietta kaum zu unterscheiden zwischen dem Wimmern des Neugeborenen und dem des Mädchens – es klang wie ein einziger klagender Laut.

»Ich will Euch keine Schande machen.«

Sie hatte Mühe, die Worte zu verstehen, und der Widerwille, ihr überhaupt zuzuhören, bereitete Marietta Kopfschmerzen.

»Ich gehe fort, heute noch. Ich konnte dort nicht bleiben. Bitte seid nicht böse, bitte ...«

Das Gestammel hatte sie wahnsinnig gemacht.

»Sei still!«

Ihre Augen mussten sich an das Zwielicht gewöhnen, und dann hatte sie das Blut entdeckt. Sie kniete darin, und es besudelte ihren Rock ebenso, wie es an den Beinen des Mädchens klebte, bis hinunter zu den verdreckten Füßen.

Marietta war aufgesprungen und hatte versucht, ihre Gedanken zu ordnen.

Eugen war mit einer großen Warenlieferung unterwegs, die er bei einem vielversprechenden Kunden persönlich abliefern wollte. Er würde erst in zwei Tagen wieder zurück sein. Auf keinen Fall wollte sie, dass Eugen erfuhr, dass unter seinem Dach ein Kind geboren worden war.

Aber was, wenn ein Kind starb in diesem Haus, auch wenn es nur der Bastard einer Magd war? Noch immer verstand sie nicht, welche Schuld sie auf sich geladen hatte, dass Gott sie so hart strafte. Damit er ihr gnädig war, musste sie jetzt das Richtige tun.

Als sie das Mädchen verlassen hatte, um nach der Hebamme zu schicken, begann es, das Kind zu wiegen und ein Schlaflied zu summen. Marietta waren Tränen in die Augen geschossen. Sie hatte nichts dagegen tun können.

Sie hasste das Mädchen dafür.

*

Elgin Gottschalk trug einen Vornamen, der das Erste einer Reihe von Rätseln war, das ihre Person anderen über sie aufgab. Irgendwann in Marburg aufgetaucht, scheinbar aus dem Nichts, war sie nach der Vorstellung beim Stadtphysicus als Hebamme anerkannt worden. Eine Verpflichtung in städtische Dienste hatte sie höflich abgelehnt. Ihr genaues Alter wussten nur die wenigen, die direkt danach gefragt hatten. Sie war nicht verheiratet und daher kinderlos, was für eine Frau ihres Berufsstandes nicht ausgeschlossen, aber dennoch ungewöhnlich war.

Nichts hatte aber verhindern können, dass Elgin mit den Jahren in ihrem Wissen und Tun außerordentlich geschätzt wurde.

Selten kam es vor, dass man sie hinzuzog, wenn sich die Dinge so zugetragen hatten wie hier. Wenn es vorkam, war es meistens ein Zufall. Was es heute war, wusste Elgin Gottschalk nicht zu deuten, ebenso wenig wie das widersprüchliche Verhalten der Töpferin.

Beinahe schüchtern hatte ihr die junge Hausherrin zur Begrüßung die Hand gereicht. Ihr zunächst offener Blick war der eines neugierigen Kindes. Eine hübsche Person, ohne Zweifel, wäre da nicht diese Unzufriedenheit in ihrem Gesicht. Sie hatte dem alten Knecht sein warmes Bier auf die Ofenbank in der Küche gestellt und eilfertig die Tür hinter ihm geschlossen.

Draußen hatte sie die Stimme zu einem Flüstern gesenkt, sie durch einen dunklen Flur hinaus zur Rückseite des lang gestreckten Fachwerkhauses geführt. Fast war es Elgin Gottschalk vorgekommen, als sei die Frau auf Zehenspitzen gegangen, um bloß nicht das Federvieh im Hof aufzuscheuchen. Eigenhändig hatte sie einen Holzzuber mit dampfendem Wasser die Stiege hinaufgetragen, um dann dazustehen wie Lots Weib. Elgin konnte hören, wie sie den Atem ausstieß.

Das Neugeborene dagegen atmete flach und mühevoll.

Die Nabelschnur war mit einem groben Flachsfaden unterbunden worden und hatte nachgeblutet, weshalb Elgin Gottschalk sie erneut abbinden musste, bevor sie den Strang durchschnitt und die Enden mit ölgetränkten Leinenläppchen versorgte.

Der Lichtkegel über ihr war mehrfach ins Wanken geraten, und das hatte bei den ersten Handgriffen Zeit gekostet. Sie hatte die Hausherrin ermahnen müssen, die Lampe ruhig zu halten. Es schien ihr schwer zu fallen, und als Elgin einige Halme von der Nachgeburt zupfte, die das Mädchen neben sich unter das Stroh geschoben hatte, war es plötzlich dunkel geworden. Elgin musste sich auf ihren Tastsinn verlassen, um das kalte Gewebe auf seine Vollständigkeit zu überprüfen.

Schließlich nahm sie Marietta Schricker die Lampe aus der Hand und versuchte nicht weiter, ihre Anweisungen wie Bitten klingen zu lassen. Die Frau hatte den Atem angehalten. Erst als Elgin ihre Worte mit einem Lächeln entschärfte, wandte sie sich ab. Sie war gegangen, als hätte sie jemand an einem starken Seil herumgerissen.

Es zog durch alle Ritzen, immer wieder wirbelte trockene Spreu auf. Die Wärme flog in flüchtigen Schwaden über dem Holzbottich davon. Das kurze Bad hatte der Haut des Kindes etwas Farbe gegeben, und mit festem Druck strich Elgin über seine dünnen Glieder. Sie wickelte es in einen Lappen, den die Hausherrin benutzt hatte, um den Bottich zu tragen, und begegnete den Augen des Mädchens. Es hatte seinen Namen geflüstert, als sie danach fragte, und war sofort wieder verstummt.

Lene hieß sie also, und sie zitterte vor Schwäche. Elgin Gottschalk hob die Wolldecke an und schob ihr das Kind in die Arme.

»Leg ihn an die Brust. Da, an deiner linken kann er deinen Herzschlag hören.«

Lene löste sich aus ihrer Starre. Zum ersten Mal war in dem jungen Gesicht etwas anderes zu sehen als Angst. Es war Verwunderung.

Etwas, das so schwach war, nahm ungefragt einen Platz in der Welt ein. Etwas, das viel schwächer war als sie selbst.

✱

Wenn Marietta sich einer Sache widmete, dann konnte sie eine Kraft entwickeln, die die Luft um sie herum zu verdichten schien. Sie schottete sie ab von anderen Menschen und ließ sie als unwirkliche Wesen hinter einer Nebelwand zurück, mit denen sie sich nicht befassen musste. Heute hatte ihr diese Fähigkeit sehr geholfen, und mit allem hatte sie das Gefühl gehabt, auf ein Ziel hinzuarbeiten. Sie hatte das Gefühl, dass etwas Bedeutungsvolles geschah.

In die Brühe, die seit dem frühen Morgen über dem Feuer köchelte, hatte sie Kartoffeln und Kraut geschnitten. Sie arbeitete zügig im Licht des Herdfeuers, während Mattes mit offenem Mund vor sich hinschnarchte und seine schlaffen Lippen ein Geräusch machten, das wie schnelles Flügelschlagen klang.

Sie gab Speck an die Suppe, obwohl kein Samstag war, aber sie schnitt ihn dünn wie immer. Möglicherweise würde es die Bediensteten wundern, und wahrscheinlich würden sie es schweigend zur Kenntnis nehmen, zumindest in Anwesenheit der Hausherrin. Doch Marietta hatte nicht vor, anwesend zu sein. Sie musste etwas erledigen, und es schien ihr wichtig, alles genau so zu machen, wie sie es jetzt tat.

Das Ding lag im Flur unter der Treppe, die zu den Zimmern im ersten Stock führte. Sie hatte es in die Schürze eingewickelt und sich eine saubere umgebunden, die aus blauem Leinen, der Farbe, die ihre Augen zum Leuchten brachte. Aber das taten sie ohnehin. Seit sie wusste, was zu tun war, besaßen Mariettas Augen den stillen Glanz eines Gewässers, das sich nach einem heftigen Regen wieder glättet.

Sie hatte die neue Magd die anderen rufen lassen, während sie den schweren Topf auf den gescheuerten Tisch brachte. Sie legte die Löffel aus und stellte fünf tiefe Teller hin, für den Gesellen, die beiden Lehrlinge, Mattes und die Neue. Sie schnitt das Brot. Die Fresserei aus einem Topf hatte sie nach dem Tod der Alten sofort abgeschafft. Es widerte sie an, dieses Geschlabber, und sie hatte oft nichts essen können bei dem Gedanken, den Speichel der anderen auf dem Löffel zu haben oder Spuren des Auswurfs, den die Alte stets geräuschvoll in den Rachen hochzog.

Sie hörte die Stimmen auf dem Flur und streckte den Rücken durch. Niemand hielt inne oder unterbrach sein Geplapper.

Die Küche lag jetzt fast im Dunkel. Das schwindende Tageslicht erreichte das Innere des Hauses nicht mehr, und Marietta hätte sich ein wenig herabbeugen müssen, um durch das Fenster noch etwas davon zu sehen. Sie hätte bei dieser Gelegenheit den Karren des Hausierers entdecken können, der neben dem Durchgang zum Hofinneren abgestellt war. In wütender Hoffnung wartete sie auf ihn, Monat für Monat.

Aber sie sah ihn nicht, und sie hatte auch völlig vergessen, auf ihn zu warten.

Sobald die Leute am Tisch saßen, verließ Marietta die Küche. Hinter der Tür erhob sich aus dem Murmeln der Stimmen ein zaghaftes Kichern, das sie unter der Treppe innehalten ließ. Dann griff sie nach dem Bündel und eilte hinüber zur Werkstatt.

Marietta öffnete die schwere Tür nur einen Spalt breit, denn sie kannte die Stelle, an der die Scharniere zu knarzen beginnen würden. Ihre schlanke Gestalt hatte keine Mühe hindurchzuschlüpfen, und leise drückte sie die Tür ins Schloss. Niemand hatte sie gehört, da war sie sicher.

Sie öffnete die Ofentür und wich vor der Hitze des Feuers zurück. Jeder Schlag ihres Herzens schien plötzlich laut im Kopf zu dröhnen, presste ihr den Brustkorb zusammen und machte das Atmen schwer. Die Handflächen wurden feucht von Schweiß und gaben ihr das Gefühl, sie hielte etwas Lebendiges fest. Hastig trat sie einen Schritt vor und warf das Bündel hinein.

Was musste sie jetzt tun? Beten? Die Augen schließen und ihren Wunsch in sich hineinsprechen, so wie man es tat, wenn ein Stern vom Himmel fiel?

»Ich nehme an, Sie sollten das erledigen«, hatte die Gottschalkin gesagt. »Sie wissen, wie damit zu verfahren ist?« Ihr Blick war so freundlich gewesen. Er war ohne jede Warnung in

Mariettas Innerstes gedrungen und dort auf ihren Kummer gestoßen.

Natürlich wusste Marietta, was mit einer Nachgeburt zu geschehen hatte. Sie wurde im Keller vergraben oder an einem anderen Ort, sofern er sich unter dem Dach des Hauses befand. Die Nachgeburt durfte das Haus, in dem ein Kind geboren war, nicht verlassen. Das wusste Marietta.

»Sie können sie auch verbrennen«, hatte die Gottschalkin gesagt. »Wenn Sie das lieber tun möchten, ist nichts Falsches daran.«

Marietta musste wegschauen, als die Hebamme es in Stroh und ein Leintuch wickelte, das sie aus ihrer schwarzen Ledertasche nahm. Die Gottschalkin hatte sich vom Boden erhoben mit einem kleinen Ächzen, für das sie zu jung war. In allem war sie anders, als sie sich vorgestellt hatte.

Ihr Griff war fest gewesen und bestimmend, als sie Marietta das Bündel übergeben hatte.

»Nur tun sollten Sie es.«

Und dann hatte sie gelächelt. Das Lächeln hatte sie schön gemacht. Vielleicht war es Marietta auch nur so vorgekommen.

Die Flammen waren blau, fast violett. Unter einer weißen Schicht fiel das Ding in sich zusammen. Es brannte lange, bis es verschwand.

Mariettas Hände glitten unter die Schürze. Durch die Falten des Kleides konnte sie die Hitze auf ihrem flachen Bauch spüren. Erst als sie die Augen schloss, drang der Geruch in ihre Nase. Sie wunderte sich, dass der Gestank nach verbranntem Fleisch ihr gar nichts ausmachte.

*

Das Mädchen lag auf der Seite, das Kind dicht bei sich. Sie hatte die Beine angezogen, und ihr eingerollter Körper umschloss den kleineren.

Sie suchte Trost, und das war etwas, das Elgin Gottschalk nicht zu bieten hatte. Und Mitleid, fand sie, war wie ein Verbündeter der Ohnmacht. Deshalb mochte sie es nicht.

Es gab kaum etwas, was sie dem Mädchen raten konnte. Das Kind in Kost zu geben hieße, es dem Tod auszuliefern. Bei einer der Frauen, die selbst nichts hatten, die den Säugling mit unverdünnter Kuhmilch fütterten oder mit gequetschten Kartoffeln. Die ihm ein Lutschbeutelchen mit Mohn in den Mund steckten, wenn er schreien würde vor Hunger, damit er endlich damit aufhörte. Elgin wusste sehr wohl, dass nicht jene Pflegemütter in gutem Ruf standen, bei denen die Kinder gediehen, sondern jene, bei denen sie schnell starben. Was also hatte sie dem Mädchen zu sagen?

»Bevor ich aus Marburg weggehe, möchte ich ihm einen Namen geben.« Zuerst war es nur ein Flüstern, dann festigte sich Lenes Stimme mit jedem hastig hervorgestoßenen Satz. »Ich weiß, dass eine Wehemutter das tun darf, ich war selbst dabei. Ich weiß, dass ein Kind schnell getauft sein muss, wenn es schwach ist. Und es ist doch schwach, nicht?« Sie hatte sich aufgerichtet, sie wiegte und schuckelte das Neugeborene, als habe sie darin bereits Erfahrung.

Lene schaute Elgin mit Augen an, die so dunkel waren, dass sie keine Farbe in ihnen erkennen konnte. Die Haare fielen ihr strähnig ins Gesicht, in dem Tränen und Schmutz ein wirres Muster hinterlassen hatten. Sie hatte sich geweigert, es reinigen zu lassen, sie hatte den Kopf abgewandt und sich ins Stroh gepresst, vorhin, als ihre Dienstherrin sie beschimpfte.

Elgin hatte die Frau zum Schweigen bringen müssen.

Dann erst hatte sie die Röcke des Mädchens zurückgeschlagen und mit dem Schwamm, den sie ihrer Tasche entnommen und mit warmem Wasser getränkt hatte, das Blut von den Beinen gewaschen. Sie war unter ihrer Berührung zurückgezuckt und dann wie in einem Krampf erstarrt.

Lene hatte sich nicht gerührt, gab keinen Laut von sich, auch nicht, als der Schwamm ihr gedehntes Geschlecht berührte. Elgins warme Finger waren vorsichtig gewesen, um zu ertasten, was wichtig war. Der Körper des Mädchens war unter ihren Händen wie ein gespannter Bogen, und nicht das sanfteste Wort hatte sie erreichen können. Als Elgin die Schließe ihres Umhangs löste, ihn von den Schultern nahm und über sie breitete, als die weiche Wolle die Wange des Mädchens berührte, hatte es die zusammengekniffenen Augen geöffnet, und das Stroh hatte knisternd unter ihr nachgegeben.

Es musste eine gute Stunde vergangen sein seitdem, und sie fragte sich, ob die Hausherrin ihre stummen Zusagen einhalten würde.

»Wo willst du denn hingehen mit deinem Sohn?«

Elgin strich dem Kind über die Wangen. Es zuckte in dem kleinen Gesicht, als träumte es von dunklen Dingen, der Mund öffnete sich und ließ auf den Schrei warten.

»Weg. Ich werd schon einen Platz finden, wo ich mit ihm bleiben kann.«

»Was ist mit deinen Leuten?«

»Sie werden mich nicht wollen, wo sie mich doch gerade erst losgeworden sind. Da sind noch sieben Geschwister.« Sie drückte das Kind an ihre weiche, nackte Brust. »Sieben, wenn alle über den Winter gekommen sind. Bitte, ich will ihn Felix nennen. Ich hab mal sagen hören, dass heißt etwas Gutes.« Ihre Hand krallte sich in Elgins Ärmel.

»Es bedeutet der Glückliche. Ein schöner Name«, sagte Elgin. »Aber du solltest noch nicht fortgehen, solange du keine Milch hast. Du wirst zu essen bekommen und gestärkt sein. Es ist für euch beide besser.«

»Nein.« Lene ging auf die Knie, hielt sich weiter an ihr fest. Das Mädchen konnte ihr Kind nicht ungestraft zur Taufe tragen. Dem Pfarrer würde es nicht genügen, sie des unehelichen

Beischlafs zu bezichtigen und vom Abendmahl auszuschließen, denn die Kirche führte den Kampf gegen die Unsittlichkeit Hand in Hand mit den landesherrlichen Obrigkeiten. Er konnte sie anzeigen, um ihr zusätzlich eine weltliche Geld- oder Leibesstrafe auferlegen zu lassen. Für Lene bedeutete dies, einen Jahreslohn zu entrichten, über den sie nicht verfügte, oder mehrere Monate Kerker.

»Wenn Ihr meinem Kind diesen Namen gebt, dann weiß ich, dass er uns Glück bringt. Auch wenn es schwach ist.« Lene schob das Kind in Elgins Arme. »Und es ist doch schwach, nicht?«, wiederholte sie flüsternd. Sie faltete die Hände. Sie senkte den Blick, sobald die ruhige, dunkle Stimme der Hebamme anhob, das Gebet zu sprechen.

Elgin Gottschalk benetzte die Stirn des neugeborenen Jungen mit dem Wasser aus einem silbernen Klistier, das sie für den Fall einer Nottaufe immer bei sich trug, und segnete das ungewöhnlich stille Kind. Es öffnete die Augen, kaum dass es seinen Namen erhalten hatte.

∗

Konrad kam es vor, als hätte es den Ärger, der noch vor wenigen Momenten an ihm gefressen hatte, nie gegeben. Leise zog er sich zurück. Der dürre Körper des Hausierers juckte vor Aufregung, bis hinauf zum Kopf, und dass ein paar Läusenester in seinen verfilzten Haaren ihren Anteil daran hatten, kümmerte ihn nicht.

Das eingebildete Weib hatte ihn angefaucht, obwohl er im dunklen Flur auf sie gewartet hatte, sodass ihn niemand sah. Nach einer Weile war das ihre Abmachung gewesen, Konrad hatte sich stets daran gehalten, nicht nur weil sie gut zahlte.

Die Geheimnistuerei war Teil des Geschäfts, wenn er ihr die Mittel brachte. Sie wollte es so, weil sie vor nichts mehr Angst hatte, als sich dem allgemeinen Spott preiszugeben. So gut kannte er sie. Er hatte nicht geahnt, dass sie ihn dafür hassen würde.

Solche Sachen passten nicht in seinen sturen Schädel; da gab es genug, mit dem er sich zu befassen hatte. Er musste sehen, wo er seine Waren billig kriegte oder anders herschaffen konnte. Die Eisenwaren, Sensen, Sicheln und Futterklingen. Konrad sammelte außerdem Lumpen oder ließ sich damit bezahlen, wenn einer nichts hatte. Bei den Papiermühlen konnte er noch immer einen Gewinn damit machen. Wenn man ihn darum fragte, trieb er auch magische Mittel auf, für die er meist einen guten Preis erzielte, weil er sie unter der Hand verkaufte. Er konnte sich was drauf einbilden, wie gut er wusste, was die Dörfler brauchten und was er den Städtern bieten musste.

Und dann musste er noch seinen Bruder im Zaum halten, Frieder, der Kräfte hatte, die seine weit überstiegen. Aber nur in Armen und Beinen, deshalb ließ er ihn den Karren ziehen. Ein Mordskerl, im Kopf zappenduster. Doch es hatte sein Gutes, denn er tat, was man ihm sagte. Er wartete auch an der Kirche, wenn er hier im Haus des Töpfers zu tun hatte oder sonstwo unterwegs war. Frieder mochte die heilige Elisabeth, er fand sie schön und glotzte sie gern an. Niemand konnte was dagegen haben.

Aber sie, dieses hochnäsige, blöde Weib hatte was gegen Frieder. Sie konnte ihn nicht aushalten und fand, dass er stank. Herrgott, er selbst stank schlimmer, aber ihm traute sie sich das nicht zu sagen, denn er brachte ihr die Mittel.

Bis heute. Konrad hatte sich die Mühe gemacht, eine echte Alraunwurzel aufzutreiben, ein haariges Ding, von dem man sich erzählte, es würde vor Schmerzen schreien, wenn man es aus der Erde zog. Das hatte Eindruck auf sie gemacht. Er kriegte sie immer mit diesen Geschichten, selbst wenn er schon manches Mal gedacht hatte, sie glaubte ihm nicht mehr. Aber sie musste. Es blieb ihr nichts anderes übrig. Bis heute.

Sie hatte ihn angefaucht wie ein Frettchen, wenn man es am Wickel hatte. Er solle sich nie wieder hier blicken lassen.

Als er sein Geld verlangte, hatte sie mit den Polizeiknechten gedroht. Er war klug genug, zu verschwinden. Aber die Wut war durch ihn hindurchgerast, dass er wünschte, Frieder wäre hier.

Doch dann, draußen hinter dem Haus, war er froh, dass Frieder nicht da war. Er hätte nie so leise sein können wie er.

Niemals hätte er dann erfahren, dass etwas auf ihn wartete. Es hatte sich gelohnt, an der Ketzerbach die Ohren offen zu halten. Jetzt würde er mit ganz anderen Leuten ins Geschäft kommen.

*

Nur kurz, als sie sich aufrichtete, mitten in der Bewegung, spürte Elgin den kleinen, bekannten Schmerz. Er pflegte mit gezielter Heftigkeit vom letzten Wirbelknochen nach innen zu zucken, um dort schlagartig zu verschwinden, und sie hatte gelernt, ihn sofort wieder zu vergessen.

Lene schlief. Elgin hatte dafür gesorgt, dass sie ihren Sohn noch einmal anlegte, und nachdem er einige Male an der Brust gesaugt hatte, schien er tatsächlich ein glückliches Kind zu sein.

Sie schliefen beide, nichts schien sie wecken zu können, nicht das kleinste Geräusch.

Endlich hatte wohl jemand unten an der Stiege die Suppe abgestellt, nach der sie für Lene verlangt hatte. Sie hoffte auf die heißen Steine und Decken, auf Lappen, wenigstens ein paar saubere Lumpen, um das Kind zu wickeln.

Es wurde tatsächlich Zeit.

*

Im Auditorium nahm Doktor Clemens Heuser seine Position neben dem Professor ein. Während sich die ersten Studenten einfanden – wobei insgesamt nicht mehr als sieben junge Herren zu erwarten waren –, beobachtete Clemens die neue Schülerin. Kilian hatte die junge Frau zum größeren der beiden Instrumentenschränke auf der Stirnseite des Raumes geführt.

Die andere, Lotte Seiler, hielt ihren Blick gesenkt und wendete sich ein wenig ab, denn sie wusste bereits, was dort zu sehen war.

In dem Gesicht der neuen Schülerin dagegen waren vor allem Aufmerksamkeit und Konzentration zu sehen. Sie hob die Brauen und nickte, wenn Kilian ihr Pflichten und Aufgaben erläuterte, und ihr Gesicht wirkte immer offen. Sie schien bereit und willens, jedes Wort aufzunehmen, um es nicht mehr zu vergessen. Sie runzelte die Stirn, wenn sie Begrifflichkeiten nicht verstand, eine flüchtige Kontraktion der Muskulatur, kaum zu bemerken, fast wie eine nervöse Zuckung. Clemens hatte schon des Öfteren gefunden, der Professor könnte sich einer schlichteren Ausdrucksweise bedienen. Dies betraf vor allem die Unterweisung der Hebammenschülerinnen, von denen es seit der Eröffnung der Gebäranstalt ohnehin erst drei gegeben hatte. Doch darüber zu diskutieren lehnte Kilian ab, und das wusste Clemens auch.

Manchmal hatte er durchaus den Verdacht, dass der Gelehrte ein kleines Pläsier daraus zog, die Unwissenheit im Gesicht seines Gegenübers aufscheinen zu sehen. So, wie er auch jetzt die Augen zusammenkniff, um ein berechenbares Erschrecken im Gesicht der Neuen nicht zu verpassen, oder möglicherweise einen winzigen Laut des Entsetzens.

Was sie wohl dachte?

Gesa richtete sich auf und sah dem Professor in das nahezu faltenlose Gesicht. Er musste alt sein, das legte sein weißes

Haar nahe, und seine rundliche Statur ließ ihn freundlich wirken. Bislang war er auch so aufgetreten, und in diesem Moment sah der Professor aus, als hätte er eine Frage an sie. Dabei war sie es doch, die verstehen musste, was sie da vor sich hatte.

Hinter der Schranktür hockten tote Wesen, zusammengekrümmt, dass man die Knöchelchen der kleinen Rücken zählen konnte. Manche von ihnen waren auf eine Weise verwachsen, als seien sie aus schlimmen Träumen in diese Gläser gekrochen. Sie hielten die Hände vor den geschlossenen Augen, als wollten sie sich vor den Blicken der Lebenden schützen. Das Wasser, oder was auch immer sie umgeben mochte, hatte ihre Haut sehr weiß gemacht.

»Welchem Zweck dienen diese ... Kinder?«, fragte sie.

Gesa hörte den Widerhall ihrer Stimme in dem großen Raum, denn sie hatte sich bemüht, laut zu sprechen. Sie hörte vereinzeltes Gelächter, das von den Bänken kam, wo die jungen Männer in ihren schwarzen Anzügen saßen.

Nichts von allem, mit dem sie heute bekannt gemacht worden war, hatte in ihr bislang die Befürchtung geweckt, sie würde es nicht bewältigen. Man hatte ihr die Wirtschaftsräume gezeigt und die Arbeitsstuben der Schwangeren, in denen kein Mensch zu sehen war, nur Spinnzeug und einige Bündel Flachs. Schon am frühen Morgen, als sie mit Lotte die Milchsuppe kochte, hatte sie erfahren, dass die übliche Hausarbeit einen Großteil ihrer Zeit einnehmen würde, und sie war sich nicht zu schade dafür. Man hatte sie durch das Haus geführt, sie mit dem jungen Hausknecht bekannt gemacht, dessen schlechte Haut ihr deutlicher in Erinnerung geblieben war als sein Name, und man hatte ihr eingeschärft, dass der Junge nach den Studenten zu schicken war, sobald eine der Frauen anfing zu kreißen. Sie wunderte sich nur, warum sie noch keine der Schwangeren zu Gesicht bekommen hatte, und jetzt hoffte Gesa, dass keine von ihnen das hier je sehen musste.

»Diese Embryonen, junge Dame, zeigen uns nichts als das menschliche Antlitz. Und dieses ist mitunter schwer zu ertragen, nicht wahr?«

Der Professor neigte den Kopf. Einige seiner Haare hatten sich zu Kringeln gedreht, und sein Blick ruhte auf den Ausstellungsstücken. Das Gesicht des Mannes spiegelte sich wie ein Mond im Glas der Schranktür. Gesa beeilte sich, ihre zitternden Hände in der Schürze zu verstecken, die sie seit heute morgen über ihren Röcken trug, wie Lotte und wie die Hebamme Textor, die ihnen nicht ins Auditorium gefolgt war.

»Dies ist der kleine Teil einer anatomischen Sammlung. Diese Wesen sind von Menschen geboren, und wir haben die Aufgabe zu fragen, warum sie diese Gestalt annahmen. Andere hier ausgestellte Präparate sind Totgeborene, die der Wissenschaft in einer vorzüglichen Weise dienen. Das werden Sie noch erfahren.«

Er bedeutete Gesa, ihm zu folgen und einen Gegenstand zu betrachten, der auf einem gepolsterten Stuhl platziert war. Es war ein plumpes Etwas, mit zwei gespreizten Stümpfen, das aussah, als hätte man es von einem Körper getrennt und sorgfältig vernäht.

»Das Accouchieren üben die Praktikanten zunächst an unserem geburtshilflichen Phantom. Und Sie selbstverständlich ebenso.«

»Accouchieren?«, sagte Gesa. »Was bedeutet das?«

Sie sah die Studenten grinsen und Lotte die Backen aufblasen, doch sie dachte nicht daran, zu schweigen. Nur Dinge, die du nicht begreifst, können dir Angst machen, hatte Tante Bele gesagt. *Angst lässt dich Fehler machen. Also stell Fragen.*

»Ist dies ein Gerät zum Üben von Griffen unter der Geburt?«

»Ach, hat sie Erfahrung, die Jungfer?« Der Professor lächelte.

»Meine Tante war Hebamme und ich ihre Lehrtochter«, sagte Gesa. »Fünf Jahre habe ich sie zu den Frauen begleitet.«

Kilian wandte sich seinen Studenten zu und überprüfte den Sitz seines Halstuchs, als gäbe es Zweifel daran, dass es anders als makellos gebunden sein könnte.

»Diese Maschine hier hat in ihrem Inneren ein natürliches Frauengerippe. Es ist gänzlich ausgestopft und mit Leder bezogen, wir nennen sie auch unsere lederne Mutter«, sagte er, und seine Hand tätschelte den Gegenstand wie den Hintern eines Pferdes. »Sie gestattet mir, alle Arten widernatürlicher und schwerer Geburten darzustellen«, fuhr er fort. Dabei schienen seine Worte weiterhin an niemanden Bestimmten gerichtet zu sein. Sein Lächeln war längst erloschen. »Und ich möchte betonen, sie *gestattet* es mir, so wie ich es meinen Studenten und Schülerinnen nach einer angemessenen Anzahl von Touchierübungen *erlaube*, diese an dem Körper eines schwangeren Weibes zur Vervollkommnung meines Unterrichts fortzusetzen.«

Clemens sah zu, wie die beiden Schülerinnen ihre angewiesenen Plätze am Rand des Auditoriums einnahmen, nachdem sie den Instrumentenschrank passiert hatten. Er vermutete, dass die Ältere unter der Bank nun wohl der Jüngeren die Hand drückte.

»Ihre Aufgabe wird es vor allem sein, Vorurteile und Aberglauben abzulegen und mit Vernunft auf die Wöchnerinnen einwirken, die Ihnen anvertraut sind. Es liegt in *Ihren* Händen, das will ich betonen, dass keine von ihnen mehr glauben muss, es sei besser, sich unserer Hilfe zu entziehen«, hörte er Kilian sagen.

Der junge Doktor sah den Blick der Neuen auf den Instrumenten haften, den Perforationsbestecken, Haken und Zangen. Sie gab sich offensichtlich Mühe, keine Gefühlsregung erkennen zu lassen, und für einen Moment hatte er den flüchtigen Wunsch, ihr die Instrumente zu erläutern.

Kilian würde jetzt den Teil seines Vortrags beginnen, der ihm besonders wichtig war, das konnte er daran erkennen, wie er seine Hände betrachtete und dann ruckartig den Kopf hob.

»Erfahrung allein ist nichts, worauf man sich berufen sollte. Es liegt eine gewisse Anmaßung darin, und es erklärt uns, meine Herren, warum Hebammen in den zwei Jahrtausenden, in denen die Geburtshilfe fast ausschließlich ihr Geschäft war, es nicht verstanden, ihr Fach zu einer Wissenschaft zu entwickeln.« Zu Gesa gewandt sagte er: »Von den Instrumenten der modernen Geburtsmedizin werden Sie durch die gute Tante womöglich noch keine Kenntnis erhalten haben, darf ich annehmen?«

Jetzt muss sie uns bereits für Monstren halten, dachte Clemens. Dabei wird das, was nun kommt, noch schwerer für sie verständlich sein. Selbst ihm war es zu Beginn seines Studiums in Kassel so gegangen, als er vor einem Tuch aus schwarzer Wolle in die Knie ging, hinter dem in den Übungsstunden eine schwangere Frau verborgen stand. Nie würde er das Unbehagen vergessen, mit dem er sich durch die Öffnung in dem Vorhang getastet hatte und seine Hände die nackten Schenkel jener fremden Frau streiften, die man dazu angehalten hatte, ihre Röcke zu heben. Ihn hatte man auffordern müssen, nun endlich die Finger in die Genitalien einzuführen und dem Protokollanten den Befund eines Körperteils zu referieren, dem er auf diese Weise zum ersten Mal begegnete.

Hier in Marburg sah man von derlei Vorgehensweisen bei den Untersuchungen ab, aber zuweilen war er nicht sicher, ob dies eine glückliche Entscheidung war. Doch er durfte nicht immer wieder zweifeln, das brachte ihn nicht weiter.

Sie schreckte hoch, als sich die Tür öffnete. Frau Textor betrat mit einer der Schwangeren das Auditorium, und wieder hielt sie die Frau am Arm gepackt wie eine Gefangene, obwohl er die Institutshebamme schon unzählige Male um eine sanftere Verfahrensweise gebeten hatte. Wie immer hatte Frau Textor eine ruppige Art, die Schwangere auf dem Untersuchungstisch zu entblößen.

Erst später fand Clemens Gelegenheit, sich dafür zu schämen, dass er nicht damit aufhören konnte, die Jungfer Langwasser zu beobachten. Dabei bereitete es ihm keinerlei Vergnügen, sich vorzustellen, was das Geschehen bei ihr auslösen musste.

Er sah, dass die junge Schülerin den Blick der Frau auf dem Tisch suchte und ihn festhielt, bis diese unter den ersten Berührungen die Augen schloss.

*

Sie wünschte sich, Tante Beles Röcke zu hören, eine leise Bewegung, die sie stets dazu bewogen hatte, so zu tun, als würde sie schlafen. Denn manchmal war sie wach geworden, wenn Bele nachts an ihr Bett getreten war, und immer hatte sie dann spüren können, wie sie auf sie herabsah. So hatte sie es oft getan und dachte wohl, Gesa wüsste es nicht.

Tante Bele hatte die Welt mit einem Husten verlassen, und ihr letzter Atemzug klang empört, so als hätte sie nach Luft geschnappt. Es passte zu ihr. Wenn sie es schon nicht verhindern konnte, an einer Lungenentzündung zu sterben, dann verschied sie eben unter Protest. Gesa hatte die Totenwäscherin fortgeschickt und zunächst auch die anderen Dorffrauen, die sie aufsuchten. Alle wollten Bele sehen, als könnten sie es nicht glauben, dass die Hebamme gestorben war.

Sie verschloss die Tür des kleinen Hauses und hätte es gern mit Blumen geschmückt, doch die waren im Februar nicht zu haben. Sie entzündete Kerzen und stellte den Kienspanleuchter neben das Bett, um Tante Bele endlich so lange zu betrachten, wie sie wollte, und um sie zu weinen, ohne dass sie es ihr verbieten konnte.

Auf dem Feuer wärmte sie Wasser und gab etwas getrocknete Minze dazu, die Bele geschätzt hatte. Als Gesa es endlich wagte, ihr das Hemd auszuziehen, um sie zu waschen, war sie überrascht. Was sie sah, war der Körper einer jungen Frau. Feste Brüste, ein flacher Bauch und eine glatte Haut, die an keiner Stelle einen Riss aufwies. Beles siebenundvierzigjähriger Körper lag vor Gesa wie ein lang versteckter Schatz, den zu finden sich niemand die Mühe gemacht hatte. Oder den sie einfach für sich hatte behalten wollen. Sie hüllte ihn in eines von Beles schwarzen Kleidern und bedauerte zum letzten Mal, dass sie kein farbiges besaß.

Beles Hände rieb sie mit Öl ein, so wie sie es selbst immer getan hatte, wenn sie zu einer Frau gerufen wurde. Und dann küsste sie die Frau, mit der sie ihr ganzes Leben verbracht hatte, bis auf zwei Jahre, die fast im Dunkeln lagen. Sie streichelte ihr wächsernes Gesicht so lange sie wollte, und das dauerte einen ganzen Tag, bis die Männer kamen, um sie in den Sarg zu legen.

Im Leben hätte Tante Bele dergleichen niemals zugelassen.

Vor vielen Jahren hatte es Nächte gegeben, in denen Gesa sich vorstellte, Tante Bele sei verzaubert. Das hatte mit den Märchen zu tun, die sie in den Spinnstuben hörte und von denen sie jedes glaubte. Demnach musste es Elfen geben, die am Vogelsberg durch den Nebel tanzten, und von denen es hieß, sie hinterließen winzige Fußspuren auf den Wiesen. Gesa hatte nach ihnen gesucht, ohne je etwas anderes zu entdecken als Käfer, Schnecken und Steine. Doch es hielt sie nicht davon ab, eine Zeit lang zu glauben, Tante Bele sei auf ihren nächtlichen Wegen in einen Elfenreigen geraten und hätte seitdem vielleicht eine Haut aus Glas, die man nicht berühren durfte. Wenn man es tat, zersprang sie in tausend Stücke.

Dabei war es nicht so, dass Tante Bele sie niemals angefasst hätte. Sie tat es allerdings nur, wenn es nötig war, doch dann war ihre Berührung fest und warm. Die Frauen fasste sie auf eine Weise an, dass sie ruhig wurden. Die Frauen hatten Tante Beles Hände gern gehabt.

Gesa lauschte den Geräuschen des Hauses nach und dachte an die Schwangeren unten. Sie tastete nach der Leinentasche, die sie einmal für Bele genäht hatte, und drückte sie an sich wie eine alte Puppe. Sie hoffte, es würde sie beruhigen und sie könnte endlich schlafen, wie Lotte es im Bett gegenüber schon seit langem tat.

Zwei

FRÜHLINGSMOND

Als Elgin das Bett verließ, spürte sie die Bewegung ihrer gelösten Haare auf der bloßen Haut, bis hinunter zu den Hüften.

Die Kerzen waren längst heruntergebrannt, und sie musste mit dem verblassenden Mondlicht auskommen. Sie setzte die Füße vorsichtig auf, obwohl sie wusste, dass die dicken Eichendielen ihre Schritte schlucken würden.

Dunkle Möbel umgaben sie wie ein Kreis alter Freunde, wobei zu bemerken war, dass es in ihrem Leben kaum Menschen gab, deren Nähe sie zuließ. Das Haus in der Hofstatt war die Hinterlassenschaft ihrer Mutter, mit der sich fortsetzte, was durch die ungewöhnliche Erziehung ihres Vater geprägt worden war: ein Leben, das sich von keinem anderen abhängig machen musste. Als Elgin das kleine Haus vor Jahren übernahm, hatte sie es nur mit dem Nötigsten versehen. Der einzige Luxus, den sie sich gestattete, waren Vorhänge aus weißem Musselin. Wenn sie sich – anders als heute – nachts bei geöffneten Fenstern aufbauschten, konnte es ihr scheinen, als wäre jemand mit ihr wach.

In den Nächten, die sie nicht am Bett einer Frau verbrachte, hätte sie nackte Fenster empfunden wie blicklose Augen, die etwas von ihr fortnahmen und im Nichts verschwinden ließen. Diese dunkle Leere bot verzagten Gedanken Platz, mit denen sich zu befassen Elgin als Zeitverschwendung betrachtete.

Aus einem ähnlichen Grund hatte sie einen wuchtigen Spiegel entfernen lassen, den sie bei ihrem Einzug in diesem Zimmer vorfand. Sie ersetzte ihn durch einen Tisch, an dem sie ihre Bücher ausbreiten konnte.

Das letzte Mal, dass Elgin sich eingehend in einem Spiegel betrachtet hatte, lag daher Jahre zurück. Ihre Brüste waren weder groß noch klein, eine Taille konnte sie kaum vorweisen, und insgesamt hatten die Konturen ihres Körpers etwas Sachliches. Es war lange her, dass Elgin meinte konstatieren zu müssen, nicht besonders hübsch zu sein. Frei von Kummer hatte sie es bei diesem Urteil belassen. Die Mutter war zu früh aus ihrem Leben verschwunden, als dass sie ihrer Tochter zu einem gnädigeren Umgang mit sich selbst hätte raten können.

Die Kacheln des Ofens waren noch heiß. Obwohl Elgin zum Schlafen frische Luft bevorzugte, ließ sie in Nächten wie dieser Marthe noch einmal Holz nachlegen und einen Topf mit heißem Wasser hinter die obere Tür des Ofens stellen, bevor sie sie schlafen schickte.

In wenigen Wochen würde es warm werden, der Ofen in ihrem Zimmer unbeheizt bleiben, und sie musste sich etwas anderes einfallen lassen, um in tiefer Nacht an heißes Wasser zu kommen.

Ob Marthe sich jemals Gedanken machte, wenn diese Anordnungen kamen? Ihr war nichts anzumerken, das schätzte Elgin an ihrer alten Magd. Sie hatte ihr die Führung des Haushalts von Anbeginn bereitwillig überlassen, und Marthe dankte es ihr mit Verschwiegenheit.

Auf dem Schemel neben dem Ofen stand die Waschschüssel bereit, in die Elgin ein Leinensäckchen mit einer Mischung aus Efeublättern, Benediktinenkraut und Haselwurz legte. Sie hatte sich angewöhnt, eine kleine Anzahl dieser Säckchen vorzubereiten und sie in einem Schrank zwischen ihrer Wäsche aufzubewahren. Hier in ihrem Zimmer, wo sie schlief, las und seit einem der letzten warmen Oktobertage des vergangenen Jahres zuweilen auch andere Dinge tat. Dinge, die ihr mehr Vergnügen bereiteten, als sie es erwartet hätte, und die ihr gefährlich werden konnten.

Mit einem Tuch ergriff sie den Topf, zog ihn aus dem Ofen und ließ das Wasser vorsichtig in die Schüssel fließen. Sie spreizte die Beine über dem Schemel, ihr Geschlecht empfing den heißen Dampf, und als sie die Augen schloss, kamen die Zweifel. Sie musste sich immer wieder selbst überprüfen. Sie hatte in wissenschaftlichen Schriften gelesen, in jahrhundertealten Kräuterbüchern nach Antworten gesucht. Sie war auf das Buch der Siegemundin gestoßen, Chur-Brandenburgische Hofwehemutter, eine der wenigen Hebammen, die schriftliche Zeugnisse hinterlassen hatten. Es hatte Elgin angeregt und einen Wunsch geweckt.

Dass in dem Werk der Wehemutter bestimmte Dinge nicht zur Sprache kamen, hatte sie dagegen kaum gewundert. Eine Hebamme war angewiesen, sich in aller Ausschließlichkeit exakt mit dem Gegenteil von dem zu beschäftigen, über das sie, Elgin, etwas herauszufinden gedachte: wie eine Empfängnis zu verhindern war. Im Allgemeinen also wurde es als eine Sünde betrachtet, was sie tat.

Doch hinsichtlich dieses besonderen Vorgangs so wenig zu wissen, war ihr unerträglich. Es konnte sie nicht einmal der Gedanke besänftigen, dass selbst den Gelehrten, den Anatomen und Naturwissenschaftlern, die genauen Vorgänge der Empfängnis bislang noch immer ein Rätsel waren.

Sie prüfte die Temperatur des Wassers und wusch sich mit der üblichen Gründlichkeit und stillen Bewegungen. Nachdem sie sich abgetrocknet hatte, tastete sie auf dem Boden der Schüssel nach dem Kräutersäckchen und drückte es aus. Sie öffnete den Riegel des Ofentürchens und warf es in die Glut. Es gab ein Zischen von sich, und wie immer in diesem Moment schaute Elgin zum Bett hinüber. Wie immer regte sich nichts hinter den Vorhängen.

Der Tiefschlaf war das Berechenbarste an ihm. Sein Kuss, mit dem er den Schweiß in ihrem Nacken aufsammelte, war stets die Verabschiedung in einen kurzen, todesähnlichen Schlaf. Ihr war sehr daran gelegen, denn sie wusste diese Zeit zu nutzen.

Elgin griff nach ihrem Nachtmantel, der neben dem Ofen bereitlag, und schlang ihn um sich. Er war so grün, wie sie sich das Meer vorstellte, und in seiner Tasche berührten ihre Finger das Mittel, dem sie die entscheidende Wirkung zusprach: Wurzeln von Malve, Myrrhe und Poleiminze, die für ihr monatliches Geblüt sorgen würden.

Sie öffnete eine kleine Flasche mit Lilienöl, eine Kostbarkeit, die Bertram Fessler in seiner Apotheke eigens für sie und eine vollkommen andere Verwendung hatte herstellen lassen.

Sie vermisste diesen Mann schmerzlich, und zuweilen hatte sie ein schlechtes Gewissen. Er war ein großmütiger Mensch, doch vermutlich hätte es selbst ihm höchstes Unbehagen bereitet, wenn er gewusst hätte, was nur wenige Wochen vor seinem Tod begann. Einem schnellen Tod, den niemand ahnen konnte und den seine Witwe ihm vorwarf. Den Typhus hatte Bertram Fessler mit all seinem Wissen und auch mithilfe der Ärzte, von denen in der Universitätsstadt hinreichend zur Verfügung standen, nicht besiegen können. Elgin hoffte inständig, es würde die ewige Ruhe des Apothekers nicht stören, dass sie seinen Sohn in ihr Bett ließ.

Inzwischen hatte das Öl die zusammengebundenen Pflanzenwurzeln getränkt, und Elgin stellte ihren rechten Fuß auf dem Schemel ab. Die Rezeptur des kleinen Gegenstands, der mühelos in ihren Körper glitt und den sie erst am Abend des kommenden Tages wieder entfernen würde, stammte aus dem Mittelalter. Bis jetzt hatte sie keinen Grund, an seiner Zuverlässigkeit zu zweifeln. Mitunter ließ es sie sogar vergessen, dass sie sich zum Gegenstand eines gefährlichen Experiments machte.

Elgin drehte die Öllampe auf und ließ sich an ihrem Arbeitstisch nieder, auf dem es keinen freien Platz mehr gab. Im unruhig flackernden Licht griff sie nach dem Tintenfässchen und brachte es in Sicherheit, bevor es mit der nächsten Bewegung hinunterfallen würde, wie es schon oft genug geschehen war. Dunkle Flecken auf dem Holzboden zeugten davon. Sie griff nach der Feder und überflog ihre letzten Notizen.

Die natürliche Geburt ist eine Austreibung des reifen Fötus durch Zusammenziehungen des Uterus. Was aber ist die Ursache für seine unwillkürliche Tätigkeit? Sind es die starken Bewegungen des Kindes, das den Ort verlassen will, in dem es eingeschlossen ist? Oder versetzt die bloße Berührung der äußeren Mündung durch die Membranen das Organ in Aufregung?

Sie unterbrach sich. Ihr Blick wanderte hinüber zum Bett.

Nie hatte sie es für möglich gehalten – nein, sie hatte sich niemals auch nur Gedanken darüber gemacht –, dass sie für das geschaffen sein könnte, was dieser Mann, der dort drüben lag, bei ihr auslöste. In welch Gegensatz die jungenhaften Gesichtszüge, die er im Schlaf nicht verbergen konnte, zu seinem kundigen Körper standen.

Die hellbraunen Locken, die sonst auf seine Schultern fielen oder aber über ihre geschlossenen Augen strichen, lagen jetzt feucht und strähnig über Stirn und Wangen. Sein Mund war leicht geöffnet. Er schien kaum zu atmen.

Es hatte sie beeindruckt, wie sicher seine Hände waren, als er sie das erste Mal berührte. Dass er es wagte. Erstaunt hatte sie es zugelassen.

Natürlich waren ihr seine Blicke nicht verborgen geblieben, wenn sie in der Apotheke ihre Besorgungen machte. Es hatte sie amüsiert. Sie hatte es schon einige Male erlebt, dass Männer es sehr verstören konnte, sobald sie begriffen, dass sie über Gelehrtenwissen verfügte. Sie brüstete sich niemals damit, aber sie hielt es auch nicht zurück.

Anders also hatte sie seine Blicke nicht gedeutet. Sie war nicht einmal misstrauisch geworden, als er sich in ihr Haus Eintritt verschaffte unter dem Vorwand, ihr ein Buch persönlich übergeben zu wollen, das der alte Fessler aus seiner Bibliothek für sie herausgesucht hatte.

Ohne Umschweife hatte er sich ihr erklärt. Sie hatte gelacht. Keinesfalls, um ihn zu verletzen, derlei war ihr vollkommen fremd. Das Lachen allerdings war ihr sofort vergangen, als er um ihre Mitte griff und eine seiner Hände auf ihren Rücken legte. Es ging eine unglaubliche Hitze von ihm aus und ein sanfter Druck, mit dem er sie an sich zog. Er umfasste ihren Nacken und küsste sie.

Sie hatte ihn nicht von sich gestoßen, nicht geschlagen oder nach ihrer Magd gerufen. Sie war ungeübt in solchen Verhaltensweisen. Sie war ungeübt darin, eine solche Lust zu empfinden. Wie schön seine Hände waren, bemerkte sie erst später.

Es war so überraschend für sie gewesen, festzustellen, wie sein junger, glatter Körper sich in ihren fügte, ohne jede Anstrengung. Schon nach kurzer Zeit hatte sie nicht einmal mehr die Augen schließen müssen, um sich gedankenlos von den unzähligen abenteuerlichen Wahrnehmungen überfluten zu lassen. Sie sah ihm zu und staunte über seine Bewegungen, die sanft sein konnten und von geschmeidiger Kraft.

Nie war sie einem Mann so nah gewesen, und es hatte ihr niemals daran gelegen. Diesem unbestimmten Gefühl, das sich zuweilen in ihrem Körper eingestellt hatte, war sie nachgegangen. Sie hatte es erforscht, so wie sie auch sonst den Dingen auf den Grund ging. Sie hatte herausgefunden, dass es mehr gab, als nur die Hand zwischen die Beine zu legen. Sie fand es interessant, aber nicht über die Maßen beeindruckend.

In Wien hatte es einen jungen Arzt gegeben, den sie für die Fortsetzung der körpereigenen Studien bestimmt hatte. Zunächst hatte er ein wenig kompromittiert getan und war es vielleicht tatsächlich auch gewesen, im ersten Moment. Ihrem Anliegen war zugute gekommen, dass sie in seinen Augen nur eine unbedeutende Hebammenschülerin war. Wenn auch erstaunlich verdorben offensichtlich. Keinesfalls hatte er in ihr eine ebenbürtige Person seines Standes gesehen. Er wusste nichts über sie, und das war auch nicht wichtig. Es mit einem Arzt zu tun machte die Sache zu einem wissenschaftlichen Vorgang, und anders wollte Elgin das nicht verstanden wissen. Es hatte sich auch nicht anders angefühlt.

Erleichtert hatte sie beschlossen, fortan bestens darauf verzichten zu können. Es kam ihren Plänen sehr entgegen, und es waren viele Jahre vergangen seitdem. Jahre, in denen ihr Körper brachgelegen hatte, ohne dass sie es als einen Mangel empfunden hatte. Für sie war es ein Privileg.

»Du bist mir schon wieder entwischt.«

Sie hatte nicht bemerkt, dass er sie mit halb geöffneten Augen betrachtete, mit diesem Blick, für den jetzt keine Zeit mehr war.

Sie lachte.

»Ich bin einfach nur aufgestanden, lieber Freund.«

»Ach, komm her und sag nicht lieber Freund zu mir. Das klingt, als hättest du meinen Namen vergessen.«

»Du musst gehen, Lambert.«

Sie sah ihm zu, wie er sich aufsetzte und streckte.

Als Lambert aufstand, bedeckte er sich nicht und warf mit einer Kopfbewegung die Haare nach hinten, die gleich wieder ins Gesicht fielen. Er griff sich in die Locken, strich sie zurück, kam auf sie zu. Sie fragte sich zuweilen, wie bewusst er seine Schönheit einsetzte, doch beunruhigt war sie vor allem durch sein Bemühen, das er damit zum Ausdruck brachte.

Die schläfrige Wärme seines Körpers drang durch den Stoff ihres Nachtmantels, als er bei ihr war. Die Stelle neben seinem

Beckenknochen, dort, wo seine Haut besonders dünn war, hätte sie gern noch einmal berührt.

Stattdessen flüchtete sich ihre Hand zu dem Herbarium auf dem Tisch, blätterte ziellos eine Seite um und fuhr über die gepressten Blüten der *Ruta graveolens*. Das Gelbgrün der Rautendolde war verblichen, doch von den kahlen Blättern der getrockneten Pflanze ging noch immer ein leiser, aromatischer Geruch aus.

Anfänglich hatte Elgin es bedauert, dass Lambert ihr Interesse nicht teilte. Er hatte nicht ein Quäntchen von dem Wissensdurst seines Vaters. Was derartige Dinge anging. Doch womöglich war es von Vorteil, dass nicht auch diese Gabe zu haben war.

»Du bist viel zu weit fort, meine Liebste.« Er murmelte in ihr dickes Haar, als wollte er seine Worte darin verstecken.

Wieder lachte sie. Sie musste immer lachen, wenn in seiner Stimme dieser Ton mitschwang. Sie musste lachen, obwohl es sie nicht einmal belustigte.

»Unsere Nähe hier in diesem Zimmer könnte allergrößten Aufruhr auslösen, wenn sie bekannt würde«, sagte sie. »Du wirst meinen, dass ich dich schnell loswerden will, wenn ich dir sage, dass es bald hell wird. Ich aber meine, wir sollten klug sein. Keinem von uns beiden wird es nutzen, wenn man zu fragwürdigen Zeiten einen jungen Mann das Haus der Hebamme verlassen sieht, der bekanntermaßen unverheiratet ist. Noch.«

Sie hinderte ihn daran, den seidenen Stoff über ihren Brüsten auseinander zu schieben.

Er kniete vor ihr und sah ihr ins Gesicht. »Immer weichst du mir aus.«

»Immer? Ist das so?«

»Nein, nicht immer.«

»Lambert, mein Lieber«, sagte Elgin und lauschte ihrer Stimme nach, ob nicht doch ein wenig Ungeduld darin zu hören war. »Du liest zu viele von diesen aufwühlenden Gedichten. Und dann kommt es, dass du dir zu viele Gedanken machst. Oder die falschen. Oder überflüssige.«

»Gedanken, die du nicht ernst nimmst.«

»Aber nein.«

»Weil du es nicht aufgeben willst zu glauben, ich sei zu jung für dich.«

Sie strich ihm eine Locke aus der Stirn.

Er fing ihre Hand ab und küsste die Innenseite.

»Öffne mir dein Herz«, flüsterte er. »Vertrau mir doch.«

»Du mit deinem großen Herzen, du solltest noch ein wenig Platz für deine Verlobte lassen«, sagte sie sanft.

Sie sah in seinem Gesicht den Schmerz auftauchen. Sie widerstand dem Impuls, ihre Hand zurückzuziehen.

»Für mich bedeutet es viel, dich meinen Freund zu nennen, Lambert. Ich glaube, das weißt du gar nicht. Es gibt sonst niemanden hier, den ich so nenne. Ich vertraue dir mehr als sonst jemandem.«

Sie sah in seine Augen, die von einem fleckenlosen Braun waren. Sie konnte sehen, wie er nach der Wahrheit in ihren Worten suchte. Eine andere Wahrheit als jene, die ihr in diesem Augenblick zu Bewusstsein kam.

Ja, sie vertraute ihm. Vielleicht war das schon zu viel.

*

Jetzt würde sie bald Milch haben, so wie sie es gestern noch erhofft hatte, denn genau um diese Zeit hatte Lene die Stadt verlassen wollen, damit sie am Abend das Dorf erreichen konnte. Sie hatte sich Sätze zurechtgelegt, mit denen sie ihre Mutter für das Kind einnehmen würde, und sich bereitgemacht für die Schläge des Vaters.

Ihre Brüste waren wie heiße Steine. Sie hätte die Hände an ihnen wärmen können, wenn ihr etwas daran gelegen hätte, doch ihr lag an nichts mehr etwas.

Im ersten Licht des Tages fand Lene den Weg zur Lahnbrücke. Es war ganz einfach gewesen, sie hatte gar nicht nachdenken müssen. Sie wollte zum Wasser, und ihr Körper hatte sie dort hingeführt. Sie beugte sich über das hölzerne Geländer im Mittelteil der Brücke, setzte einen Fuß auf einen der Querbalken, um höher zu kommen, und das Rauschen dort unten beruhigte sie. Sie würde nie wieder Angst haben, und sie würde nicht daran verzweifeln, dass sie nichts von dem verstand, was geschehen war.

Der Nachmittag des gestrigen Tages schien eine Ewigkeit zurückzuliegen, und seitdem hatte sie sich unzählige Male verflucht. Mehr als alles, was sie sich vorzuwerfen hatte, bereute sie den Moment, als sie gestern beschlossen hatte, den Abtritt im Hof aufzusuchen, statt ihre Notdurft im Stroh zu verrichten. Es hätte ihr gleichgültig sein sollen, ob sie ihren Dreck unter dem Dach des Töpfers hinterließ, aber sie wollte nichts tun, was die Frau vielleicht noch wütender machte.

Außerdem hatte Lene sich stark gefühlt, als sie bemerkte, dass sich ihre Brüste verhärteten. Immer wieder legte sie ihren Sohn an, wie die Hebamme es ihr gesagt hatte, obwohl er kaum saugte. Er blieb still, vielleicht weil sie ihn eng bei sich hielt, und er half ihr damit auf seine Weise, der Kleine.

»Wenn dich jemand hört oder sieht hier im Haus, werde ich keinen Moment zögern, dich anzuzeigen, wie es meine Pflicht ist«, hatte Marietta Schricker gesagt, als sie das letzte Mal bei ihr war.

»Du gehörst in den Weißen Turm für das hier«, hatte sie geflüstert, sodass Lene gleich wieder gefroren hatte, dabei war es doch gestern zum ersten Mal ein warmer Tag gewesen. Viele Stunden konnte sie zusehen, wie sich der Staub auf dem Dachboden in den Sonnenstrahlen fing, und sie war froh gewesen, dass die Frau nicht mehr zurückgekommen war.

Manchmal hatte sie unten etwas gehört und gemeint, es seien Schritte. Dann hatte sie jedes Mal die Luft angehalten und dachte, jetzt kommt sie doch, jetzt hat sie doch Meldung beim Pfarrer gemacht. Als es dämmerte und Lene glaubte, dass alle beim Nachtmahl in der Küche saßen, war sie zur Treppe geschlichen. Sie hatte noch etwas gewartet, um ganz sicher zu sein, dass niemand über den Hof kommen würde.

Felix, der Glückliche, lag in einer Mulde aus Stroh. Sie hatte ihn eng gewickelt, denn sie wusste, dass es die Kinder ruhig hielt, stundenlang, und als sie zurückeilte, die Stufen hinauf, lächelte sie über die Stille. Sie war zufrieden mit ihrem Sohn und dachte, er schliefe immer noch.

Doch er war verschwunden.

Die ganze Nacht hatte sie sich versteckt gehalten, und zunächst war sie in der Nähe des Hauses geblieben. Irgendwann hatte sie es sogar gewagt, zurück in den Hof zu gehen, um unter den Fenstern zu lauschen, ob sie das Weinen ihres Kindes hörte. Sie selbst hatte keine Träne vergossen. Sie war viel zu sehr damit beschäftigt, den Verstand zu verlieren.

Niemand würde ihr glauben.

Noch einmal sah Lene zur Stadt hinüber, die über dem Fluss lag wie eine geschlossene Festung. Die Röcke schlugen über ihrem Kopf zusammen, als sie sprang, und das Wasser zog sie mit eisigem Griff in die Tiefe. Sie hatte nicht mal mehr Zeit daran zu denken, dass jemand sie retten könnte.

*

Im Haus des Richters hatte das Warten begonnen. Schon am frühen Nachmittag war Elgin von eben jener Kalesche abgeholt worden, die zuvor die kleinen Töchter zur Großmutter gebracht hatte. Durchaus Wege, die man hätte laufen können, aber so war es eine Geschäftigkeit, eine aufwändige Bewegung hin zu einem Ziel, das in den kommenden Stunden erreicht werden sollte. Und das war die Geburt eines Sohnes.

Noch wusste man natürlich gar nichts über das zu erwartende Kind, lediglich Elgin hatte in den Voruntersuchungen der hochschwangeren Frau Rat feststellen können, dass es sich bereits in die richtige Stellung gebracht hatte.

Da der Richter um seine Frau außerordentlich besorgt war, hatte er schon bei den ersten schwachen Wehen am Vormittag die Sachen für die Mädchen packen lassen, damit sie das Haus verließen, bevor ihre Mutter den ersten Schmerzenschrei von sich gab, denn auch in diesem Punkt war er äußerst umsichtig. Ihm war es weitaus lieber, die Kleinen im Hause seiner Mutter zu wissen, auf ihrem Schoß sitzend und in ihren Armen schaukelnd, während sie ihnen erzählte, dass die Mama am Rand eines Brunnens vor der Stadt darauf wartete, dass ein Geschwisterchen hinausgefischt und ihr ans Herz gelegt würde.

Nun würde er korrekt gekleidet, mit ungelockertem Halstuch und geknöpfter Weste im Salon auf und ab schreiten, sich nach Anbruch der Dunkelheit hin und wieder einen Schluck Wein gestatten, gelegentlich die Stickereien des Ofenschirmes betrachten, die seine Gattin in den Wintermonaten angefertigt hatte – leider würde sie keine Gelegenheit haben, sein verzweifeltes Interesse an ihren Petit-Point-Landschaften zu bemerken. Nur kurz würde er ab und zu in einem der leichten Sessel mit den ovalen Rückenlehnen Platz nehmen, und erst, wenn die Geschehnisse im Schlafzimmer eine gewisse Betriebsamkeit erahnen ließen, würde sich der Justizrat gestatten, den Gehrock abzulegen. Das Dienstmädchen war angewiesen, ihm Bescheid zu geben, wenn das Kind geboren war. Dann würde er persönlich in die Küche hinuntergehen, um die Köchin zu instruieren, das Nachtmahl oder ein fulminantes Dejeuner für die Gottschalkin herrichten zu lassen. Je nachdem.

Elgin waren die Gewohnheiten des Hausherrn inzwischen bekannt, und sie hatte verneint, als er sie nervös fragte, ob sie

Hilfe beim Aufstellen des Gebärstuhls benötigte. Er küsste seine Frau, um sich dann ehrfurchtsvoll zurückzuziehen, als ließe er sie an einem Ort dunkler Mächte zurück. Damit gehörte er zu den Männern, die Elgin mit einer gewissen Zuneigung aus dem Geschehen entließ.

Die Wehen waren wieder schwächer geworden, und Elgin hatte der Frau Rat ein Glas Rotwein mit Zimttropfen zu trinken gegeben. Wenn sie ihre Wirkung taten, würden sie bald zum Du überwechseln, aus der Frau Rat würde Malvine, die in deutlichen Worten Hilfe und Zuspruch forderte, sie würde sich Elgin in allem überlassen, bis diese ihr das Kind in die Arme legte, und zwar bereits wieder unter Anwendung der üblichen Anredeform. Aber davon waren sie im Moment noch weit entfernt. Malvine hatte sich in einen vorläufig letzten Schlummer zurückgezogen und mit ihr, so schien es, das ganze Haus.

Das Dienstmädchen hielt sich in Rufweite auf, um Elgin jederzeit zu Hilfe eilen und ihr in allem assistieren zu können, wenn sie danach verlangte. Sie hatte ihr schon bei der Geburt des jüngeren Mädchens vor drei Jahren geholfen und sich als geschickt und umsichtig erwiesen. Elgin verwarf den Gedanken, sie hereinzuholen, um mit ihr gemeinsam den Gebärstuhl aufzustellen. Stattdessen bewegte sie sich leise auf die andere Seite des Bettes, von dessen kronenförmigem Himmel nachtblauer Samt in geregeltem Faltenwurf nach unten fiel. An den Kordeln hingen goldfarbene Troddeln, mit denen Malvines Töchter gern spielten, sofern es ihnen gestattet war, sich im Bett der Eltern aufzuhalten. Zuweilen durften sie es besteigen wie ein königliches Schiff, das hatte Malvine ihr erzählt und nachsichtig gelächelt, als sie schilderte, wie ihr Gatte sich im Nachthemd von den Mädchen als *Capitaine* feiern ließ, der mutig einem gewissen Napoleon Bonaparte auf dem Mittelmeer entgegensegelte. Dass ihr Vater sich für diese Seeschlacht an Bord eines britischen Schiffes hätte begeben müssen, brauchten sie nicht so genau zu wissen; an derlei Details wünschte der Herr Rat sehnlichst einen Sohn teilhaben lassen zu können.

Elgins Vater hatte so nie gedacht. Ihm wäre es nicht eingefallen, Wissen von seiner Tochter fern zu halten. Sie musste sich nicht fragen, ob Professor Matthäus Gottschalk die Dinge anders gehandhabt hätte, wenn seine Frau nicht so früh gestorben wäre, ohne ihm einen Sohn gebären zu können. Er blieb zurück und hielt ihre Liebe wach an der Seite eines kleinen Mädchens, das ihm Fragen stellte. Er hatte die beeindruckende Erfahrung gemacht, dass es ihnen beiden half, sie zu beantworten.

Matthäus Gottschalk stellte vielleicht am Totenbett seiner Frau zum ersten Mal fest, dass sein Kind ein denkendes Wesen war. Er erklärte dem fünfjährigen Mädchen alles, was er über die Krankheit wusste, die ihrer Mutter das Leben genommen hatte, und seine akademisch ausgebildete Lehrmeinung über die Schwindsucht tröstete sie schließlich beide an diesem schwarzen Tag. Seither betrachtete sich Elgin als Schülerin, und Gottschalk gefiel es mitunter, sich in den Gelehrtenkreisen Freiburgs als Privatdozent seiner Tochter zu bezeichnen. Es waren die Ereignisse eines weiteren, schwarzen Tages, die ihn endgültig davon abbrachten, Unmögliches zu wagen und seiner Tochter Eintritt in die Hörsäle der Freiburger Universität zu verschaffen. Doch das wiederum war Jahre später.

Geräuschlos klappte Elgin die Seitenteile des Gebärstuhls aus und hängte die kleinen Haken in die Ösen ein. Sie überprüfte die Beweglichkeit der verstellbaren Rückenlehne, legte die Polster auf die halbrunde Sitzfläche und band sie fest. Am Ofen lag ein Stapel von Tüchern bereit, die sie darüber breiten konnten, bevor Malvine auf dem Stuhl Platz nehmen würde.

Den Ersten seiner Art hatte sie in Wien am Hospital gesehen, als sie dort lernte. Nach Wien schickte sie ihr Vater, weil er selbst dort promoviert hatte, und ihr Lehrmeister war sein geschätzter Kollege, den er nicht nur als Gelehrten bewunderte.

Matthäus Gottschalk war diesem Mann ein Leben lang auch deshalb zugetan, weil er in seinem Hause zum ersten Mal jener hinreißenden Person begegnete, die er schon wenig später zu heiraten gedachte. Was er tat, sobald er seine Doktorwürde erlangt hatte.

Professor Linus Wolf war ihm ein ferner Freund geblieben, der sich im Ausland fortbildete und nach seiner Rückkehr am Wiener Hospital eine Abteilung für arme Wöchnerinnen einrichtete. In Frankreich habe er gelernt, was die Kunst, in England hingegen, was die Natur vermöge – so pflegte er zu sagen, um Letzterer den Vorzug zu geben. Es hatte ihm Freude bereitet, Elgin zu unterrichten, und nie machte er einen Unterschied zwischen ihr und seinen Studenten. Noch heute standen sie im Briefwechsel miteinander, und Professor Wolf unterstützte Elgin in dem Vorhaben, das in den vergangenen Jahren immer mehr Gestalt angenommen hatte. Die ersten Niederschriften hatte sie verbrannt, sie war streng mit sich, zu streng möglicherweise. Doch das konnte ihr nur nutzen, denn sie musste gewappnet sein, wenn sie – Elgin Gottschalk – ans Licht der Öffentlichkeit treten und ein Handbuch für Hebammen vorlegen wollte.

Seit sie sich damit beschäftigte, empfand sie eine Sehnsucht nach ihrem Vater wie schon lange nicht mehr. Es war ein ungewohnt schmerzhaftes Gefühl, etwas ganz anderes als das Bedauern darüber, dass er nicht mehr feststellen konnte, wie richtig es gewesen war, was er für seine Tochter getan hatte. Dass sie in einem Leben glücklich war, welches er sich für keine andere Frau hätte vorstellen können. Nie hatte Matthäus Gottschalk seine Tochter mit Heiratskandidaten belästigt, das erstaunte sie heute noch manchmal, wenn sie daran dachte. Denn sie hatte keine Erinnerung daran, sich ihm jemals in dieser Richtung erklärt zu haben. Nein, es war nicht sein Stolz, der ihr fehlte. In letzter Zeit versuchte sie sich oft vorzustellen, was sie aus ihrem gemeinsamen Wissen und ihren Erfahrungen hätten schöpfen können. Doch wer wusste das schon? Mit dem Aufheben von Grenzen hatte Professor Gottschalk schlechte Erfahrungen gemacht.

Es kam ihr plötzlich stickig vor in dem Zimmer. Elgin ging zum Fenster und schob die schweren Vorhänge auseinander. Draußen war es inzwischen dunkel geworden, was ihr im Licht der Öllampen entgangen war. Sie entriegelte das Fenster und atmete die kühle Luft ein.

Ihr Vater war gestorben, nur wenige Monate nachdem sie ihre Prüfung in Wien mit Bravour abgelegt hatte. Man konnte es sich nicht erklären, und niemand stellte einen Zusammenhang her zu einer winzigen Schnittwunde, die der Professor sich bei einer Leichenöffnung während des anatomischen Unterrichts zuzogen hatte. Es gab Meinungen darüber, vor allem solche, die es als gerechte Strafe verzeichneten. Elgin jedenfalls hatte Freiburg verlassen, denn tief in ihrem Innern war sie überzeugt, dass Matthäus Gottschalk an etwas gestorben war, was sich in dieser Stadt abgespielt hatte. Ihr Groll war so groß, dass er ihren Kummer eine Weile überlagerte, und sie war versucht, ihren Vater in Wien zu Grabe zu tragen, weil er die Zeit dort geliebt hatte, ebenso wie sie. Doch Elgin ließ ihn an der Seite seiner Frau zur Ruhe betten, so wie er es sich gewünscht hatte. Als sie seine Papiere ordnete, erfuhr sie von dem Haus in Marburg, dem Elternhaus ihrer Mutter. Seitdem war sie hier.

Hinter sich hörte sie ein Ächzen.

»Gottschalkin?«

»Ich komme.« Elgin schloss die Fenster, ging zum Bett und befestigte die Vorhänge. Malvine lag auf der Seite und verzog das Gesicht.

»Geht es voran?«

Malvine nickte. »Zu heftig für meinen Geschmack.« Sie griff an ihren Rücken und stieß den Atem aus. »Jetzt geht diese Viecherei wieder los. Ach, ich wünschte, es wäre schon vorbei.«

Ihr Stöhnen klang unwillig.

»Nicht so ungeduldig, Malvine, gib deinem Körper Zeit, seine Arbeit zu tun. Du hast doch Erfahrung damit, bislang keine schlechte.«

Elgin ging um das Bett herum und legte eine Hand auf Malvines Knie, die sich unter der verebbenden Wehe entspannte.

»Ich bin nicht sonderlich tapfer, Gottschalkin, das weißt du von mir, nicht wahr?«

»Ich habe das anders in Erinnerung. Du hast zwei Geburten vortrefflich gemeistert.«

Malvine richtete sich auf und schob sich zurück, bis sie in dem Kissenberg am Kopfende lehnte. Dabei ließ sie Elgin nicht aus den Augen, die nach der gläsernen Flasche auf dem Nachtschränkchen griff und sich am Bettrand niedersetzte.

»Ich habe mich recht aufgeführt und geschrien.«

»Das wirst du wieder tun.«

Beide trugen ernste Mienen zur Schau, nur in Malvines Augen funkelte es ein wenig, als könne sie sich nicht zwischen Trotz und Heiterkeit entscheiden. Elgin ließ Öl in ihre Hände fließen und rieb sie ineinander, während sie weitersprach.

»Sieh es so, Malvine. Wir machen uns auf eine Reise, es ist nicht direkt ein Spiel wie das deiner kleinen Töchter mit ihrem Herrn Papa ...«

Malvine ließ einen dumpfen Laut hören und verkrampfte sich unter der nächsten Wehe.

»Sprich nicht von ihm jetzt! Ich kann ihn gerade nicht leiden.«

»... die Wehen sind wie Ruder, die das Schiff vorwärts bringen, und je tiefer sie ins Wasser tauchen«, sagte Elgin, »umso schneller kommst du dem Hafen entgegen.« Ihre Hände fuhren an Malvines Beinen entlang, schoben dabei das feine Gewebe ihres Hemdes zurück und legten sich auf den gewölbten Bauch.

»Jetzt müssen wir erst mal ein bisschen hinaus aufs offene Meer, und da wird es stürmische Wetter geben.«

Malvine nickte und ließ sich von Elgin die blonden Flechten lösen, bis das Haar in schimmernden Wellen auf den Kissen lag. Die Bänder an ihrem Hemd öffnete sie selbst. Nichts sollte verflochten sein für den Fortgang einer Geburt, so war es Brauch, und sie glaubte daran.

Zwischen der dritten und der vierten Wehe ertastete Elgin mit ihren kundigen Fingern, dass es dem Kind zu guter Letzt noch eingefallen war, einen Arm vor seinen Kopf zu legen. Das war alles andere als gut, aber zum gegenwärtigen Stand noch keine ernsthafte Komplikation. Sie sagte Malvine nichts und rief das Dienstmädchen herein, damit es tröstliche Dinge tat. Bettina kam allem beflissen nach, brachte frisches Wasser, hängte die Tücher auf einem Gestell näher am Ofen auf, damit sie noch wärmer würden und der Herrin später wohl taten, wenn es Zeit für den Gebärstuhl war.

Ihr Tun lenkte Malvine ab und gab Elgin Gelegenheit, kurz vor einer weiteren Wehe, so weich es ging und so fest es nötig war, dem Kind bei stehendem Wasser in den Arm zu zwicken. Dabei achtete sie darauf, dass ihre kurz gehaltenen Nägel das feine Netz, in dem das Kind noch schwamm, nicht verletzte, denn es sollte nicht frühzeitig zerreißen. Sie lächelte, als sie spürte, wie das Ärmchen sich zurückzog. Die nächsten Wehen trieben den Kopf tiefer ins Becken, und wenig später brach das Wasser. Kaum mehr als eine Stunde später fing Malvine an zu schreien.

Andere Frauen schrien Gott an oder fluchten. Manche blieben stumm. Malvine schrie nach ihrem Mann. Wenn der Schmerz kam, schrie sie nach Friedrich, dessen Name es ihr gestattete, dies in hohen, spitzen Lauten zu tun. Bei der Geburt der ersten Tochter war er ihrem Schrei noch gefolgt, und sie hatte es sich daraufhin für alle Zeit verbeten. Beide waren zu Tode erschrocken gewesen.

Malvine war längst dem Bett entstiegen, und Bettina hatte aus der Hebammentasche die Korallenkette hervorholen und ihr umlegen dürfen, ein Geäst aus ungleich großen, reich verzweigten Stücken in warmem Rot. Es beruhigte sie, das Gewicht und die Bewegung des Schmucks auf der Haut zu spüren, und es half ihr wie vielen anderen, auf seine Kraft zu vertrauen.

Die Grenze zum neuen Tag überschritt Malvine in anstrengenden Wanderungen, bei denen Bettina sie stützte und die ihr endlos vorkamen, doch das hatte wohl damit zu tun, dass die Hebamme sie einige Male abhielt, sich auf dem Stuhl niederzulassen.

»Es ist noch zu früh, Malvine«, sagte Elgin dann, wenn diese sich am Bettpfosten festhielt und den Kopf dagegen lehnte. Sie massierte ihr mit warmen Händen das Kreuz und ermunterte sie zu kreisenden Bewegungen des schweren Leibes.

»Wie lange noch?«, knurrte Malvine. »Wie lange wird dieser Quälgeist sich noch bitten lassen?«

»Nicht mehr lange«, sagte Elgin. »Noch vor Sonnenaufgang wirst du deine Schmerzen bereits vergessen haben.«

In diesem Moment vergoss Malvine ein paar Tränen, weil sie sich unendlich weit von diesem köstlichen Zustand entfernt fühlte. Sie ließ sich von Bettina das Gesicht abtupfen und den trockenen Mund mit einem Schluck Honigwasser befeuchten, so als machten sie Rast auf einem Sommerspaziergang, bei dem man in der Mittagshitze nicht rechtzeitig den Schatten der Bäume erreicht hatte.

Und schließlich behielt Elgin Recht.

Es gab einen Augenblick, im dem die Frauen zu verharren schienen im künstlichen Licht dieser Nacht: Malvine – endlich – auf dem Gebärstuhl, hinter ihr Bettina, das lange Haar ihrer Herrin zusammenhaltend, damit es nicht im Weg war, und bereit, ihren Händen Halt zu geben, falls diese sie suchten. Elgin auf einem Schemel zwischen Malvines Beinen, wo sich Lilienduft ausbreitete von dem Öl, das die Geburtswege geschmeidig machte. Und gerade, als sie sich fragte, ob sie das Mädchen bitten musste, ihr eine weitere Flasche zu reichen, stemmte Malvine die Füße in die gepolsterten Fußstützen. Sie griff nach Bettinas Händen und presste nach den Anweisungen Elgins, ohne ihre Kraft an einen weiteren Schrei zu verschwenden.

Als der Kopf des Kindes zwischen ihren Schenkeln erschienen war, stieß sie ein schnelles Vaterunser hervor, und Bettina, die treue Seele, beschwor zur Unterstützung die heilige Mutter Gottes. Sie beteten in einem flüsternden Kanon bis zum Einsetzen der nächsten Wehe. Diese schob Elgins Händen ein neues Leben entgegen, und es war einerlei, ob nun der lutherische oder katholische Glaube, möglicherweise aber auch etwas vollkommen anderes dazu beigetragen hatte, dass es männlichen Geschlechts war.

Natürlich bestand Malvine darauf, ihrem Gatten, der nun wieder ihr liebster Friedrich war, selbst mitzuteilen, dass sein Wunsch sich erfüllt hatte. Sie hatte Zeit, sich dafür einige Spielarten auszudenken. Erst nachdem das Kind, das sie ein wundervolles Geschöpf nannte, abgenabelt, gewaschen und von weichen Tücher umhüllt in Malvines Armen lag, durfte Bettina das Zimmer verlassen, um dem Herrn Rat nichts mehr als eine beruhigende Nachricht zu überbringen. Des Weiteren hatte das Dienstmädchen die Küchenmagd zu Hilfe zu holen, damit sie ihr half, die Wiege ins Zimmer zu tragen. Von jeher hatte sich Malvine geweigert, dies vor der Geburt zu gestatten.

»Wird er es mir ansehen, was meinen Sie, Gottschalkin?«, fragte Malvine, während sie Bettina dabei zusah, wie diese die Wiege mit Kissen und gewärmtem Bettzeug auskleidete. »Erscheine ich anders als nach der Geburt meiner Töchter?«

»Fühlen Sie sich denn anders, Frau Rat?« Elgin hatte wieder ihren Platz zwischen Malvines Beinen eingenommen und wartete. Hinter sich hörte sie die Bewegungen der jungen Küchenmagd, die beschmutzte Leintücher einsammelte, das Bett abzog und schniefte. Dass sie mehrfach verstohlen den Handrücken zur Nase führte und versuchte, das Geräusch zu dämpfen, mit dem sie den Rotz hochzog, bemerkte nur Bettina.

»Ach«, sagte Malvine über das empörte Quäken ihres Sohnes hinweg, »es kommt mir gar nicht so vor, als hätte ich heute ein größeres Wunder vollbracht als zuvor. Aber ihm wird es so vorkommen. Schmerz und Anstrengung waren wie immer, aber er wird sie höher bewerten durch die Geburt seines Sohnes. Söhne werden für Männer geboren, ist es nicht so?« Zufrieden küsste sie die samtweiche Haut des Kindes. »Und wir profitieren davon.«

Sie ließ sich von Bettina das Kind abnehmen, und während Elgin sich darauf konzentrierte, ihr den Leib zu massieren, schaffte Malvine es noch zu sagen: »Ich könnte mir vorstellen, dass Homberg sich in nächster Zeit großzügig zeigen wird.« Sie schnappte nach Luft. »Die Geburt ist ein Geschäft unter Frauen, und erst, wenn ein Sohn dabei herauskommt, erfährt es Achtung durch die Männer. So und nicht anders muss man es wohl betrachten.«

Dann raubte die Nachgeburt ihr noch einmal den Atem, und hinter ihnen brach Rena, die Küchenmagd, in haltloses Weinen aus. Malvine war gerührt über die Anteilnahme und fand sie doch leicht übertrieben. Bettina beeilte sich, das Mädchen mit der Schmutzwäsche wegzuschicken, denn sie meinte, dass hier kein Platz für traurige Gesichter war.

In der Morgendämmerung verließ auch Elgin das Zimmer, um Frau Rat mit ihrem Gatten allein zu lassen, damit diese die Überraschung zelebrieren konnte. Sie sah ihm mit geröteten Wangen entgegen aus den frisch bezogenen Kissen des Bettes, von duftigem Batist umhüllt, die Haare zu Schnecken geflochten und in allem hübsch anzusehen mit ihren fünfundzwanzig Jahren. Er hätte es nicht besser treffen können. Sollte er sich glücklich schätzen.

Mit Elgin gelangte der harzige Duft von Salbei und Rosmarin hinaus auf den dunkel getäfelten Flur. Das Entzünden der Räuchergefäße hatte sie nur kurz gestattet, damit es dem Kind nicht schadete, doch lange genug, dass sein Vater beim ersten Besuch am Wochenbett nicht mit unreinen Gerüchen belästigt wurde.

Elgin hörte Malvines zirpende Stimme und den männlichen Ausruf des Entzückens. Sie hörte das Schweigen eines Kusses, und langsam ging sie die breite Treppe hinunter, um den Salon zu betreten, wo man die Tafel für sie gedeckt hatte. Sie vernahm den Gesang der Vögel – zum ersten Mal in diesem Jahr, meinte sie – und das Rufen der Hütejungen, die die Schweine durch das Kalbstor aus der Stadt trieben.

Elgin sah ihr Spiegelbild im Fensterglas vorüberschwimmen und strich einige Haarsträhnen zurück, die sich aus dem Knoten im Nacken gelöst hatten. Ein Gedanke an Lambert zog durch ihre Herzgegend und verließ sie wieder. Sie betrachtete einen Kabinettschrank an der Stirnseite des Zimmers, ein kunstvoll gearbeitetes Stück mit vielen Schubladen. Sie beschloss, herauszufinden, welche Werkstatt solche Möbel herstellte. Es musste praktisch sein, fliegende Blätter und Schriften zu sortieren, anstatt sie in unübersichtlichen Haufen auf dem Tisch zu stapeln. Die Schübe sollten zu beschriften sein, dachte sie und achtete nicht weiter auf Bettina, die ins Zimmer huschte, etwas auf dem Tisch abstellte und wieder ging. Sie hätte sie fragen können, was die Magd Rena derart zum Weinen gebracht hatte, aber sie dachte über Schränke nach und nicht an Tränen. Außerdem hatte sie das Bedürfnis zu schweigen.

Mit einem Teller Königinsuppe, die man auf der Basis eines fetten Huhns für das erste Wochenbettmahl der Frau Rat zubereitet hatte, war Elgins Hunger wenig später gestillt. Sie spürte dem Geschmack von Mandeln und Pistazien nach und ließ zwischen ihren Zähnen einen Granatapfelkern zerplatzen. Zum wiederholten Mal nahm sie sich vor, die Köchin nach dem Rezept dieser Komposition zu fragen. Aber schon beim nächsten Gang, einer Ochsenzungenpastete, vergaß sie es über dem Erraten der Gewürze. Sie schmeckte Nelken, Muskatnuss und Ingwer, und sie hörte die Schritte des Richters auf der Treppe. Elgin wusste, dass ihm noch an einer kurzen Plauderei mit ihr gelegen war, es entspannte ihn offensichtlich. Sie hoffte, er würde sich bald dazu einfinden, denn sie war müde.

Friedrich Homberg erschien zum Kaffee, der zusammen mit frisch gebackenem weißen Brot und Quittenmus auf den Tisch kam. Im Vorbeigehen platzierte er die Münzen für Elgins Entlohnung in einem Kuvert dezent neben ihrem Teller, und noch während er den Tisch umrundete sagte er: »Was für ein Tag. Ich bin Vater eines Sohnes geworden!«

Er zog einen Stuhl zurück und setzte sich. Er war ein dünner Mensch mit zurückweichendem Haar und großen, trägen Augen. Immer sah er aus, als friere er, und man wollte ihm raten, etwas zu essen. Jetzt jedenfalls war er viel zu nervös, auch nur einen Bissen hinunterzubringen, nicht einmal eine kleine Süßigkeit. Er griff zur Mokkatasse, ohne daraus zu trinken, und stellte sie mit zitternder Hand wieder ab. »Sie wissen, Gottschalkin, ich liebe meine Töchter, und doch ... ist die Geburt eines Sohnes von so besonderer Bedeutung. Ich schäme mich nicht zu sagen, dass es mich in ganz ... anderer Weise glücklich macht.«

»Das, was es anders macht, ist Ihr Stolz«, sagte Elgin und sog den warmen Duft des Kaffees ein, bevor sie einen Schluck davon nahm. »Als hätten Sie sich gleichsam noch einmal erschaffen.«

Homberg stutzte zwar für einen Moment, doch er konnte nicht aufhören zu lächeln.

»Es klingt ein wenig lästerlich, wie Sie das sagen.«

»So ist es durchaus nicht gemeint, Herr Justizrat. Aber Sie können es als Frage verstehen, wenn Sie möchten. Finden Sie etwas an dem Gedanken, dem Sie sich annähern wollten?«

»Ich werde das Gefühl nicht los, dass Sie mich auf brüchiges Eis stellen wollen. Sie sind eine kluge Frau, Gottschalkin, und vielleicht finden Sie deshalb Gefallen daran, einen Mann der Eitelkeit zu überführen. Aber glauben Sie mir, damit machen Sie es sich zu einfach.«

Homberg gehörte der handverlesenen Gruppe von Juristen im Stadtrat an. Das Richteramt hatte in seiner Familie Tradition, ebenso die akademische Bildung. Dass er das Amt des Bürgermeisters anstrebte, war Elgin von Malvine zugetragen worden.

»Sie haben Recht«, sagte sie. »Es *ist* zu einfach, und deshalb liegt mir überhaupt nicht daran. Aber was ist das? Was ist einem Vater der Sohn? Was suchen Eltern in ihren Kindern, wenn sie denn nach etwas suchen? Sich selbst? Oder das, was sie hätten sein können? Sie haben sich einen Sohn gewünscht, und jetzt, da er geboren ist, scheinen Sie die Welt mit anderen Augen zu sehen. Erklären Sie es mir.«

»Ich vermute, in der Erklärung von Gefühlen sind Frauen begabter. Malvine hat einmal gesagt, das Kind sei ein Teil ihres Wesens und ihrem Gefühl nach der bessere. Vielleicht genießen wir in den Kindern die Schöpfung?«

»Genießen Sie es?«

Homberg räusperte sich und trank von seinem Kaffee.

»Aber ja! Es ist doch faszinierend, im Kleinen zu entwickeln, was auf die Gesellschaft Einfluss haben wird. Wie die Quelle, so der Bach, es scheint mir ein treffendes Bild. Das Glück der Familie ist ein Beitrag zum öffentlichen Wohl eines Staates. Und Sie, Gottschalkin, stelle ich fest«, drohte er ihr gut gelaunt, »Sie haben ein gewisses Talent zum Verhör. Sagen Sie mir lieber, ob Sie das Essen genießen konnten, obwohl Sie es leider ohne Gesellschaft einnehmen mussten. Hat es Ihnen geschmeckt? Ich hoffe doch, die Tränen unserer Rena haben die Speisen nicht versalzen?«

Rena?, dachte Elgin. Dann hatte sie wieder das Schniefen des Mädchens mit dem Bettzeug im Ohr, und während Richter Homberg höflich auf eine Antwort wartete, fragte sie zurück: »Wissen Sie denn, was ihr solchen Kummer macht?«

Homberg legte seine Hände flach auf den leuchtend weißen Damast des Tisches und lehnte sich zurück.

»Das Mädchen aus der Lahn. Sie haben nichts davon gehört?«

»Nein«, sagte Elgin, und es war ein Moment, von dem sie später sagen könnte, sofort eine hässliche Ahnung verspürt zu haben.

»Ach was, natürlich nicht«, schalt Homberg sich selbst. »Auch ich habe es nur durch meinen Besuch in der Küche erfahren. Unsere Magd, von der ich erst jetzt weiß, dass sie Rena heißt, sie weinte und weinte. Sie konnte es nicht vor mir verbergen. Ich schreibe es meiner eigenen, allerdings vor Freude aufgewühlten Stimmung zu, dass ich sie fragte, was denn los sei. In Gottes Namen, ich brauchte Geduld, um ihre gehechelten und gestotterten Worte zu verstehen. Es ging um eine andere Magd, eine junge Frau, mit der sie wohl Freundschaft geschlossen hatte. Gestern im Morgengrauen hat man sie aus der Lahn gezogen. Sie war von der Brücke gesprungen, um ihrem Leben ein Ende zu setzen. Allein dieser Versuch ist ein Verbrechen. Doch die Frau hat überlebt, und es kommt noch schlimmer. Vielleicht ist es das, was die brave Rena so verzweifeln lässt, weil sie von alldem nichts wusste. Die sie für eine Freundin hielt, hatte ihr einiges verschwiegen.«

Der Richter stand auf und begann an der Längsseite des Tisches auf und ab zu schreiten. Als er ihr den Rücken zuwandte, schloss Elgin die Augen. Sie wusste, von wem er sprach. Sie machte sich Vorwürfe. Sie hatte ihr angeboten, sie solle zu ihr kommen, bevor sie Marburg verlassen würde. Sie hätte es ihr befehlen müssen.

»Sie war bei einem Handwerksmeister verdingt«, hörte sie Homberg sagen. »Einem Töpfer, meine ich zu erinnern. Seine Frau geriet völlig außer sich, als man sie zu dem Vorfall befragte. Auch sie weinte. Und so kam alles ans Licht.«

Der Richter wandte sich Elgin zu, und sie sah ihm entgegen.

»Man sagt, die Meisterin war nicht zu beruhigen«, sagte er, »Sie hörte nicht auf, nach dem Kind zu fragen. Wo ist das Kind?, fragte sie immer wieder. Wo ist das Kind?«

Homberg seufzte, ohne dass Elgin hätte sagen können, welcher Gefühlsregung dieser Laut entsprang.

»Ja«, sagte Homberg, »das wird nun herauszufinden sein.«

Drei

Seine Sammlung zu betrachten befriedigte Professor Anselm Kilian in letzter Zeit immer weniger, denn es war schon lange nichts mehr hinzugekommen. Die Glaszylinder bargen embryologische Feuchtpräparate, die er bereits aus Kassel mitgebracht hatte, ebenso wie eine beachtliche Anzahl von kindlichen Schädeln. Die kleinsten von ihnen waren nicht größer als die einer Feldmaus, und manchmal, wenn er das Staunen seiner Studenten sah, dann freute ihn das aufrichtig. Gleichzeitig belebte es auch den Wunsch, ihnen noch viel mehr zeigen zu können.

Ihn selbst begeisterte besonders die ästhetische Perfektion von Moulagen – lebensgroßen Körperplastiken aus Wachs, die man auseinander nehmen konnte, um die Organe zu betrachten. Sie entstanden im Zusammenwirken von Künstlern und Anatomen, wobei ihnen präparierte Leichname zur Anfertigung von Gipsschablonen dienten. Kilian besaß bislang nur eines dieser lehrreichen Kunstwerke: ein Halbrelief, das den geöffneten Unterleib einer Schwangeren freigab. Ihre Haltung und Lieblichkeit konnten durchaus an die Venus von Medici erinnern, wenn man dergleichen bei ihrer Betrachtung zulassen wollte. Weitere Plastiken zu erwerben, um den Unterricht zu bereichern, daran war nicht zu denken. Dabei schwebten ihm nur bescheidene Kleinode vor, etwa Nachbildungen des Muttermundes, aber das musste wohl warten.

Und die Präparate? Den Bestand seiner Schätze in Terpentinöl, luftdicht verschlossen unter dem getrockneten Gewebe von Schweins- oder Rinderblasen, könnte er ohne große Kosten erweitern. Er war ein begeisterter Präparator, so wie es jeder akademisch gebildete Arzt sein musste, der seine eigenen Forschungen betreiben wollte. Im Präparieren war Kilian deutlich begabter als in der Herstellung anatomischer Zeichnungen, und es hatte immer wieder Studenten gegeben, auf deren Talent er sich in dieser Hinsicht lieber verließ. Allein, es fehlte an Material. Sowohl für das eine wie für das andere.

Es war das Ende eines unergiebigen Tages, als sich Professor Kilian in dem lächerlich kleinen Sammlungsraum neben dem Auditorium aufhielt und daran denken musste, mit welchen Ambitionen er nach Marburg gekommen war. Er hielt es für seine Pflicht, sich das immer wieder klar zu machen.

Die Kasseler Accouchieranstalt hatte er bis zu ihrer Schließung geleitet. Als der Landgraf das Collegium Carolinum auflösen ließ und seine Professoren nach Marburg versetzte, konnte Kilian auf eine Erfahrung von dreitausend Geburten zurückblicken. Eine ungeheuerliche Zahl, die von einem männlichen Geburtshelfer niemals zu erreichen war, sofern er nicht jahrelang an einer der wenigen Lehranstalten des Landes wirkte.

Sein Ruf als Arzt und Gelehrter war unumstritten, und Kilian wollte es nicht zulassen, dass sein berechtigter Stolz ihm abhanden kommen würde. Der Landgraf hatte ihn geholt, weil er Marburgs daniederliegende Fakultät gut beleumundet sehen und zu neuen Ehren bringen wollte. Er meinte wohl, damit hatte es sich. Das musste Kilian im Moment jedenfalls annehmen, zufrieden geben würde er sich damit nicht.

Es war auch nicht die Art des Professors, in Melancholie zu verfallen. Dafür war eher der Kollege Heuser zuständig, dieser dünnhäutige Mensch, der möglicherweise seinen Beruf verfehlt hatte, weil ihm alles immer so nahe ging. Doch nein, es wäre keine gerechte Sicht der Dinge, ihn in seiner Schwäche zu betrachten, denn Heusers Arbeiten zum engen Becken waren äußerst interessant. Nie würde Kilian das falsch bewerten.

Heusers Entwicklung neuer Messgeräte für das innere Becken fand in Kollegenkreisen höchste Anerkennung. Der Professor wünschte oft, er könnte dem jungen Arzt an seiner Seite mehr Enthusiasmus eingeben und die Fähigkeit, sich an seinem fortschreitenden Wissen zu erfreuen, anstatt immerfort daran zu verzweifeln. Sogar Professor Melander in Göttingen war auf Heuser aufmerksam geworden, und Kilian war umso erfreuter darüber, dass er den jungen Kollegen hatte überzeugen können, ihm nach Marburg zu folgen.

Doch hier entwickelte sich nichts nach seinen Vorstellungen – ganz im Gegenteil. Selbst der Winter, der die armen Weiber Zuflucht suchen ließ, damit sie nicht auf freiem Felde, in Scheunen, auf Abtritten und an anderen heimlichen Orten mit ihren unehelichen Kindern niederkommen mussten, selbst der Winter also hatte die Frauen nicht in das Haus Am Grün treiben können.

Zu Kasseler Zeiten hatten sie in den kalten Monaten zu zweit in den Betten gelegen, obwohl sich diese zuletzt weiß Gott in keinem guten Zustand mehr befunden hatten. Die Schlafstellen waren vollkommen verwanzt, das Holz verrottet und das Bettzeug nicht mehr guten Gewissens als solches zu bezeichnen. In seiner Ahnungslosigkeit hatte der Landgraf doch tatsächlich verlangt, diese Dinge aus Gründen der Ersparnis nach Marburg transportieren zu lassen, und er, Kilian hatte viel Überzeugungskunst aufbringen müssen, um den Landesherrn untertänigst von dieser törichten Idee abzubringen.

Das Haus in Kassel war alt gewesen, abgewirtschaftet und heruntergekommen. Dass man es geschlossen hatte, dauerte ihn nicht. Aber dieses hier war, als neu eröffnetes Institut zum Zweck der Lehre, beschämend. Es gab nicht mal einen ordentlichen Sektionsraum. Sollte ihnen überhaupt jemals Material zur Verfügung stehen, so mussten sie sich mit einem Kellerraum zufrieden geben, der äußerst notdürftig ausgestattet war. Sie benötigten neue Instrumente, und natürlich benötigten sie hin und wieder einen Leichnam.

Diesen Mangel, das war Kilian bekannt, litten die Kollegen in der Anatomie an der Ketzerbach jedenfalls ebenso wie er. Ihr Vorteil war, dass sie Leichen aus Irren- und Armenhäusern sowie aus den Gefängnissen beziehen konnten, aber es gab nie eine verlässliche Anzahl von Körpern, um einen anständigen Unterricht zu gewährleisten. Und zurzeit war die Versorgungslage wieder einmal schlecht.

Für den anatomischen Unterricht im Accouchierhaus war es dem Professor lediglich erlaubt, die Körper von Frauen und Kindern zu verwenden, die unter der Geburt starben. Natürlich wünschte sich das keiner, und er würde sich dergleichen von niemandem unterstellen lassen. Aber wie sollte er seinen Studenten die weibliche Anatomie erläutern, wenn er ihnen nicht einmal den Blick in eine geöffnete Bauchhöhle bieten konnte, sie die Oberfläche eines Uterus berühren lassen und ihnen die Ovarien zeigen konnte? Wie sollte er ihnen das Präparieren beibringen, die Methoden, um Querschnitte von Organen herzustellen?

Wenn die Frauenspersonen doch erst einmal zu ihm kämen, um zu gebären! An ihrem Tod war ihm nicht gelegen, niemals. Er gab kein Leben kampflos auf. Nicht das einer Frau und nicht das eines Kindes. Manchmal hing das Leben des einen vom Tod des anderen ab. Er hatte das erleben müssen, und es war ihm ein Gräuel gewesen, ein Kind mit Haken, Kopfziehern und Scheren im Leib der Mutter zerstückeln zu müssen, damit sie an ihm nicht zugrunde ging.

Frauen starben unter der Geburt oder im Kindbett. Ungeborene starben und Neugeborene auch. Jeder, der sich mit der Geburtshilfe befasste, musste damit fertig werden. Und wenn dies unter seinen Händen geschah, was konnte dann falsch daran sein, die toten Geschöpfe für die Wissenschaft zu nutzen? Wie sollten sie gegen das Sterben angehen, ohne Licht in das Dunkel des Körperinneren zu bringen?

Selbst den Hebammen, die er auszubilden gedachte, kam dies zugute. Natürlich musste ihnen vieles unverständlich bleiben von den Kenntnissen, zu denen ein akademischer Mediziner verpflichtet war. Doch ein wenig anatomischer Unterricht konnte nicht schaden, damit sie das Wenige, was sie zu tun hatten unter einer natürlichen Geburt, besser taten. Auch auf diesem Gebiet gab es noch viel zu tun, um das Bewusstsein der Menschen zu verändern und die Herrschaft des dürftigen Wissens abzuschaffen. Aber wie sollte er das alles bewerkstelligen mit den vierhundert Talern, die ihm der Landgraf für das Jahr zubilligte?

Kilian stellte fest, dass sein Atem schneller ging, und er verspürte ein leichtes Stechen unter den Rippen. Er lehnte sich an den Büchertisch und stützte sich mit den Händen ab. Es war dunkel im Zimmer, und er wollte sich beruhigen. Aufregung nutzte ihm nichts, ebenso wenig wie Neid. Den konnte er manchmal nicht verhindern, und wenn es so weit war, dann quälte ihn ein Moment der Selbstverachtung, er mochte das nicht besonders an sich.

Jetzt war es wieder so weit, dass er an Melanders Accouchierpalast in Göttingen denken musste. Es war keinesfalls übertrieben, es so zu benennen, dieses erste Gebäude seiner Art. Ein eigener Bau für ein Entbindungshospital war etwas vollkommen Neues in Deutschland. Natürlich war Kilian der Einladung gefolgt, es zu besichtigen.

Das Königliche Entbindungshospital zu Göttingen war ein prächtiges Gebäude mit drei Stockwerken, seinen Funktionen perfekt angepasst. Melander wusste das bei seiner Führung unablässig hervorzuheben.

Das erste Obergeschoss barg als Zentrum des Geschehens den Entbindungs- und Lehrsaal. Es gab sieben Zimmer für Schwangere und Wöchnerinnen. Nicht mehr als zwei Frauen hatten sich eine Kammer zu teilen, und jede hatte ihr eigenes Bett. Unten wohnten Hebammenschülerinnen nicht eben unkommod, einen Gang weiter Hausmägde und Hospitalverwalter.

In der zweiten Etage residierte Professor Melander mit seiner Familie. Von da oben hatte er alles im Blick, denn das Treppenhaus war eine architektonische Meisterleistung. Es ließ an das Innere eines Schneckenhauses denken, überwölbt von einer Lichtkuppel. Es machte das Haus hell und ließ frische Luft zirkulieren, wie es sich für ein Hospital gehörte.

Melander verzeichnete nahezu hundert Geburten im Jahr. Man munkelte sogar von einer kleinen Klientel zahlender Patientinnen, die unerkannt in besonderen Zimmern niederkamen, und die natürlich nicht der Lehre zu dienen hatten. Ansonsten nahm auch das Göttinger Haus die Weiber auf, die gar nichts hatten.

Sie hatten Hilfe bitter nötig, das durfte man nicht vergessen. Was sie ihnen boten – auch er, Kilian in Marburg –, war mehr, als sie von irgendjemand sonst zu erwarten hatten.

Und trotzdem kamen sie nicht.

Oder sie liefen weg. Er hielt dies für reine Dummheit. Er durfte es nicht darauf beruhen lassen. Er musste das Haus füllen, damit er lehren konnte. Es galt den Weibsbildern etwas anzubieten.

Kilian richtete sich auf, als ihm der nächste Gedanke durch den Kopf schoss. Es war so einfach.

Den abendlichen Spaziergang zu seiner Wohnung würde er genießen. Er würde frische Luft atmen und daheim einen Brief an den Landgrafen aufsetzen.

*

»Marie, Marieachmarie ...«

»Was ist denn mit ihr? Marie ist schon so lange fort.«

»Wenn sie nur fort wär! Sie ist nicht fort. Er hat sie doch nicht rechtzeitig geholt, der Dummkopf. Deshalb ist sie immer noch da. Jetzt ist Marie schwanger.«

»Mit mir.«

»Nein.«

»Aber ja. Ich bin Maries Kind.«

»Ach, du bist ein kleines Ding mit nacktem Hintern. Du hast Kittel an, die halten mit nichts als einem Bändchen. Das binden wir dir hinten an deinem kleinen Nacken zu, der riecht so schön, dein kleiner Nacken. Wir haben dir Kittel genäht, Marie und ich, aus abgetragenen Kleidern, damit dich bloß gar nichts kratzt. Du bist noch zu klein, um Röcke und Leibchen zu tragen, aber ich habe schon einen Stoff herausgesucht, den will ich besticken.«

»Das ist schön, Tante Bele. Aber jetzt musst du schlafen.«

»Nein. Du musst zuhören, was ich dir sage.«

»Du kannst es mir später erzählen, wenn du ausgeruht bist. Du sollst dich nicht so anstrengen.«

»Vielleicht wach ich nicht mehr auf, und dann hab ich's dir nicht erzählt. Dann hab ich's nicht gesagt, und das wäre schlimm. Oder es ist schon der Pfarrer da, wenn ich aufwache, und der muss das nicht wissen über Marie – der kennt doch Marie nicht.«

Sie hatte sich die Seele aus dem Leib gehustet.

»Tante Bele ...«

Sie war nicht zu beruhigen. Nicht einmal das fiebernasse Gesicht hatte sie ihr trocknen dürfen, und trinken wollte sie auch nichts.

»Hör zu. Ich hab nicht mehr viele Worte zu machen. Wirst du jetzt still sein?«

»Ja.«

»Marie ist zu mir gekommen, und sie wollte, dass ich ihr helfe. Das war, als sie den Brief gekriegt hat. Sie hat ihn mir gezeigt. Jetzt wirst du mir doch helfen? Jetzt, wo ich endlich zu ihm kann. Sie zeigte mir dieses fremde Geld, das er hat schicken lassen. Für die Überfahrt. Sie musste lange darauf warten, und jetzt sollte sie sich freuen. Aber sie konnte nicht. Es ist was dazwischengekommen. Sie hat eine andere Reise angetreten, und das Geld hab ich ihr ins Totenhemd genäht. Nicht alles. Alles nicht.« Plötzlich waren Beles Hände von der Decke aufgeflogen, bis Gesa sie einfing und festhielt.

»Was für ein Brief?«, fragte sie. »Wer hat ihr geschrieben?«

»Ich will von Marie sprechen, über niemand sonst.«

Bele wollte endlich darüber sprechen, dass sie sich die Schuld gab an Maries Tod. »Weil ich nein gesagt habe. Ich hab ihr nicht geholfen. Frag mich mal, warum? Ich hab mich das all die Jahre gefragt, immer wieder. Vielleicht war ich stolz, auf eine blödsinnige Weise. Weil ich nicht in den Ruf kommen wollte, dass man sich in diesen Fällen an mich wenden kann. Vielleicht fand ich es auch nicht so wichtig, *das Glück,* wie deine Mutter es suchte.«

Es war merkwürdig gewesen, dieses Wort aus Beles Mund zu hören, fast machte es ihr Angst. Und vermutlich hatte Gesa in diesem Augenblick wirklich gewusst, dass es mit Bele zu Ende ging.

»Aber auch Marie war stolz«, keuchte Bele. »Ich hätte das wissen müssen. Mit keiner einzigen Träne hat sie versucht, mich rumzukriegen. Ein paar Tage später ist sie in ihrem Blut gelegen. Ich konnte nichts mehr ausrichten. Es war zu spät. Die alte Suse muss ihr was gegeben haben, die alte Suse hat manchmal einer was gegeben, wenn sie sie mochte. Marie mochten viele. Das war ihr Verhängnis, verstehst du? Verstehst du mich jetzt, Gesa, mein Mädchen?«

Sie versuchte es zu verstehen. Es war das Letzte gewesen, was Gesa von Bele zu hören kriegte. Außer dem Husten und dem rasselnden Atem der letzten Stunden.

Seitdem versuchte Gesa zu verstehen, was es mit dem Glück auf sich hatte, nach dem ihre Mutter wohl vergeblich auf der Suche gewesen war.

Schon die ganze Zeit hatte Gesa mit geschlossenen Augen dagesessen. Die Stelle, wo ihr Rücken die harte Lehne der Bank berührte, fühlte sich taub an und kühl. Unter ihren Händen spürte sie das blank gesessene Holz. Vor allem aber spürte sie die gewaltige Größe des Kirchenschiffs über sich. Stille hatte sich ausgebreitet, denn außer ihr war kein Mensch da, der beten oder etwas verstehen wollte. Doch es gab viel Raum für ihre Gedanken, so wie sie es noch nie zwischen den Wänden oder unter dem Dach eines Gemäuers erlebt hatte. Sie kannte nur Kammern und Stuben, die einen zusammenstauchten und in denen es meist dunkel war, selbst im Sommer. Auch in der Dorfkirche zu Hause war es dunkel, ein geduckter Bau, in dem es keine Fenster aus buntem Glas gab. Aber hier schien es, als würden sich die vielen Fragen aus ihrem Kopf befreien, damit sie einen besseren Blick auf mögliche Antworten hatte.

Viel Zeit blieb ihr dafür nicht mehr, denn eigentlich stand es ihnen gar nicht zu, grundlos das Haus Am Grün zu verlassen. Doch überraschenderweise hatte es keine Einwände gegeben, als Gesa darum gebeten hatte, die Elisabethkirche aufsuchen zu dürfen. Sie hatte es sogar Professor Kilian persönlich zu verdanken, dass sie hier sein konnte, denn die Hebamme Textor war auf ihre missmutige Weise unentschlossen gewesen, ob sie Gesa gehen lassen sollte. Doch der Professor war dafür recht guter Dinge und zeigte sich großzügig. Er hatte sich erkundigt, ob die anstehende Arbeit erledigt war, und darauf gepocht, dass Gesa sich rechtzeitig zum nachmittäglichen Unterricht wieder einzufinden habe.

Sie hatte hierher kommen wollen, gleich nachdem ihr die leuchtende Farbe des Westportals aufgefallen war, am ersten Tag, als sie schnell daran vorbeigehen musste. Die Türen der Kirche waren rot wie ein Sonnenuntergang. Früher hatte Gesa sich oft gefragt, wo da oben in Gottes Nähe ihre Mutter sich wohl aufhalten mochte. Wenn die Sonne untergegangen war und ein rotes Band über das Tal gezogen hatte, war es ihr begreiflicher vorgekommen, weil der Himmel einen Anfang und ein Ende zu haben schien.

Sie hatte nur wenige flüchtige Erinnerungen an ihre Mutter. Es gab keinen Geruch, den Gesa mit Marie verband, und sie hätte nichts über ihr Äußeres zu sagen gewusst. Es war so etwas wie feuchter Atem, den sie manchmal in ihrem Haar zu spüren meinte, und die Wärme eines Körpers, der ihren umfing. So musste es sich angefühlt haben, wenn sie mit ihrer Mutter in einem Bett geschlafen hatte.

Mit Bele hatte sie nicht lange das Bett geteilt, und Bele zog sie nie an sich. Sie hatte Gesa nicht umschlungen und in ihr Haar geatmet. Doch sie hatten Rücken an Rücken gelegen, der kleine gekrümmt an dem größeren, sodass ihre Wirbel ineinander griffen.

Gesa bekam ein Bild von ihrer Mutter, als Bele sie in die Dorfschule schickte, wo es nur Unterricht gab, wenn ein Wanderlehrer sich trotz der dürftigen Entlohnung entschloss, für einen oder zwei Winter bei ihnen zu bleiben. Dann bekamen die Kinder in den verstreuten Dörfern am Vogelsberg das Buchstabieren und Zählen beigebracht. Für manche von ihnen reichte es noch zum Katechismus und einfachen Rechenexempeln. Einer der Lehrer hatte ein kurzes Bein, hinkte stark und blieb vielleicht deshalb am längsten von allen im Dorf. Bedeutend jedoch war vor allem ein Buch, das sich in seinem Besitz befand. Eine Bilderbibel nährte Gesas kindliche Vorstellung, wie ihre Mutter sich im Himmel ausnehmen könnte.

Niemandem war es gestattet, die Bibel zu berühren, nicht einmal das abgewetzte Leder des Einbandes. Doch zur Belohnung für das fehlerfreie Aufsagen eines Verses schlug der alte Lehrer eine Seite auf, und man durfte das ausgewählte Bild vorn an seinem Tisch betrachten – mit im Schoß gefalteten Händen. Dann sorgte er dafür, dass in dieser Zeit nichts anderes im Schulzimmer zu hören war als das Schaben seines Messers, mit dem er die Gänsekiele für die Schreibstunde schnitzte.

Natürlich hatte Gesa schon vorher Engel gesehen. Doch niemals derart lichte Gestalten, von denen man befürchten musste, sie würden mit einer leichten Bewegung ihrer Flügel aus dem Buch der Bücher entweichen. Vor allem, wenn man sie nicht festhalten durfte.

So also hatte Marie für ihr Kind ein Gesicht bekommen, und sie war seitdem auf eine tröstlichere Weise fort.

Auch wenn Gesa sich ihre Mutter längst nicht mehr als Engel vorstellte, so empfand sie es doch, als hätte Bele ihr die Flügel gestutzt. Es war nicht schwer zu verstehen, dass Marie unglücklich gewesen war, als sie starb, sogar verzweifelt. Der feuchte Atem, den sie in Erinnerung hatte, waren vielleicht Tränen gewesen. Ihre Umarmung ein Abschied.

War es noch von Bedeutung, dass sie das alles verstand?

Von ihrem Vater wusste Gesa nur, dass er tot war, und das schon vor ihrer Geburt. Offenbar hatte er es gerade eben geschafft, ihre Mutter zu heiraten und ein Kind zu zeugen, in welcher Reihenfolge auch immer das vor sich gegangen sein mochte.

Über Kaspar Langwasser hatte Bele nie etwas zu sagen gehabt, denn Marie war ihm in der Stadt begegnet, in Fulda, wo sie in Stellung gewesen war. Zur Hochzeit hatte sich Bele gar nicht erst auf den Weg gemacht und Gesas Vater deshalb nie zu Gesicht bekommen. Wie also sollte sie je eine Meinung über ihn haben?

Marie kam als junge Witwe zu ihrer älteren Schwester ins Dorf zurück, denn kein Haushalt stellte ein Dienstmädchen an, das einen Säugling zu versorgen hatte. Da mochte er noch so sehr in Ehren geboren sein. So hatte es Bele erzählt, und das hatte sie nur getan, wenn Gesa danach fragte. Sie musste mit sehr kargen Äußerungen auskommen.

An einem ungewöhnlich heißen Tag im Mai schließlich gebar Marie ihre Tochter. Und dann hatte sie begonnen, auf etwas zu warten. Das wusste Gesa jetzt. Auch, dass sie irgendwann damit aufgehört haben musste. Es hatte einen anderen Mann gegeben und eine weitere Schwangerschaft. Ihr Verhängnis, hatte Bele gesagt.

Wohl deshalb hatte sie mit ihrer Nichte, der kleinen Waise, das Dorf verlassen und ein Grab, das man nie mehr besuchte. Sie konnte gar nicht weit genug fortkommen, damit dem Kind nie das Gerede zu Ohren kommen sollte. Und damit keiner falsche Schlüsse ziehen konnte, was die Wesensart des Mädchens anging, Maries Tochter. Vor allem jedoch hatte Bele vor ihrer vermeintlichen Schuld fliehen wollen, was ihr gründlich misslungen war.

Als sich hinten die Kirchentüre öffnete und mit einem dumpfen Klappen wieder schloss, hob Gesa den Kopf und sah zu den hohen Fenstern hinauf. Marias Umhang leuchtete golden, doch ihren Sohn hielt sie freudlos wie einen hölzernen Gegenstand. Der Körper des Jesuskindes war weiß wie die Haut der toten Kinder im Schrank des Unterrichtssaales, deren Herkunft ganz sicher auch auf Verhängnissen beruhte.

Jenseits des Mittelgangs näherte sich jemand auf nackten Füßen. Flüchtig nahm Gesa eine Bewegung hinter einem der steinernen Pfeiler wahr, aber sie kümmerte sich nicht darum.

Wer die alte Suse gewesen sein mochte, die in Beles atemloser Rede vorgekommen war, wusste Gesa nicht. Aber an diesem Teil der Geschichte gab es nicht viel zu verstehen. Frauen, die sich mit Kräutern auskannten, waren überall zu finden. Sie hatten Herbstzeitlose gegen die Gicht, Schwarzkümmel gegen Leibschmerzen, Würmer und Flöhe, und sie hatten etwas, um das Verhängnis abzuwenden: den Sadebaum.

Gesa bekam schon früh zu sehen, was er ausrichten konnte. Sie sah das verrotzte Gesicht des Jungen vor sich, der sie in einer lange zurückliegenden Nacht aus dem Schlaf geholt hatte, um Bele zu seiner Mutter zu bringen. Fast meinte sie sein Schluchzen zu hören. Sie erinnerte sich genau an den Geruch, der ihnen aus der Kammer entgegengeschlagen war, als sie die heruntergekommene Hütte der Tagelöhner betreten hatten. Es stank nach allem, was ein Mensch nur von sich geben kann. Es stank nach dem Ruß eines schlecht ziehenden Herdfeuers und faulendem Holz. Und es stank nach nasser Wolle. Sie konnte es in diesem Moment riechen.

Auch die Tagelöhnerin hatte in ihrem Blut gelegen, aber das konnten sie erst sehen, nachdem sie einen Kienspan im Dreck vor dem Herd gefunden hatten. Bele wies Gesa an, ihn an einem Glutrest zu entzünden und ihr am Bett Licht zu verschaffen. Jemand hatte einen wollenen Umhang über die Frau gelegt, es musste eines ihrer fünf Kinder gewesen sein. Kleine, bleiche Wächter, die um die Bettstatt herumstanden. Auf dem dunklen Tuch glänzte das Blut zwischen den Beinen der Tagelöhnerin wie ein schwarzer See. Bele hatte Fragen gestellt und Antworten bekommen. Dann tat sie, was möglich war.

Es war die Erste, von der Gesa erfuhr, und es blieb nicht aus, dass sie als Lehrtochter der Dorfhebamme in den folgenden Jahren immer wieder Frauen begegnete, die versucht hatten, dem Geblüt zum Fortgang zu verhelfen. Sie taten es mit jedem Kraut, das dafür in den Gärten zu finden war, sofern es nur Hilfe versprach. Erst wenn der Blutfluss kein Ende nahm und jemand in Besorgnis geriet, dann rief man die Hebamme – denn wer sonst hätte einen Rat wissen sollen? Bele versorgte die

Frauen ohne ein Wort des Vorwurfs. Gesa gab ihnen starken Tee aus Frauenmantel und Beifuß zu trinken und lernte Umschläge aus gestampftem Breitwegerich anzulegen, damit das Blut zum Stillstand kam.

Von allen heimlichen Mitteln gegen das Verhängnis war der Sadebaumsud das gefährlichste. Es konnte die Frauen töten, wenn sie nur eine Messerspitze zu viel von den getrockneten Blättern abkochten und mit Leinöl vermischten. Manche setzten ihr Leben aufs Spiel, weil sie sich nicht auskannten oder um sicherzugehen. Marie musste eine von ihnen gewesen sein.

Gesa stand auf und betete stumm, dass die Schwestern zusammenfinden und einander alles verzeihen konnten. Sie betete, dass Bele und Marie von nun an gemeinsam ein Auge auf sie haben würden, denn sie meinte Hilfe zu brauchen bei dem, was noch vor ihr lag.

Ein Summen begleitete sie, als sie sich auf den Ausgang zubewegte. Sie drückte die rote Tür auf und dachte, dass sie vermutlich nur den heftigen Regen gehört hatte, der ihr jetzt ins Gesicht schlug.

*

Frieder betete nicht. Wie immer, wenn er die heilige Elisabeth aufsuchte, hatte er sich in den Nordchor begeben. Seine Spur ließ sich an dem Stroh verfolgen, das aus seinen abgelaufenen Holzschuhen gerieselt war. Er hatte sie in die Jackentaschen gestopft, damit das Krachen seiner schweren Schritte niemanden aufschreckte. Er wollte ungestört sein, denn dort, in einer Nische neben der überwölbten Gruft, stand sie, die er liebte.

Frieder wusste nichts über die Legende der frommen Fürstin, die man zu einer Heiligen erklärt hatte. Er wusste auch nicht, dass ihr Grab von Pilgern aufgesucht worden war, deren Kniefälle im Laufe der Jahrhunderte die Stufen der geheiligten Stätte ausgehöhlt hatten.

Er kniete vor der zierlichen Gestalt, die stets regungslos auf ihn wartete. Frieder berührte sie nicht, um zu erfahren, dass sie aus Holz geschnitzt war. Ihn machte es glücklich, sich an der roten Farbe ihres Kleides zu erfreuen und am Blau ihres Mantels. Die kleine Kirche, die sie auf der linken Hand balancierte, sah aus wie ein Geschenk, das er nie annehmen würde. Er war einfach zu groß für so kleine Sachen.

Die Kälte drang durch das feuchte Wolltuch von Frieders Hose, und seine Knie wurden zu Stein wie der Boden unter ihnen. Er kannte keine Gebete, denn er konnte sich Worte schlecht merken, die für ihn keinen Sinn machten. Er hatte seine eigene Art gefunden, mit ihr zu reden: Er summte ihr etwas vor, er holte seine Stimme von tief unten aus der Brust. Für Elisabeth summte Frieders Herz.

Er faltete seine Hände, die so groß waren, dass er den Kopf eines Kindes umschließen konnte. Die Leute nannten ihn einen Riesen. Frieder hatte keine Ahnung, ob es schlimm war, ein Riese zu sein. Man hatte ihm entweder nichts darüber erzählt, oder er hatte es vergessen. Die Leute jedenfalls gafften ihn an. Sie gingen auf die Seite, wenn er irgendwo auftauchte, den Karren hinter sich, auf dem die Eisenwaren schepperten. Die Leute verschwanden hinter Türen, oder sie liefen ein wenig schneller durch die Dorfgassen und über die Marktplätze einer Stadt. Manchmal blieben sie auch stehen, aber dann sorgten sie dafür, dass sie nicht allein standen. Die Leute waren immer ein Stück weg von Frieder, alle außer seinem Bruder, dem war er nützlich. Das konnte er sich merken, doch manchmal reichte ihm das nicht.

»Bin ich nützlich?«, fragte er dann. Und wenn sein Bruder nicht antwortete, dann fragte er eben noch einmal.

»Bin ich nützlich, Konrad?«

»Ja doch, solange du's Maul hältst.«

Meistens machte es Frieder nicht viel aus, dass er so mit ihm sprach, er kannte es nicht anders. Alles war so, wie es war, weder gut noch schlecht. Und wenn Konrad etwas von ihm wollte, dann machte er es eben. Vielleicht dämmerte es ihm auch zuweilen, dass er nur deshalb bei ihm bleiben durfte.

Ja, er war ihm sehr nützlich, sogar wenn sein Bruder eine Frau anfassen wollte. Konrad machte sich einen Spaß daraus, wenn eine Angst vor ihm hatte, Frieder nicht. Frieder fasste lieber sich selber an als eine schreiende Frau.

Mit Elisabeth war es anders. Er hätte nie ein Wort dafür gefunden, welchen Ausdruck ihr Gesicht hatte, das von weißen Tüchern umrahmt war. Wenn sie unter ihrer schimmernden Krone auf ihn herabschaute, gab es ihm ein Gefühl, als hätte er etwas Heißes getrunken. Elisabeth war nicht ängstlich. Sie hatte immer ein Lächeln für ihn.

*

Der Regen fiel nur noch in dünnen Fäden vom Nachthimmel, nachdem er stundenlang heftig auf die Stadt niedergegangen war. Er hatte die Straßen vom Dreck gesäubert, Fäkalien und Abfälle aus den Rinnen gespült und damit auch für eine kurze Zeit den Gestank vertrieben.

Caroline Fessler raffte die Röcke, als sie das Haus des Universitätsapothekers in der Barfüßerstraße verließen. Die Laterne in der Hand ihres Sohnes beleuchtete das schwarz glänzende Pflaster nur sehr unzureichend, und man konnte nicht wissen, was einem vor die Füße kam. Zwar trug sie immer noch Trauer und damit keine empfindlichen Farben, doch es war ihr bestes Kleid, das sie heute gewählt hatte, dem Anlass angemessen. Caroline hatte sich nicht gescheut, einen eleganten Schnitt zu wählen, als sie es nach Bertrams Tod anfertigen ließ, und heute hatte sie mit großer Befriedigung das Kompliment ihrer Gastgeberin entgegengenommen.

Eigentlich war der gesamte Abend zufrieden stellend verlaufen, nur Lambert hätte sich seiner Verlobten gegenüber etwas geschmeidiger zeigen können. Stattdessen hatte er – wie sehr häufig in den letzten Monaten – abwesend gewirkt, und das Ehepaar Herbst musste ihn des Öfteren ansprechen, damit er sich am Tischgespräch beteiligte. Doch hatte es sie offenbar nicht verdrossen – seine zukünftigen Schwiegereltern. Carolines Herz hüpfte, und in den Beinen verspürte sie einen kurzen Impuls, es ihm nachzutun. Endlich war ein Hochzeitstermin festgelegt worden! Jetzt konnte ihr niemand mehr in die Parade fahren, und Lambert musste bis Oktober einfach auftauen.

Vor ihr hob Lambert auf der ansteigenden Gasse die Laterne höher, das Licht ließ sein Haar honigfarben aufscheinen. Ihr schöner Sohn. Mit ihm war es leicht, ihre ehrgeizigen Pläne zu erreichen, und sie dachte überhaupt nicht daran, ein schlechtes Gewissen zu haben.

Nachdem er das Angebot der Familie Herbst abgelehnt hatte, sich von einem Knecht heimleuchten zu lassen, ging er nun zu schnell, doch heute konnte sie ihm diese Unhöflichkeit nicht übel nehmen. Caroline schwang ihren perlenbestickten Beutel, bis er Lamberts Arm traf.

»Sei doch nicht so mürrisch, mein Lieber. Wir haben wahrhaftig Grund zur Freude, findest du nicht?«

»*Du* hast Grund zur Freude, Mutter. Ich dagegen fühle mich ein wenig verschachert. Gib mir etwas Zeit, mich damit zu arrangieren, ja?«

Nur kurz wandte sich Lambert ihr zu und hatte seinen Blick schon wieder nach vorn gerichtet, als sie sich bei ihm einhakte. Es war wirklich ein Jammer, wie humorlos der Junge geworden war, dachte Caroline, als sie den dunklen Marktplatz erreichten.

»Na hör mal, du hattest schließlich nichts gegen eine Verbindung mit Therese einzuwenden. Nie hätte ich dich gegen deinen Willen ...«

»Verkuppelt?«

»... verheiraten wollen, du garstiger Mensch!«

Es schadete nicht, sich ein wenig zu empören. Jetzt verlangsamte er zumindest seine Schritte – das Tempo hatte sie bereits angestrengt.

»Man müsste an deinem Verstand zweifeln, wenn du etwas an Therese auszusetzen hättest. Sie ist sehr apart. Eine kleine Schönheit, wenn man so will.«

»Wenn du es so sehen willst – ich muss dir darin nicht unbedingt folgen«, sagte Lambert düster.

»Also wirklich, Therese ist eine rundum bezaubernde Erscheinung. Gut, ihr Haar könnte etwas voller sein, aber sie weiß es geschickt zu frisieren. Und dass sie vielleicht ein wenig zu schüchtern ist, mein Lieber, das spricht doch nur für sie.«

»Ein wenig zu langweilig könnte man es auch nennen.«

»Du hast es gerade nötig!« Abrupt blieb Caroline stehen. Er schien ihr tatsächlich die Freude verderben zu wollen, und sie wusste nicht, ob kindische Rebellion hinter seinem schlechten Benehmen steckte, oder – was es keinesfalls besser machte – Desinteresse.

»Ich konnte wahrhaftig nicht bemerken, dass du dir große Mühe gegeben hättest, mit ihr ins Gespräch zu kommen. Sie hat dich mit ihren Augen angefunkelt, man hätte die Kerzen löschen können! Aber Monsieur sitzt da und kriegt die Zähne nicht auseinander.«

Sie hatten ihr Haus an der Schlosstreppe erreicht. Caroline kramte in ihrem Beutel nach dem Schlüsselbund, da ihr Sohn keinerlei Anstalten machte, die Tür aufzuschließen. Stattdessen hatte er die Hände in den Hosentaschen versenkt. Er wirkte plötzlich hilflos. Caroline war sofort bereit, die Sache in einem anderen Licht zu sehen.

»Weißt du, mein Sohn, einer Frau, die dich so offensichtlich anbetet wie Therese, musst du entgegenkommen, um ihr die Scheu zu nehmen«, sagte sie sanft, wie es sonst selten ihre Art war. »Du kannst eigentlich nichts falsch machen.«

»Mutter, bitte!« Natürlich war es ihm peinlich, aber Caroline hielt es nicht für angezeigt, jetzt auf seine Empfindsamkeiten Rücksicht zu nehmen. Sie war entschlossen, ihren Sohn einige Dinge über Frauen wissen zu lassen, die er naturgemäß lieber von seinem Vater erfahren hätte. Zufrieden registrierte sie die trockene Wärme im Innern des Hauses, als sie die Tür öffnete. Was hätte Bertram ihm schon sagen können? Wäre er nicht so früh gestorben, hätte sie für ihren Sohn keine Ehe stiften müssen. Lächelnd wandte sie sich um und legte eine Hand auf Lamberts Arm.

»Komm, du wirst uns jetzt einen von Vaters alten Weinen aus dem Keller holen. Wir nehmen noch einen Nachttrunk vor dem Kamin ein und ...« Sie brach ab, als Lambert ihre Hand ergriff und von seinem Arm löste.

»Hör zu, Mutter. Ich halte mich an unsere Abmachung, obwohl ich inzwischen denke, dass ich mich im vergangenen Jahr zu leichtfertig darauf eingelassen habe. Ich weiß, welche Verantwortung bei mir liegt, und ich werde mich ihr nicht entziehen. Du musst also nicht befürchten, dass ich deine Pläne durchkreuze. Ich heirate Therese. Aber lieben muss ich sie nicht.«

Er warf die Haare zurück. Aus seinen Locken lösten sich einige Wassertropfen und trafen Carolines Gesicht. Herr im Himmel, der Junge war wirklich ein Träumer. Es kam ihr nicht ungelegen, dass es so aussehen könnte, als weinte sie.

»Ich möchte noch einen Nachtspaziergang machen«, sagte Lambert ungerührt und wandte sich zum Gehen. »So komme ich am besten zur Ruhe. Warte also nicht auf mich.«

Nachdenklich stieg Caroline die Treppen zu ihrem Schlafzimmer hinauf. Dort angekommen, stellte sie die Öllampe ab, mit der sie ihren Aufstieg beleuchtet hatte, strich die Feuchtigkeit von ihrem Samtmantel und hängte ihn in der Nähe des Ofens an einen Wandhaken. Aus dem Schrank holte sie eine schlanke Flasche hervor, die sie hinter einem Wäschestapel versteckt hielt. Der Nelkenduft des Kirschweins erfreute sie stets aufs Neue, wenn sie sich mit einem Gläschen dieser Köstlichkeit in den Schlaf helfen ließ. Caroline ließ sich auf einem Sessel nieder und streifte die Schuhe ab. Die Regennässe war trotz des kurzen Weges durch das dünne Leder gedrungen, und sie streckte die Füße dem Ofen entgegen. Sie seufzte, als das Getränk in einem wärmenden Rinnsal ihre Kehle hinablief.

Manchmal schon hatte sie den Verdacht gehabt, dass Lambert zu einer kleinen Hure ging, wenn er sich des Nachts aus dem Haus schlich und wohl meinte, ihr bliebe das verborgen. Selbst wenn er es täte, was ihr zu glauben Mühe machte, so wäre sie die Letzte, die ihm das vorwerfen würde. Aber was sollte dann das Gerede von Liebe?

Er musste das wohl aus diesen Büchern haben, die er las, um schließlich selber schwülstige Sonette zu verfassen, an eine namenlose Person gerichtet. Hirngespinste, so viel stand fest. Einmal hatte sie eines seiner unvollendeten Gedichte gelesen, das auf einem losen Blatt offen in seinem Zimmer lag. Schließlich wäre es ihr doch nicht eingefallen, in seinen Dingen herumzuschnüffeln, völlig grundlos.

Nicht nur sie als seine Mutter, sondern jeder Mensch, der Augen im Kopf hatte, konnte Lamberts Gefühle in seinem Gesicht ablesen. Daher musste es ihm nahezu unmöglich sein, ein Geheimnis zu haben. Allerdings schien seine Lektüre – auch darauf hatte sie im Vorübergehen einen Blick werfen können – einen unvorteilhaften Einfluss auf ihn zu haben. Nur wenige dieser aufgeregten Passagen hatten gereicht, um sie gründlich anzuöden, denn Caroline hielt Leidenschaft für eine Nervenschwäche. Mittlerweile geriet sie hin und wieder in kalte Wut, wenn sie ihren Sohn in Romane und Gedichte versunken vorfand, anstatt dass er sich auf seine Apothekerprüfung vorbereitete. Die zweite, nicht zu vergessen, denn vor einem halben Jahr hatte er vor dem Collegium medicum auf eine nahezu gleichmütige Weise versagt. Caroline hatte es seinem Kummer über den Tod des Vaters zugeschrieben und auf Tadel verzichtet. Doch seitdem saß ihnen der Provisor im Pelz, damit sie die Apotheke offen halten durften.

Lambert stand also nicht das mindeste Recht zu, sich über seine Heiratsverpflichtung zu beklagen. Die Schließung der Apotheke hätte sie ansonsten nur mit ihrer eigenen Wiederverheiratung verhindern können, doch dafür blieb keine Zeit. Sie hatte ihr Witwenjahr einzuhalten, und zudem fehlte es an Möglichkeiten. Der Provisor, den man ihr zugewiesen hatte – Stockmann, ein penibler Wichtigtuer –, war indiskutabel. Niemand hätte ihr das Opfer abverlangen können, eine Ehe einzugehen mit diesem verknöcherten Kerl, der unten ein Hinterzimmer der Apotheke bezogen hatte, um Tag und Nacht anwesend zu sein, wie es Vorschrift war. Wahrscheinlich sortierte er sogar jetzt noch Rezepte, verglich sie mit den Eintragungen im Apothekerbuch, kroch auf seinen dünnen Knien durch den Arzneikeller, steckte seine Nase in die Bestände der Kräuterkammer und verbreitete überall seinen säuerlichen Körpergeruch. Caroline verabscheute Stockmann. Mit einem letzten Schluck Kirschwein spülte sie den Mann aus ihren Gedanken, verließ den Platz vor dem Ofen und begann sich auszukleiden.

Sich noch einmal zu verheiraten schien jedoch für die Zukunft nicht grundsätzlich abwegig. Caroline war noch ein gutes Stück von ihrem fünfzigsten Jahr entfernt, und wenn sie den Kopf gerade hielt, zeigte ihr Profil kaum eine Falte. Das Grau mischte sich unauffällig in ihr aschblondes Haar, und die grünen Augen waren noch nicht von hängenden Lidern beschattet. Letztlich war in allem zu bemerken, dass Lambert die Schönheit seiner Mutter verdankte.

Sie fröstelte, als das schwarze Kleid von ihren Schultern fiel, während sie sich im Spiegel betrachtete. Das leichte Gewebe des

Unterkleides umgab lose ihren Körper, wie es der Mode nach jetzt üblich war, und heute gestattete sie es sich, seine Umrisse etwas genauer anzuschauen. Natürlich waren die sechs Schwangerschaften nicht spurlos an ihr vorübergegangen. Ja, manchmal konnte sie es kaum mehr glauben, dass sie ihrem Mann sechs Kinder geboren hatte, von denen einzig Lambert am Leben geblieben war. Eine ihrer Töchter, Christina, verbrachte hoffnungsvolle vier Jahre auf dieser Erde, ein waches Kind, an dem sie ihre Freude hatten. Besonders ihr Vater, der sie abgöttisch liebte. Als das kleine Mädchen starb, machte Bertram nie wieder einen Versuch, seiner Frau beizuwohnen. Er sagte, dass er den Tod eines weiteren Kindes nicht mehr verkraften könne. Das hatte sie verstanden, denn sie fühlte ebenso. Sie konnte sich damit arrangieren, dass er das Interesse an ihr verlor und daran, an einem Leben außerhalb der Apotheke teilzunehmen. Aber sie verstand nicht, dass er es unterließ, sich um seinen Sohn zu kümmern, wie es nötig gewesen wäre, und irgendwann nahm sie es ihm auch übel.

Vielleicht war Lambert deshalb ein so weicher Mensch geworden, der sich mit seinen Büchern in eine schwärmerische Welt fortträumte. Es hatte sie entsetzt, dass er eine Zeit lang sogar literarische Zirkel aufsuchte, die im Dunstkreis einer Gruppe junger Literaten stattfanden. Er bewunderte diese Leute in nahezu törichter Ergebenheit und sprach von einem Sog sich gleichender Empfindungen!

Erst im Nachhinein hatte sie ihren Frieden damit gemacht, weil Lambert dort Ulrike Herbst begegnete und bald darauf eine Einladung ins Haus des Universitätsapothekers gefolgt war. Damit hatte ihr das Schicksal einen ungeheuerlichen Trumpf zugespielt, so sah sie es heute. Denn auch wenn sie schon Tage vor dem ersten Besuch bei der Familie Herbst fieberhaft alle sich eröffnenden Möglichkeiten durchspielte, musste sie schließlich gar nicht viel tun. Therese tat ihr den Gefallen und verliebte sich umgehend in Lambert, dessen äußere und innere Schönheit sie gleichermaßen betörte. Ulrike Herbst hatte Caroline in einem späteren Gespräch unter Müttern die Gefühle ihrer jüngsten Tochter in herzlicher Offenheit geschildert. So war es ihr erspart geblieben, sich im Haus des Universitätsapothekers jemals als Bittstellerin zu fühlen. Martin Herbst brachte ihren Ideen zur Ergänzung ihrer Geschäfte ein deutliches Interesse entgegen.

Sie sah sich ihre Pläne in einer Leichtigkeit erfüllen, die einen argwöhnischen Menschen möglicherweise unruhig gemacht hätte. Doch Caroline war nicht danach, an ihrem Glück zu zweifeln. Mit dem heutigen Abend hatten sich für sie alle Unwägbarkeiten in Luft aufgelöst. Sie schlüpfte unter ihr Federbett, schob die kupferne Bettflasche beiseite, damit sie sich die Füße nicht verbrannte, und schlief sofort ein. Nicht einmal das Licht hatte Caroline gelöscht. Es würde lange vor dem Anbruch des nächsten Tages heruntergebrannt sein, ohne sie zu wecken. Sie fühlte sich vollkommen sicher.

*

In keinem der Fenster war Licht zu sehen, doch das hatte nichts zu bedeuten. Es war ein anderes Zeichen, das Lambert Auskunft geben würde: der Schlüssel. Als sollte ihm das, was er herauszufinden hatte, nicht zu leicht gemacht werden, mussten seine Finger an den nassen Ranken der Kletterrose vorbei, die das schmale Haus in der Hofstatt überwucherte. Er fuhr über erste winzige Blattknospen, um dann auf dem kalten Stein zu ertasten, ob der Schlüssel in der Mauernische vor dem Fenster lag. Es war schon vorgekommen, dass seine aufgeregt herumfahrenden Hände ihn vom Fenstersims gestoßen hatten und er im dornigen Rosenbusch danach suchen musste, wobei ihm in einer Winternacht frisch gefallener Schnee die Sache zusätzlich erschwert hatte.

Mitunter, wenn er sich hier vor dem Fenster zu schaffen machte, meinte er den leicht spöttischen Blick auf sich zu spüren, den er gelernt hatte zu erdulden: Elgins Blick, und ebenso ihr Bedürfnis, sich immer wieder von ihm zurückzuziehen. Es war nichts im Vergleich zu dem Gefühl, das sich in ihm ausdehnte, wenn der Schlüssel nicht da war, wenn die Leere des Mauerwerks ihn erst erschreckte und dann die Enttäuschung wie Gift durch seine Adern schoss. Dann wollte er mit den Fäusten gegen die verschlossene grüne Tür schlagen, sie vor Wut eintreten, die Treppen hinaufrennen, eine weitere Tür aufstoßen ... und hier endeten seine ohnmächtigen Fantasien. Denn was würde er ihr damit schon zeigen? Nur Schwäche und nicht etwa, was sein Herz bereit war zu ertragen, um das ihre doch noch zu erobern.

Jedes Mal wieder, wenn Lambert nachts heimlich dieses Haus aufsuchte, beschritt er aufs Neue einen unbekannten Weg zu dem größten Geheimnis seines jungen Lebens. Bislang hatte er es für reizvoll gehalten, eigene kleine Wahrheiten, Dinge und Beschäftigungen vor der Welt geheim zu halten. Seit einiger Zeit allerdings hatte er oft den schmerzhaften Wunsch verspürt, sich preiszugeben. Dann wollte er am liebsten durch die Straßen laufen und jedem, der ihm begegnete, sagen: »Ich liebe Elgin Gottschalk.«

Als seine Finger jetzt an die glatte Oberfläche des Schlüssels stießen, griff er ruhig danach. Dass er heute dalag, war wie ein Versprechen, wie eine Beschwichtigung. Alles, zu dem er sich verpflichtet hatte, machte einen Sinn, denn nur so würde er sie halten können.

Und doch schien sie überrascht, fast unsicher, als er sich über sie beugte, sie küsste, die Kleider abstreifte. Langsam gab die Dunkelheit Elgins Gesicht frei, und es wunderte ihn kaum, wie hell eine mondlose Nacht in ihrer Gegenwart sein konnte.

Sie lag ganz still, als er die Decke anhob und an ihren Zehen entlang über ihre Füße strich. Seine Hände umfassten ihre Waden, umkreisten ihre Knie und folgten der weichen Wärme ihrer Schenkel. Er meinte zu hören, wie sie den Atem anhielt, als er das Hemd weiter hochschob. Er sah das helle Tuch zwischen ihren Beinen, gefaltete Lagen von Leinen, und seine Finger berührten das Band über ihren Hüften, an dem sie befestigt waren. Seine Hände fanden auf ihrem Bauch zusammen, verharrten dort, bis dieser sich langsam wieder hob und senkte.

Sie ließ ihn allein mit ihren zitternden Atemzügen. Sie wartete ab, ließ ihn etwas herausfinden, er sollte keine Fragen stellen. Die feinen Härchen auf ihrer Haut richteten sich auf, als er die Bänder löste, und sie hob ihr Becken an, damit er die Tücher fortnehmen konnte.

Er hatte eine vage Erinnerung an gebeugte Rücken, die sich ihm zuwandten, wenn er als kleiner Junge unten im Haus seiner Eltern bei den Waschfässern spielte. Er sah die von der Arbeit geröteten Hände, die solche Tücher mit Asche schrubbten, sie auswrangen und in verborgenen Ecken des Gartens zum Trocknen aufhängten. Er hatte sie trotzdem gefunden und angstvoll die rostigen Schatten betrachtet, denn er wusste, dass es das Blut der Frauen war. Er hatte sie davon reden hören, wenn er sich in der Küche bei ihnen aufhielt und sie ihm Holzlöffel gaben, damit er sich beschäftigte. Sie machten sich keine Gedanken, dass ein Kind ihnen zuhörte, wenn sie leise darüber sprachen. Das Blut war ihr gemeinsames, geheimes Zeichen.

Zwischen Elgins Beinen schloss sich Lamberts gebeugte Hand über ihrem Geschlecht wie eine Muschel, und darin spürte er das Blut, nur eine kleine Menge, nichts, was ihn ängstigte. Es fühlte sich träge und zugleich sehr lebendig an.

Sie lag immer noch still. Erst als er zu ihr kam, gab sie einen Laut von sich, der klang wie ein Schluchzen.

»Tu ich dir weh?«, fragte er.

»Nein«, sagte sie, »ich bin doch nicht verwundet«, und ihre Stimme war dunkel wie immer.

Er sah auf sie hinab, wie sie in ihrem dichten Haar lag, das sich in Schlangen zu verwandeln schien, während sie sich miteinander bewegten. Er sah den Schimmer ihrer geöffneten Augen, und er streifte mit den Lippen über die weiße, weiche Haut ihrer Arme, die sie über sich ausgestreckt hatte. Er war der Einzige, der Elgin Gottschalk so kannte. Das zumindest wusste er, und es bedeutete ihm alles.

»Ich kann keine Frau in dieser Welt lieben als dich«, sagte er.

Elgin legte eine Hand an sein nasses Gesicht.

»Muss es denn gleich wieder die ganze Welt sein?«

Sie schlang die Beine um seine Hüften und ließ ihn nicht mehr los, bis zum Schluss. Das hatte sie noch nie getan. Lamberts Herz raste, als er sich in sie ergoss, und er legte seinen Kopf in ihre Halsbeuge.

Wenn dies das Glück war, warum machte es ihn dann so traurig?

Vier

APRIL 1799

Mit den Gefängnissen in Marburg war das so eine Sache. Es schien sich um eine schwer lösbare Angelegenheit zwischen dem Landesherrn, Bürgerschaft und dem Rat der Stadt zu handeln, wo Gefangene am besten unterzubringen seien.

Verurteilte Schwerverbrecher lagen im Stockhaus des Marburger Schlosses in Ketten, doch ihre Zahl hielt sich in diesen Zeiten erträglich niedrig, man kam mit den notdürftigen Kerkerplätzen aus. In Eisen geschlagen wurden nur Männer.

Andere Gefängnisse fanden sich mit den Jahren in verschiedenen Torhäusern, allesamt in beklagenswert schlechtem Zustand. Die Arrestkammern waren nicht einmal vergittert, und man verwendete sie für Sträflinge, die sich geringfügiger Vergehen schuldig gemacht hatten, für ungehorsame Bürger, die einer kleinen Korrektur ihres Charakters bedurften.

Daher hielt man es für geradezu schändlich, dass man solche Arrestanten zuweilen mangels anderer Möglichkeiten gemeinsam mit den groben Sündern im Weißen Turm einsitzen lassen musste. Der ehemalige Geschützbau diente schon seit Jahrhunderten als Kerker, und wer hier auf der Nordseite des Schlosses in einem seiner ebenerdigen Verließe saß, der war ein Verstoßener, ein ehrloser Mensch. Das traf auch auf jene zu, die noch darauf warten mussten, vor Gericht gestellt zu werden. Wer im Weißen Turm saß, wurde einer Schuld verdächtigt, die so schwer wog, dass um jeden Preis eine Flucht zu verhindern war.

Und davon betroffen waren auch Frauen. Im Besonderen solche wie Lene, denn schließlich war sie eines Verbrechens angezeigt, für das noch immer der Tod durch das Schwert drohte. Man bezichtigte sie eines Verbrechens, wie es kaltblütiger nicht sein konnte.

Und feige. Grausam. Herzlos.

Lene schlug ihren Kopf gegen die Mauer.

Feige. Grausam.

Es war genau so gekommen, wie sie es vorhergesehen hatte: Niemand glaubte ihr. Die Verhöre lagen Tage zurück, vielleicht Wochen? Sie hatte jedes Gefühl verlieren wollen, aber es war ihr nur das für die Zeit abhanden gekommen.

»Wenn sie ihr Kind nicht getötet hat, warum ist sie dann gesprungen? Man wird jeden Arm der Lahn absuchen, man wird mit Stöcken den Grund aufwühlen und mit wachen Augen die Ufer abschreiten lassen.« Das hatten sie gesagt. Drohend, als könnte ihr noch etwas Angst machen.

Tut es! Ich will euch helfen. Ich will doch wissen, wo er ist.

Ein kleiner weißer Körper. Sie hebt ihn aus dem Wasser, und es stört sie nicht, dass er so kalt ist. Es stört sie nicht, dass er tot ist. Wichtig ist, dass sie ihn sehen kann.

Lene riss die Augen auf. Es brannte darin.

»Sie weint nicht einmal! Habt Ihr es bemerkt, Ihr Herren? Ich habe die Person noch nicht eine Träne vergießen sehen.«

Jetzt habe ich Tränen aus Blut. Doch wer will das schon wissen?

Die Verhöre hatten ihr gezeigt, dass sie alles schon wussten. Marietta hatte es ihnen erzählt. Marietta hatte geweint. Ihr hatten sie geglaubt.

Graues Tageslicht fiel durch die vergitterte Fensteröffnung, die so klein war, dass sie Lenes Gesicht gerade als Rahmen hätte dienen können. Doch sie hielt sich vom Gitter fern. Sie hätte auf die Pritsche steigen können, um zu sehen, ob die Sonne schien, ihr aber war es schon unerträglich genug, die Vögel in den Bäumen des verwilderten Schlossgartens zu hören. Lene fror.

Es schien ihr, als seien ihre Kleider nicht mehr getrocknet, seit die Jungen sie aus dem Wasser gezogen hatten. Es mussten Schweinehirten gewesen sein, sie erinnerte sich an das aufgebrachte Quieken der Tiere, als die Jungen sie ans Ufer zerrten. Sie hatte die Nähe der Jungen gespürt, die sich danach nicht mehr trauten, sie anzufassen. Sie hörte die schmatzenden Tritte der Schweine auf dem feuchten Boden und weiter oben die Räder eines Fuhrwerks, das auf der Brücke zum Stehen kam. Dann hörte sie eine vertraute Stimme.

Nie war ihr aufgefallen, wie warm Eugen Schrickers Stimme eigentlich war, und sie hatte es sofort wieder vergessen. Er hob sie hoch, als hätte sie kein Gewicht, und für einen Moment hatte sie gehofft, dass sie vielleicht doch gestorben war. Doch dann lag sie auf dem strohbedeckten Holzboden des Fuhrwerks, und als es sich rüttelnd in Bewegung setzte, rollte ihr Körper wie ein kalter Klumpen Lehm gegen die leeren Transportkisten des Töpfermeisters. Wenn sie die Augen aufmachte, sah sie etwas von dem wolkenlosen Himmel.

Dann hatte sie Marietta gesehen.

Sie erinnerte sich nicht mehr an den Ausdruck ihres Gesichts. »Wo ist das Kind?« Marietta hatte geflüstert, aber es war schlimmer gewesen als ein Schrei. Lene hörte es seitdem immer wieder, und manchmal sprach sie die Worte mit. Auch jetzt bewegte sie die aufgesprungenen Lippen, aber sie brachte keinen Ton heraus. Wie vor einigen Tagen, die möglicherweise Wochen waren. Da hatte sie auch geschwiegen. Dafür hatte Marietta angefangen auf sie einzuschlagen, um sie zum Reden zu bringen.

Eugen Schricker, der brüllte, dass an diesem Morgen alle Weibsbilder verrückt geworden waren, hatte einige Mühe gehabt, seine Frau vom Wagen wegzubringen. Lene hatte stumm dagelegen, während sich die Stimmen der beiden vermengten und über ihr entluden wie ein heftiges Gewitter. Sie war auch stumm geblieben, als man sie zum Verhör in die Stube der

Marktwache brachte. Sie hatte den Kopf bewegt. Ja. Nein. *Verstockte Person.*

Ihre Zähne schlugen aufeinander. Als sie das Krachen des Schlüssels in der Zellentür hörte, richtete sie sich nicht auf. Sie blieb in der Ecke auf dem klammen Strohsack sitzen, wie sie es immer tat, wenn sie wach war. Sie rührte sich nicht, wenn der Schließknecht die Brotsuppe brachte, die sie nicht essen würde. Sie rührte sich nicht, wenn er sie aufforderte, ihr Nachtgeschirr in den Eimer zu entleeren. Seine Flüche waren ihr gleichgültig. Und als er irgendwann damit aufgehört hatte, den türlosen Eisenofen zu befeuern, war es ihr nur recht gewesen. Die Kälte hielt den Schmerz von ihr fern, der überall in ihrem Körper lauerte. Auf der Stirn und an den Schläfen, wo das Blut getrocknet war, an der aufgerissenen Haut ihrer Füße und Hände, in ihren entzündeten Brüsten, aus denen jetzt keine Milch mehr floss, sondern Eiter. Sie hatte das Wasser nicht benutzt, das man brachte, damit sie den Gestank von sich fortwaschen konnte. Was aus ihrem Körper rann, roch wie etwas Totes, und sie hatte sich daran gewöhnt, dass es zu ihr gehörte.

Lene achtete kaum auf den fremden jungen Mann, der ihre Zelle betrat. So fiel ihr nicht auf, dass er einen schwarzen Anzug und eine Ledermappe trug. Sie bemerkte nicht, wie erschrocken er war. Auch seine Unsicherheit entging ihr, sie hörte nur, dass er sich bei seinen ersten Sätzen oft räusperte.

Dann geschah etwas Ungewöhnliches.

Er setzte sich zu ihr auf die Pritsche. Er würde sie verteidigen. Wovon redete er? Er sprach weiter, obwohl sie ihn gar nicht verstehen konnte. Ein Geräusch, das aus ihrer Kehle kam, hinderte sie daran. Es war ein merkwürdiges, trockenes Krächzen. Der Mann stand nicht auf, er ging nicht weg. Er hielt ihr ein schneeweißes Tuch hin, und erst jetzt kam ihr zu Bewusstsein, dass sie weinte.

*

Die alte Haushebamme blieb regungslos hocken, als der dünne Ton der Türglocke zum wiederholten Mal zu hören war. Ihre Knochen schmerzten, und Anna Textor hatte das hässliche Gefühl, für immer in den Lehnstuhl gezwängt zu sein, in dem sie eingenickt sein musste. Die Wärme des Herdfeuers hatte sie wohl müde gemacht, jetzt aber war die Luft abgekühlt und die schwache Glut nur noch dazu nütze, den Rauchfang und die Wandborde als dunkle Stellen neben ihr aufragen zu lassen. Für einen vagen Moment kam es Anna Textor vor, als befände sie sich in einer Felsspalte.

Sie verfluchte sich dafür, dass sie in der Küche eingeschlafen war, denn ihre Medizin befand sich oben in ihrer Kammer. Das war umständlich und ließ sie täglich einige Wegstrecken zurücklegen im Haus, aber alles andere war zu riskant. Einmal hatte sie den Hausknecht erwischt, als er vor dem gemauerten Herd kniete. Angeblich wollte der Blödkopf nur das Brennholz in die dafür vorgesehene Öffnung stapeln, doch sie war sicher, dass er die Flasche hinten in der Nische entdeckt und sich bereits bedient hatte. Gesagt hatte sie nichts, aber sie war gewarnt und zog ihre Schlüsse daraus.

Wieder hörte sie die Türglocke, zaghaft und zitternd, sodass sie hoffte, es könnte gleich aufhören. So oder so, sie musste aufstehen, nicht nur wegen der eiligen Schritte, die sich oben von der Treppe näherten. Jetzt wurde auch noch geklopft da draußen, und das war Anna Textor lästig. Es belästigte sie ebenso wie das Getue der beiden Schülerinnen am Nachmittag, als sie so getan hatten, als sei in der Vorratskammer nichts zu finden, woraus man eine Mahlzeit hätte kochen können.

Sie hatte ihnen gründlich die Meinung gesagt. Wollten sie der letzten Wöchnerin, die sie hier hatten und die morgen mit ihrem Balg gehen würde, wollten sie der vielleicht zum Abschied ein üppiges Mahl auftischen? Sollte sie noch ein Huhn einfangen oder, besser, ein Schwein schlachten lassen?

Sie hatte sich nicht gescheut, laut zu werden. Den Professor wusste sie ja bereits auf dem Heimweg, und wenn der nicht im Haus war, hatte sie das Sagen. So sah sie das.

Als aber Doktor Heuser plötzlich in der Küche gestanden hatte, waren ihr doch vor Schreck die getrockneten Birnenscheiben auf den Boden gefallen. Sie steckte sich immer etwas Dörrobst in den Mund, um mögliche Gerüche zu überdecken, wenn die Herren das Wort an sie richteten. Nicht den geringsten Verdacht sollten sie schöpfen. Wie sie ihre Schmerzen zu kurieren hatte, wusste sie schließlich selbst am besten.

Bei dem jungen Doktor konnte sie sich meistens darauf verlassen, dass er mit dem Kopf woanders war. Wie auch vor ein paar Stunden, als er in seiner gedankenverlorenen Art irgendwas sagte und dann das Haus verließ. Sie hatte erst gar nicht zugehört. Auch das freche Grinsen dieser Lotte war ihr egal gewesen, und die andere hatte nur auf den Boden gestarrt.

Die Hebamme Textor wusste nicht, dass Lotte sich über sie lustig machte. Selbst wenn sie es gewusst hätte, wäre es ihr vermutlich egal gewesen, denn die Zeiten, in denen es ihr etwas bedeutet hätte, was andere über sie dachten, waren längst vorbei. Anna Textor wollte vor allem ihre Ruhe, und dazu verhalf ihr der Branntwein ebenso verlässlich, wie er das teuflische Ziehen in ihren Knochen milderte. Das hatte sie einem Winter im Armenhaus zu verdanken, nie wieder wollte sie dorthin zurück. Deshalb musste sie alle Schwierigkeiten vermeiden, wie es ihr bislang immer gelungen war.

Draußen auf dem Gang konnte Anna Textor jetzt Stimmen hören, und sie stemmte sich aus dem Stuhl.

»Was geht hier vor?«

Die Frage war überflüssig, denn die Langwasser trat sofort zur Seite und hielt die Öllampe so, dass die Haushebamme den Zustand der Frau, der sie die Tür geöffnet hatte, erkennen konnte. Jung war die nicht mehr, ihr Gesicht war grau, der Mund zusammengepresst.

»Geh nach oben«, befahl Anna Textor und nahm Gesa die Lampe ab. »Na, los doch, es gibt hier nichts für dich zu tun.«

»Ich könnte Ihnen helfen, Frau Textor.«

»Wobei? Das hier ist allein meine Aufgabe. Ich wüsste nicht, was es da zu helfen gibt.«

Hinter ihr stieß die Schwangere den Atem aus, und Anna Textor leuchtete ihr in das verzerrte Gesicht.

»Oder bist du etwa schon in den Wehen?«

Die Frau schüttelte den Kopf und stützte sich im Gang mit einer Hand an der Wand ab.

»Nein, ich glaube nicht«, sagte sie schnell. »Vielleicht hat mich das Laufen zu sehr angestrengt.«

Vielleicht hatte sie das Laufen angestrengt. Sie, Anna Textor, wusste, wie anstrengend das Laufen sein konnte. Es strengte sie an, hier im kalten Gang zu stehen, es strengte sie an, die Lampe zu halten, und es würde sie gleich noch viel mehr anstrengen, die Treppe hinaufzukommen. Es würde sie anstrengen, sich nach dem Protokollbuch zu bücken und sich hinzusetzen. Es würde sie anstrengen, die Feder zu führen, um aufzuschreiben, was der Professor für wichtig hielt, über die Person zu erfahren. Es hatte schon Ärger gegeben, weil sie mal bei einer versäumt hatte zu fragen, wo ihre Leute wohnten. Ausgerechnet die hatte sterben müssen unter der Geburt, und sie wussten nicht, wohin mit dem Kind.

»Gute Nacht«, hörte sie die Langwasser sagen. Es ärgerte sie, dass die immer noch dastand. Vielleicht ging ihr auch der tröstende Ton auf die Nerven.

»Ob die Nacht gut wird, liegt allein in Gottes Hand«, sagte Anna Textor. Sie tastete nach dem Schlüsselbund und ließ die Schwangere nicht aus den Augen. »Wenn du Wehen hast, wirst du mir das sofort sagen – hast du verstanden?«

Sie wartete, bis sich die Schritte der Schülerin entfernten. Dann schloss sie die Haustür ab.

Gesa hatte nicht einen Moment daran gedacht, ins Bett zu gehen. Sie ließ die Tür ihrer Schlafkammer angelehnt und blieb dahinter stehen. Lotte schlief. Lotte konnte immer schlafen. Gesa musste lernen, auf den Schlaf zu warten wie auf einen viel beschäftigten Freund. Bis es so weit war, lernte sie, es in einem Haus mit fremden Menschen auszuhalten, mit ihren Ängsten und Träumen unter einem Dach zu sein. Nichts war mehr so, wie sie es kannte, selbst das Warten war ein anderes geworden.

Sie lauschte auf die Geräusche aus dem unteren Stockwerk und schlüpfte hinaus auf den Flur. Auf ihren dicken Strümpfen wusste sie sich ohne einen Laut nach unten zu bewegen. Dabei raffte sie die Röcke, denn inzwischen hatte sie diese mit Lottes Hilfe verlängert, einen schwarzen von Tante Bele zerschnitten, angesetzt, mit kleinen Stichen vernäht, sodass der Saum ihr auf die Füße fiel. Auch ihre bestickte Kappe trug sie nicht mehr, sondern bedeckte am Tag ihr Haar mit einer weißen Haube, wie der Professor es wünschte.

Am Ende des Gangs sah sie im Licht der Schreibkammer die Hebamme Textor dicht über das Buch gebeugt und vor ihr, wie einen Schattenriss, den Rücken der Schwangeren. Sie stand schief, vielleicht hatte sie sich auf ihrem langen Marsch nach Marburg einen Fuß verstaucht. Sie würde sie gleich danach fragen, gleich wenn Frau Textor schlief, wenn sie schnarchen würde. Man konnte es oft bis hinauf in ihre Kammer hören, stundenlang.

»Das kommt vom Branntwein«, hatte Lotte ihr erklärt. »Ich bin sicher, neben ihr könnte der Blitz einschlagen, und sie würde nicht wach davon. Sonst hätte auch dieses arme Ding nicht weglaufen können.«

Das arme Ding. Sie wussten nur, was Pauli, der Hausknecht, ihnen erzählt hatte, und das war nicht viel. Das Mädchen war in die Lahn gesprungen, und man hatte sie wieder rausgefischt. Und was? Pauli hatte an seiner entzündeten Haut gekratzt und nichts mehr gesagt. Lotte war wütend geworden. Männer seien vollkommen nutzlos, wenn man etwas in Erfahrung bringen wollte, befand sie.

Gesa tastete sich in der Küche zum Herdfeuer vor und fachte die Glut neu an. Sie legte Holz nach, zog den schweren Wassertopf über das Feuer und sah sich nach der Schüssel mit dem Gerstenschleim um, der vom Abend übrig geblieben sein musste. Plötzlich war es ihr vollkommen egal, ob jemand sie hören konnte. Eine Frau war angekommen, sie sah elend aus, hungrig und müde. Bestimmt war ihr kalt, fühlte sie sich allein. So wie es aussah, konnte es nicht mehr lange dauern, bis sie niederkommen würde. Vielleicht hatte sie Angst. Was gab es da zu fragen? Es gab nur eine Menge zu tun.

Gesa konnte nicht wissen, dass es Anna Textor nicht eingefallen wäre, Fragen zu stellen. Vermutlich hatte sie sogar Geräusche aus der Küche gehört, ohne sie wirklich wahrzunehmen. Sie hatte die Flasche angesetzt und mehrere kräftige Züge genommen. Die Erlösung rollte wie ein Feuerball durch ihren Körper, erhitzte ihre Knochen und machte sie so wunderbar weich, dass sie es kaum glauben konnte. Sie musste sich einfach nur nach hinten fallen lassen, sie brauchte nicht mal eine Decke, wie die Frau nebenan. Sie hatte ihr schließlich noch geleuchtet, bis sie lag. Die wollte doch nichts als ihre Ruhe. Wie sie. Sie war gegangen und hatte sie im Dunkel verschwinden lassen.

»Sie sind gut zu mir, Jungfer. Ich danke Ihnen«, sagte die Frau nebenan. Ihre Hände umschlossen die Tasse mit Melissentee, vom Gerstenbrei hatte sie nur wenig gegessen. Sie saß auf einem der Betten, in mehrere Decken gehüllt, einen Strohsack im Rücken, an den sie sich lehnen konnte, und sah Gesa zu, die vor dem Ofen in der Ecke des Zimmers kniete.

»Sagen Sie mir doch Ihren Namen! Ich habe ganz vergessen, Sie danach zu fragen«, sagte Gesa.

»Ich heiße Franziska Sulzmann, ich ... bitte ...«

Die Frau war so schwach gewesen und kaum in der Lage, ein Wort zu sagen. Es war Gesa wichtiger erschienen, sie erst mit dem Nötigsten zu versorgen, damit sie wieder zu Kräften kam. Sie hatte sich ihr als Hebammenschülerin vorgestellt, und seitdem nannte die Frau sie Jungfer.

»Was ist denn das für ein Getöse?« Es war Lottes Stimme, in die sich ein Gähnen mischte. »Tür auf, Tür zu, Treppen runter, Treppen rauf, ein Gerenne und Gepolter ... und das alles an der Textor vorbei, meine Güte.«

Lotte sah verschlafen aus, ihr zerzauster Zopf fiel vorn über ihr schief geknöpftes Kleid herab, offenbar hatte sie sich hastig im Dunkeln angekleidet.

Der Kienspan in Gesas Fingern drohte zu verlöschen, aber die Holzscheite im Ofen brannten immer noch nicht. Im Nebenzimmer setzte das gleichmäßige Schnarchen für einen Moment aus, und beide – Gesa und Lotte – erschraken gleichermaßen über den Klagelaut, den Franziska Sulzmann nun nicht mehr länger unterdrücken konnte. Die Tasse, aus der sie kaum Tee getrunken hatte, fiel mit einem dumpfen Knall auf den Holzboden, ohne zu zerbrechen.

Lotte schloss die Tür und kniete sich neben Gesa vor den Ofen.

»Komm«, flüsterte sie, »ich mach das mit dem Feuer. Schau du nach der Frau. Warum ist Doktor Heuser nicht da? Er ist doch sonst immer da. Er hat sogar ein Bett in der Kammer stehen, das weiß ich.«

Gesa wusste es auch. In einer ihrer schlaflosen Nächte hatte sie am Fenster gestanden und zugesehen, wie das Licht aus der Dachstube ein helles Netz über die Äste der großen Trauerweide warf. Sie war auf den Gang hinausgetreten, zu den wenigen Stufen, die in das einzige Zimmerchen des Dachgeschosses führten. Die Tür stand offen, von unten sah sie die Ecke einer einfachen Liege und in ihrer Nähe eine Bewegung, vielleicht nur einen Schatten. Es hatte sie beruhigt, ihn dort zu wissen, mehr nicht. Sie war zurück in ihr Bett geschlüpft und eingeschlafen, ohne wie sonst die flache Leinentasche zu berühren, die unter ihrem Kopfkissen lag.

»Gesa!«

»Ja.« Sie hörte wieder das Schnarchen von Anna Textor und das leise Stöhnen der Frau. Sie hörte, dass Lottes Stimme unsicher wurde.

»Wir sollten hier nicht mit ihr allein sein, oder?« Lotte wandte sich wieder dem Ofen zu, und Gesa stand auf.

Die Frau starrte zu ihnen hinüber, sie hatte sich vorgebeugt, die Beine gespreizt, die Hände neben sich in die Decken gekrallt.

Steh nicht rum, Kind! Red mit ihr. Was ist nur los mit dir?

Mit einem Knacken kam das Feuer in Gang.

»Jetzt wird es besser«, sagte Gesa. »Können Sie sich hinlegen, Franziska Sulzmann?« Sie beugte sich zu ihr, löste die verkrampften Finger aus der Decke. Sie nahm den Strohsack fort und legte ihn an das Fußende, sie half ihr, eine bequeme Haltung zu finden, und öffnete den Rockbund des Kleides.

»Ist es warm genug?« Die Frau nickte.

Die Füße waren geschwollen und hatten blutige Stellen, dort wo die Holzschuhe sie aufgerieben hatten. Sie müsste sie waschen, und am besten wäre es, sie mit einem Umschlag aus Schafgarbe zu versorgen. Waschen musste sie die Frau auf jeden Fall, bevor der Professor ...

Ihre Beine zittern. Sorge dafür, dass die Frau ruhig ist. Dafür bist du zuständig.

Die Beine waren mit Kratzern übersät, frische und längst verheilte, feine weiße Linien, die sich von den Knöcheln zu den Knien hinaufzogen, Spuren von vielen Jahren Arbeit auf dem Land.

»Sie haben schon Kinder?«, fragte Gesa.

»Gesa«, zischte Lotte, »das ist ja alles gut und schön. Aber was machen wir jetzt? Soll ich versuchen, die Textor aus dem Bett zu holen? Ich glaub, das macht wenig Sinn. Am besten, wir schicken Pauli zum Professor. Sie ist doch schon in den Wehen.«

»Nein!« Das Zittern in den Beinen der Frau verstärkte sich unter Gesas Händen. »Das sind keine Wehen«, sagte sie mit flatternder Stimme. »Ich weiß doch, was Wehen sind. Das sind keine.«

Wie kannst du die rechten Wehen von unrechten unterscheiden?

»Ich versuch, die Textor wach zu kriegen.« Hinter Lotte knallte die Tür zu, und Franziska Sulzmann begann zu flüstern.

»Bitte, Jungfer, müssen Sie einmal nicht die Ärzte rufen ... Ich hab Angst, ich ...«

Manchmal kannst du die Wehen eher ertasten als eine kreißende Frau.

»Darf ich Sie untersuchen, Franziska? Ist Ihnen das recht?«

»Ja, wenn Sie das machen, ist es gut. Die Leute erzählen so üble Sachen, aber ich ...«

Eine furchtsame Frau musst du besonders vorsichtig untersuchen. Nimm dich in Acht. Sind deine Hände warm und ruhig?

»Ich hatte schon eins, das hat nicht lange gelebt«, flüsterte die Frau. »Ich wär selbst fast dran gestorben. Es war eine schlimme Geburt ... Ich ...«

Kommt eine Wehe, wenn du bei der Frau bist, darfst du den Finger nicht wegnehmen. Halte den Finger zwischen dem Mut-

termund und vor dem Wasser stille. Sobald die Wehe kommt, wird das Wasser hart und dringt zwischen den Muttermund. Wenn sie nachlässt, wird es weich, und du weißt ...

»Was machst du da eigentlich?«, hörte sie Lotte fragen, und dann hatte sie ihren Atem am Ohr. »Es ist uns doch verboten ...«, wisperte sie.

»Was ist mit Frau Textor?«

Lotte richtete sich auf und zog die Augenbrauen hoch.

»Was glaubst du wohl?«

Gesa glättete den Rock über Franziskas Beine und ließ ihre Hand dort liegen.

»Weck Pauli«, sagte sie leise.

*

Das Essen war einfach, aber sehr gut gewesen, und das bescheidene Haus des Professors war mit seiner schlichten Ausstattung überraschend behaglich.

Clemens Heuser war durchaus überrascht. Seine Verwunderung mochte allerdings zu einem guten Teil daher rühren, dass er selten gezielt etwas dafür tat, sich wohl zu fühlen oder etwas um seiner selbst willen zu genießen. Er hatte ein Zimmer, in dem er ein paar Dinge unterbrachte und manchmal auch sich. Seine Wirtin besorgte die Wäsche für ihn, und oftmals suchte er diese Räumlichkeit nur auf, damit er seine Kleider wechseln konnte. Er schlief wenig. Er aß, um satt zu werden, und manchmal vergaß er selbst das. Seit er seine Arbeit tat, war er zu der Überzeugung gekommen, dass nichts weniger von Belang war als sein persönliches Befinden.

Ihn verwunderte gar nicht einmal so sehr, dass Professor Kilian in diesen Dingen anders verfuhr und im Besitz einer privaten Seite war. Oder dass er einen dezenten Geschmack besaß, der seiner Arroganz widersprach.

Am meisten überraschte Clemens, wie sehr er es tatsächlich genoss, noch immer hier zu sitzen. In einem weichen Sessel, vor einem prasselnden Kaminfeuer, das ein so freundliches Licht machte, es war merkwürdig. Es lag auf der Hand, dass der Professor ihn mit etwas ganz anderem in diese verwirrende Stimmung versetzt hatte.

»Was halten Sie davon, Herr Kollege?«, fragte Kilian und schenkte ihm Wein nach.

Clemens hob sein Glas dem Gastgeber entgegen.

»Wie könnte ich anders, als es aus vollem Herzen gutzuheißen?«, sagte er. »Ich hoffe sehr, dass der Landgraf sich Ihrem Ansinnen öffnen kann, es ...«

»Unserem Ansinnen, mein lieber Freund.« Kilian berührte kurz Clemens' Schulter, bevor er sich in dem Sessel ihm gegenüber niederließ. »Es ist doch so, dass wir ein gemeinsames Ziel verfolgen, oder sollte sich das inzwischen geändert haben?« Mit schief gelegtem Kopf musterte er Clemens und lächelte dann. »Nein, nein, entrüsten Sie sich nicht – ich weiß doch, wie sehr Ihnen Ihre Arbeit am Herzen liegt. Ihre Forschungen ...«

»Eben nicht nur die Arbeit, nicht allein die Forschung ... Verzeihen Sie, dass ich Ihnen ins Wort falle.« Clemens beugte sich so heftig vor, dass der Wein im Glas in Bewegung geriet. »Ich gestehe, dass ich das Elend, dem wir begegnen, zuweilen unerträglich finde und dass wir aus der Not dieser armen Weiber unsere Wissenschaft bedienen ...«

»Gestehen Sie auch, dass Sie mich mitunter zu den kaltherzigen Vertretern dieser Wissenschaft zählen?«

»Verehrter Herr Professor, ich weiß nicht ...« Nein, er wusste nicht. Aber sollte er etwas abstreiten, worüber er tatsächlich nicht nachgedacht hatte?

»Hören Sie«, sagte Kilian und legte eine Hand auf Clemens' Arm. »Entschuldigen Sie meinen sarkastischen Einwurf. Ich denke, wir haben es weder nötig, einander zu bezichtigen, noch mit Lob zu überschütten. Ich bin mir sicher, dass ein jeder die Qualitäten des anderen einzuschätzen weiß, dafür arbeiten wir schon lange genug miteinander. Nichts nährt die Liebe für eine Wissenschaft so sehr wie das gemeinschaftliche Interesse, nicht wahr.« Er lehnte sich wieder zurück und schlug die kurzen Beine übereinander. »Und selbstverständlich läuft es mir zuwider, sehen zu müssen, mit wie viel Schrecken sich diese armen Weiber unserer *Exploratio* unterziehen. Nur, weil sie nicht verstehen können, dass es zu ihrem besseren Geschick ist.«

»Wie sollen sie denn auch Vertrauen in uns entwickeln? Sie müssen es als Bestrafung erleben ...«

»Sehen Sie, mein Lieber, und das ist es, wo wir ansetzen können, wenn der Landgraf meinem Vorschlag folgt.«

»Das setzt immerhin einen gewissen Reformwillen voraus.«

»Ach, wissen Sie, ich habe mir in meinem Schreiben gestattet, darauf hinzuweisen, dass es für unser Land doch auch an der Zeit sei, die Erbärmlichkeit gewisser Zustände abzuschaffen, nachdem man in Preußen schon vor über dreißig Jahren damit begonnen hat. Und wenn wir tatsächlich erreichen, dass man auch hier den ehelosen Schwangeren die Unzuchtstrafen und die Kirchenbuße erlässt – natürlich nur, sofern sie sich zur Geburt in unser Institut begeben –, dann wird ... dann *muss* es die Frauen dazu bringen, unsere Hilfe zu suchen!«

Clemens nickte wortlos. Er sah eine leichte Röte aus dem hohen Kragen des Professors aufsteigen. Möglicherweise war nur der Schimmer des Kaminfeuers dafür verantwortlich, Clemens aber schrieb es dem Enthusiasmus dieses Mannes zu, dessen Stimme sich mit den letzten Worten deutlich erhoben hatte.

»Ich brauche Ihnen nicht erklären, dass wir für unsere Wissenschaft eine ganz andere Situation schaffen müssen. Was haben wir denn schon: Die Frauen kommen nur, wenn ihnen die Not keine andere Wahl lässt. Oft sind sie schon in den Wehen. Nicht ohne Gefahren für sie, viel zu spät für uns. Dass es zu wenige für die praktische Lehre sind, muss ich nicht betonen. Wie viel mehr könnten wir erfahren und erreichen, wenn wir die Schwangeren schon – sagen wir – vier Wochen vor der Niederkunft in unser Institut aufnehmen könnten! Wir würden wertvolle Erkenntnisse gewinnen über den zu erwartenden Geburtsverlauf, das verbesserte unsere diagnostischen Möglichkeiten erheblich und ...«

Kilian setzte sein Glas an und leerte es in einem Zug.

Clemens riss seinen Blick los von dem Feuer, das funkenstiebend ineinander fiel. »Sie ahnen nicht, wie oft mich diese Frage schon gequält hat«, sagte Clemens und drehte sein Glas in den Händen. »Dieses ›Zu-spät-Sein‹, nur noch das Instrument eines unabwendbaren Schicksals ...«

Er sprang auf und begann auf und ab zu gehen.

»Was nutzen mir meine Messinstrumente, meine Erkenntnisse, wenn ich damit nichts ausrichten kann? Ich gewinne Einsichten aus dem präparierten Becken einer toten Frau, ich sehe vor mir, dass ich ihr nicht helfen konnte, ich notiere Zahlen und fertige eine Zeichnung an. Ich gelange zu einem Wissen, das keine Anwendung findet. Weil ich zu spät komme! Weil ich auf die Geburt als Mittel der Diagnose angewiesen bin! Wenn wir die Frauen über einen längeren Zeitraum vor der Niederkunft untersuchen könnten, wenn wir unsere Erkenntnisse gewinnen könnten, um *helfend* einzugreifen ...«

»Das ist es doch genau, worum es mir geht, mein Freund«, ließ Kilian aus seinem Sessel verlauten. »Mal abgesehen von meinem innigen Wunsch nach einer wissenschaftlichen Lehre, die dieses Prädikat verdient.«

»Gebe Gott, dass Ihr Ersuchen auf fruchtbaren Boden fällt«, sagte Clemens. »Und wenn die Frauen wissen, dass sie von diesen entwürdigenden Strafen befreit werden ...«

Kilian erhob sich, griff auf dem Kaminsims nach der Weinkaraffe und kam auf Clemens zu.

»So wird sich in hoffnungsvoller Weise unser Haus füllen, es wird unser Ansehen steigern und uns vieles leichter machen.«

»Glauben Sie, dass uns die Frauen mit mehr Vertrauen begegnen werden, wenn wir in dieser Weise für ihre Würde eintreten?«

»Ich glaube, sie werden vor allem ihren *Vorteil* begreifen, den sie erhalten, nicht wahr? Was ein Handel ist, wissen die meisten von ihnen.«

Kilian füllte die Gläser und lächelte erneut.

»Lassen Sie uns darauf anstoßen, dass unser Landesvater die Gelegenheit nutzt, sich im Geist des Fortschritts zu profilieren. Möge unser altes Accouchierhaus schon bald aus den Fugen geraten ...«

Der Professor wandte sich ab und lauschte Stimmen nach, die mit einem Mal im Haus zu hören waren. Ein kurzes Klopfen ließ Clemens zusammenzucken.

»Sie möchten recht schnell zum Institut kommen, Herr Professor«, hörte er Pauli, den Hausknecht, sagen. »Da ist eine Frauensperson in den Wehen.«

»Trinken Sie aus, Herr Kollege«, sagte Kilian. »Mir scheint, dies ist ein Zeichen.«

Die Nachtluft schien ihre Gedanken zu schlucken und erübrigte jedes weitere Wort. Oben am Markt schlug die Rathausuhr zur halben Stunde, und sie legten den Weg zum Haus Am Grün schweigend in zügigen Schritten zurück.

Kilian folgte dem Hausknecht und dem schwankenden Licht der Laterne, die er trug. Der Professor ging leicht vornübergebeugt, als müsste er gegen einen starken Wind anlaufen, und hatte die Hände auf dem Rücken zusammengelegt. Seinen Stock mit dem Elfenbeinknauf, ohne den er sonst nie auf der Straße anzutreffen war, hatte er vergessen. Clemens konnte sehen, wie er seine behandschuhten Finger bewegte, sie spreizte und wieder schloss.

Als hätte er bereits eine Ahnung gehabt von der Frage, die er wenig später stellte: »Ich schließe daraus, dass Sie sich zu einem Tastbefund haben hinreißen lassen?«

Es zeigte sich keine Unsicherheit in Gesa Langwassers Gesicht, als sie sich von dem Fenster abwandte, das sie auf das Geheiß des Professors geöffnet hatte. Die Luft war zugegebenermaßen stickig gewesen in der Kammer. Beim Eintreten war Clemens auf den angstvollen Blick der Frau getroffen. Sie musste aus einem erschöpften Kurzschlaf aufgeschreckt sein, als sie an die Bettstatt getreten waren.

»Nun?«, hatte Kilian gefragt, und unglücklicherweise sah die Jungfer Langwasser sich aufgerufen, dem Professor zu referieren. Die Wasser seien gebrochen, kurz nachdem sie Pauli auf den Weg geschickt hätten, und dann hatte sie von den Wehen geredet, die ohne weitere Wirkung auf den Muttermund geblieben waren.

»Ist Ihnen entfallen, dass der Tastbefund den Schülerinnen untersagt ist, es sei denn, sie werden ausdrücklich während des Unterrichts dazu aufgefordert?«

»Ich hielt es für nötig, Herr Professor«, sagte Gesa. Sie wirkte ganz und gar nicht, als wollte sie Kilian ausweichen, und sah ihm ruhig dabei zu, wie er den hohen Filzhut abnahm.

Hinter ihm räusperte sich Lotte Seiler.

»Wir hatten keine Sicherheit über die Wehen und mussten doch wissen, ob es schon an der Zeit ist, nach Ihnen zu schicken ...«

»Verschonen Sie mich mit Ihren Ausreden. Sagen Sie mir lieber, wo sich Frau Textor aufhält. Wieso hat sie diese Anmaßung nicht verhindert?« Kilians Stimme war inzwischen schneidend, seine Bewegungen umso ruhiger. Er legte seine Handschuhe in den Hut, reichte diesen an Lotte Seiler, ohne sie weiter zu beachten, und knöpfte seinen Gehrock auf.

Es war nichts zu hören außer dem gepressten Atem der Frau.

»Haben Sie Schmerzen im Rücken?« Clemens stellte diese Frage, nachdem er sie eine Weile beobachtet hatte. Er sah ihre Hände zur Seite zucken, als dürften sie nichts verraten. Sie wandte ihr verzerrtes Gesicht ab, als ihr Körper sich aufbäumte, ohne dass sie etwas dagegen tun konnte. Als Gesa neben sie trat, griff sie sofort nach ihr.

»Ja«, hörte Clemens die Hebammenschülerin Langwasser sagen, während sein Blick unvorbereitet auf ihre grauen Augen traf, »im Rücken scheint es ihr besonders zuzusetzen.«

»Wollen Sie mir einmal zeigen, wo es Sie quält?« Er beugte sich zu der Frau hinunter, die ihm gehetzt entgegenstarrte. Unter der nächsten Schmerzwelle glitt ihre freie Hand nach hinten, während die andere sich noch immer an Gesa klammerte.

»Ich will auf der Stelle die Haushebamme hier sehen«, herrschte Kilian Lotte Seiler an, »und im Übrigen sind Sie mir eine Antwort schuldig geblieben. Glauben Sie nicht, dass mir das entgangen ist.«

»Möglicherweise ist Frau Textor von ihrem Rheuma geplagt«, sagte Clemens, während seine Finger vorsichtig das Kreuzbein der Schwangeren abtasteten. »Sie leidet zuweilen darunter.«

Kilian schwieg mit deutlichem Ärger und nahm zur Kenntnis, dass die Seiler auf ihren Lippen herumkaute, als sie den Gehrock entgegennahm.

»Los also, bringen Sie mir das Protokollbuch.« Der Professor schob seine Ärmel zurück, bemerkte die durchfeuchteten Stellen, die das Fruchtwasser hinterlassen hatte, und ging mit einem Seufzer neben dem Bett auf die Knie.

»Nun denn, sehen wir, wie die Sache steht.«

Gesa, der Kilian fürs Erste keine Beachtung zu schenken gedachte, hörte noch etwas anderes.

Ich halte nichts davon, einer Kreißenden zu sagen, wie das Kind liegt.

Aber Kilian sagte es.

Sie wird den Tod fürchten und aufgeben. Soll ich ihr vom Sterben sprechen, wenn es noch nicht an der Zeit ist, sich dafür bereitzumachen?

Von Tante Bele selig bekam Gesa an diesem langen Tag nichts mehr zu hören. Dabei war es zu ihren Lebzeiten selten vorgekommen, dass ihr etwas die Sprache verschlug.

*

Die Haut spannte über den eitrigen Pusteln und tat weh, ohne dass er sie berührte. Pauli hatte seine Schritte verlangsamt, und der Abstand zwischen ihm und den Herren Studenten auf dem Pilgrimstein vergrößerte sich zusehends. Während er die jungen Männer mit wehenden Rockschößen die ersten Häuser vor der Elisabethkirche erreichen sah, trödelte er noch an den alten Bäumen des Botanischen Gartens entlang. Es bestand kein Grund zur Eile mehr, seit er in der Ketzerbach auf die Studenten gestoßen war, die soeben das Anatomische Theater verlassen hatten. Sie wussten nun, dass sie sich eilig zu einer bevorstehenden Geburt im Auditorium einfinden mussten. Die anderen Studiosi hatte er in ihren Unterkünften angetroffen, und zwei konnte er nur mit Mühe wecken, da sie einen Rausch ausschliefen. Wie immer hatte er von jedem ein paar Heller erhalten.

Jene drei Studenten, die er zuletzt aufgetrieben hatte, waren bereits anlässlich einer frühen Sektion in der Anatomie gewesen. Selbst als er noch näher hinter ihnen gegangen war, hatte Pauli ihnen kaum zugehört bei ihrem angeregten Gespräch. Viele der Worte, die sie benutzten, waren ihm ohnehin vollkommen unverständlich, und auch worüber sie sich im Einzelnen begeisterten.

Wenn sie von einem Kadaver sprachen, dann wusste Pauli allerdings, dass ein toter Mensch gemeint war, und er machte sich möglichst wenig Gedanken darüber, was die mit so einem taten. Eine Ahnung davon war nicht ausgeblieben, denn er kannte die Sammlung des Professors. Er wusste auch von dem Raum im Keller des Gebärhauses – schließlich schlief er unweit davon.

Einmal im Winter, nach seinen ersten Tagen als Hausknecht, weckte ihn nachts der Hunger, weil es außer einer sauren Brotsuppe nichts gegeben hatte. Noch während er schlaftrunken darüber nachdachte, ob es sich lohnte, oben in der Küche nach Essbarem zu suchen, hatte er Geräusche gehört. Er glaubte, den Atem anhalten zu müssen, lauschte auf Bewegungen und Schritte, die sich entfernten. Dann wagte er es, seine Schlafstelle im Holzraum zu verlassen. Er hatte die Hand vor Augen nicht sehen können, so dunkel war es gewesen. Da unten konnte man nie wissen, ob oben schon Tag war. Seine Geschicklichkeit im Feuerschlagen war ihm zugute gekommen und dass sich die Laterne stets neben seinem Bett befand. So hatte er noch etwas gewartet in der kellerfeuchten Kälte, bis das Klappen der Türen im Haus nach unten drang. Dann war er in den Raum gegangen und hatte das Bündel auf dem Tisch entdeckt.

Es war in nasse Tücher gewickelt, und als er sie vorsichtig anhob, sah er ein neugeborenes Kind. Es war unversehrt und hatte eine bläuliche Hautfarbe, es machte ihm keine Angst. Pauli hatte schon tote Kinder gesehen, wie jeder auf dieser Welt, der Vater und Mutter hatte, nur war es ihm noch nie möglich gewesen, sie so genau zu betrachten. Es hatte die Augen geschlossen, und er konnte die dünnen blauen Linien in den Lidern sehen. Er hatte es sogar angefasst. Kalt und weich, ganz glatt. Die Nabelschnur, die über dem kleinen, eingefallenen Bauch lag, beunruhigte ihn zunächst etwas, und auf dem Tuch gab es eine blutige Stelle. Er hatte es wieder zugedeckt. Als er später am Tag nach ihm schaute, war es verschwunden.

In der Nacht darauf war es wieder da, und er nannte es im Stillen ein Ellerchen, eine kleine Elfe, weil seine Haut so weiß war, fast silbern. In der dritten begann es schon schlecht zu riechen, und bereits zwei Nächte später stank es erbärmlich. Im Laufe des folgenden Tages war der Professor in dem Raum beschäftigt gewesen, und von da an hatte es nicht mehr dort gelegen. Wenn Pauli Brennholz zum Ofen ins Auditorium schleppte, schaute er zu den Gläsern im Schrank und dachte, in einem von ihnen sitzt vielleicht das Ellerchen und winkt ihm zu. Aber so richtig glaubte er nicht daran.

Die Morgensonne stach ihm in die Augen, sodass Pauli den Kopf senken musste. Er trat ein paar kleine Steine vor sich her, bohrte die Hände in die Hosentaschen und umschloss die Münzen, die er heute bekommen hatte. Für seinen Geschmack konnte es ruhig öfter vorkommen, dass man ihn losschickte. Die jungen Herren neckten ihn zwar wegen seiner störrischen roten Haare und auch wegen seiner Pusteln, doch ihre Bemerkungen störten ihn nicht. Vielleicht sah er ja wirklich manchmal so aus, als würde ihm der Kopf brennen. Was die Studenten sagten, ließ Pauli kalt. Noch nie hatte einer versäumt, ihn zu bezahlen, das war ihm viel wichtiger.

Er hoffte, dass alle, die dort zu tun hatten, im Auditorium waren, wenn er zurückkommen würde, vor allem die Textor. Er hatte sie in der Nacht gar nicht zu Gesicht gekriegt und war heilfroh darüber gewesen, ohne sich zu wundern. Wenn eine Geburt im Gange war, musste die Textor mit Hand anlegen, und dann würde er das Geld an seinen Platz bringen. Er machte das schon lange so, genau seit dem Tag, als die Alte ihn in der Küche so misstrauisch angeglotzt hatte mit ihrem Ziegenblick.

»Was hast du denn da in den Taschen, Blödkopf?«

»Steine.« Er hatte nicht gezögert, die Antwort kam ganz von allein aus ihm heraus. Sein Glück war, dass er wirklich welche in der Tasche hatte und sie ihr zeigen konnte.

Die Alte machte ein Geräusch mit den Lippen, so, wie sie es immer tat, wenn ihr was nicht passte, und dann hatte sie noch ein bisschen komisch geguckt.

»Wenn du dich im Fluss ersäufen willst, musst du dir schon was mehr in die Tasche stecken.« Wenn die Textor lachte, war das schlecht auszuhalten. »Dann sammle mal schön, Blödkopf. Schade um dich ist es ja nun beileibe nicht.«

Er hatte die Steine in den Händen bewegt, dass sie aneinander klickerten, und am liebsten hätte er sie ihr ins Gesicht geworfen. Einer von den größeren hätte sogar gereicht. Er traf nämlich gut.

Noch im letzten Sommer war er mit den anderen Jungen in Weidenhausen auf Vogeljagd gegangen. Amseln erwischte er nicht nur, wenn sie über die Erde hüpften, er scheuchte sie aus den Bäumen und brachte ihre Nester zum Absturz. Er freute sich an ihrem schrillen Zetern, wenn sie unbeholfen aufflogen. Amseln hatte Pauli schon im Flug erwischt.

Was immer die Textor sich dachte, wann immer sie ihm seitdem nachstierte und ihre versoffene Laune an ihm ausließ, Pauli war es nur recht, dass sie ihn weiter Blödkopf nannte. Jedes Mal – auch wenn es für seinen Geschmack zu selten war –, wenn er wieder ein paar Heller unterzubringen hatte, wenn seine Finger das Versteck ertasteten und er feststellte, dass es unberührt war, dann hatte er Gewissheit. Dann gab es keinen Zweifel daran, wer von ihnen beiden dümmer war.

Paulis Hand fuhr hoch zu seinem Gesicht, zu den frischen Pusteln, die irgendwann in dieser Nacht entstanden sein mussten. Sie quälten ihn mit einem juckenden Schmerz, und es würde noch viel schlimmer werden, wenn er sie aufquetschte. Aber für einen kurzen Moment befriedigte es ihn immer, wenn er das, was daraus hervorplatzte, zwischen den Fingern spüren konnte. Die Neue, Gesa, sagte, er sollte das lassen, weil es Narben gab. Viele Narben in so einem netten Gesicht. Das hatte sie wirklich gesagt.

Pauli wandte sich um, als er die abgehackten Vogelrufe hörte, die er von allen anderen zu unterscheiden wusste. In den unbelaubten Zweigen waren die Amseln ein einfaches Ziel.

*

Die Frau, die von niemandem in den vergangenen Stunden mit ihrem Namen angesprochen worden war, hatte endlich die Besinnung verloren. Franziska Sulzmann, deren Initialen sich über den Protokollen der angehenden Ärzte und im Buch des Professors befanden, wurde im Laufe der unterschiedlichen Traktionen der Einfachheit halber als *die Patientin* bezeichnet, variierend als *die Schwangere*.

Einleitend war festzuhalten, dass man eine schiefe Person schlanken Wuchses mit besonders kurzen unteren Extremitäten vor sich hatte. Ihr Alter gab sie mit zweiunddreißig an. Auffallend war ein hinkender Gang, und es ließ sich von ihr erfahren, dass sie in ihrer früheren Jugend an einer bedeutenden Rachitis gelitten haben musste, erst im späten Kindesalter von sieben hatte sie das Laufen erlernt. Mit neunundzwanzig Jahren hatte sie unehelich einen noch lebenden Knaben geboren. Es handelte sich um eine schwierige, jedoch ohne eigentliche Kunstgriffe beendigte Geburt. Es sollte nicht ohne Erwähnung bleiben, dass sie mit einsetzenden Wehen den Weg von ihrer Heimat zur Entbindungsanstalt auf einem hart stoßenden Fuhrwerk und in einem Tagesmarsch zurückgelegt hatte, wobei sie abends spät in Marburg angekommen war. Professor Kilian und Doktor Heuser hatten die Schwangere mit heftigen Kreuzschmerzen angetroffen. Das Wasser war abgeflossen und der Muttermund etwa zwei Zoll eröffnet. Die Kindslage musste als ungünstig bezeichnet werden.

Alles in allem ein Fall, der sich vorzüglich für Explorationsübungen eignete. Jeder der anwesenden Studenten hatte unter

Anleitung des Professors Gelegenheit, den Tastbefund zu bestätigen. Unter der Exploration hatte wie üblich ein jeder laut zu referieren.

Der Kopf des Kindes war quer in die obere Öffnung des kleinen Beckens eingetrieben. In ihren Protokollen vermerkten die Praktikanten, was Doktor Heuser bereits im Gebaren der Schwangeren erahnt hatte und was auch deren Vorgeschichte nahe legte: ein verengtes Becken. Die Vermessung sollte seine Vermutung bestätigen.

Professor Kilian hatte die Schwangere zunächst eine stehende Position einnehmen lassen, um die schiefe Hüfte und die Neigung des Beckens demonstrieren zu können. Hierbei war an der Person bereits eine gewisse Ermüdung zu bemerken. Zudem klagte sie anhaltend über Kreuzschmerzen und musste von den Hebammenschülerinnen schwer gestützt werden. Die Haushebamme hatte unter dem unruhigen Benehmen der Patientin Schwierigkeiten, deren Kleider in Leistenhöhe hochzuhalten.

Die Praktikanten waren der Reihe nach aufgefordert, den Tasterzirkel anzulegen, um die äußeren Maße zu ermitteln und zu notieren. Dabei durfte festgestellt werden, dass die Schwierigkeit im Fixieren der Messpunkte an Schamfuge und Kreuzbein nicht ausschließlich an der Unerfahrenheit der eifrig bemühten Studenten lag. Mit diesem wohl durchdachten Lehrversuch hatte man den angehenden Ärzten lediglich die Unsicherheit dieses Verfahrens und seiner Ergebnisse vermittelt. Doktor Heuser wies darauf hin, dass in der Praxis unter dem Fortgang einer Geburt eine solche äußere Messung ohne diagnostischen Belang sei.

Unterdessen fiel an der Patientin ein unbeherrschtes Zucken in den Beinen auf, das sich auch nicht geben wollte, als man sie auf den Tisch bettete. Den Praktikanten und Geburtshelfern sollte im Folgenden eine Untersuchung der Geburtsteile und die Vermessung des Beckeneingangs in horizontaler Lage ermöglicht werden.

Doktor Heuser legte den Studenten mit einiger Bestimmtheit nahe, dass die innere Messung mit den Fingern die einzig sinnvolle sei. Er plädierte für die Verwendung von Zeige- und Mittelfinger der linken Hand. Vor einer Demonstration jedoch sahen sich die lehrenden Ärzte veranlasst, den Zustand der Patientin zu diskutieren, nachdem ein veränderter Puls gemessen wurde.

Die Protokollanten vermerkten die Durchführung eines Aderlasses, zu dem man sich entschloss, um einen möglichen Krampfanfall der Gebärenden aufzuhalten. Dass diese Behandlung unzweifelhaft zum richtigen Zeitpunkt erfolgte, bewies die Tatsache, dass sich die Gebärende deutlich beruhigte. Der Unterricht konnte fortgesetzt werden.

Jeder Praktikant fand nun Gelegenheit, nach Anleitung Doktor Heusers die innere Messung durch die Spreizung der genannten Finger zu probieren. Doktor Heuser forderte – was im Verlauf des studentischen Unterrichts ungewöhnlich war – auch die Hebammenschülerinnen auf, diese Übung zu vollziehen. In den Protokollen fand dies keine Erwähnung.

Der Tag schritt schließlich noch einige Stunden voran, bis sich die Geburt zu einer wirklich interessanten Exploration entwickelte. Bis dahin hatte die Natur alle Beteiligten zum Abwarten gezwungen. Dann befand Professor Kilian, dass längeres Warten gefährlich sei und der Beistand der medizinischen Kunst notwendig. Er benannte die Merkmale dieser besonderen Situation ausführlich, während die Haushebamme Anweisung erhielt, aus dem Instrumentenschrank die von ihm eigens entwickelte Geburtszange herbeizuholen.

Es wurde notiert, dass die Patientin Anwandlungen von Erbrechen, Schluchzen und unlöschbarem Durst hatte, also Zeichen von Schwäche aufwies. Die Wehen hatten nachgelassen und waren unwirksam. Der Kopf des Kindes hatte sich in der ungünstigen Querstellung festgestellt. Da sich die bevorstehende

Extraktion mit der Zange unter der Mitwirkung von Wehen günstiger gestalten sollte, wurde der Patientin eine Gabe von Mutterkorn, *Secale cornutum*, verabreicht. Bevor die Wirkung des Mittels einsetzte, erläuterte der Professor, dass es unerlässlich sei, zunächst mit der Hand den Kopf des Kindes zu erfassen und zu wenden. Während er dies an der Schwangeren erfolgreich durchführte, demonstrierte Doktor Heuser die entsprechenden Griffe an der ledernen Mutter, wo diese zu wiederholen waren, auch von den Hebammenschülerinnen. Im Unterricht dieses Semesters begnügte man sich bei dieser Touchierübung mit dem lederbezogenen Kinderschädel, der im Inneren des geburtshilflichen Phantoms ertastet und bewegt werden sollte. Die wirklichkeitsnäheren Mittel standen derzeit zum Bedauern des Professors nicht zur Verfügung.

Dafür entschädigten die Übungen mit der Zange hinlänglich. Da den zukünftigen Hebammen jegliche Verwendung von Instrumenten strikt untersagt sein würde, hatten sie unter den schwer zu erlernenden Traktionen Gelegenheit, ihrer vornehmlichen Pflicht an der Seite eines operierenden Arztes nachzukommen. Bei so manchem der jungen Herren war dann doch eine markante Blässe zu bemerken, wenn die Anstrengung, die Zange anzulegen, zu keinem rechten Erfolg führen wollte. Und doch waren sie aufgerufen, keinerlei Entmutigung zu zeigen, wenn sie das Schloss der Zange lösen und jedes Blatt erneut wieder behutsam tiefer einführen mussten.

Als einen eindringlichen Lehrsatz des heutigen Unterrichts notierten die Praktikanten, dass – hatte man einmal angefangen, mit der Zange zu operieren – das Werk bis zum Ende fortzusetzen sei.

Obwohl die Patientin mit ihrem jämmerlichen Betragen alle Anwesenden anstrengte, ermöglichte der Geburtsverlauf eine ausführliche Unterweisung aller Praktikanten. Nicht ohne Grund wies Professor Kilian mahnend darauf hin, dass die Anwendung der Zange neben Geschicklichkeit besonders auch Körperstärke und ruhige männliche Fassung verlangte.

Zwar erwiesen sich die Hebammenschülerinnen durch ihren sorgsamen Umgang als Trost für die Gebärende, trotzdem fiel diese – letztlich erschöpft von der Geburtsarbeit – in Ohnmacht. Doktor Heuser ordnete an, sie mit Essig zu waschen, was von der Haushebamme mit kräftigen Strichen erledigt wurde, jedoch erfolglos blieb. Professor Kilian brachte daraufhin, ohne die Mitwirkung der Patientin, unter vorzüglicher Anwendung seiner Kunst die Geburt zu einem glücklichen Ende. Er entband die Person von einem lebenden Kind weiblichen Geschlechts.

Bevor er die Vorgänge abschließend kommentierte und die drängenden Fragen seiner Studenten beantwortete, wies er zum wiederholten Mal eindringlich auf die Gefahren tellurischer Miasmen hin. Nur durch regelmäßiges Lüften sei dem tödlichen Pesthauch, der das Kindbettfieber auslöse, zu begegnen.

Gesa hätte nicht mehr zu sagen gewusst, wie oft sie an diesem langen Tag auf Verlangen Kilians das Fenster im Auditorium für einige Augenblicke öffnete. Sie hatte auch vergessen, dass sie irgendwann danach fragen wollte, warum Schweiß und Atem gebärender Frauen ihnen gleichermaßen den Tod bringen sollten.

Franziska Sulzmann hatte für eine kurze Zeit das Atmen nahezu eingestellt, und als ihre Hand in Gesas erschlaffte, bemerkte diese die schmerzhafte Anspannung ihres eigenen Körpers. Erst da hatte Gesa es gewagt, Lottes Blick zu suchen, um dort der gleichen Leere zu begegnen, die sie in sich fühlte.

Es war lange her, dass sie das Fenster zu Beginn dieses Tages geöffnet und auf Paulis roten Schopf hinuntergeblickt hatte, der im Haus verschwunden war. Die Sonne hatte sein Haar zum Leuchten gebracht. Jetzt aber ging sie irgendwo hinter der Stadt unter, und Gesa fühlte sich verloren, weil sie nicht wusste, wo das war.

*

In den Armen seiner Taufpatin erhielt an einem hoffnungsfrohen Morgen der Sohn des Richters seinen Namen. Christoph Heinrich schrie, als das Wasser seine Stirn berührte und die Schläfen entlang auf das Taufkissen lief. Seine zornige Stimme erfüllte das Kirchenschiff und das Herz des stolzen Vaters. Die Patin wandte ihren Blick von der pochenden Fontanelle des Täuflings ab und lächelte der Hebamme zu, die sie dabei beobachtet hatte. In der Kirche fröstelten die Damen in ihren Kleidern aus leichten Stoffen, denn draußen nahm einer von jenen Vorfrühlingstagen seinen Lauf, die mit ihrer trügerischen Wärme etwas versprachen, was nicht einzuhalten war.

Doch in Erwartung der weiteren Festlichkeiten war kaum einer der geladenen Gäste geneigt, trüben Gedanken zu folgen, und so machte sich später vor der Lutherischen Pfarrkirche eine wohlgestimmte Gesellschaft bereit, den kurzen Weg zum Haus des Richters anzutreten.

Elgin wandte sich von den Taufgästen ab und ging auf die Linden zu, die in einer langen Reihe den Kirchhof säumten. Die letzten Schwingungen der gewaltigen Orgeltöne schienen sich über die Dächer der Stadt davonzumachen, Stimmen und Gelächter dagegen fingen sich im Glockengeläut. Die Sonne wärmte Elgins Rücken, und sie widerstand dem Bedürfnis, sich ausgiebig zu strecken. Unzählige Kinder hatte sie in Marburg schon zur Taufe getragen. Heute war es ihr vorgekommen, als hätte sich das Gewicht des Kindes auf dem Weg zur Kirche vervielfacht. Der kleine Homberg hatte ihr zum Schluss so schwer in den Armen gelegen, dass sie froh gewesen war, ihn mitsamt seinem reich bestickten Spitzenkissen am Taufbecken der jungen Patin übergeben zu können. Therese Herbst.

Als Malvine vor Tagen von ihrer Wahl erzählte, hatte Elgin es zur Kenntnis genommen und einer Regung nachgespürt, die sich nicht einstellen wollte. Nicht einmal eine gewisse Neugierde hatte sie bei sich ausmachen können. Interessanterweise schien sich das bei Therese anders zu verhalten. Doch sie konnte nichts wissen, kcinesfalls. Es sei denn, Lambert hätte sich seiner Verlobten gegenüber zu einer unverzeihlichen Dummheit hinreißen lassen. Doch wären sie sich dann heute sicher nicht am Taufbecken begegnet.

Nein, Therese wusste nichts. Bei Elgins vermeintlichen Wahrnehmungen musste es sich um Streiche handeln, die das Gewissen ihr spielte. Offensichtlich verfügte sie über eines, vielleicht sogar erst seit heute, seit Therese von einem bloßen Namen zu einer sichtbaren Person geworden war. Sie sähe hübsch aus an Lamberts Seite, keine Frage, sie würden ein schönes Paar abgeben. Immer noch regte sich nichts in Elgin, das Blut floss ruhig durch die Adern, der Atem ging geschmeidig, und ihr Magen empfand nichts als einen leichten Hunger.

»Gottschalkin?«

Vor ihr verbeugte sich ein junger Mann, während die Gesellschaft sich bereits in Bewegung setzte.

»Ja?«

Er räusperte sich, als er ihr schließlich ins Gesicht schaute. Sie fand ihn recht nervös.

»Entschuldigen Sie, dass ich Sie hier einfach anspreche. Mein Name ist Daniel Collmann, ich bin zur Verteidigung von Lene Schindler bestellt worden. Ich ... nun, ich habe erfahren, dass Sie die Jungfer Schindler aufsuchen wollten.«

»Dann haben Sie ebenso erfahren, dass ich nicht vorgelassen wurde, nehme ich an?«

»Ja, natürlich. Den Inquisiten aufzusuchen ist allenfalls einem Verteidiger oder dem Pfarrer gestattet.« Collmann hatte bereits einige Male den Kopf gedreht.

»Richter Homberg ... Ich möchte nicht, dass er bedauert, mich zur Taufe seines Sohnes eingeladen zu haben. Unsere Familien pflegen schon seit langem freundschaftlichen Umgang ...«, er seufzte und legte seine Stirn in Falten, »aber das tut nichts zur Sache. Es würde ihm am heutigen Tag sicher nicht gefallen, wenn er mich im Gespräch mit Ihnen sähe.«

»Auf dem Kirchhof ist der Herr Rat nicht mehr zu sehen, falls Sie das beruhigt.«

»Wissen Sie, dass er gegen Lene Schindler das Verfahren wegen Kindsmordes führt?«

Elgin sah schweigend zur Kirche. Über ihr lag das Schloss und in seinem Schatten der Weiße Turm, nicht weit vom Haus des Richters entfernt. Nie wieder war dort ein Wort über Lene gefallen. Elgin hatte angenommen, der Richter wollte seine Gattin im Wochenbett mit derlei Grausamkeiten nicht beunruhigen.

»Ich weiß, dass man sie dessen verdächtigt«, erwiderte sie. »Marthe, meine Magd, hat mir einiges von dem berichtet, was sie am Waschplatz gehört hat. Demnach hat man aber doch das Kind bis jetzt nicht gefunden?«

Collmann wirkte erleichtert, als die Glocken verstummten. Es ermöglichte ihm, die Stimme zu senken, obwohl niemand mehr da war, der ihnen hätte zuhören können.

»Ich hoffe, dass es dabei bleibt, und das ist alles, was ich jetzt dazu sagen will. Verzeihen Sie mir, wenn ich nicht weiter darauf eingehe und Ihnen auch keine Fragen dazu beantworten kann. Sie sind eine bedeutungsvolle Zeugin, so viel ist sicher. Daher lassen Sie uns Spekulationen und Interpretationen einer Schuldfrage heute vermeiden.«

»Was wollen Sie dann von mir?«

»Aus welchem Grund sprachen Sie am Weißen Turm vor?« Das Gesicht des jungen Mannes wurde von der Krempe seines hohen Hutes überschattet. An der linken Schläfe löste sich ein Schweißtropfen.

»Ich hatte vor, meiner Verpflichtung als Hebamme nachzukommen«, sagte Elgin, »dazu gehört im Allgemeinen, die Wöchnerin auch nach der Entbindung mehrmals aufzusuchen. Ich hatte Kleidung für sie dabei und Wäsche zum Wechseln. Tücher, damit sie ihren Wochenfluss auffangen kann. Ich hatte Kräutermischungen für die Waschungen vorbereitet und Umschläge für ihre Brüste, da ich es für möglich hielt, dass sie sich entzündet haben. Beantwortet das Ihre Frage?«

Collmann nickte schwach. Er hatte ein Tuch aus der Tasche seines Gehrockes gezogen, nahm den Hut ab und fuhr sich über die Stirn. Seine fast weißblonden Haare lagen wie feuchte Flaumfedern dicht an seinem Kopf.

»Ich hätte das Mädchen gern noch einmal untersucht«, fuhr Elgin fort. »Vielleicht können Sie mir etwas über ihren körperlichen Zustand sagen?«

Einen kurzen Moment lang musterten sie sich wortlos, und man hätte nicht sagen können, bei wem die Skepsis hinsichtlich seines Gegenübers größer war.

»Allein in diesem Punkt kann ich ihr nämlich Linderung verschaffen«, sagte Elgin. »Ich muss weder Ihnen noch mir die Frage stellen, wie es um Lenes Gemüt bestellt ist, verstehen Sie? Doch es beruhigt mich, falls Sie mir mangelnde Anteilnahme unterstellen. Dann es fehlt Ihnen offensichtlich nicht daran.«

Collmann betrachtete den Hut in seiner Hand.

»Sie war in einem erbärmlichen Zustand. Verwahrlost und vollkommen ohne Hoffnung. Wenn Sie wissen, welchem Elend ich bei meinem ersten Besuch begegnete, dann erspare ich mir und Ihnen eine weitere Beschreibung. Ich hatte bis dahin noch keine Vorstellung davon. Es hat mich erschüttert.«

»Belassen Sie es nicht dabei.«

»Ich habe die lästige Angewohnheit, den Dingen auf den Grund zu gehen.« In Collmanns Mundwinkeln zuckte etwas, das einem Lächeln gleichkam und sofort wieder verschwand.

»Natürlich kann ich keine zuverlässige Aussage über das körperliche Befinden von Jungfer Schindler machen, aber ich hielt es für dringend angezeigt, ihr die Hilfe eines Arztes zukommen zu lassen. Richter Homberg stimmte dem zu, doch Lene Schindler geriet bei der bloßen Erwähnung eines solchen Unterfangens völlig außer sich. Sie sprach von Ihnen. Homberg lehnte ab. Kategorisch. Nicht umzustimmen. Er wollte sich von einer ... Nein.«

Er setzte den Hut auf und hob den Kopf.

»Ich sollte mich nicht echauffieren. Der Richter wollte sich nicht erpressen lassen, das ist zu respektieren. Diese Dinge, die Sie Jungfer Schindler zukommen lassen wollten ... wäre es möglich ...?«

»Ich werde sie bereitlegen und Marthe unterrichten. Sie finden sicher eine unverfängliche Art, die Sachen in meinem Haus abholen zu lassen. Und ich werde Ihnen eine Beschreibung anfertigen, wie die Mittel anzuwenden sind.«

»Jungfer Schindler kann nicht lesen.«

»Dann erklären Sie es ihr.«

»Erklären?« Collmann räusperte sich. »Wird es sie nicht beschämen, von einem Mann solche Dinge zu hören?«

»Hatte dieses Mädchen nicht schon Schlimmeres auszuhalten? Sie wird wissen, dass ihr diese Dinge helfen. Und Sie, Herr Anwalt, wenn ich Ihnen raten darf, betrachten Sie es genauso. Vielleicht ähneln sich unsere Professionen in dieser Hinsicht – dass sie in den entscheidenden Momenten Sachlichkeit erfordern.«

Es bereitete Elgin Mühe, länger zu stehen, ihr Rücken machte sich erneut bemerkbar. Sie sehnte sich danach zu sitzen, am liebsten über den Notizen zu ihrem Buch. Sie wollte eine Liste von Darstellungen fertig stellen, die Handgriffe, Kindswendungen und dergleichen bildlich erläutern sollten. Lambert hatte einen Kupferstecher für sie ausfindig gemacht und mit einem seltenen Anflug von Heiterkeit berichtet, wie ihn das unerwartete Lob seiner Mutter erschreckte, die – als sie ihn über den Kupferstichen des Vaters vorfand – der Ansicht war, er täte endlich etwas für seine Prüfung.

Der alte Fessler hatte eine umfangreiche Sammlung von Stichen mit Heilpflanzen, Arbeiten, die Elgin im Arbeitszimmer des Apothekers aufgefallen waren. Es drängte sie, den Mann aufzusuchen, aus dessen Werkstatt sie stammten, um zu erfahren, ob er anfertigen konnte, was sie sich vorstellte.

»Wir sollten den anderen vielleicht langsam folgen«, sagte sie zu Collmann, »meinen Sie nicht?«

Er trat zur Seite und bot ihr mit einer leichten Verbeugung den Arm. In seiner Ernsthaftigkeit ähnelte er Lambert. Collmann konnte nicht viel älter sein, aber sie schätzte, damit hatte es sich auch schon mit den Gemeinsamkeiten der jungen Männer.

»Ihre Höflichkeit lässt Sie die Vorsicht vergessen, mit einer Zeugin des Verfahrens gesehen zu werden.«

Ohne seine Haltung zu verändern, stand Collmann abwartend da, bis Elgin ihre Hand in seine Armbeuge legte.

Das Haus war erfüllt von Heiterkeit und schwerem Hyazinthenduft. Malvine Homberg hatte die Räume großzügig mit den Blüten ausgestattet, auf zierliche Blumentischchen dekoriert und die Festtafel so üppig mit ihnen schmücken lassen, dass der Blumenduft den des Essens zeitweilig überdeckte.

Elgin war dankbar, als man sich schon bald entschloss, die Fenster zum Garten öffnen zu lassen, um sich weiter an diesem milden Frühlingstag zu erfreuen. Die ausgelassene Stimmung war zwischen sie und den jungen Anwalt geglitten, den man am anderen Ende der Tafel platziert hatte.

Offenbar war niemandem ihr späteres Eintreffen aufgefallen, die Gesellschaft hatte sie ohne weiteres Aufheben geschluckt und in sich aufgenommen. Die kleinen Töchter des Richters hatten das ihrige getan, um die Gäste von Unregelmäßigkeiten abzulenken. Wie Miniaturausgaben ihrer Mutter, hinreißend gekleidet und frisiert, hatten sie genau gewusst, was man von ihnen erwartete, als Malvine ihnen Christoph Heinrich auf dem Kissen darbot. Sie küssten den kleinen Bruder mit kindlichem Überschwang und lösten Entzücken aus, das häusliche Glück stand außer Frage. Inzwischen waren die Kinder von ihrem Mädchen und der Amme in ihre Räume gebracht worden, um dem Festmahl einen reibungslosen Fortgang zu gewähren.

Noch bei der Pastete verspürte Elgin eine leichte Anspannung im Gespräch mit ihren Tischherren, bei denen es sich um den Obersten Pfarrer und Friedrich Homberg handelte. Während sich in ihrem Inneren Fragen an den Richter auftürmten, fiel es ihr schwer, die Gedanken von Lene Schindler abzulenken und Andeutungen zu vermeiden. Es wunderte, ja fast beunruhigte es sie, dass Homberg sie noch nicht zu einer Befragung hatte rufen lassen. Er musste doch längst wissen, dass sie das Mädchen im Haus des Töpfers versorgt hatte. Vielleicht hatte er nur die Tauffeierlichkeiten abwarten wollen. Es würde zu ihm passen, die Dinge strikt auseinander zu halten.

Elgin ertappte sich dabei, eine gewisse Selbstgefälligkeit an den beiden Männern festzustellen, und kämpfte kurzzeitig gegen ihren aufkeimenden Widerwillen an. Dieser verflüchtigte sich aber bereits bei den gefüllten Teigtaschen, und beim Fischgang war Elgin vom Wohlbefinden heftig korrumpiert. Es war erstaunlich, dachte sie, wie bereitwillig der Geist dem Körper in die Entspannung folgen konnte.

Als der Wildpfeffer auf den Tisch gekommen war, bereitete es ihr kaum mehr Mühe, in unverfängliche Konversation mit den Herren einzutauchen, und beim Dessert hatte sie von Friedrich Homberg die Herkunft seines Kabinettschranks in Erfahrung gebracht. Seinen drängenden Wunsch, bei einer Frankfurter Manufaktur ein ebensolches Stück für sie in Order geben zu dürfen, lehnte sie mit aller Bestimmtheit ab.

Immerhin war Elgin so weitgehend von Therese Herbst abgelenkt. Diese wiederum war dankbar dafür, dass man sie nicht in ihren Träumen störte. Ihr Tischherr hatte sich, entmutigt durch ihr außerordentlich verhaltenes Wesen, zur anderen Seite abgewandt und beteiligte sich an einem angeregten Gespräch über Seebäder. Therese fand dergleichen neuerdings oberflächlich.

Ihrer zukünftigen Schwiegermutter hatte sie es zu verdanken, dass sie nun wusste, warum Lambert mitunter so in sich versunken und abwesend schien. Caroline Fessler hatte keine Mühe gescheut, Therese nahe zu bringen, dass er stetig auf der Suche nach Worten war, in die er seine Gefühle, besonders seine Sehnsucht, kleiden konnte.

Unter dem Siegel der Verschwiegenheit hatte sie Therese eine Kostprobe seines Schaffens zukommen lassen – niemals dürfte er davon erfahren. Eindringlich hatte ihr Caroline nahe gelegt, Lambert Zeit zu geben, sich ihr irgendwann selbst zu offenbaren. Dass es so kommen würde, daran gab es für seine Mutter nicht den geringsten Zweifel, und seit Therese das Gedicht gelesen hatte, wagte sie es, die ihren abzulegen.

Seitdem war sie nicht einmal dazu gekommen, überrascht zu sein von der Leidenschaft, die sie in seinen Worten vorfand. Lamberts Zeilen hatten in ihr einen Sturm angefacht, der ihre Schamhaftigkeit fortfegte und aufregende Empfindungen freigab. Es traf Therese völlig unvorbereitet. Sie hatte Tage damit zugebracht, das Gedicht immer und immer wieder zu lesen. Manchmal befürchtete sie, die Schrift könnte unter ihren Blicken verblassen. Längst kannte sie jeden Satz auswendig und hatte noch immer nicht alles verstanden.

Nichts von den atemraubenden Dingen, die er niedergeschrieben hatte, war ihr je so deutlich in den Sinn gekommen. Was sie in ihrer Ahnungslosigkeit schon für Liebe gehalten hatte, war kaum mehr als kindische Schwärmerei gewesen, es erschien ihr inzwischen lächerlich. Lamberts Worte hatten ihr Herz zu dem einer Frau gemacht.

Jetzt wusste sie, warum er sich von ihr fern hielt. Welche Kraft musste es ihn kosten, die Sehnsucht zu besänftigen und all der kühnen Gedanken Herr zu werden, die nun auch Therese in sich trug.

Wenn er nur wüsste, wozu er sie ermutigte! Dass sie es zuweilen reizte, nachts – wenn sich das Haus ihrer Eltern in lautlosem Schlaf befand – ihre Hände versuchsweise auf jene Reise zu schicken, die Lambert geschildert hatte. Allerdings beschritt sie diese unbekannten Wege noch sehr ziellos, und oft ließ sie doch lieber ihrer harmlosen Fantasie den Vortritt. Nur einmal hatte sie das Nachthemd von den Schultern gestreift und überprüft, ob sich die Brüste unter ihren Händen ebenso verhielten, wie es ihr versprochen worden war. Hier und da bedurften Lamberts Ausführungen offenbar geringfügiger Korrekturen. Doch das waren kleinliche Gedanken und das Einzige, wofür sie sich schämte.

Tatsächlich störte es Therese nicht, dass Lambert sich die künstlerische Freiheit genommen hatte, einige Details ihres Äußeren anders zu zeichnen, den Realitäten entrückt gewissermaßen. Sie hoffte nur, dass er dem Zauber seiner eigenen Bilder nicht allzu sehr verhaftet blieb. Dann war er möglicherweise enttäuscht, wenn er feststellen musste, dass ihr gelöstes Haar keinesfalls in weichen Wogen bis auf ihre Hüften niederfiel, so wie er es sich lustvoll ausgemalt hatte. Und wie sollte er die Farbe ihrer Augen kennen, wenn er es kaum je wagte, ihrem Blick standzuhalten? Von nun an würde es ihr genauso gehen, und es machte sie glücklich, dass es etwas gab, was sie schon jetzt mit ihm teilen konnte.

Nicht einmal ihrer Freundin Malvine hatte sie sich anvertraut, denn natürlich war in den vergangenen Tagen nur von der Taufe die Rede gewesen. Sie betrachtete es als ein Geschenk, dass sie zur Patin gewählt wurde, und Malvine hatte es durchaus so gemeint.

»Ein erster Schritt in deine spätere Verantwortung als Mutter«, hatte sie gesagt. »Und es soll dir Glück bringen. Du sollst wissen, dass es nichts gibt, was du fürchten musst. Jedenfalls nicht an der Seite eines Mannes wie Lambert Fessler.«

Therese lächelte, als sie an die Worte ihrer Freundin dachte. Schließlich kannte Malvine ihn nur vom Ansehen und konnte kaum wissen, wie Recht sie hatte. Aber sie musste eine Ahnung davon gehabt haben, wie sehr die Taufzeremonie ihre Freundin berühren würde. Was es bedeutete, das Kind aus den Armen der Hebamme entgegenzunehmen, unter der stolzen Beobachtung ihrer Eltern, bei denen heute sicher eine verständliche Vorfreude ausgelöst worden war. Das war ein Moment gewesen, in dem Therese ihr Glück kaum fassen konnte, und noch jetzt wünschte sie, Lambert hätte sie so sehen können.

Es hatte auch einen Augenblick sinnloser Angst gegeben in der Kirche. Die plötzliche Befürchtung, sie könne das Kind fallen lassen, hatte eine Sekunde des Zögerns ausgelöst, und sie fragte sich, ob das jemandem aufgefallen war. Die Angst war sofort gewichen, als die Gottschalkin einen Schritt näher getreten war und ihr den Jungen in die Arme gelegt hatte. Malvine sprach nur gut von ihr.

Bald würde sie mitreden können. Vielleicht schon im kommenden Jahr würde sie sich den Händen dieser Frau anvertrauen, denn was Lambert nach ihrer Vermählung in Aussicht stellte, würde wohl kaum ohne Ergebnis bleiben.

Elgin und das Dienstmädchen Bettina begegneten sich am Nachmittag im unteren Flur des Hauses. Elgin war soeben die Flucht vor den Frauen gelungen, von denen sie fast alle kannte und schätzte und die gerade ihre Geduld strapaziert hatten. Sie nahm an, dass sie es besonders gut mit ihr meinten.

Malvine Homberg hatte die weiblichen Gäste hinaus in den Garten gebeten, als die Herren sich anschickten, ihre Pfeifen zu stopfen. Als Elgin hinzukam, um sich zu verabschieden, war das Komplott offenbar schon geschmiedet: Einhellig hoben sie dazu an, es sei an der Zeit, ihre Garderobe zu verändern. Selten hatte ein Anliegen Elgin mehr verwirrt. Während sie verblüfft schwieg, erzählte Malvine bereits von einer Schneiderin, die sich in Marburg gegen die Zunftmeister durchgesetzt und ihre eigene Werkstatt eröffnet hatte.

»Man erlaubte es ihr nur, weil sie ledig ist, damit sie ein Auskommen hat und sie den alten Schneidermeister, ihren Vater, unterstützen kann. Sie darf sogar Marburger Töchter im Nähen unterrichten, natürlich nur für den Hausgebrauch – was sagen Sie dazu?«

»Ich finde das erfreulich für die Frau, und insgesamt scheint mir das eine gute Entwicklung zu sein«, sagte Elgin.

»Ja, ja, ein Gewinn, durchaus.« Malvine machte eine unbestimmte Geste, und ihr Blick wich in einen Forsythienbusch aus. »Dennoch würde ich es weder mir noch meinen Töchtern wünschen, jemals ein von mir selbst angefertigtes Kleid auf dem Leib tragen zu müssen, Gott behüte! Die Kunstfertigkeit dieser Person wegen engstirniger Bestimmungen missen zu müssen, hätte ich allerdings als bitteren Verlust empfunden. Und damit komme ich auf den Punkt.«

Die anderen Frauen hatten sich im Halbrund angeordnet und gaben aufmunternde Laute von sich, während sie darauf achteten, keine der im Gras blühenden Narzissen niederzutreten.

»Bei allem Respekt, Gottschalkin«, setzte Malvine an, »und bei dem, was Sie mir in meinen schwersten Stunden haben angedeihen lassen – ich möchte Sie eine Freundin nennen.«

Dies spätestens war der Moment, in dem Elgin ungeduldig wurde und ihr höfliches Lächeln anstrengend. Doch Malvine war längst nicht fertig. Sie führte ihre kleine Rede damit fort, dass Elgins Toilette den Namen kaum verdiene, überdies traurig wirke und, was ihr doch sicher am ehesten einleuchten werde, unbequem war.

Eine Frau trüge keine Roben mehr oder Röcke, deren Bund die Körpermitte beenge. Man kleide sich längst in Chemisen. Elgin konnte vor sich sehen, was gemeint war. Diese zarten, ärmellosen Gebilde, hoch unter dem Busen gegürtet wie eine Tunika, manche mit Schleppe, andere mit kurzen Samtjäckchen oder Schals ausgestattet, die Dekolletees geschmückt mit weiteren hauchdünnen gerafften Tüchern und Schärpen. Elgin wurde bewusst, wie lange es her war, dass sie sich ein Kleid hatte anfertigen lassen. Also schenkte sie der Sache – wenn auch mit leichtem Unwillen – Beachtung. Malvine schien ihre Gedanken zu erraten.

»Natürlich würde ich Ihnen nie zu Musselin oder Atlas raten, das wäre tatsächlich unpassend. Ein fein gewebter Kattun dagegen ... Allein, wenn Sie ein Kleid dieses Schnittes tragen, werden Sie sich frei fühlen, beweglicher. Das dürfte Ihnen doch entgegenkommen.«

Erst als das Ganze mit einem Geschenk endete, fiel Elgin auf, dass Malvine Homberg die ganze Zeit ihre Arme hinter dem Rücken gehalten hatte. Der Stoff, den sie ihr nun reichte, war blau wie der Nachmittagshimmel und glitt weich durch die Finger. Ihn abzulehnen kam nicht infrage.

»Ich wusste, dass es die Farbe Ihrer Augen trifft, und ich freue mich schon jetzt darauf, das Kleid an Ihnen zu sehen.«

Gerührt war sie dann doch, und während Bettina gerufen wurde und Anweisung erhielt, den Stoff zu verpacken, sah Elgin Therese Herbst an der Mauer des Gartens stehen, von wo aus sie offenbar hinunter auf die Stadt blickte. Ein Luftzug drängte das leichte Kleid an ihren Körper und ließ die Konturen deutlich erkennen. So, wie sie ihr Haar trug, aus dem Nacken frisiert und mit einem Band festgehalten, wirkte sie sehr verletzlich. Es war gut, ihr begegnet zu sein. Therese würde Lamberts Aufmerksamkeit in absehbarer Zeit vollkommen auf sich ziehen. Und konnte das Elgin nicht recht sein?

Im Stillen untersagte sie sich unergiebige Grübeleien, nahm aus Bettinas Händen den verschnürten Stoff entgegen und erwiderte ihr Lächeln. Bettina schloss die Tür hinter ihr und bedauerte, dass sich beim Abschied keine Gelegenheit ergeben hatte, der Gottschalkin zu erzählen, wie großzügig Richter Homberg sich gegen sie zeigte. Dass er seine Zustimmung gab zum Verlöbnis mit Götze, den sie liebte und der als Diener bei Homberg verdingt war. Selbst dem Wunsch der Frau Rat, sie beide im Haus zu behalten, bis sie sich die Heirat leisten konnten, hatte der Richter nachgegeben.

Doch die Gottschalkin hatte müde gewirkt und das Wort nicht mehr an sie gerichtet, deshalb hatte Bettina ihr nicht weiter mitteilen können, wie glücklich sie war. Allerdings hielt sie es nicht für ausgeschlossen, dass es ihr auch so aufgefallen war, denn sie meinte kaum jemanden zu kennen, der sich so gut mit den Menschen auskannte wie diese kluge Frau.

Fünf

JUNI 1799

Das Urteil gegen Lene Schindler war gefallen. Richter Homberg fasste es in einer nächtlichen Niederschrift ab und setzte Daniel Collmann davon in Kenntnis, obwohl es nicht seine erste Pflicht war. Der junge Anwalt, der in diesem Verfahren die Gelegenheit hatte, Erfahrungen zu sammeln, wie es ihm mit einem anderen Richter vielleicht nicht möglich gewesen wäre, bat darum, es der Inquisitin mitteilen zu dürfen. Obwohl dies nicht seine Aufgabe war.

Als Collmann das Haus des Richters verließ, um sich auf den Weg zum Weißen Turm zu machen, hatte die Mittagswärme den Straßengerüchen bereits wieder die Herrschaft über den sanfteren Duft der blühenden Natur verschafft. Collmann nahm dies nur kurz zur Kenntnis. Er war zu erregt, um Gerüche wahrzunehmen, oder Geräusche, die aus den unteren Gassen Marburgs zu ihm hinaufdrangen. Sie blieben ungehört neben der Frage, die im Kanon mit vielen möglichen Antworten durch seinen Kopf kreiste.

Was hatte den Ausschlag gegeben?

Bis heute fehlte das Corpus Delicti. Lene Schindler hatte nie ein Geständnis abgelegt.

Ob dies den Richter dazu bewogen hatte, ihn – Collmann – gleich zu Beginn der Untersuchung als Defensor zu bestellen, konnte er nur vermuten. Die peinliche Gerichtsordnung schrieb dergleichen nicht zwingend vor, sie hielt den Einfluss des Anwalts gering. Für gewöhnlich bekam Collmann erst nach Abschluss der Untersuchungen Einsicht in die Akten. Allein danach hatte er eine Verteidigungsschrift abzufassen. Kaum mehr. Ein Anwalt musste den Fall aus dem Papier auferstehen lassen, war weder Zeuge von Verhören, noch war es üblich, dass er die Beklagten selbst befragte. Ein Anwalt konnte immerhin in der Arrestzelle Gespräche unter vier Augen führen.

Möglicherweise hatte der Richter angenommen, dass der junge Collmann mit seinen sanften Fragen einen besseren Zugang zu der Inquisitin finden würde, was in der Tat der Fall war.

Homberg hatte nicht versäumt, ihm dafür seine Anerkennung auszusprechen. Dem Richter war aufgefallen, dass die Person weniger verwahrlost vor ihn trat, wenn er sie fortan in die Verhörstube bringen ließ. Im Gegensatz zu den ersten protokollierten Befragungen hatte sie immerhin gesprochen, während sie sich zuvor kaum in der Lage zeigte, ihr Alter zu nennen, geschweige denn Aussagen über den Mann zu machen, der sie in diese mörderische Lage gebracht hatte. Lene sprach lieber von der Hebamme Elgin Gottschalk, in die sie große Hoffnung setzte.

Collmann geriet ins Schwitzen, während er das Kalbstor hinter sich ließ.

Nein, auch ihm hatte Lene Schindler nicht viel über den Mann gesagt, den das Gericht als den Schwängerer bezeichnete. Selbst sie nannte ihn nie beim Namen, nur den Schnitter, was für Collmann, der sich mit den Tätigkeiten der ländlichen Bevölkerung nicht gut auskannte, verstörend zweideutig klang. Der Mann war zur Ernte ins Dorf gekommen und fortgegangen, sobald das Getreide in den Scheunen lag. Er blieb ein Unbekannter. Die wenigen Sätze, die Lene über ihn gesprochen hatte, zeigten ihrem Anwalt, dass er nicht mehr über ihn erfahren würde. Collmann war für Lene zum einzigen Mitwisser eines in dürren Worten geschilderten Vorgangs geworden, der sich im Schutz von Holunderbüschen, am Rand eines abgeernteten Feldes, zweimal ereignet hatte. Bald darauf sollte

Lene ihr Dorf verlassen und sich als Magd verdingen. Sie hoffte, dass sie vergessen konnte, was – wie sie es nannte – über sie gekommen war.

Natürlich wusste er als ihr Anwalt dies zusammenfassend darzustellen, als Eröffnung seines mit der Feder geführten Kampfes, in dem er irgendwann nur noch eines wollte, nämlich Lene Schindlers Wortlosigkeit ein Ende machen. Dafür hatte Collmann sogar die Schriften zur Beantwortung der Mannheimer Preisfrage studiert: Hundert Dukaten war es vor nunmehr zwanzig Jahren einem Regierungsrat wert gewesen, sich gelehrte Männer den Kopf zerbrechen zu lassen, welches die besten Mittel seien, dem Verbrechen des Kindsmords abzuhelfen, ohne die Unzucht zu begünstigen. Die Männer warben um Verständnis für die unglücklich Verführten, von denen man das Bekenntnis der Schande forderte, sie mit Strafen demütigte. Die Männer flehten Richter und Landesherren um Gnade an, um Milde. Und tatsächlich schien es, als würden sie gehört. Man begann Abstand zu nehmen von Hurenkarren und Staupenschlag, man ersparte den Inquisitinnen die Befragung unter Folter. Man war zunehmend geneigt, Kindsmörderinnen nicht mehr mit dem Tod durch das Schwert zu bestrafen, sondern mit lebenslangem Kerker.

Nach allem, was Collmann nun erfahren hatte – denn er wusste zuvor tatsächlich wenig darüber –, fragte er sich: Was hatte sich seither geändert? Frauen, die in eine solche Lage geraten waren, wurden weiter vor den Kirchentüren beschimpft und abgewiesen, und natürlich nicht nur dort. Der wiederholte Anblick ihrer gebrochenen Würde hatte ihm die gleiche Antwort gegeben wie das Aktenstudium.

Jeder hatte das Recht, eine ehrlose Schwangere vor die Tür zu setzen. Einzig die Mediziner schienen zum Gegenteil entschlossen. Collmann hatte feststellen müssen, dass die Ahnungslosigkeit Lene Schindler zum Verhängnis geworden war: zeigte sich doch dieser Professor der Geburtshilfe, Kilian, als einer von jenen, die um die Not dieser Frauen sehr genau wussten. Der Professor hatte darum gebeten, dem Verhör eine Erklärung voranschicken zu dürfen. Diese hatte den Richter offenbar beeindruckt; man konnte es aus dem Protokoll herauslesen.

»Mir scheint es fast, Herr Professor Kilian, als wollten Sie den Landgrafen dazu anhalten, die sittlichen Schranken niederzureißen, wenn Sie ihn ersuchen, die Unzuchtstrafen abzuschaffen.«

»Ach sehen Sie, wer sind denn die vermeintlich Schuldigen, verehrter Herr Rat? Sind es nicht allzu oft die einfachen Weiber, deren schwache Geisteskräfte sie in die missliche Lage geführt hat, ehelos ein Kind zu erwarten? Und der Anlass, Herr Rat, aus dem Sie mich heute zur Befragung bitten, zeigt doch allzu deutlich, dass eine Verfolgung dieser Frauen sie ins Verbrechen treiben muss. Ich bin so vielen von ihnen begegnet, glauben Sie mir, die meisten von ihnen kann man der Einfältigkeit bezichtigen, aber nicht zwingend der Hurerei.«

»Welchen Eindruck hatten Sie denn von der Beklagten, als sie Ihr Institut aufsuchte?«

»Den eben genannten. Ein unbedarftes Mädchen. Kaum wollte sie eine ärztliche Untersuchung zulassen. Schwachen Gemüts aufgrund der nahenden Geburt.«

»Wäre der Beklagten Ihres Ermessens nach zuzutrauen, dass sie das Gebärhaus verlassen hat, um sich ihres Kindes besser entledigen zu können?«

»Es liegt mir fern, sie dessen zu bezichtigen.«

»Welcher Grund wäre denn, nach Ihrer Kenntnis der Person und ihres Zustandes, stattdessen bestenfalls anzunehmen?«

»In einem solchen Falle ist eine umfassende Trostlosigkeit durchaus nahe liegend. Die ungewisse Zukunft. Mutter und Kind mit dem Makel der unehelichen Geburt behaftet. Angst vor der Fornikationsstrafe, die zu entrichten ihr die Mittel fehlen.

Sind das nicht Gründe genug? Und aus meiner langjährigen Erfahrung als Geburtshelfer möchte ich Folgendes hinzufügen: Bei einsetzenden Wehenschmerzen können sich derartige seelische Lasten in Erregungszustände steigern, die Formen schweren Irreseins gleichen.«

»Was auch zum Mord am eigenen Kinde führen kann?«

»Eine Frau, geschwächt von der Geburtsarbeit, von Schmerzen, Nervenerschütterung und Blutverlust, eine Frau, die geboren hat, ist zu allem fähig, wenn sie ohne Hilfe ist. Wäre dieses Mädchen unter ärztlicher Aufsicht gewesen, hätte es zu keiner beklagenswerten Eskalation kommen müssen.«

Die Aussage des Professors hatte den unverheirateten Collmann zutiefst erschreckt und dann dazu bewogen, ein Gutachten einzuholen. Es war ihm gelungen, über die medizinische Fakultät einen unabhängigen Gelehrten ausfindig zu machen, der ihn und das Gericht über die Zurechnungsfähigkeit von Gebärenden und Neuentbundenen in Kenntnis setzte. Dieses Gutachten, so meinte Collmann, spielte der Verteidigung den einen vielversprechenden Trumpf zu. Es musste den richtenden Männern jede nur erdenkliche Tat verständlich machen, die eine Frau nach der Geburt eines Kindes imstande war zu begehen.

Wie sonst hätte sich eine Idee davon vermitteln sollen, welche Affekte und Leidenschaften sich in verheimlichter Schwangerschaft zwangsläufig entwickeln mussten? Die Furcht vor Entdeckung letztlich, ein irritierendes Moment übrigens in der Menge einleuchtender Erklärungen. Denn Lene Schindler hatte offenbar bis zum letzten Moment gehofft, ihre Schwangerschaft könnte sich in Luft auflösen oder fortgeschwemmt werden von einer befreienden Flut gestockten Blutes.

Im Besonderen nahm sich das Gutachten des verzweifelten Vorgangs einer heimlichen Geburt an. Eine Gebärende, die jeder freundlichen Hilfeleistung entbehren musste, war dem Zustand völliger Erschöpfung in besonderem Maße ausgeliefert.

Zum Schwinden der Sinne, sogar zu Gedächtnisverlust konnte dergleichen führen. Ihrem neugeborenen Kind Hilfe zu leisten sei sie beim besten Willen kaum im Stande. Dass dies ein zweischneidiges Argument war, kam Collmann nicht umhin zu erkennen.

Die Rolle der Brotherrin Lene Schindlers schien ihm undurchschaubar, und so hatte er den Richter um die Erlaubnis einer erneuten Befragung der Zeugin Marietta Schricker ersucht. Das Ergebnis dürfte auch Homberg überrascht haben, wenn er das Protokoll gründlich gelesen hatte, wovon auszugehen war.

»Wann bekamen Sie Kenntnis von der Schwangerschaft Ihrer Magd?«

»Spät. Es waren nur wenige Tage vor der Niederkunft.«

»Erst so spät?«

»Ja.«

»Sie haben ihr vorher gar nichts angesehen?«

»Ich habe sie schließlich nicht unablässig betrachtet, ich hatte doch keinen Grund, ihr auf den Leib zu starren, Herr Anwalt. Nein, sie konnte es gut verbergen. Ich will damit sagen, sie musste sich nicht so sehr anstrengen. Ihr Leib war ... Also, sie hat nicht besonders an Umfang zugelegt.«

»Aber dann haben Sie es plötzlich gesehen?«

»Ja, plötzlich.«

»Sie haben Lene Schindler dann sofort aus den Diensten entlassen und fortgeschickt?«

»Ja. Aber ich wollte ihr trotzdem nichts Schlechtes. Deshalb habe ich ihr gesagt, sie soll zum Haus Am Grün gehen.«

»Was war Ihnen bekannt vom Haus Am Grün?«

»Dass man dort die liederlichen Frauen niederkommen lässt.«

»Sonst nichts?«

»Nicht mehr, als was geredet wird.«

»Was ist denn das? Ich bekenne, ich weiß offenbar nichts darüber.«

Nachdem Marietta Schricker ihn an dieser Stelle des Verhörs eine Weile beäugt hatte, war sie dem Reiz erlegen, den Anwalt in Kenntnis zu setzen.

»Dass dort ein schamloser Umgang mit den Weibern ist, sagt man. Dass jede ehrbare Frau sich lieber den Hals abschneiden will, als sich in die Hände von den vielen Männern zu geben.«

»Was, in Gottes Namen, ist damit gemeint?«

»Junge Kerle, die eine Frau bei ihrem härtesten Angang begaffen! Doktoren, die ihnen die Kinder mit Werkzeugen aus dem Mutterleib reißen. Und wenn sie dabei zugrunde gehen ..., wenn sie dabei zugrunde gehen, dann werden sie noch vor den Augen der Studiosi in Stücke geschnitten.«

Begreiflicherweise war Marietta Schricker sehr in Rage geraten. Ihre zweifellos schönen Augen von den grotesken Schrecken geweitet, die sie geschildert hatte, umfing sie ihre eigene, schlanke Gestalt, als müsse sie sich vor ihnen schützen.

»Sie wollten Lene Schindler also nichts Schlechtes?«

Der Anwalt hatte nicht beabsichtigt, die Zeugin zum Weinen zu bringen.

»Wird sie sterben müssen?«

Collmann entschied sich hier zu einem Schweigen.

»Ich kann nun doch gar nicht mehr glauben, dass sie es getan hat.«

Ihr aufgebrachtes Schluchzen veranlasste den Gerichtsschreiber zu einem entsprechenden Vermerk, Collmann jedoch nicht zur Milde.

»Sie haben ausgesagt, dass Sie hinzukamen, als Lene Schindler ihr Kind zu ersticken versuchte. Dass Sie vermuteten, sie hätte ihren Sohn schon auf dem Dachboden getötet, wenn Sie sie nicht erwischt hätten.«

»Wer weiß schon, ob ich das richtig gesehen habe in meiner eigenen Aufregung? Das habe ich mich schon so oft gefragt in letzter Zeit. Vielleicht hat sie ihn doch nur streicheln wollen.«

»Wollen Sie Ihre Aussage, die Sie dem Hochedlen Richter gegenüber getan haben, widerrufen?«

»Ich weiß nicht, nein.«

»Wollen Sie Ihre Anschuldigungen gegen Lene Schindler zurücknehmen?«

»Ich kann gar nicht mehr sagen, was ich denken soll. Ist es denn dafür nicht viel zu spät?«

Das war es wohl.

Marietta Schricker war die einzige Zeugin, die Collmann selbst befragte.

Erst jetzt, als er den Weißen Turm vor sich sah und in seinem hastigen Vorwärtsschreiten innehielt, kam ihm wieder in den Sinn, welch merkwürdigen Verlauf die Befragung der Hauptzeugin Elgin Gottschalk durch den Richter genommen hatte.

»In welchem Zustand haben Sie die Beklagte und ihr Kind vorgefunden?«

»Beide waren geschwächt von der Geburt. Es war kalt dort auf dem Dachboden, und der jungen Mutter muss es schwer gefallen sein, sich und das Kind warm zu halten.«

»Das Kind war also stark verkühlt?«

»Beide waren verkühlt, Herr Rat. Sie hatten einige Stunden da oben zugebracht, es war eine sehr kalte Nacht. Hatte es nicht noch ein letztes Mal geschneit? Ich glaube, ja. Das Mädchen hatte durchaus versucht, sich und das Kind mit Stroh zu bedecken, das konnte ich erkennen.«

»Woran meinten Sie das erkennen zu können?«

»Nun, das Stroh war an der Stelle, wo sie lag, zerwühlt und verstreut, sie hatte versucht, ein Lager herzurichten.«

»Könnte es nicht auch sein, dass sie versucht hatte, ein Versteck zu finden?«

»Sie hat Zuflucht gesucht für ihre Niederkunft, so würde ich es nennen.«

»Wäre es nicht denkbar, dass sie ein Versteck suchte, um den Leichnam ihres Kindes zurückzulassen?«

»Das Kind lebte, und sie war sehr besorgt um sein Wohl.«

»Was genau haben Sie verrichtet an der Beklagten und ihrem Kind?«

»Ich habe zunächst die Nabelschnur untersucht, sie erneut abgebunden und durchtrennt ...«

»Die Nabelschnur war nicht durchtrennt?«

»Die Nabelschnur ist ein außerordentlich fester Strang, Herr Rat. Ohne ein Schneidewerkzeug ist sie schwerer zu durchtrennen, als man sich das vorstellen mag. Tieren stehen als Werkzeug ihre Zähne zur Verfügung; ein Mensch wird sich selbst in der größten Not kaum dazu überwinden können, sie dafür einzusetzen.« Elgin Gottschalk hatte sich einen forschen Ton erlaubt.

»Was hat das also für Folgen?«

»In diesem Fall keine, das Mädchen hat das getan, was sie konnte, sie hat die Nabelschnur mit einem Flachsfaden abgebunden. Sie hat das Richtige getan, damit ihrem Kind kein Schaden entsteht.«

»Was taten Sie dann weiter?«

»Ich untersuchte das Kind, wusch es mit warmem Wasser und gab es der Mutter. Dann habe ich sie untersucht und versorgt.«

»Haben Sie bei der Untersuchung des Neugeborenen irgendwelche Spuren entdeckt, die auf versuchte Gewalt hindeuten könnten?«

»Nein, nichts dergleichen. Das warme Bad hatte seine etwas verfrorenen Lebensgeister geweckt, und von dem Moment wirkte es wie ein gesundes Kind.«

»Wirkte? Das heißt, sie hatten Zweifel?«

»Nein, nachdem was mir möglich war festzustellen, hatte ich keinen Grund zu zweifeln.«

»Sie würden also sagen, dass es sich um ein gesundes, vitales Kind handelte?«

»Ja.«

»Wie war das Verhalten der Beklagten zu dem Kind?«

»In Anbetracht ihrer eigenen Verfassung durchaus liebevoll und fürsorglich. Sie hat sich Gedanken über die Zukunft gemacht.«

»Gottschalkin, in welchen Fällen ist es einer Hebamme gestattet, eine Nottaufe vorzunehmen?«

Ob sie zunächst geschwiegen hatte in diesem Moment? Immer nur an Lene Schindler denkend? Meinend zu erkennen, worauf Homberg hinauswollte, erschrocken darüber, welche Schlüsse er zog?

»Herr Rat, es war keine Nottaufe im herkömmlichen Sinne. Das Mädchen ... es hat mich verzweifelt darum gebeten, dem Kind einen Namen zu geben, und auch das ist als Zeichen zu werten, dass es ihr keinesfalls gleichgültig war, sondern dass sie um ihren Sohn fürchtete.«

»Gottschalkin, ist es nicht so, dass eine Hebamme nur dann die Taufe vollziehen darf, wenn der schnelle Tod eines Neugeborenen zu befürchten ist? Wenn es so schwach ist, dass die kleine Seele eilig gerettet werden muss? Wenn dieses Kind also nicht schwach war, warum haben Sie es getauft? Obwohl Sie der Vorschrift verpflichtet sind, in jedem Fall einen Geistlichen zu benachrichtigen – warum haben Sie es unterlassen? Und Gottschalkin, daraus ergibt sich eine Reihe von weiteren, drängenden Fragen, auf deren Beantwortung das Gericht größten Wert legt, da Sie eine hoch geschätzte Bürgerin unserer Stadt sind. Warum haben Sie nicht, wie es Ihre Pflicht ist, eine heimliche Geburt angezeigt? Warum haben Sie nicht zumindest die Dienstherrin dazu veranlasst?«

»Es kam mir nicht in den Sinn, dem Mädchen wissentlich zu schaden. Ich fürchte, mehr als diese simple Erklärung kann ich Ihnen nicht geben, Herr Rat.«

Kein Wort mehr. Keine Frage. Das Verhörprotokoll endete hier, als sei eine Seite verloren gegangen.

Collmann hatte sich beklommen gefühlt, verantwortlich, er wusste weder wofür noch warum.

Den Anwalt umfing die Kälte des Weißen Turms. Er folgte dem Schließknecht zu Lene Schindlers Zelle und legte sich immer wieder neu zurecht, wie er es ihr sagen sollte. Dabei brauchte er nur wenige Worte.

Dass sie bald freikommen sollte, bekam Lene am Tag darauf noch einmal vom Richter persönlich zu hören. Sie war gar nicht recht bei sich. Man ließ sie ins Rathaus bringen, las ihr das Urteil vor und viele Erklärungen. Immer wieder fragte der Hochedle Richter, ob sie ihn verstand. Aber ja. Wenn sie etwas begriffen hatte, dann doch, dass sie durch und durch schuldig war. Fünf Monate Kerker für alles, was sie falsch gemacht hatte, blieben also noch fast zwei. Vielleicht war es ungerecht zu glauben, dass es denen nicht um die Wahrheit ging, nicht mal dem Anwalt. Der fand, sie hatte einen milden Richter gefunden. Aber niemanden, der wusste, was aus Felix geworden war, das fand Lene. Es musste doch jemanden geben. Jemanden, der es wusste und damit nicht herausrücken wollte.

※

Sie standen mit geschürzten Röcken und aufgerollten Ärmeln im flachen Wasser des Flusses und spülten Wäsche, die sie am Tag zuvor in den Waschfässern mit Asche eingeweicht und am frühen Morgen mit weißer Seife geschrubbt hatten. Sie taten ihre Arbeit und redeten nur wenig über das Mädchen, das bald freikommen würde. Was konnten sie schon sagen, außer dass es gut ausgegangen war?

Gesa und Lotte hatten inzwischen Übung darin, mit wenigen Worten auszukommen. Manchmal erzählte Lotte von ihren Kindern und Gesa von Tante Bele selig, und in der Harmlosigkeit ihrer Geschichten konnten sie sich ausruhen. Es war eine friedvollere Angelegenheit, als sich über die Haushebamme zu empören oder Witze zu machen, denn schon eine Bemerkung über diese Person konnte auf ihre Stimmung herabfallen wie ein schlechter Geruch.

In einem stillen Abkommen wussten sie dergleichen von sich fern zu halten. Es gab die anderen Dinge, die sie zuweilen hilflos beredeten und es dann wieder ließen. Diese Gespräche hatten etwas sinnlos Ermüdendes, denn sie führten zu nichts.

Vom anderen Ufer flogen die Stimmen anderer waschender Frauen hinüber, Kinder scheuchten die Enten auf, und der Sommer warf auf alles ein freundliches Licht. Selbst das Haus in ihrem Rücken wirkte heute wie ein Lebewesen, das in der Sonne zu Kräften kam.

Oben, an einem der weit geöffneten Fenster stehend, konnte Clemens feuchtes Nackenhaar sehen und Wasserperlen auf nackten Beinen. Er wich zurück, als er ihr Lachen hörte, und bemerkte, wie sein Herz schneller schlug.

Es hatte sich schleichend entwickelt, dieses Gefühl: dass es ein Leben gab, an dem er nicht teilnehmen konnte, nicht wollte oder es sich verbat. Jetzt empfand er dies als einen Mangel. Seit Gesa Langwasser in das Haus Am Grün gekommen war, konnte er mitunter in einen Aufruhr geraten, der ihm völlig fremd war. Aus seinem tiefsten Innern, aus nervösen Gegenden, von deren Existenz er bislang nichts wusste, kam eine Stimme, die gehört werden wollte und die mit dem, was sie zu sagen hatte, Schmerz auslöste. Doktor Clemens Heuser kämpfte mit der Erkenntnis, dass es ein Verlangen in ihm gab.

Es störte ihn, es gefährdete seinen schwachen Frieden, den er ohnehin jeden Tag unter ungeheuren Anstrengungen retten musste. Seine Bedenken und Sinnfragen, seine Mutlosigkeit und eine vage Hoffnung lagen im Wettstreit mit seinem besessenen Eifer. All das, was Kilian Melancholie nannte und Clemens als Verzweiflung empfand, baute sich in jedem wachen Augenblick und selbst in seinem dürftigen Schlaf zu einem Chor auf, der nicht zum Schweigen zu bringen war.

Und nun sollte auch noch der Wunsch hinzukommen, eine Frau zu berühren? Was bloß hatte das in ihm ausgelöst? Warum wollte er in ihrer Nähe sein und wich ihr aus, sobald ihre grauen Augen sich auf ihn richteten? Ja, vermutlich war es das, was ihn derartig getroffen haben musste: dass *sie* nicht auswich. Sie senkte nicht den Blick, sie suchte den seinen auf, befragte ihn, und er hatte sogar schon empfunden, dass sie ihn tröstete, doch das musste eine verwegene Einbildung sein.

Allein der Gedanke, das Haus zu verlassen – zu den Frauen an das Ufer der Lahn zu treten –, ließ ihn verkrampfen. Er sah sich den zum Trocknen ausgelegten Wäschestücken und dem Entenkot ausweichen, stellte sich vor, wie ihr munteres Geplauder abrupt verstummen würde, wie sie sich ihrer losen Aufmachung bewusst wurden ihrem Lehrer gegenüber, der sie mit einer hölzernen Bemerkung über die Schönheit des Tages überforderte. Sie ständen einander gegenüber, er mit dem dringenden Wunsch zu fliehen, diese Banalität ungeschehen zu machen, Lotte Seiler würde sich abwenden, um ein viel sagendes Grinsen zu verbergen – Clemens war sicher, sie hatte ihm längst alles angesehen, sie war schließlich eine verheiratete Frau. Und Gesa, dieses verstörende Wesen, würde sich nicht abwenden und ihn mit ihrem Schweigen beschämen. Ein solches Vorgehen also war in jeder Hinsicht undenkbar.

Plötzlich fühlte er sich wie ein Gefangener dieses Hauses, oder – was fast noch schlimmer war – als sein Hüter. Er bewachte die bleichen Knochen seiner Beckensammlung, die lederne Mutter, die erstarrten Geschöpfe in den Gläsern und die winzigen Schädel. Er bewachte den Tod in einem leeren Gebärhaus.

Seit Wochen hatte keine Schwangere mehr das Institut aufgesucht – Kilian schob es auf den Sommer –, das Semester war beendet, und selbst der Professor schien die Trostlosigkeit zu fliehen, wobei er gleichsam alles daran setzte, diese endgültig zu vertreiben. Kilian war sich nicht zu schade gewesen, dem Landgrafen mit einem weiteren Schreiben womöglich auf die Nerven zu gehen, und wollte heute ein nicht näher benanntes Mitglied des Stadtrates aufsuchen. Jemanden, der seinen Plänen ein gewisses Interesse entgegenbrachte. Die Unterstützung der Bürgerschaft, meinte der Professor, sei etwas, dem sie bislang zu wenig Beachtung geschenkt hatten.

Dem Hausknecht hatte Clemens eigenmächtig freigegeben, der Junge sollte an die Luft mit seiner schlechten Haut. Er war ganz zappelig geworden, wollte seine Familie in Weidenhausen besuchen, fragte, ob er dort die Nacht verbringen dürfte, was er ihm herzlich gern zugestand, und dann war er doch kaum losgekommen, der Bursche. Hatte vor der Küche herumgelungert, in der die alte Textor fuhrwerkte, und Clemens musste Pauli energisch auffordern, dass er sich endlich auf den Weg zu seinen Leuten machte. Der Junge hatte sich mit einigem Widerstreben in Bewegung gesetzt. Vielleicht hatte auch ihn das Haus schon für das Leben außerhalb verdorben.

Von Anna Textor war anzunehmen, dass sie irgendwo in den unteren Stockwerken ihre Besinnung an den Branntwein verlor, und wie immer verschwand der Gedanke daran, woher sie das Zeug wohl bekam, bevor er ihn zu Ende gedacht hatte. Zurzeit konnte sie keine eklatanten Fehler machen, doch das würde sich ändern, und er notierte auf einem Zettel, dass er mit Kilian darüber sprechen musste.

Auf seinem Arbeitstisch erinnerte ihn schließlich ein angefangener Brief, der zwischen einem Wust von Niederschriften auf seine Fertigstellung wartete, daran, dass er sich doch aus absolut freien Stücken hier oben in diesem engen, warmen Dachzimmer aufhielt:

Die Berichte eines reisenden Arztes über das Hospice de la Maternité in Paris hatten ihn dazu bewogen, an die leitende Hebamme, Marie Loisin, zu schreiben. Er hatte bereits mehrere emphatische Seiten an sie verfasst, denn Madame Loisin arbeitete an der Entwicklung eines vielversprechenden Geräts für die innere Beckenmessung. Mit seinem mangelhaften Französisch das Kunststück zu vollbringen, sie für einen Wissensaustausch zu gewinnen, würde einige Zeit in Anspruch nehmen. Vielleicht war es doch klug, das Schreiben an die Loisin von Kilian lesen zu lassen, wie er es ihm angeboten hatte. Clemens machte sich eine weitere Notiz, um nicht zu vergessen, ihm vorher den Artikel über Paris zu geben.

Die Schreibfeder hätte er nicht unbedingt am offenen Fenster beschneiden müssen. Unwillkürlich ließ er die Hand mit dem Messer sinken, als sie zum ihm hinaufsah. Sie stand noch immer im Fluss, hatte einen Arm zum Schutz vor dem strahlenden Sonnenlicht über die Augen gehalten. Er war sicher, ein Lächeln zu erkennen, und erwiderte es mit einer kleinen Verbeugung. Eigentlich war es nur die Andeutung einer Geste, eine Eingebung, der er mit ungewohnter Spontaneität gefolgt war. Sein Herzschlag verstärkte sich gewaltig. Es war schön.

Die Weiden ließen ihre feinen Äste im Wasser treiben wie silbrige Federn, und Gesa strich sich mit nassen Händen die Haare aus dem Gesicht, bevor sie nach dem nächsten Wäschestück griff.

Unter ihren Händen glättete sich das Leintuch in der leichten Strömung. Sonnenwärme umfing ihren Nacken und ließ sie schaudern. Sie war versucht, das Laken loszulassen, um zu sehen, wie schnell der Fluss es forttragen würde.

Hinter sich hörte sie Lotte glucksen: »Na so was. Hab ich's doch gewusst.«

*

Den Menschen konnte kaum entgehen, was da angezündet worden war – der Gestank sagte es ihnen. Man hätte nicht auf die Dunkelheit warten müssen, damit sie das Feuer besser sahen. Es musste wohl jemandem eingefallen sein, ein paar Sadebäume verbrennen zu lassen.

Als einer, der viel unterwegs war auf den Straßen des Landes, wusste Konrad, was es mit den Gehölzen, die dem Wacholder glichen, auf sich hatte. Er wusste, warum man sie Mägdebäume oder Kindertöter nannte und warum ihre Kronen gerupft waren. Es gab Leute, die behaupteten, es seien die Gärten der Wehemütter, in denen sie wuchsen, und es gab andere, die was dagegen hatten. Dann hackten sie die Sträucher ab, zündeten sie an und verräucherten die Luft. Man konnte die Hühnerpest damit heilen, es wurde einem übel davon, selbst wenn man zwei Felder weit von ihnen entfernt war.

Konrad spuckte in die Nacht.

Das Einzige, was ihn daran interessierte, war das Geschäft. Er hatte immer genügend Vorrat, da sorgte er besser vor als mancher Apotheker. Er stellte allerdings auch keine überflüssigen Fragen. Bei ihm musste keiner was mit dem Namen zeichnen, wenn er was wollte von ihm. Das machte Konrad zu einem guten Händler.

Er hockte sich auf den Boden, legte die Arme über die Knie und sah zu, wie die Feuer verloschen. Es gefiel ihm, wie Gärten und Wiesen ins Dunkel sanken. Den Karren hatten sie zwischen die Bäume eines Birkenwäldchens geschoben. Dahinter lag Frieder auf dem Rücken und schlief mit offenem Mund. Käme nicht das Schnarchen aus dem Riesenkerl, könnte man ihn glatt für tot halten. Konrad hatte schon öfter gedacht, wenn

Frieder mal was ins Maul fallen sollte im Schlaf, dann würde er dran ersticken. Er sollte bloß aufpassen, wo er sich hinlegte, das sagte er seinem hirnverbrannten Bruder hin und wieder, man konnte ja nie wissen, was so auf einen runterfiel. Manchmal schob Frieder seinen dicken Schädel unter den Karren, mehr passte nicht drunter, schon bei den Schultern ging es nicht weiter. Aber heute wollte Frieder das nicht, vielleicht wegen der Fliegen.

Er, Konrad, war zum Glück nicht so zimperlich. Schon möglich, dass es ein dreckiges Handwerk war, aber Gott ließ es ihn verrichten. Warum sonst würde er ihn zu diesen Körpern führen? Wer sonst hatte sie vor zwei Tagen zu dieser Herberge geleitet, wo sie wie alle, die in dieser Nacht ein Dach über dem Kopf wollten, auf hingeworfenem Stroh schliefen?

Wie sonst war es zu erklären, dass der Alte ausgerechnet in der Nacht verreckte, als sie in seiner Nähe waren? Dass niemand ihn unter die Erde bringen wollte? Frieder musste ein paar Ratten den Hals umdrehen, und er, Konrad, brauchte nur die Schulden vom Alten bezahlen und ihn mitnehmen. Konnte sein, dass die Wirtsleute sich wunderten, aber vor allem waren sie dankbar. Sie wussten ja nicht, was für ihn dabei rausspringen würde. Niemand fragte mehr was, als Frieder den Toten die Stiege hinuntertrug und ihn wie einen Schlafenden auf den Karren bettete. Auf den Landstraßen nach Marburg hatte er Frieder angetrieben wie einen alten Gaul. Der Sommer verlangte einen zügigen Transport, sagten die Doktoren.

Trotzdem mussten sie jetzt noch ein bisschen warten. Bis zur Weidenhäuser Brücke würden sie eine halbe Stunde brauchen und von da aus vielleicht noch mal so lang bis zur Anatomie. Man nahm eine Lieferung wie seine gern zu bestimmten Zeiten in Empfang, wenn nicht gerade die ganze Stadt auf den Beinen war. Man wollte Missverständnisse vermeiden und Aufregung unter den Leuten. Konrad hatte für alles Verständnis, was keinen Ärger geben durfte. Von Anfang an war er schlau vorgegangen. Bei dem Kind hatte er sogar dran gedacht, das Band von der Nabelschnur zu lösen. Dann musste er es nur noch ein bisschen seinem Bruder in die Hand geben.

So schwer zu glauben war es auch für die Doktoren nicht, dass eine ihr Kind loswerden wollte irgendwo am Feldrand, dafür passte jeder gottverlassene Ort. Und dass der Anatomie die unehelich Geborenen und Gestorbenen sowieso zustanden, war ihm gleichgültig. Den Herren aber lag an den Verordnungen, sie taten jedenfalls so, wenn sie ihm damit kamen, was erlaubt war und was nicht. Er verstand das so, dass er sich nicht erwischen lassen sollte, und seitdem hatte er ein Auge darauf, wo Leute starben.

Die Doktoren zahlten vier Taler für eine Leiche, selbst für die ganz kleinen. Sie waren aber auch an Riesen interessiert. Dafür hatte er drei Kreuze auf einen Schrieb gemacht und das Wartegeld genommen, weil sie sagten, ein Riese würde nicht alt.

Konrad stemmte sich hoch, ging steifbeinig zum Karren hinüber und nahm die Laterne vom Haken. Er schlug nach den Fliegen, die aus dem Inneren des Karrens aufschwärmten, und trat Frieder in die Seite.

»He, aufstehen, Bruder! Wir müssen los.«

Er konnte sehen, wie Frieders Augendeckel zuckten, bevor sie aufklappten. Fast verlegen kratzte er sich mit beiden Händen am Kopf und grinste zu Konrad hoch. Der dumme Kerl hatte es tatsächlich gern, wenn er ihn Bruder nannte.

*

Ein wenig gab das neue Kleid ihr das Gefühl, als ginge sie nackt zu einem verbotenen Treffen. Und was Elgins Pläne für den Nachmittag anbelangte, jene, die man ihr aufgedrängt hatte, so kam sie nicht umhin, diese genauso zu betrachten.

Sie bereute nicht erst in diesem Moment, dass sie nachgegeben hatte, Lambert außerhalb der Verschwiegenheit ihres Hauses zu treffen. Eben, als sie es verlassen hatte, war sie mit dem Ärmel ihres blauen Kleides an einer Rosenranke hängen geblieben, und während sie vorsichtig die dornigen Widerhaken aus dem Stoff löste und nach Marthe rief, hatte Gereiztheit sie schneller atmen lassen. Sie war schon an der Pforte, als Marthe die Rose abgeschnitten hatte und ihr nachrief, sie werde sie auf ihren Arbeitstisch stellen, und Elgin hatte im Weitergehen geantwortet, sie möge das nicht tun, Blumen in Vasen hätten dort nichts zu suchen, und schon gar keine Rosen. Dann hatte sie noch die Hand zum Gruß gehoben, denn Marthe war eine gute Seele. Sie verwaltete das Haus mit seinen Geheimnissen, sie sollte immer wissen, wo die Hebamme zu finden war. Heute Nachmittag also würde Marthe Fragenden sagen, man müsse auf ihre Rückkehr von den Gärten vor der Stadt warten, da die Gottschalkin ihre Heilpflanzen gern selbst besorgte.

Elgin war überrascht, wie heftig ihr Widerwillen war.

Sie hatte keine Liebe für Lambert. Sie konnte sich hingeben – dem, was sie in aller Stille miteinander taten, es war das einzige Wunder, das sie akzeptierte. Doch wenn er fort war, vergaß sie ihn. In allem – sagte sie sich – war sie wohl mehr ein denkender als ein empfindender Mensch.

Wenn Lambert ihr Gedichte vorlas, geriet sie in tiefe Ratlosigkeit, und dass er sich für ihr Buch interessierte, erwartete sie nicht. Gleichwohl störte es sie, wenn er versuchte, sie von der Arbeit daran abzuhalten. Es befremdete sie, wenn er in arglosen Bemerkungen zum Ausdruck brachte, wie wenig Bedeutung er dem zumaß, und gleichzeitig ihren Fleiß lobte.

Er zeigte ihr, dass er nicht verstand, was ihr das Buch bedeutete. Wie zum Beweis dafür, dass er nur einen sehr kleinen Teil von ihr kennen durfte.

Wie viel mehr dagegen teilte sie mit dem Mann, den sie jetzt zum dritten Mal aufsuchen würde. Adrian Büttner, Kupferstecher und Illustrator, akribischer Handwerker und geduldiger Perfektionist. In dessen Werkstatt schon allein die Atmosphäre sie gefangen nahm: die Luft, in der sich Kupferpartikel und Kreidestaub mit dem Geruch von Leinöl und Ruß zu flirrender Materie vermischten; die Druckerpresse, wuchtig den Raum beherrschend, mit dem schweren Rad, das die Walzen bewegte; der geneigte Tisch vor dem nach Norden gerichteten Fenster, wo das Tageslicht den schwächsten Widerschein auf dem Kupfer auslöste; kleine Flaschen mit Öl und anderen Essenzen, unzählige Lappen aus feinem Flanell oder Leinen zum Auftragen und Wischen der Farbe. Stählerne Stichel und Schaber, Werkzeuge, die sie entfernt an chirurgische Instrumente erinnerten.

Bei ihrer zweiten Begegnung hatte Elgin den Mann gebeten, ihr zu demonstrieren, wie er damit arbeitete. Büttner war dem zunächst zögerlich nachgekommen, doch dann – als er sich entschloss, ihre immer weiterführenden Fragen als ernsthaftes Interesse anzuerkennen – fanden seine Antworten aus der Einsilbigkeit heraus. Mehr als jedes erklärende Wort faszinierte Elgin, wie sehr sich die Körpersprache dieses groß gewachsenen, knochigen Menschen verändert hatte, als er sich seiner Arbeit zuwandte. Alles Linkische, was ihm sonst anhaftete, wenn er in der Werkstatt umherging oder gestikulierte, löste sich in weiche, fließende Bewegungen auf, und das begann bereits, noch bevor er den Stichel ansetzte. Schon wenn er die Kupferplatte auf das mit Sand gefüllte Lederkissen legte, wirkte der ganze Mann, als hätte man ihm aus einer Rüstung geholfen. Aus der konzentrierten Kraft seines Handtellers hatte sie an der Spitze des Werkzeugs feine Furchen entstehen sehen, die sich unter seinem Atem zu heben und zu senken schienen.

An diesem warmen Morgen stand die Tür der Werkstatt offen, und als Elgin in den Hinterhof des Hauses trat, leuchtete ihr aus seinem Inneren das weiße Haar des Kupferstechers entgegen. Er hatte noch nicht das Alter dafür, doch der frühe Verlust seiner natürlichen Haarfarbe hatte sein Gutes, denn es erhellte die Züge eines markanten Gesichts, das man für düster halten konnte.

Es freute sie so sehr, ihn über eine Kupferplatte gebeugt vorzufinden, zu erkennen, wie er mit einem Lappenball die glatten Flächen von der schwarzen Farbe befreite. Büttners Ehrgeiz war eine Segnung, seine Unruhe eine Anerkennung. Sein Wunsch, ihr schon so bald ein erstes Ergebnis vorzulegen, das er ausdrücklich als Entwurf verstanden haben wollte, hatte sie selbst vorangetrieben in der Niederschrift ihrer ersten Kapitel. Es war, als rechtfertigte seine Arbeit die ihre. Wie sicher sie sich in der Gesellschaft seines Schaffens fühlte – es würde sie keinerlei Überwindung kosten, das zuzugeben.

Er begrüßte sie mit einem Nicken. Sie empfand es als Aufforderung zum Schweigen. So hielten sie es, während er sie näher treten ließ, zur Druckerpresse, wo er die Platte auf das Laufbrett legte, darüber das angefeuchtete Papier und mehrere Lagen Wollstoff. Unter dem schwerfällig rollenden Ton der Walzen bewegte sich das Brett durch die Presse, und Elgin, die ihre Hände auf dem Rücken verschränkt hielt, bemerkte ein angespanntes Zittern in ihnen, als Büttner sich endlich vom Rad abwandte, den Bogen vorsichtig an zwei Ecken fasste und ihn langsam vom Kupfer abzog. Sie sah eine Falte zwischen seinen Augen aufsteigen, an der sich seine hellen Brauen stießen und wieder glätteten, als er das Blatt ein wenig sinken ließ.

»Kommen Sie, Gottschalkin. Unser erster Probedruck. Ich möchte Ihre Meinung hören.«

Büttner befestigte das Blatt an einer Leine, trat zurück und lehnte sich an die Presse. Worüber sie gesprochen hatten, waren Darstellungen von Kindslagen, anhand deren sie Griffe zur

Wendung erläutern wollte. Was Elgin vor sich sah, war die naturgetreue Abbildung eines Ungeborenen, wie sie ihr noch nie zu Gesicht gekommen war: Frei von der Hülle der Gebärmutter, schien es schlafend zu schweben, mit angezogenen Beinen, die sein Geschlecht freilegten, die Hände mit weich sich öffnenden Fäusten an eine Wange gelehnt. Sie konnte die Hautfalten in Knie- und Armbeugen sehen und die Rippen der ihr zugewandten Seite zählen.

»Vielleicht werden Sie es nicht für Ihr Buch verwenden – sehen Sie es als eine Studie.«

»In dem, was es ausdrückt, ist es vollkommen. Und wissen Sie, Büttner, das ist eine schöne Idee, das Buch mit dem Bildnis dieses Ungeborenen zu eröffnen. Als würde ein Geheimnis gelüftet, und es stellte sich heraus, dass es ein friedliches ist.«

Sie konnte den Blick nicht von dem Blatt lösen, und so bemerkte sie nicht, wie interessiert Büttner sie beobachtete.

»Wie konnten Sie nur zu diesem Ergebnis kommen? Haben Sie das Anatomische Theater aufgesucht?«

»Zunächst, ja. Dort habe ich meine ersten Skizzen gemacht. Sehen Sie, diese hier.«

Auf seinem Arbeitstisch waren Zeichenblätter ausgebreitet, die andere, darunter liegende, verdeckten, es mussten zwischen zwanzig und dreißig sein. Selbst seine mit Kreide hingeworfenen Entwürfe wirkten greifbar, plastisch, nur der Begriff lebendig, der sich aufdrängte, konnte hier nicht passen. Elgin betrachtete die Skizze, die Büttner zwischen den Bögen herausgesucht hatte.

»Mit diesem hier habe ich den Anfang gemacht, ein Neugeborenes. Sie hatten es erst vor kurzem präpariert. Haben Sie das schon einmal gesehen, wie eingezwängt diese Wesen in ihren Glasbehältern wirken?«

Elgin nahm das Blatt zur Hand, betrachtete das Kind, einen kleinen Jungen, wie sie schon so viele gesehen hatte und dessen Gesicht sie doch in einer seltsamen Weise berührte, vielleicht weil es Büttner gelungen war, ein schlafendes Gesicht darzustellen, wo er ein totes gesehen hatte.

»Dieses Kind befand sich in einem Glas?«

»Ja, wie alle anderen auch, die ich gezeichnet habe.«

»Man sieht es nicht.«

»Finden Sie?« Büttner beugte sich mit ihr über das Blatt. »Der kleine Bursche hier hat es mir besonders schwer gemacht, nicht nur weil er mein erstes Modell war. Der arme Kleine, er weckte den Wunsch in mir, ihn zu befreien. Doch das hat möglicherweise auch sehr persönliche Gründe ...«

Sie sah ihn an. »Was meinen Sie?«

»Später, Gottschalkin, später.« Seine Augen blieben auf die Zeichnung geheftet. »Nein, tatsächlich habe ich nachgefragt, ob es möglich sei, das Kind für eine kurze Zeit aus dem Glas zu nehmen. Ich hätte es gern mit dem Zirkel vermessen, um die Proportionen in natürlicher Größe zu übertragen, verstehen Sie? Man sagte mir, das sei schlechterdings nicht möglich, weil das Material zu leiden hätte. Nun ja. Dieser kleine Körper. Hautfalten und kleine Deformationen, die allein durch seine zusammengeschnurrte Position im Behälter zustande kamen, musste ich mir also wegdenken. Ich musste sehen, was ausgedrückt werden sollte, und nicht, was ich vor mir hatte.«

»Das allerdings ist Ihnen gelungen.«

Sie drehte die Zeichnung. »Wenn man es so betrachtet, wird es der natürlichen Haltung im Mutterleib schon sehr ähnlich. Und was die unterschiedlichen Kindslagen unter der Geburt angeht ...«

»Kommen Sie, Gottschalkin, setzen Sie sich«, sagte Büttner und zog einen Hocker heran.

»Ich bin wirklich ein unhöflicher alter Kerl.«

Wie immer, wenn sie lange stand, hatte sie eine Hand stützend ins Kreuz gelegt; es war ihr so zur Gewohnheit geworden, dass sie es gar nicht mehr bemerkte, wenn sie es tat. Büttner dagegen war es offenbar aufgefallen, und sie nahm gern auf seinem Arbeitsstuhl Platz.

»Durch einen Zufall hatte ich Gelegenheit, noch andere Studien zu betreiben. Und möglicherweise können Sie etwas damit anfangen«, sagte er.

Von einem aufmerksamen Studenten, der ihn bei der Arbeit gesehen hatte, erzählte Büttner, während er eine Reihe weiterer Blätter vor ihr ausbreitete, war er davon unterrichtet worden, dass in Marburg noch eine deutlich umfangreichere Embryonensammlung zu finden sei.

»Ein Accouchierhaus. Sie wissen sicher davon. Ich hatte noch nie von dergleichen gehört.«

»Ich weiß, dass es dieses Haus gibt. Aber ich kenne es nicht.«

»Ein merkwürdiger Ort.« Büttner sortierte neben ihr seine Zeichnungen immer wieder aufs Neue, während Elgin an Lene Schindler dachte, für die es ein Ort zum Davonlaufen gewesen war.

»Aber Kilian, dieser Professor – ein zuvorkommender Mann, dem ich nicht lange erklären musste, worauf es mir ankam. Er interessierte sich sehr dafür, woran ich arbeite. Und seine Sammlung ist wirklich beeindruckend – auch berührend, muss ich sagen.«

Er nahm ihr das Bildnis des Neugeborenen ab, das immer noch in ihrer Hand über dem Tisch schwebte.

»Für mich, der sich mit dieser besonderen Darstellung menschlicher Existenz erst vertraut machen musste, war es ... ja, es war überwältigend zu sehen, wie perfekt er angelegt ist, der Mensch, schon zu einer Zeit, da wir noch nichts von ihm ahnen, da wir noch gar nicht wissen können, dass es ihn bereits gibt. Sehen Sie, ich habe hier eine Reihe von Skizzen, die sich auf einer Tafel zusammenfassen ließen, um das Wachsen, die Veränderung der Gestalt darzustellen.«

Elgin wandte sich den Zeichnungen zu, betrachtete sie, nahm sie in die Hand, hielt sie ins Tageslicht, das durch die Tür hineinfiel, und wieder beobachtete Büttner sie dabei.

»Im Übrigen habe ich dem Professor nichts über meinen Auftraggeber gesagt; ich war mir nicht sicher ...«

Überrascht blickte sie auf, entdeckte Beunruhigung in seinem hageren Gesicht, oder zumindest etwas, das ihm Röte in die Wangen trieb.

»Aber Büttner, das hätten Sie ruhig tun können. Ich pflege keine Animositäten Ärzten gegenüber, ich bin von einem großgezogen und von einem anderen ausgebildet worden. Sie müssen Ihre Arbeit für mein Buch nicht als Geheimsache behandeln. Zumal Sie es in einer solchen Weise bereichern. Wie Sie den Zugang suchen zu diesem Gebiet, das Ihnen bislang vollkommen fremd war, und Ihre Begeisterung dafür – das ist wie ein unerwartetes Geschenk für mich.«

»Nun, ich denke, dass meine Frau einen nicht unerheblichen Anteil daran hat.«

»Ihre Frau?« Sie sah Büttner dabei zu, wie er seine geschwärzten Finger mit einem ebenso schwarzen Lappen sinnlos bearbeitete, und fragte sich, ob er ihr jemals gesagt hatte, dass er verheiratet war. Ob sie es womöglich überhört, vergessen oder schlichtweg angenommen hatte, dass ein Mann wie er mit nichts mehr als seiner Arbeit verbunden war?

»Haben Sie noch einen Moment Zeit? Sie wartet oben auf uns.«

Noch überraschter war Elgin, in Agnes Büttner eine außerordentlich junge Frau vorzufinden, die oben – in einem kleinen Wohnzimmer vor dem geöffneten Fenster – grünes Porzellan auf einer roten Tischdecke anordnete. Büttner liebte sie, daran bestand kein Zweifel, und Elgin fasste mühelos Sympathie für diese weißhäutige Person, als sie sagte: »Ich versichere Ihnen, dieser Mann ist überhaupt nur auf mich aufmerksam geworden, weil mein Haar wie eine seiner Kupferplatten leuchtet, und ich vermute, Sie haben heute zum ersten Mal von meiner Existenz in Büttners Leben gehört, nicht wahr?«

Das machte nichts, fuhr Agnes fort, und auch ihre grünen Augen sagten nichts anderes. Er hätte schließlich erst ein Jahr Zeit gehabt, sich daran zu gewöhnen, dass er verheiratet sei, sichtlich zu wenig für einen alten Hagestolz, um den Ehestand glatt über die Lippen kommen zu lassen. Büttner verschwand wieder, noch bevor seine Frau den Kuchen angeschnitten hatte, und Elgin erfuhr, dass Agnes schwanger war.

An Lene Schindler dachte Elgin erst wieder, als sie sich wenig später auf den Weg machte, die Stadt zu verlassen, und an der Elisabethkirche vorbeilief. Im Schatten des gewaltigen Gotteshauses wünschte sie plötzlich, sie hätte Klarheit erbitten können, so etwas wie einen eindeutigen Hinweis. In letzter Zeit empfand sie zuweilen eine unerklärliche Enge.

Homberg hatte ihr vorgeworfen, sie sei vermessen. Womöglich traf das zu. Doch das Mädchen würde freikommen, Collmann wollte es sie wissen lassen – konnte das nicht alles sein, was von Belang war?

Während sie die Kirche hinter sich zurückließ, stießen Elgin zum wiederholten Mal die Worte auf, die der Richter an sie gerichtet hatte – nach dem Verhör, unter vier Augen.

»Was ich am wenigsten verstehen kann, Gottschalkin, ist, warum Sie die vertrauliche Atmosphäre unseres Gesprächs nach der Geburt meines Sohnes nicht genutzt haben? Während ich Ihnen berichtete, was ich erfahren hatte, ließen Sie mich in Unkenntnis darüber, dass Sie das Mädchen kannten. Auch in den Tagen danach haben Sie nicht die Gelegenheit genutzt, sich darüber mitzuteilen. Ist Ihnen nie der Gedanke gekommen, dass ich es Ihnen selbst überlassen wollte, sich an mich zu wenden?

Dass es ein Zeichen meines Vertrauens in Sie war, Ihnen dafür bis zur Taufe meines Sohnes Zeit zu geben? Meine Enttäuschung darüber, dass Sie es vorzogen, Ihr Wissen bis zum Verhör zurückzuhalten, muss Ihnen nichts bedeuten. Ob Sie allerdings mit Ihrem Handeln dem Wohl der jungen Mutter gedient haben, wie es Ihr Ansinnen war, das müssen Sie mit Ihrem Gewissen abmachen.«

Dass sie ihm nichts zu entgegnen gewusst hatte, nahm er mit Bedauern zur Kenntnis. Und Elgin hatte feststellen müssen, dass ihr seine Enttäuschung sehr wohl etwas ausmachte. Hinzu kam, dass der Richter nichts gegen sie unternommen hatte, obwohl es in seiner Hand lag.

Wenn auch verhalten, so war ihr doch ein ungutes Gefühl geblieben seitdem. Wie ein blinder Fleck auf einem Spiegel, den sie nicht besaß.

Sie folgte der Lindenallee, an deren Ende sie die Gärten und Wiesen sich in der Nachmittagssonne ausbreiten sah, und sie sah den offenen Einspänner, der dort auf sie wartete.

Es war eine geradezu unwirkliche Stimmung, die ihr den nächsten Entschluss nahe legte. Körperwarme Luft verdichtete sich zu einem Zirpen, fing sich raschelnd im Grün der Bäume, und die leere Straße roch nach nichts als Staub. Kein Mensch sonst war zu sehen, doch Elgin konnte entfernte Stimmen vom Ufer des Flussarms hören und das Schnauben von Lamberts Pferd.

Während er sich in der kleinen Chaise aufrichtete, um die Allee mit Blicken nach ihr abzusuchen, stand sie schon im Schutz der Bäume. Sie legte sich eine Lüge zurecht und verwarf sie wieder. Eine Debatte mit ihm würde ebenso unerträglich sein wie seine Enttäuschung. Es war ein feiger Moment, in dem sie fürchtete, den Hufschlag seines Pferdes vernehmen zu müssen, das Knirschen der Räder auf dem Sand.

Doch nichts. Lambert würde warten, wie es seine Art war.

Sie verriet ihn, als sie sich in Bewegung setzte und nichts wollte, als so schnell wie möglich ihr Haus erreichen. Sie verriet ihn mit jedem Schritt, der sie von ihm entfernte.

Elgin hatte keine Erinnerung daran, wann in ihrem Leben sie zum letzten Mal gerannt war. Doch jetzt tat sie es, und das Herz schlug ihr wie verrückt.

Sechs

AUGUST 1799

Die Idee mit der Gottschalkin hatte sich in Kilian entwickelt wie eine mögliche Strategie, die ihm jetzt Rettung versprach, nachdem die ungeheuerlichen Vorgänge in der Fakultätssitzung ihn zunächst aufwühlt hatten.

Kilian stand im Auditorium am geöffneten Fenster und schaute hinauf in die gelb gescheckten Wolken, hinter denen ein dichtes Grau aufzog.

Der Angriff hinter den Mauern der Universität hatte sich für ihn vollkommen überraschend entwickelt. Was mit einer peniblen Betrachtung von Einschreibungszahlen begann, war in eine offene Diskussion über die Schließung des Accouchierhauses ausgeufert. Noch jetzt, Stunden später, fühlte Kilian eine gewisse Unruhe. Es hatte ihn Mühe gekostet, gelassen aufzutreten, um nicht vor den anderen Professoren in eine klägliche Defensive zu geraten.

Schon Tage zuvor musste er um eine optimistische Haltung ringen, als ihn endlich die ausweichende Antwort des Landgrafen erreichte. Dass er das Schreiben heute vorlegen konnte, ließ die Sitzungsteilnehmer immerhin von weiteren Attacken Abstand nehmen.

Der Landesherr hatte ihn wissen lassen, dass er zunächst mit Berichten und Protokollen aus dem Gebärhaus versorgt werden wollte, bevor er den Erlass von Unzuchtstrafen und weitere Zuschüsse in Erwägung ziehen konnte. Kilian befand, es ließ hoffen, dass er sich ein Bild machen wollte.

»Allein, wovon?«, hatten die Herren der Anatomie sarkastisch angemerkt. Ausgerechnet. Kilian hatte das ohne Anstrengung parieren können. Die Menschen vergaßen so schnell, auch Gelehrte. Traurig, dass er einen Lehrer der medizinischen Fakultät daran erinnern musste, dass nicht zuletzt die Anatomie sich die landesherrliche Unterstützung mühsam hatte erkämpfen müssen. Rangen sie nicht immer noch um ihr öffentliches Ansehen? Gab es nicht noch heute Unfrieden und Mängel, was die Leichenbeschaffung anging?

»Nur viele Leichen bedeuten Ruhm.« Dauerklage der Anatomen. Er würde sie sofort unterschreiben. Nun? Florierte die Anatomie? Gab es genug Leichen für die Lehre?

Man hatte es vorgezogen, darauf nicht zu antworten.

Die Konkurrenz unter Ordinarien und Professoren: Er kannte das alles aus Kassel, er hörte es aus Jena und Göttingen, Jahrzehnte nun schon begleiteten ihn kleinliche Auseinandersetzungen und Anfeindungen, wobei es immer nur darum gehen sollte, den Ruf der Universitäten zu mehren. Herrgott, man mochte kaum glauben, dass dergleichen im Namen großer Ideen geschah.

Kilian betrachtete seine Hände, bevor er sie in weitem Abstand voneinander auf das Fensterbrett stützte, die schwüle Abendluft in seine Lungen sog, seinen Brustkorb sich ausdehnen ließ und beschloss, dass er zu alt und zu erfahren war, um die Niedertracht einiger seiner Kollegen persönlich zu nehmen.

Es war ihm nicht entgangen, dass man ausnahmslos von einem nur kurzfristigen Aufschub der Sache ausging. Sie kannten ihn schlecht und dachten wohl, dass er bereits am Ende seiner Möglichkeiten angekommen war. Die Herren ahnten nicht, dass er bereits beim Verlassen der Universität einen Entschluss gefasst hatte, der ihm plötzlich wie das natürliche Ergebnis einer Reihe von Ereignissen vorkam: Homberg, der ihn zu einer Unterredung gebeten hatte, um mehr über den Nutzen des Accouchierhauses zu erfahren; der interessiert schien, ihn zu unterstützen. Dem einleuchtete, dass nur ein Institut mit Mitteln zur Lehre Studenten anzog. Der wusste, dass den Marburger Bürgern sehr an dem Geld gelegen war, das die Studenten in der Stadt auszugeben hatten. Der ihn schließlich in sein Haus eingeladen hatte, samt Gattin, und scherzte, als er hörte, dass es eine solche nicht gab in Kilians Leben.

»Nun frage ich mich langsam, ob es unter Geburtshelfern üblich ist, nicht verheiratet zu sein, und was das für Gründe haben mag?«, hatte Homberg gesagt.

Und so war die Rede auf die Hebamme gekommen.

Der Kollege Heuser letztlich, der ihm den Bericht über die Pariser Gebäranstalt und ihre leitende Hebamme in die Hand drückte. Die Loisin. Kein Zufall. Es war die Aufforderung, auch unbequemen Gedanken zu folgen. Und heute hatte er erfahren, dass die Zeit drängte.

Diese Gottschalkin also verfügte über ein Ansehen in Marburg, das er für sein Institut nutzen wollte.

*

Der Vollmond hatte einige Schwangere Marburgs in die Wehen gebracht, und Elgin war tagelang kaum in ihrem Haus gewesen. Ihre alte Magd wusste die Zeit zu nutzen: Sie hängte die Fenster aus, schrubbte sie in einem Waschfass mit Brunnenwasser und ließ sie auf den Steinen im Hof trocknen. In den Zimmern polierte sie die Möbel mit warmen wollenen Lappen und gelbem Wachs, bürstete die Schlösser mit Ziegelmehl und scheuerte die Böden mit weißem Sand. Marthe hatte ihre Arbeit in nahezu weiser Voraussicht verrichtet, denn danach setzte Regen ein. Seitdem versanken die Tage in einer dauerhaften Dämmerung, und die Stadt schien hinter der Regenwand in tiefen Schlaf zu fallen.

Wer unterwegs war, der rannte. Die Menschen hasteten aneinander vorbei, ohne dass einer den anderen sah, die Männer mit tief ins Gesicht gezogenen Hüten, die Frauen verhüllt von durchnässten Tüchern. Wie die Lehrtochter der Schneiderin, der es gelungen war, das in Leinwand gewickelte Paket für die Gottschalkin unter ihrem Umschlagtuch beinahe trocken abzuliefern. Marthe hatte das Mädchen am Herdfeuer in der Küche Platz nehmen lassen, ihm heiße Milch zu trinken gegeben und die Kleidungsstücke ausgepackt. Sie hatte sie sorgsam über einen Stuhl gehängt, weil sie damit warten musste, sie im Schrank ihrer Herrin aufzuhängen.

Denn Elgin hatte sich angewöhnt zu schlafen, wenn sie von einer Entbindung nach Hause kam, egal ob es Tag oder Nacht war. War sie wach und niemand ließ sie rufen, dann schrieb sie. Keiner Ordnung folgend legte sie ihre Kapitel an und fügte ein, was sie fortlaufend in zahlreichen Notizen festhielt.

Marthe bemutterte sie, nährte sie mit ihrer einfachen Kost, und zur Nacht brachte sie ihr einen Becher des Melissenweins, den sie einmal im Jahr selbst herstellte und in Sandkisten neben dem Gemüse einkellerte. In Elgins Abwesenheit räumte die alte Magd das Zimmer auf, ohne Bücher und Papiere anzutasten. Dabei bemerkte sie, dass neuerdings ein oben aufliegender Hausschlüssel die beschriebenen Seiten daran hinderte auseinander zu fliegen. Beim Wechseln des Bettzeugs fiel ihr auf, dass es weniger zerwühlt war als manche Male zuvor. Wenn sie die Waschschüssel ihrer Dienstherrin aus dem Fenster auf die Gasse leerte, dann war es Wasser und kein Pflanzensud, wie sie ihn in den vergangenen Monaten zuweilen vorgefunden hatte.

Auch heute schlug der Regen unablässig gegen die Fenster. Nach mehreren Stunden des Schreibens war Elgin von ihrem Tisch aufgestanden und dehnte den steifen Rücken. Ihr Blick verlor sich in den Wasserschlieren an den Scheiben, und prompt stieg in ihr auf, was sie seit Wochen zu verdrängen suchte. Sie hatte ein schlechtes Gewissen. Gleichzeitig spürte sie Ärger gegen sich, ihren stummen Rückzug von Lambert.

Unten in der Küche traf sie auf Marthe, die damit beschäftigt war, kleine Gurken einzulegen. Der scharfe Geruch von Weinessig stach Elgin in die Nase, als sie an Marthe vorbei zum Herdfeuer ging.

»Sie stehen Ihnen gut, die neuen Roben«, sagte Marthe und füllte eine Hand voll Nelken in den Mörser.

»Auf jeden Fall sind sie bequem, da hatte die Frau Rat unbedingt Recht.«

»Wird wohl so sein, wenn Sie gleich alle anderen Kleider rausgeworfen haben.«

»Verschenkt, Marthe, nicht rausgeworfen.«

»Wie auch immer. Vertan und vertanzt.«

Rasch warf Elgin zwei Kräutersäckchen ins Feuer, die sie zuvor aus ihrem Wäscheschrank entfernt hatte, und im gleichen Moment kam es ihr vor, als zelebriere sie ein lächerliches Ritual.

»Der junge Fessler hat nach Ihnen gefragt.«

Elgin wandte sich um, ohne zu antworten. Unter der weißen Haube lag Marthes Gesicht in feinen Fältchen, nur die rot geäderten Wangen waren glatt und fühlten sich vermutlich weich an, wenn man sie berührte. Jetzt bebten sie unter den schnellen Bewegungen, mit denen sie das Wiegemesser über Dill und Fenchel führte.

»Wohl sah er nicht eben aus, das muss ich schon sagen.«

»Das musst du nicht, Marthe, du musst gar nichts von ihm sagen.«

Und ich werde ihm nicht länger ausweichen, dachte sie, während sie ihrer Magd zusah, wie sie die Gurken in einen steinernen Topf füllte, mit Essig begoss und Pfefferkörner darüber streute. Ohnehin musste sie die Apotheke aufsuchen. Sie brauchte einige Mittel und auch Kräuter, jetzt, da der Regen alles, was nicht bereits geerntet war, in den Gärten verfaulen ließ.

*

Obwohl sich zwischen den grauen Wolken einige lichte Flecken zeigten, ließ der Blick in den Himmel keine Hoffnung zu, dass es mit dem Wetter gänzlich vorbei war. Noch immer fielen hier und da dicke Tropfen herab, von den Häuserdächern und Bäumen, von den mit Leinwand überdeckten Marktständen. Nachdem der Regen an diesem Morgen ausgesetzt hatte, bevölkerte sich der Marktplatz zügig. In dem Gedränge war es unmöglich, den Pfützen auszuweichen, und die Leute hatten anderes zu tun, als darauf zu achten. Sie kauften, was es zu kaufen gab, denn jeder wusste, dass die Ernte dieses Jahres verdorben war. Die Preise hatten bereits angezogen, und die lauten Stimmen an den Ständen klangen gereizt.

Zum wiederholten Mal tastete Gesa nach den Münzen, die sie, in ein Tuch eingebunden, unter ihrer Schürze trug. Sie fühlte sich noch immer unbehaglich mit der neuen Aufgabe, die man ihr übertragen hatte. Nicht, dass sie die Verantwortung scheute, nein, Tante Bele hatte sie das Wirtschaften wahrhaftig gelehrt. Was Gesa nicht behagte, war, dass die Textor sie nun hasste. Auch die anderen bekamen ihre Wut zu spüren. Lotte scherte sich nicht darum, sie wusste der Alten zu wechseln, doch Pauli wirkte fahrig, seine Haut war eine einzige entzündete Fläche. Gesa hatte darauf bestanden, ihn mit zum Markt zu nehmen, obwohl es nicht zwingend notwendig war.

Der Junge trottete vor ihnen her und trug in beiden Händen Körbe für die Hühner, was ihn davon abhielt, ständig sein Gesicht zu befingern. Irgendetwas schien Pauli Sorge zu bereiten, doch Gesa fand nicht heraus, was es war. Sie würde ihn damit beschäftigen, im Hof hinter der Küche einen Verschlag für die Hühner zu bauen. Vielleicht konnte ihn das ablenken von dem, was seine Pusteln zum Blühen brachte.

Es war eine Überraschung gewesen, dass der Professor die Einkäufe und das Führen des Haushaltsbuches vorerst in Gesas Hände legte. Vor einigen Tagen nämlich hatte es im Auditorium ein Gespräch mit dem Professor gegeben, in dem er Mitteilungen machte, die für Unruhe im Haus sorgten.

»Offenbar ist unsere gute Frau Textor damit zu sehr belastet, zumal sie unter rheumatischen Schmerzen zu leiden hat. Da die Schülerin Langwasser nicht nur auf mich einen verlässlichen Eindruck macht, wollen wir uns auf diesen Versuch mit ihr einlassen.«

Während die Textor nach Luft schnappte, hatte der Professor nicht etwa ihr, sondern Doktor Heuser zugenickt, und Gesa hatte begonnen zu schwitzen. Vermutlich tat Clemens Heuser, der dieser Unterredung wortlos beiwohnte, das Gleiche, denn er errötete.

»Wenn Blicke die Luft in Brand setzen könnten, dann wärst du nur noch ein Häufchen Asche«, hatte Lotte zu flüstern gewagt und Gesa ins Ohr gepustet. Zu mehr kam sie nicht, denn der Professor hatte begonnen, von anderen Dingen zu sprechen, die Lotte gründlich die Laune verdarben.

»Im Übrigen will ich hoffen, dass Frau Textor sich bald wieder ihren vornehmlichen Aufgaben als Haushebamme zuwenden kann, aber es liegt nahe, dass es dazu einiger Voraussetzungen bedarf«, hatte er erklärt und sein Auf-und-ab-Schreiten vor den Schränken beendet.

»Die schwangeren Frauen müssen den Weg in unser Haus finden. Und ihnen diesen zu weisen – wer sollte besser dazu geeignet sein als eine Frau? Oder zwei?«

Seine Rede war ausschließlich an Gesa und Lotte gerichtet.

»Wir können nur ahnen, wie viele Frauen ohne Hilfe auskommen müssen. Doch dass wir Ihnen einen wichtigen Teil der Ausbildung schuldig bleiben müssen, ist uns eine bittere Gewissheit.«

Der Professor hatte auf die ihm eigene Weise den Kopf schief gelegt und gelächelt.

»Noch zwei Monde und Ihre Prüfung steht an. Nun denn, schwärmen Sie aus gegen die Ängste der Ahnungslosen. Ich setze volles Vertrauen in Ihre Überzeugungskraft.«

Dann hatte er seinen beiden Schülerinnen ihre zukünftigen Aufgaben eingehend erklärt.

»Tölpel!«, zischte Lotte und wich einem Mann aus, der ein Schwein am Strick mit sich zerrte. »Ich nenne das Erpressung! Kilian mag sie für dumm halten, aber ich finde, sie fürchten sich zu Recht, oder etwa nicht? Nicht einmal wir sind aus freiem Willen in diesem Haus, sondern weil sich ein paar gelehrte Herren ausgedacht haben, dass wir eine Prüfung vor ihnen ablegen müssen. Was sollen wir von denen lernen können, wenn die Frauen nichts von ihnen wissen wollen?«

Lotte packte Gesa beim Ärmel, doch diese weigerte sich, stehen zu bleiben, und zog sie mit sich.

»Renn nicht so und hör mir zu!«

»Komm«, sagte Gesa, »lass uns erst mal die Hühner kaufen. Dann können wir Pauli zurückschicken, und wir sehen weiter.«

»Mach es dir nur recht einfach!«

»Das tu ich nicht.«

»So?«

Ungeachtet des Getümmels verschränkte Lotte die Arme und rührte sich nicht mehr vom Fleck.

»Dann tut es eben jemand anders für dich. Feine Arbeitsteilung. Die Langwasser darf Hühner kaufen, und die Seilerin geht schwangere Frauen sammeln. Was ist da wohl einfacher? Es wird dir aber nichts nutzen, du bist nämlich auch noch dran.«

Sie sahen mit ihren gleichen grauen Schürzen und den weißen Hauben nicht eben aus wie gewöhnliche streitende Marktweiber, auch die Gesellschaft von Pauli, den man als den Hausknecht des Gebärhauses kannte, musste den Leuten auffallen. Es gefiel Gesa überhaupt nicht, dass bereits einige ihre Schritte verlangsamten, um zu hören, was sie so heftig zu bereden hatten. Sie griff nach Lottes Hand und hielt sie fest, trotz ihrer Gegenwehr.

»Das weiß ich doch.« Gesa sprach leise. »Jetzt hör auf zu zetern und komm mit. Erst erledigen wir das eine und dann das andere. Wir.«

Gesa hatte eine Bäuerin mit Federvieh entdeckt, sie steuerte darauf zu und rief nach Pauli. Der Handel über drei Hennen und einen Hahn zog sich in die Länge. Die Bäuerin wollte nicht zulassen, dass Pauli die ausgewählten Vögel in die Körbe packte, solange der Preis nicht ausgehandelt war, und so drückte er sich um die Weidenkäfige herum, bis Gesa schließlich der Frau das Geld in die Hand zählte. Pauli stand daneben und ließ ein paar Steine in seiner Faust klickern. Plötzlich, mit einer ruckartigen Bewegung, schnellte sein Arm nach oben, öffnete sich die Faust und ließ die Steine frei.

Die drei Frauen, alle Umstehenden starrten ihnen nach. Nicht, dass sie in den dichten Wolken verschwanden, aber so mancher wäre später bereit gewesen zu behaupten, die ersten Regentropfen wären wieder gefallen, nachdem der rothaarige Bursche seine Steine wieder eingefangen hatte.

In Wahrheit geschah dies erst eine Weile später. Zuvor hatte er die Hühner mit erstaunlicher Sanftmut in den Körben verstaut, und Gesa hatte Zeit gehabt, ihn zu fragen.

»Das war hübsch, dein Kunststück. Wolltest du, dass ich mich verzähle?«

Pauli verzog das Gesicht, und Gesa dachte, dass es ihm wehtun musste.

»War wegen der Kleinen«, sagte er. Mit dem Kopf deutete er in eine Richtung und setzte sich zur anderen hin in Bewegung.

Das Mädchen mochte fünf Jahre alt sein. Es drängte sich zwischen den Menschen hindurch, die kleine Gestalt war nur noch von hinten zu sehen. Ihr Haar hing strähnig herab. Im Laufen wandte sie sich noch einmal um und erhielt einen Stoß, der sie stolpern ließ. Zwei Eier glitten aus ihren Händen und zerplatzten unter ihrem erschrockenen Blick am Boden.

»Ach, von einer kleinen Eierdiebin hat der Bursche uns also abgelenkt«, sagte Lotte.

Das Mädchen war bereits in der Menge verschwunden, und Lotte wandte sich ab.

»Na, wenigstens hat er ein Herz im Leib. Im Gegensatz zu seinem Dienstherrn.«

»Womit du den Professor meinst.«

»Ganz richtig, mein Täubchen. Dass der Doktor eins hat, kann man ja unschwer sehen, spätestens wenn er in deiner Nähe ist. Du siehst es doch, sag schon, auch wenn du dir alle Mühe gibst, mir was vorzumachen. Du bist nicht gut darin, also streng dich nicht an.«

Gesa schwieg und blieb bei den Körben einer Alten stehen, beugte sich herab, begutachtete das Gemüse, suchte Zwiebeln heraus, gelbe Rüben und Fenchel. Sie wusste nicht, ob Lotte Recht hatte. Und wenn, sie würde es nicht einmal abstreiten wollen. Es gab zu viele Fragen, die sie ihr nicht stellen würde, das schon.

Sie bezahlte die Alte und band das Tuch mit den restlichen Münzen unter der Schürze fest. Der Doktor, den sie selbst im Stillen nie anders nannte, zeigte sich zurückhaltender denn je. Und in ihrer Nähe, fand Gesa, wirkte er eher verschlossen. Jetzt, wo keine Schwangeren im Haus waren, war er fast nur noch in seiner Dachstube.

»Nachts höre ich seine Schritte«, sagte sie vor sich hin, »manchmal denke ich, dass er über mir stehen bleibt, weil er weiß, dass ich da bin, direkt unter ihm.«

»So, so. Unter ihm.« Lotte hatte Mühe, Gesa durch eine Lücke zwischen zwei Ständen hindurch zu folgen. Nach wenigen Schritten hatten sie den Markt verlassen.

»Also würde es dir doch gefallen?«, fragte Lotte lauernd. »Unter ihm zu sein oder wenn er über dir wäre.«

Mit einem ärgerlichen Laut setzte Gesa den schweren Korb mit den Einkäufen ab. Sie hatten eine Treppe erreicht, die steil in eine der unteren Gassen führte. Gedämpft kam der Lärm vom Markt herüber, zwischen den Häusern stand die feuchte Luft. Lotte setzte sich auf die oberste Stufe und zupfte Gesa, die unschlüssig neben ihr stand, am Rocksaum, bis sie sich neben ihr niederließ.

»Immer stellst du mir solche Fragen, ich komme mir dumm vor. Ich wünschte, du wolltest damit aufhören«, sagte Gesa. »Woher soll ich das wissen, ob es mir gefallen würde? Ich glaube, er ist ein guter Mensch. Dass ich mich nicht fremd neben ihm fühle, das macht er mit seinem Wesen. Oft ist es, dass ich mehr von ihm erfahren will. Er macht mich neugierig. Glaube ich.«

»Du willst mir doch nicht erzählen, dass dir noch nie einer nahe gekommen ist.«

»So wie du es meinst, ganz sicher nicht.«

»Ein Kuss? Nicht mal ein Kuss von irgendeinem?«

Von irgendeinem. Das allerdings traf es ziemlich gut, was sich abgespielt hatte.

Im Halbdunkel unter der Stiege eines Hofes, wo sie auf Tante Bele wartete, die eine Bäuerin von ihrem achten Kind entband. Es war der schnelle Atem ihres Ältesten an Gesas Hals, seine ungeschickten Finger an ihrem Wams. Sein Mund, der sich auf ihren presste, ohne dass es noch einen wärmenden Blick gegeben hätte, einer von denen, die während des Winters in der Spinnstube zwischen ihnen hin und her gegangen waren. Ihr Kopf, der gegen die Wand gedrückt wurde, dass sie das Knirschen des Kalkputzes hören konnte. Und dann Tante Beles schneidende Stimme.

Wie immer hatte sie nur wenige Worte gemacht. Zu Hause, als Gesa an jenem Abend im Bett lag, hatte sie durch die angelehnte Tür ihrer Kammer Tante Bele gehört, wie sie das Wort »Leidenschaft« aussprach, ja fast ausspuckte. »Gebe Gott, dass sie nicht diese *Leidenschaft* in sich trägt.«

Fortan hatte sie ihre Nichte beobachtet, als befürchte sie das Ausbrechen einer tödlichen Krankheit. Heute wusste Gesa, wie groß Beles Angst gewesen sein musste, dass Maries Erbe deren Tochter die gleichen Fehler machen lassen würde. Sie wartete nicht mehr lange, bis zu Gesas fünfzehntem Geburtstag. Wenige Tage danach trat sie nachts an ihr Bett und sagte zum ersten Mal: »Gesa, wach auf. Wir müssen los.«

»Vielleicht war es klug, dich so früh mit zu den Frauen zu nehmen«, sagte Lotte jetzt. »Und sicher ist es sehr klug von dir, dass du dich von dem Doktor fern hältst. Denn letztlich hat das alles mit Liebe nur wenig zu tun. Wenn du einmal damit anfängst und schließlich verheiratet bist, dann kriegst du ein Kind nach dem anderen. Bei jeder ist das so, und für manche ist es eine Erlösung, im Kindbett zu sterben. Das immerhin weißt du genauso gut wie ich.«

Gesa räusperte sich.

»Aber Liebe«, sagte sie, »die gibt es doch, will ich hoffen?«

»Schon«, erwiderte Lotte. »Das hat sich die Natur für die Menschen gut ausgedacht. Vielleicht aber auch nur für die Frauen.«

Kaum merkbar hatte der Regen wieder eingesetzt. Gesa streckte ihre Hände aus, fing einige Tropfen auf und fuhr sich über das Gesicht.

»Damit sie sich auf all das einlassen?«, fragte sie. »Das wäre eine traurige Angelegenheit.«

»Aber es wäre eine Erklärung.« Lotte stand auf und griff nach ihrem Korb. »Und nun? Was machen wir mit dem Auftrag vom Professor, die Stadt nach ehrlosen Schwangeren abzusuchen und sie zu beschwatzen?«

»Wir folgen seinem Auftrag. Gut möglich, dass wir keine finden. Nicht mal zu zweit.«

»Zu dumm«, ließ Lotte verlauten. »Da halten wir die Nasen in jede Spelunke und – nichts. Ein guter Plan. Wie will er uns das schon nachweisen?«

Sie begann die steinernen Stufen zwischen den Häusern hinabzusteigen, den Korb mit Gemüse wegen der Enge vor sich tragend.

»Für heute mag das gehen«, sagte Gesa nachdenklich, »aber was ist mit den nächsten Tagen? Lange kommen wir damit nicht durch, fürchte ich.«

»Er hat uns in der Hand, das ist es doch, was ich sage! Ich kriege die Not, wenn ich weiterdenke! Er zwingt uns einfach, und wir können nichts dagegen machen!«

Lotte schimpfte unaufhörlich vor sich hin, während sie weiter die krummen Stufen hinabstiegen und der Regen heftiger auf sie niederging.

»Und wenn wir mit Doktor Heuser sprechen?«, dachte Gesa.

Lotte kreischte und war verschwunden. Am Ende der Treppe landete sie auf dem Hintern und heulte. Ihr Korb war auf die Gasse geflogen, die gelben Rüben leuchteten auf dem buckligen Pflaster.

»Verflucht!« Schon war Lotte wieder auf den Füßen. Im nächsten Augenblick hatte sie eine kleine, graue Gestalt am Wickel, die einige Rüben umklammerte.

»Wirst du wohl die Finger davon lassen!«

Es war das Mädchen vom Markt, das unter Lottes schüttelndem Griff zu schluchzen begann.

»So hör doch auf«, rief Gesa. »Was kann denn das Kind für deine Wut?«

Lotte ließ von ihr ab, und sie standen wie erstarrt zu dritt im Regen. Die Kleine machte keinen Versuch davonzulaufen. Sie gab keinen Laut von sich, und es war nicht zu erkennen, ob sie noch weinte. Sie legte die Rüben auf die Gasse, als seien sie zerbrechlich.

»Behalt sie nur«, sagte Lotte leise. »Du wirst sie nötig haben.«

Das Kind tat nichts, es zitterte nur. Lotte sammelte einige Rüben auf, doch das Kind nahm sie nicht. Gesa beugte sich herab und strich ihm das klatschnasse Haar aus dem Gesicht.

»Du bist ja ganz heiß«, sagte sie.

Jetzt sah das Mädchen sie an.

»Die Mutter auch«, sagte es.

Sie fanden die Frau in einem zerfallenen Verschlag hinter einer der Hütten am äußeren Rand der Stadtmauer. Nicht einmal zu den Ärmsten, die darin wohnten, gehörte sie. Das Kind hatte ihnen nicht sagen können, wo sie herkamen, nur dass sie tagelang zu zweit unterwegs gewesen waren, hungernd zumeist, und offenbar gab es niemanden sonst im Leben der beiden.

Selbst in der lichtlosen Ecke, wo die Frau reglos auf dem Lehmboden lag, war ihr unzweifelhaft gerundeter Leib zu erkennen. Sie glühte, ihr Atem pfiff, nachdem sie sie aufgerichtet hatten. Gesa betupfte die aufgesprungenen Lippen der Frau mit ihrer regenfeuchten Schürze, und Lotte murmelte: »Das gefällt mir nicht.«

»Lotte.«

»Ja. Ich weiß schon.«

Gemeinsam brachten sie die Frau auf die Beine, sie knickte noch einmal weg, stöhnte, als Gesa sich ihren Arm um die Schultern zog und sie an sich drückte. Sie konnte den erhitzten Körper an ihrer Seite spüren und die Schwäche, trotz derer die Frau begann, einen Fuß vor den anderen zu setzen.

Lotte schob die Kleine, die allem stumm und mit weit aufgerissenen Augen gefolgt war, vor sich her aus dem fauligen Bretterverhau.

»Hat euch der liebe Gott geschickt?«

»Das würde ich auf keinen Fall behaupten«, sagte Lotte. »Und wenn er dafür zuständig ist, dann frage ich mich, was er sich dabei gedacht hat.«

※

Frieder lag im Roggen und hielt sich die Ohren zu. Die Ähren waren vom Regen zu Boden gedrückt, der nasse Geruch stieg ihm wie nichts Gutes in die Nase. So viele Tage hatte es geschüttet. Sonnenlose, düstere Tage, welche von denen, die seinen Bruder wild machten.

Jetzt regnete es nicht mehr, jetzt war es dunkel, weil sie kein Feuer machen konnten, wie auch, wenn alles nass war, von den Bäumen tropfte es, unter den Füßen nichts als Matsch. Konrad war böse wie Luzifer, den man aus dem Himmel geworfen hatte. Konrad hatte sich eine Frau gefangen und sich auf sie geworfen, und Frieder lag auf der verdorbenen Ernte wie der Gekreuzigte, so starr, fast wie tot, dass es krabbelte auf ihm, das Getier, das kleine, kitzlige, tausendbeinige aus der Erde in die Ärmel kriechende. Schlagen danach konnte er nicht, wegen der Hände, die auf den Ohren bleiben mussten. Dass er nicht die Frau hörte, die Konrad auf den Boden nagelte.

Langsam, langsam zog Frieder sein Bein an, stemmte den nackten Fuß in die kalten, nassen Halme, drehte sich auf den Rücken, ohne die Finger aus den Ohren zu nehmen. Die Augen wollte er unbedingt aufmachen, damit er sich was Schöneres vorstellen konnte, wenn er hinaufblickte, wo die Wolken in der Nacht ganz schnell unterwegs waren, so schnell, dass die Mondsichel sichtbar wurde wie ein Lächeln. Er wollte vergessen, dass er ein Angstmacher war.

Wenn Konrad sich eine Frau fing, dann versuchten sie wegzulaufen, das gehörte zum Spiel, sagte Konrad. Immer tat er so, als würde er sie davonkommen lassen, dabei trieb er sie nur einem Riesen vor die Füße.

Nie, niemals hatte Frieder eine angefasst. Er musste nur dastehen. Sie wichen vor ihm zurück, manchmal stolperten sie und fielen. Ihre Angst, die sprang Frieder aus den weißen Winkeln ihrer Augen an. Sie kroch in ihn hinein, wie die Insekten unter sein Hemd, er konnte nichts dagegen machen.

Er blinzelte, bis die Nacht Sterne für ihn hatte. Sie blitzten wie das Gold auf dem Kleid seiner stillen Elisabeth. Sein Herz tat weh, wenn er an sie dachte. Frieder begann zu summen. Er summte, bis sein ganzer Körper voll war mit Liebe und die Angst der fremden Frau keinen Platz mehr darin hatte.

*

Anna Textor hatte keinen Schimmer, ob es Tag oder Nacht war, als sie aus einem dumpfen Schlaf erwachte. Auch hätte sie nicht zu sagen gewusst, wie lange sie ohne Wut gewesen war. Wut war ein Zustand, in dem sie sich seit diesem verregneten Sommer dauerhaft befand, und nichts konnte mehr daran etwas ändern außer Schlaf. Anna Textor hatte überhaupt nichts dagegen, wütend zu sein, jeder Tag war voll mit Gründen dafür.

Einer davon war deutlich zu hören, jetzt, wo sie gegen ihren Willen immer wacher wurde. Die helle, plappernde Stimme im Nebenzimmer, die sogar nachts zuweilen unverfroren sang, die auch nicht aussetzte, wenn die Schritte *Taptaptap* über den Boden liefen, *Taptaptap,* wie die eines Hundes, der nicht wusste, wo sein Platz war. Und wenn die Stimme *Mutter* rief, dann wurde sie noch höher, vor allem wenn es wie eine Frage klang: *Mutter?!* Das hatte aufgehört. Jetzt waren es nur noch Ausrufe. Anna Textor war so wütend, dass sie weder Angst noch Freude in der Stimme feststellen konnte. Sie hielt sich daran, dass man ihr eingebläut hatte, keine Gören ins Haus zu lassen. Ebenso wenig wie kranke Weiber oder welche, die so verdreckt waren, dass sie die Luft mit unaussprechlichen, todbringenden Sachen füllten.

Sie war völlig im Recht gewesen, ihnen das Haus zu verbieten. Tauchten hier auf mit dem röchelnden Weib und ihrem Balg, sahen aus, als wären sie allesamt aus einem Tümpel gekrochen. Mehr tot als lebendig war die Person am Arm der

Langwasser gehangen. Und die hatte schon wieder diesen Blick gehabt.

Es hatte Geschrei gegeben, nach dem Blödkopf wurde geplärrt, den Professor sollte er holen, die Langwasser hatte die Röcke geschürzt und war die Treppen raufgerannt. Sie hätte schwören können, dass die Röcke in der Dachstube noch ein bisschen höher gerutscht waren. Was hieß es schon, dass sie schnell wieder mit dem Doktor unten gewesen war? Dann hatte er seinen Lohn eben später gekriegt von der kleinen Hure. Für Anna Textor gab es keinen Zweifel: Die Langwasser hatte mit ihrem Körperchen dafür gesorgt, dass sie selbst in ihren Aufgaben beschnitten und ans Haus gefesselt worden war. Wer wusste schon, was die plante? Es schien jedenfalls, als fügte sich alles bestens für das hinterlistige Stück. Nun hatte sie auch noch dieses Weib aufgetrieben, das der Doktor höchstpersönlich ins Wöchnerinnenzimmer schleppte.

Sie, die Textor, hatte beschlossen zu warten. Wenn jemand zu schätzen wusste, dass sie die Regeln einhielt, dann doch wohl der Professor, der sie aufgestellt hatte. Der sie genötigt hatte, seine Handschrift zu entziffern, Wort für Wort, damit sie ihm repetieren konnte, wie er es nannte. Doch der Professor schien die Dinge in diesen Tagen deutlich anders zu sehen. Allein, wie er ihr mit seinem feinen Gehstock bedeutet hatte, aus dem Weg zu gehen, um ihre Empörung davonzuwedeln wie einen lästigen Mückenschwarm! Es hatte ihr die Kehle so trocken gemacht, dass sie husten musste.

»Na, na, es wird schon nicht ansteckend sein«, hatte der Professor gesagt, »oder sind Sie anderer Meinung, Herr Kollege?«

Der Doktor hatte etwas aus dem Zimmer heraus geantwortet, was sie nicht verstehen konnte, den Professor jedoch stellte es offenbar zufrieden.

»Allerdings, Frau Textor«, hatte er dann gesagt, »eine Essigräucherung ist und bleibt Pflicht.« Und als sie sich nicht von der Stelle rührte: »Nun denn, worauf warten Sie?«

Wenigstens ihren eisigen Blick auf das Gör hatte er nicht übersehen können.

»Mit dem Kind können wir eine Ausnahme machen, denke ich, da es niemanden gibt, den es stören könnte. Ganz im Gegenteil, es wird zur Gesundung der Mutter beitragen. Und im Übrigen bedarf es wohl gleichfalls ärztlicher Versorgung.«

So billig war die Sache für ihn erledigt gewesen, und die Langwasser in ihrer Scheinheiligkeit hatte ganz erleichtert getan. Bei der Untersuchung der Person wollte der Professor dann auch die Schülerin dabeihaben, und sie, die Haushebamme, die doch bislang immer dabei anwesend zu sein hatte, schickte er fort.

»Trinken Sie nicht davon, Frau Textor. Es wirkt nicht«, hatte die andere gesagt, als sie den Essig in die Räucherpfanne goss und dabei würgen musste. Das war ein Moment gewesen, wo sie nicht wusste, was schlimmer in ihr tobte – die Wut oder der Schmerz. Und nur der hatte sie davon abgehalten, der Seiler das Räuchergefäß ins Kreuz zu schlagen. Der lange Pfannenstiel hätte gereicht, sie zu erwischen, das Miststück befand sich direkt hinter ihr am Herdfeuer und wandte ihr den Rücken zu. Sie hätte sich nur drehen müssen, aber nicht einmal das ließ ihr gepeinigter Körper zu.

In ihrem Bett zog Anna Textor die Schultern hoch und verharrte in der muffigen Körperwärme, die sich unter der Decke staute. Ohne den Kopf zu heben, und dazu hatte sie nicht die geringste Lust, konnte sie kaum bis zum Fußteil des Bettes sehen, hinter dem in einer Truhe ihre Habseligkeiten ruhten. Das Einzige, was der alten Hebamme im tristen Licht einer fragwürdigen Tageszeit in den Sinn kam, war die Gier nach der Flasche, die unter alten Röcken, einem Paar Schuhe und einem verstaubten Bündel Flachs verstaut gewesen war. Schon vor Tagen hatte sie den letzten Tropfen aus dem Flaschenhals geleckt. Keine Feuerbälle hatten sie seitdem erlöst. Die Suche nach einem vergessenen Vorrat im Haus hatte zu nichts geführt. Nur, dass ihre Knochen noch erbarmungsloser nach Medizin verlangten.

Auch ihr dicker Schädel, in dem die hässlichen Gedanken herumklickerten wie die Steine vom Blödkopf, verlangte danach. Es kostete sie einige Anstrengung, sich aller Verstecke zu erinnern, die sie über das Jahr hinweg immer wieder gewechselt hatte. Den Schlüssel zum Medikamentenschrank hatte man ihr auch abgenommen. Und während ihr träger Geist die Räume des Gebärhauses durchstreifte, fiel Anna Textor ein, dass es noch eine Hoffnung geben konnte. Ausgerechnet die Küche hatte sie noch nicht in Ruhe absuchen können, weil dort neuerdings so wichtigtuerisch gewirtschaftet wurde.

Die Stimme im Nebenzimmer war verstummt, und plötzlich schien es der Hebamme Textor lohnenswert, die ungefähre Stunde des Tages oder einer sich vielversprechend nähernden Nacht auszumachen. Sie schob die Decke von sich und setzte sich mit einer Leichtigkeit auf, die sie selbst überraschte. Im Zimmer war es inzwischen fast dunkel, so konnte sie sofort den schwachen Lichtstreifen sehen, der sich in ihre Kammer schob. Sie öffnete die Tür einen Spalt breit, und das genügte, um Stimmen zu hören, die von unten kamen. Ein Lachen mischte sich darunter, möglicherweise eines, das gegen sie gerichtet war. Es machte sie nicht wütend, sondern seltsam ruhig. Es verschaffte ihr Sicherheit, dass sie auf der richtigen Spur war. Auch ihr Körper hatte sein inneres Toben eingestellt und verhielt sich still. Als hätte er ein Versprechen zur Kenntnis genommen, dem er vertraute, zumindest für heute.

*

Im oberen Teil der Apotheke, der sich mit einer Galerie voller Regale hinter dem gedrechselten Geländer zum Verkaufsraum hin öffnete, saß Lambert am Arbeitstisch seines Vaters. Über ein

Herbarium gebeugt, beschriftete er die Seite mit dem getrockneten Blütenstängel eines *Solanum dulcamara*.

Inzwischen wusste er es zu schätzen, dass seine Mutter dem Provisor die Benutzung der Studierstube ihres verstorbenen Mannes verwehrt hatte. Je öfter Lambert sich jetzt hier aufhielt – zwischen der Mineraliensammlung, den sorgsam geordneten Niederschriften von Salben- und Ölrezepten, Notizen über Pulver und Kräutermixturen, inmitten der Bibliothek und den Kupferstichen –, umso mehr meinte er die Anwesenheit des alten Fessler zu spüren, manchmal sogar dessen Liebe zur Pharmacie, die einzige Liebe letztlich, die im Leben seines Vaters übrig geblieben war. Ohne Verständnis dafür aufbringen zu können, tröstete es Lambert, sich in einer Umgebung aufzuhalten, die sichtbare Zeichen einer Leidenschaft enthielt. Es tröstete ihn, obwohl er seinem Vater als Sohn nicht sehr nahe gewesen war.

Das enge Zimmer, in das Tageslicht kaum Einlass fand, weckte Lamberts Erinnerungen an eine Zeit, in der das anders gewesen sein musste. Es waren Bilder, die einen Geruch nach Sommern hatten, wo Sonne den Apothekergarten beschien. Bilder von hoch gewachsenen Pflanzenreihen, die er als Kind durchlief wie Labyrinthe.

Sogar die jüngere Stimme seines Vaters erinnerte er und die Geduld, mit der er ihn bei den Ausflügen in die Gärten befragte. Wie das Gesicht ausgesehen hatte, wenn der gespitzte Mund *Humulus lupulus*, die lateinischen Worte für Hopfen, aussprach. Während dieser Sommermonate, daran erinnerte sich Lambert plötzlich wieder, waren *Rosa canina* und *Cucurbita pepo* für ihn Fabelwesen, die sich in der irdischen Gestalt von Hagebutte und Kürbis versteckt hielten. Die Freude des Vaters an der Fantasie eines Kindes war wohl mit einer seiner Töchter gestorben, es mochte auch sein, dass er sie für einen Jungen unpassend gefunden hatte. Von seinem Sohn wünschte er sich ernsthaftes Interesse, ein Geschenk, das Lambert ihm schuldig geblieben war, und das hatte sie auf Dauer voneinander entfernt.

Deshalb hatte Bertram Fessler sich wohl mit Elgin Gottschalk so begeistert ausgetauscht. Eine Weile hatte er für den Geschmack seiner Gattin deutlich zu begeistert von ihr gesprochen, und bald hatte Caroline es sich verbeten, noch länger bei Tisch den Namen *dieser angeblich so gelehrten Person* hören zu müssen. Fessler sprach also nicht mehr über sie. Aber mit ihr immer.

Wenn sie die Apotheke aufsuchte, ließ er sie nicht mehr so bald gehen, und sofern es ihre Zeit zuließ, folgte die Hebamme dem alten Mann in sein Studierzimmer, wo er sie Einblick in seine Aufzeichnungen nehmen ließ. Sie begannen, einander Bücher auszuleihen. Medizinische und botanische Werke gingen zwischen ihnen hin und her, und Lambert wurde schließlich als Bote eingesetzt, da es seinem Vater selten möglich war, die Apotheke zu verlassen. Wenn Lambert im Hause der Hebamme etwas abgab, bekam er sie nicht zu Gesicht. Immer war es ihre Magd, die ihm die Tür öffnete und entgegennahm, was Bertram Fessler überbringen ließ.

Bis auf jenen Herbsttag. Er hatte sich schon zum Gehen gewandt, als ihn ihre Stimme von oben, aus dem geöffneten Fenster zurückrief. Und als sie in der Haustür auftauchte, ihn atemlos bat, seinem Vater das Buch mitzunehmen, das sie ihm versprochen hatte, da sah Lambert zunächst nur ihr Haar. Es war so lang und dicht, dass man meinen konnte, sie trüge einen Umhang. Die Oktobersonne gab den gelösten Flechten einen Schimmer von sehr dunklem Honig. Augenblicklich hatte er eine unbändige Lust verspürt hineinzufassen, und als Nächstes überraschte er sich bei der stummen Frage, wie es wohl sein mochte, wenn sie einen Mann damit zudeckte. Tat sie es? Deckte sie einen Mann damit zu? Hatte sie einen? War die Hebamme Gottschalk verheiratet?

Das Gesicht der alten Magd, die neben ihr stand, sah aus, als hätte sie jeden einzelnen seiner Gedanken verstanden. Fast schien es, als wollte sie ihre Dienstherrin zurück ins Haus drängen, damit nicht noch mehr Leute sie in diesem unziemlichen Aufzug sehen konnten.

»Grüßen Sie mir meinen Freund«, hatte Elgin gesagt, und ihm kam zum ersten Mal zu Bewusstsein, wie tief die Stimme dieser Frau war. Sie war, so dachte er, sehr körperlich. Doch im Grunde hatte sein Denken da schon längst ausgesetzt. Mit einem Schlag war alles an ihr einzigartig, was er zuvor nie an ihr wahrgenommen hatte, wenn sie sich in der Apotheke aufhielt.

Er hatte es eilig gehabt, seinem Vater das Buch zu geben und die Grüße in aller Ausführlichkeit auszurichten. So konnte er von ihr sprechen. Es erregte ihn, sie sich auf diese Weise ein wenig anzueignen. Von seinem arglosen Vater erfuhr er, dass sie nicht verheiratet war.

Schon in der Nacht schrieb er sein erstes Gedicht für sie. Er wollte seine Empfindungen festhalten, laut aussprechen, immer wieder. Wie alle Liebenden wollte er das Wunder in Worte fassen und es damit unsterblich machen. Wie alle Liebenden hatte er geglaubt, ihr Herz mit seinem leiten zu können. Auch jetzt noch wollte er daran glauben. Er hatte entschieden, sie nicht zu bedrängen. So schwer es ihm fiel, er würde ihr Zeit geben, ihn zu vermissen und vielleicht ein wenig von dem Schmerz zu kosten, den er so viel besser kannte als sie.

Lambert tauchte die Feder ins Tintenfass. Bittersüßer Nachtschatten, schrieb er. Er schob das Herbarium von sich.

Seitdem der Schlüssel nicht mehr auf dem Fenstersims zu finden war und er sich viele Male vergeblich die Hände an den Dornen zerrissen hatte, war nichts mehr bittersüß in den Nächten. Er schlief schlecht, schrieb und zerriss zahllose Gedichte, zu Papier gebrachte Klagelaute, für die er sich schämte. In dem lang anhaltenden Regen war ihm sein Zimmer vorgekommen wie eine Gefängniszelle, und bei seinen nächtlichen Wanderungen durch das Haus war er irgendwann im Studierzimmer seines Vaters gelandet. Seitdem lernte er – er versuchte es zumindest. Das Lob und die Freude seiner Mutter taten ihm gut. Er dankte es ihr und hielt den Provisor in Schach. Er begleitete ihn bei dem Gang in die Materialkammer, um Arzneistoffe und Präparate aus den Vorräten zu ergänzen, schaute ihm beim Rezeptieren über die Schulter, er legte im Laboratorium die Schürze an und übernahm unter Stockmanns penibler Anleitung das Zerkleinern von Wurzeln und das mühsame Stoßen von Lerchenschwamm. Lambert zeigte sich in allem lernbegierig. Die Idee, Elgin schon bald mit seinen Fortschritten beeindrucken zu können, löste zuweilen zaghafte Euphorie in ihm aus. Schon in den nächsten Tagen wollte er sich beim Collegium medicum zur Prüfung anmelden.

Heute Morgen hatte ihn die Unruhe so früh aus dem Bett getrieben, dass er die Kräuterweiber einlassen konnte, die unten vor der Tür gewartet hatten. Viel war es nicht, was sie nach dem großen Regen an die Apotheken verkaufen konnten, doch ein paar Bündel Kamillen oder Schafgarbe brachten sie immer zusammen.

Nun dachte Lambert, dass es Zeit fürs Frühstück sei, und noch bevor er das Zimmer verließ, hörte er die polternden Schritte des Lehrjungen auf der Treppe.

»Rumschicken tut man mich, dass mir die Hacken abfallen von der Stiegensteigerei«, hörte er ihn auf dem Weg zum Kräuterboden fluchen. »Ich weiß ja nicht, wer von denen die schlechtere Laune hat. Fest steht, dass ich es ausbaden muss.«

*

Elgin hätte dem Mann am liebsten in sein verkniffenes Gesicht geschlagen. Zumindest hätte es dann etwas Farbe erhalten.

»Es ist mir rätselhaft«, sagte sie, »warum Sie mir heute bei nahezu jedem Mittel Schwierigkeiten machen wollen.«

»Sie sind gereizt, gute Frau.« Der Mann vermied jedes Mienenspiel. »Und offenbar ungeduldig, wie ich feststellen muss. Aus dem Handverkauf haben Sie die gewünschten Kräuter erhalten, und wenn es Ihnen nun einfallen will, dass Ihnen das Zusammenstellen von Rezepturen zu lange dauert, dann möchte ich Sie bitten, nicht mir einen üblen Willen zu unterstellen. Und was diese bestimmten anderen Mittel betrifft, so gibt es da bedeutende neue Verordnungen ...«

Vor dem Verkaufstisch trat Elgin einen Schritt auf die Seite, um der unerfreulichen Gestalt des Provisors Stockmann nicht länger gegenüberstehen zu müssen. Durch die dunklen Regalreihen hindurch konnte sie Caroline Fessler entdecken, die an einem kleinen Tisch offenbar damit beschäftigt war, Arzneischachteln auszukleiden. Es wunderte Elgin, dass sie noch nicht längst vorn bei ihnen in der Offizin war. Dafür, dass diese Frau sonst so neugierig war, blieb sie erstaunlich teilnahmslos. Sie schaute nicht einmal auf.

»Was für Verordnungen?«, fragte Elgin.

»Das Collegium medicum hat bestimmt, dass künftig Brechmittel und Drogen, die Krämpfe erzeugen, nur noch auf Verordnung eines Arztes abgegeben werden dürfen.« Stockmanns Stimme blieb aufreizend monoton. »Das betrifft Mittel wie ...«

»*Secale cornutum,* das Mutterkorn, nehme ich an ...«

»... sowie die von Ihnen gewünschten Pulver, in denen *Semen nucis vomicae,* also ...«

»Die Samen der Brechnuss, ja.«

»Eine ungewöhnliche Auswahl an Mitteln, so will es mir scheinen ...«

»Hören Sie«, sagte Elgin, »Sie wissen, dass ich Hebamme bin und ...«

»Nun eben, das meinte ich. Und da Sie die Verordnungen nicht kennen, zumal Sie doch aufgerufen sind, sich vom Collegium medicum in jedem Quartal die Ordnung vorlesen zu lassen, möchte ich hinzufügen, dass Sie zukünftig auch Giftmittel nur noch mit einer Bescheinigung des Stadtphysicus erhalten.«

»Welche der Drogen auf meiner Liste sollte das nun betreffen?«

»*Herba sabinae,* die Sadebaumspitzen, dürfen im Handverkauf nicht mehr abgegeben werden. Gerade, weil Sie Hebamme sind, dürfte Ihnen bekannt sein, in welchem Ruf die *Juniperus sabina* steht. Wie ich schon sagte, die Mittel auf dieser Liste einer Wehemutter, tja, darüber kann ein erfahrener Pharmazeut schon stolpern. Ob dem guten Bertram Fessler das nie ins Auge gefallen ist? Aber Sie sollen sich ja recht gut mit ihm gestanden haben.«

Stockmann wich zurück, als er sah, wie blass die Frau vor ihm geworden war.

»Was auch immer Sie erreichen wollten mit Ihrer Belehrung, Herr Provisor, ich will Ihnen sagen, wozu es geführt hat: Diese Apotheke wird mich nie wieder sehen.« Elgins Stimme zitterte vor Wut, und von hinten eilte Caroline Fessler heran. »Und dabei tut es mir unendlich Leid festzustellen, dass die Arbeit eines so klugen und aufrichtigen Mannes wie Bertram Fessler von einem dummen Menschen niedergemacht wird. Ich bete zu Gott, dass er es nicht von irgendwoher mit ansehen muss. Es würde ihm das Herz brechen.«

»Bitte gehen Sie nicht!«

Alle starrten nach oben zur Galerie, wo Lambert am Geländer stand.

»Die neue Verordnung des Collegium medicum, die nun tatsächlich noch sehr neu ist, enthält einen Passus, der Ihnen entgangen sein muss, verehrter Herr Stockmann. Er besagt, dass die von Ihnen genannten Mittel vom Apotheker sehr wohl an Personen abgegeben werden dürfen, die ihm gut bekannt sind. Möglicherweise ist Ihnen dies nur deshalb nicht in den Sinn gekommen, weil Sie nicht die geringste Kenntnis davon haben, wie sehr die Familie Fessler der Hebamme Gottschalk verbunden ist.«

Noch immer standen sie regungslos da, die Köpfe in den Nacken gelegt, auch die junge Frau, deren Eintreten niemand bemerkt hatte, und Caroline Fessler sagte stolz: »Mein Sohn hat vollkommen Recht.«

Während sich Lambert vom Geländer zurückzog und Elgin sich fragte, wie lange er dort schon gestanden haben mochte, fuhr Caroline Fessler fort: »Zudem genießt die Gottschalkin in der Stadt einen hervorragenden Ruf, man holt sie in die besten Häuser. Aber wie sollen Sie das wissen, Herr Stockmann, nicht wahr, da Sie ja nun mal unverheiratet und daher kinderlos sind.« Sie kostete jeden Satz aus, und das Zucken im madenweißen Gesicht des Provisors befriedigte sie zutiefst.

Erst als Caroline sich der Hebamme zuwandte, fiel ihr die junge Frau auf, die sich schüchtern neben der Eingangstür hielt und den Blick nicht von der Gottschalkin ließ.

»Entschuldigen Sie, Gottschalkin, mein Sohn ist ja nun glücklicherweise im rechten Moment dazugekommen. Er wird darauf achten, dass Sie alle Mittel erhalten, so wie es immer in dieser Apotheke der Fall war. Gott sei Dank macht er bald seine Prüfung, und alles ist wieder beim Alten.« Ohne auf eine Antwort zu warten, richtete sie sich an die junge Frau.

»Und wie kann ich Ihnen helfen, mein Kind? Sofern Sie nur etwas aus dem Handverkauf brauchen, kann ich es schnell vom Lehrjungen holen lassen. Sonst müssen Sie warten.«

»Man schickt mich vom Gebärhaus«, sagte Gesa. »Herr Professor Kilian hat mir eine Liste mitgegeben.«

»Sie sind vom Gebärhaus?«

»Ja, ich bin Schülerin dort.«

Wieder heftete sich ihr Blick auf die Gottschalkin, die sich in diesem Moment zu ihr umwandte.

»Ach, das ist wahrhaftig interessant«, sagte Caroline Fessler. »Gefällt es Ihnen dort?« Und als Gesa schwieg, senkte sie die Stimme etwas: »Ich versteh schon, mein Kind, es müssen sich grauenvolle Dinge abspielen in diesem Haus. Vermutlich sind Sie nicht zu beneiden. Wenn Sie mir Ihre Liste geben wollen, dann können Sie mit mir nach hinten kommen und sich ein wenig setzen. Eine Tasse Haysan-Tee, wie wir ihn in unserer Familie zum Frühstück zu trinken pflegen, wird Ihnen gut tun. Und wenn Sie wollen, erleichtern Sie Ihr beschwertes Gemüt ein wenig – kommen Sie nur.«

Je mehr die Frau auf sie einsprach, desto unbehaglicher fühlte sich Gesa. Die unverhohlene Neugier verwirrte sie, und der Ausdruck in den klaren Zügen der anderen Frau bestärkte sie in dem Gefühl, dass hier etwas nicht stimmte.

»Hat der Professor Sie denn ausdrücklich zu dieser Apotheke geschickt?«, fragte die andere Frau mit ihrer schönen, tiefen Stimme. »Es gibt da nämlich noch ...«

Caroline Fesslers Kopf flog herum.

»Gottschalkin, ich muss Sie bitten, sich da ...«

»Diese Apotheke hat noch nie ein einziges Institut beliefert«, bemerkte der Provisor steif und fuhr mit seinen Eintragungen in das Kontobuch fort.

»Das wird sich schon bald ändern«, schnappte Caroline, »aber das werden Sie nicht mehr miterleben, denn zuvor ...«

»Die Universitätsapotheke«, sagte Elgin, »sie ist in der Barfüßerstraße.«

»Oh«, erwiderte Gesa und setzte sich Richtung Tür in Bewegung, »es tut mir Leid, das wusste ich nicht. Ach wie dumm von mir.«

»Aber nein, mein Kind. Im Grunde macht das gar keinen Unterschied, glauben Sie mir«, sagte Caroline Fessler und folgte Gesa, fast sah es aus, als wolle sie die Tür zuhalten. »Die Universitätsapotheke und diese, sie sind schon jetzt so gut wie eins, ja wirklich, sehr bald werden wir familiär verbunden sein.«

»Mutter, bitte!« Die Stimme klang außerordentlich gequält. »Würdest du nun die junge Frau ihre Geschäfte ...«

»Ach je, nun ist es ihm wieder peinlich, meinem lieben Sohn, dass ich davon zu Fremden spreche. Dabei heiratet er doch schon in wenigen Wochen! Sagen Sie das ruhig Ihrem Herrn Professor, wie war noch gleich sein Name, Kilian? Ich werde die Familie Herbst fragen, ob er auf der Gästeliste steht. Bestimmt steht er drauf, da bin ich mir eigentlich sicher. Die halbe Stadt ist eingeladen, jedenfalls alles, was Rang und Namen hat.«

»Kommen Sie«, die tiefe Stimme war direkt hinter Gesa, und eine Hand legte sich auf ihren Arm, »ich zeige Ihnen, wo die Universitätsapotheke ist. Sonst wundert man sich noch, wo Sie so lange bleiben, nicht?«

Für einen Moment blieb Caroline Fessler stumm, als sich die Tür hinter den Frauen schloss.

»Was fällt ihr ein, sich da einzumischen?«, fragte sie und sah ihnen nach, solange der Blick aus den Fenstern der Apotheke das zuließ. »Wahrscheinlich ist sie beleidigt, weil sie keine Einladung zur Hochzeit bekommen hat. Was meinst du ...«, sie wandte sich ihrem Sohn zu, der aussah, als hätte ihn ein plötzliches Fieber ergriffen, »... ob wir das nachholen sollten?«

»Ich danke Ihnen«, sagte Gesa, während sie den Marktplatz überquerten. »Sie haben mir sehr geholfen.«

Lächelnd betrachtete Elgin das junge Gesicht neben sich, in dem eine steile Falte zwischen den Augenbrauen eine noch andauernde Bestürzung anzeigte.

»Sie scheinen im Umgang mit dieser Sorte Frau nicht viel Erfahrung zu haben.«

Gesa erwiderte das Lächeln. Es überraschte sie, wie unbefangen sie sich an der Seite dieser fremden Frau fühlte, und sie wünschte, der Weg zur Universitätsapotheke könnte noch sehr weit sein.

»Welche Sorte ist das?«, fragte sie. »Eine gefährliche?«

»Eine gefräßige, würde ich sagen. Klatsch ist ihre Lieblingsspeise. Und die schönste Beute ist eine Neuigkeit, mit der sie anderen ihrer Art den Mund wässrig machen können. Man muss verteufelt aufpassen, ihnen nicht auf den Leim zu gehen. Scheinbar arglos und voller Anteilnahme, haben sie im Handumdrehen Dinge aus Ihnen herausgeholt, die Sie niemals jemandem mitteilen wollten.«

»Liebe Güte, ja«, sagte Gesa, »diese Frauen« gibt es wohl überall, auch da, wo ich herkomme. Aber an meiner Tante haben sie sich die Zähne ausgebissen. Eine Hebamme muss Verschwiegenheit denen geloben, die vor der Welt etwas zu verbergen haben. Allerdings schwieg sie ohnehin recht gern.«

»Sie scheint eine kluge Frau sein, Ihre Tante.«

»Sie ist im Winter gestorben. Deshalb bin ich nach Marburg gekommen, um ... die Prüfung zu abzulegen. Das muss nun bald sein, hoffentlich. Die Frauen im Dorf haben bestimmt, dass ich ihre Nachfolgerin sein soll, und sie warten auf mich.«

»Sie haben sicher eine gute Wahl getroffen«, sagte Elgin freundlich. »Sehen Sie, wir sind jetzt auf der Barfüßerstraße. Noch ein Stück weiter abwärts, und Sie werden die Apotheke leicht entdecken. Und diesmal ist es ohne Zweifel die richtige.«

Noch einmal berührte sie kaum merklich Gesas Arm und wirkte mit einem Mal abwesend.

»Ich muss Sie hier verlassen. Für Ihre Prüfung wünsche ich Ihnen alles Gute. Leben Sie wohl.«

Sie war bereits die ersten Stufen einer Treppe hinabgestiegen, die zur Hofstatt hinunterführte, als Gesa langsam weiterging. Enttäuschung schnürte ihr den Hals zu und ließ sie schlucken. Plötzlich meinte sie, an all dem Ungesagten ersticken zu müssen. Wie gern hätte sie weiter mit dieser Frau gesprochen. Ihr hätte sie jede Frage beantwortet. Doch die Frau, die Marburgs angesehenste Hebamme war, hatte nicht einmal ihren Namen wissen wollen.

Noch immer meinte sie die Berührung ihrer Hand auf dem Arm zu spüren.

Sieben

ERNTEMOND

Nichts als das Kratzen des Federkiels auf dem Papier war zu hören, unterbrochen von einem hellen Ton, mit dem die Feder auf den Grund des Tintenfasses stieß und dann an seinem Rand abgeklopft wurde.

Warum gewisse Pflanzen sich eher mit Blüten krönen als andere, wissen wir ebenso wenig, wie wir die Frage nach den Ursachen der monatlichen Reinigung zu beantworten vermögen. Der Grund für die regelmäßige Wiederholung des Blutflusses ist nicht besser bekannt. Die Wissenschaft schreibt dem Blute die Eigenschaft zu, jene Höhlen im weiblichen Körper vorzubereiten, mit denen die feinen Wurzeln der Plazenta in der Schwangerschaft ihre Nahrung finden.

Sie richtete sich auf, dehnte den Rücken, beugte den Hals abwechselnd von Schulter zu Schulter. Ohne die Feder aus der Hand zu legen, fuhr sie mit der Linken am Nacken entlang, wo sich Schweiß unter dem dicken Haarknoten gesammelt hatte und nun auf der Haut zwickte. Mit einem Leintuch tupfte sie sich über die Stirn und setzte ihre Niederschrift fort.

Welches nun auch immer die Ursache für die Blutung sei, ihr Einfluss auf die Fruchtbarkeit ist unbestritten. Denn eine Frau kann nur Kinder empfangen, solange die monatliche Reinigung in ihrem Leben ist.

Ein Schweißtropfen hatte sich von ihrer Stirn gelöst und fiel auf das Geschriebene nieder. Als sie aufstand, klebte das Unterkleid am Körper fest; es war alles, was sie trug, nichts als dieses dünne Gewebe, das ihr bis auf die nackten Füße hinabfiel. Und doch war es zu heiß. Sie beugte sich über die Waschschüssel, benetzte Gesicht und Nacken mit dem Wasser, das längst nicht mehr kalt genug war, um sie zu erfrischen, und schlang sich das Leintuch um das Haar, damit es sie nicht länger zum Schwitzen brachte.

Der Sommer holte in den letzten Tagen des August nach, was er zuvor versäumt hatte. Das Fenster hielt sie untertags für gewöhnlich geschlossen, und als sie es jetzt öffnete, schlug ihr trockene Hitze entgegen. Im ersten Moment, noch während sie sich von der Mittagssonne geblendet abwandte, glaubte sie an eine Täuschung durch die plötzliche Helligkeit. Doch als sie einen Schritt zurück ins Zimmer getreten war und die Augen wieder öffnete, stand die Gestalt immer noch da.

Marthe hatte keinen Ton aus dem Mädchen herausgebracht, sagte sie. Schon eine geschlagene Stunde stand sie vor dem Haus und starrte zum Fenster hinauf. Marthe würde es nicht einfallen, ihre Dienstherrin zu stören, wenn es nicht dringend notwendig war. Und solange diese Person das Maul nicht aufbrachte und auch sonst durch nichts erkennen ließ, dass es eine Dringlichkeit geben könnte, fühlte Marthe sich nicht zum Handeln aufgefordert. Drei Versuche, das Mädchen zum Reden zu bringen, hatten gereicht, um sie davon Abstand nehmen zu lassen. Keine Frau würde wohl eine taubstumme Botin schicken, wenn sie in den Wehen lag oder sich in anderen Nöten befand.

Auch Elgin gegenüber blieb Lene Schindler stumm. Eine kleine Regung meinte sie in den blauen Augen zu sehen, doch zu schnell war der Blick wieder erloschen, als dass sie es hätte beschwören können. Und dann, während Elgin hilflos vor ihr stand, während sich die ersten Rinnsale unter dem hastig übergeworfenen Kleid in Bewegung setzten, um sie erneut in Schweiß zu baden, drehte sich Lene wortlos um. Sie lief einige

Schritte, blieb stehen, wandte den Kopf, als würde sie auf etwas lauschen, und wartete.

»Meine Tasche, Marthe!«, rief Elgin. »Hol mir meine Tasche, beeil dich!«

Sie wagte es nicht, das Mädchen aus den Augen zu lassen, und schimpfte im Stillen auf Marthe, die viel zu lange brauchte und ihr den Strohhut aufdrängte. Doch schon nach wenigen Schritten war sie dankbar dafür.

Es war ein merkwürdiger, schneller Gang durch die Stadt, wobei Lene die weniger belebten Gassen wählte. Fast hatte sie Mühe, dem Mädchen zu folgen. Während sie den Blick auf den Rücken vor sich geheftet hielt, fiel ihr auf, dass es eines ihrer abgelegten Kleider war, das lose an dem dünnen Körper hing und mit den Schürzenbändern um die Mitte zusammengezurrt war. Während ihr der Mund trocken wurde und das Blut immer lauter in den Schläfen pochte, gab Elgin es auf, sich zu fragen, wohin Lene sie bringen würde.

Das Haus des Töpfers war schon von weitem zu erkennen. Rauchschwaden zogen träge über die wenigen benachbarten Dächer davon. Lene führte sie durch den Flur, der dunkel war, aber keineswegs kühl. Die Hitze des Brennofens erwärmte die Luft hier in ebenso atemraubender Weise, wie es draußen derzeit die Sonne tat.

In der Küche füllte Lene aus einem steinernen Krug Wasser in einen Becher und reichte ihn Elgin, ohne dass sie danach gefragt hatte. Irgendwo im Haus klapperten Holzschuhe auf einer Treppe. Als Elgin vortrat, um den Becher auf dem Tisch abzustellen, wich das Mädchen zurück.

»Aber Lene, was machst du denn?«, sagte Marietta. »Warum hast du die Gottschalkin nicht gleich zu mir geführt, wie ich es dir aufgetragen habe?« Noch als sie sich an Elgin wandte, war der angespannte Ton aus ihrer Stimme nicht gewichen.

»Bitte kommen Sie, ich habe eben noch kalten Traubensaft aus dem Keller geholt, weil es so lange gedauert hat. Aber sicher hatten Sie zu tun. Man kann ja nie wissen, ob eine Wehemutter zu Hause ist. Deshalb habe ich Lene auch gesagt, sie soll warten. Warte, bis du sie zu Gesicht kriegst, hab ich ihr gesagt.«

»Das allerdings hat sie getan«, sagte Elgin. »Ihr ist wahrhaftig kein Vorwurf zu machen.«

»Natürlich nicht«, beeilte sich Marietta zu sagen. »Ich weiß doch, dass Lene ein gutes Mädchen ist.« Kaum hatte sie oben die Zimmertür hinter sich geschlossen, fügte sie hinzu: »Schließlich und endlich habe ich sie deshalb wieder in mein Haus genommen.«

Alles wirkte neu in dem kleinen Raum, auch die weißen Wände sahen aus, als hätten sie soeben erst ihre Farbe erhalten. Ein Krug mit Rittersporn schmückte eine Truhe vor dem Fenster, und auf dem kleinen Tisch, der sich in der Mitte des Raumes etwas verloren ausnahm, standen Schüsseln mit Obst und der Krug Saft. Marietta, die jede Regung Elgins beobachtete, füllte die Becher und trat dann hinter einen der beiden Stühle.

»Früher war das hier die Schlafkammer von meiner Schwiegermutter, Gott hab sie selig. Das Zimmer war lange ungenutzt, ein verstaubter, leerer Ort. Jetzt hat mein Mann mir endlich gestattet, etwas daraus zu machen.«

»Einen kleinen Salon, gewissermaßen.«

Marietta lächelte unsicher.

»Hier ist es ein wenig heller als unten, und ich kann wenigstens mal hinaus auf die Straße schauen, wenn ich Weißwäsche nähe. Bitte setzen Sie sich, Gottschalkin, und nehmen Sie von dem Obst. Bestimmt ist Ihnen schrecklich heiß. Es tut mir Leid, dass es keinen kühleren Platz im Haus gibt, aber ...«

Während Marietta sich bemühte, keine Stille aufkommen zu lassen, nippte Elgin an dem Traubensaft.

»Spricht Lene nie?«, fragte sie.

»Was meinen Sie?«, flüsterte Marietta.

»Nun, vielleicht war sie nur mir gegenüber außerordentlich schüchtern. Sie hat keine Silbe hervorgebracht, und ich frage mich, ob das mit meiner Person zu tun hat. Weil ich sie an etwas erinnere, das ihr großen Schmerz zugefügt hat, verstehen Sie?«

Marietta schlug die Hand vor den Mund.

»Nein, um Himmels willen, wie Sie so etwas denken können.«

»Es scheint mir nicht besonders abwegig zu sein, bei dem, was sie durchlitten hat, meinen Sie nicht?«

»Aber doch nicht durch Sie, Gottschalkin. Sie waren nur gut zu ihr, und deshalb dachte ich, vielleicht, wenn Lene Sie wieder sieht, dass es ihr hilft, die Sprache wieder zu finden. Nein, sie spricht nicht, seit sie aus dem Weißen Turm zurück ist, mit niemandem. Aber sie lebt und ist wieder ein wenig zu Kräften gekommen. Ist das nicht die Hauptsache?« Marietta faltete die Hände und löste sie wieder. »Sie spricht zwar nicht, aber ihre Arbeit tut sie so gewissenhaft wie früher, deshalb glaube ich, dass alles sich fügen wird. So wie bei mir.« Sie konnte ihr Strahlen nicht länger zurückhalten, und ihre Aufgeregtheit machte sie noch hübscher. »Ich bin so froh, dass ich Sie damals hab holen lassen, Gottschalkin. Sie haben mir Glück gebracht«, sagte sie. »Endlich, nachdem ich doch schon im vierten Jahr verheiratet bin ...«

»Haben Sie Kindsregungen verspürt?«

Sie nickte, und Elgin dachte, dass ihre Freude wie ein dünner Schleier war, hinter dem die Angst darauf wartete hervorzubrechen. Sie kannte dies nur zu gut aus den Gesichtern von Frauen, die lange auf eine Schwangerschaft gewartet hatten.

»Es soll mich freuen, wenn sich Ihr Wunsch erfüllt«, erwiderte sie. »Aber bestimmt war nicht ich es, die etwas dazu beigetragen hat.«

»Sie haben mich zum Brennofen geschickt in jener Nacht«, ereiferte sich Marietta, »das werde ich nie vergessen. Und als meine Zeit kam, blieb das Monatliche aus. Ich glaube fest daran, dass ...«

»Es ist ein ganz gewöhnlicher Vorgang, eine Nachgeburt verbrennen oder vergraben zu lassen«, unterbrach Elgin sie ruhig. »Es ist nicht mehr und nicht weniger als das Ende einer Geburt, kein magisches Ritual. Es gibt also keinen Grund, mir dankbar zu sein. Danken Sie Gott, sich selbst und Ihrem Mann. Und nun sollten wir tun, wofür Sie mich haben holen lassen. Wo ist Ihre Schlafkammer?«

»Nebenan.« Mariettas Wangen hatten sich gerötet, und über ihrem Mund glitzerten Schweißperlen.

Sie folgte Elgins Anweisungen schweigsam, faltete eine Decke vor der Bettkante, wie ihr aufgetragen war, und legte sich bäuchlings darüber.

»Den Bauch in meine Hand fallen lassen, wie in ein Nest«, sagte Elgin, die dicht hinter sie getreten war. Die linke Hand schob sie unter den flachen Leib, während die Rechte den Weg unter Mariettas Röcke fand.

»Ganz locker soll die Bauchdecke sein, ganz weich, damit ich zufühlen kann. Gut.«

Sie wusste den tiefen Klang ihrer Stimme einzusetzen, und erst als die Frau sich entspannte, ließ Elgin den Zeigefinger langsam in sie gleiten, vorsichtig und weiterredend, bis sie den Uterus erreichte, dessen leicht aufgeworfene Mündung das erste fühlbare Zeichen einer Schwangerschaft war.

»Gut«, sagte Elgin wieder. Dann schwieg sie und hörte auf Mariettas Atem, der unter ihren Händen ruhiger wurde.

Um das Leben des Fötus aufzuspüren, musste sie sich konzentrieren, alle Tastsinne bemühen. Elgin schloss die Augen. Von außen drückte sie mit der Hand gegen den Unterbauch und legte im Innern die Kuppe ihres Zeigefingers an den Uterus. Sobald sich das Organ zwischen der inneren und äußeren Berührung spannte, tippte sie mit der Fingerspitze sanft dagegen. Die Menge des Fruchtwassers in den ersten Schwangerschaftswochen würde den Fötus in der Flüssigkeit hin und her treiben. Nachdem seine Behausung einen leichten Stoß erhalten hatte, würde er in die Höhe gehoben und danach auf den Finger zurückfallen. Elgin benötigte nur zwei Wiederholungen, bis sie – gleich einem Wimpernschlag – seine Berührung spürte.

Das Kind würde kurz nach Anbruch des neuen Jahres zur Welt kommen. In Anbetracht der aufgeregten Fragen, mit denen Marietta die Hebamme bestürmte, gehörte sie zu jenen Frauen, denen dringend eine gelassene Haltung anzuraten war. Sie sollte sich wie immer an der Luft bewegen, nicht etwa im Haus verbleiben, um sich von bösen Blicken fern zu halten. Einen Adlerstein am Schnürband auf der Haut zu tragen, dagegen war nichts einzuwenden, wenn denn der Glaube an seine schützende Kraft sie zuversichtlich stimmen würde. Wenn sie es jetzt schon wollte, so mochte sie ihre Brüste mit Leinöl oder dem feineren von Mandeln einreiben und ebenso ihren Bauch, sobald er sich auszudehnen begann. Gegen ihre Appetitlosigkeit empfahlen sich kräftige Fleischbrühen mit Sauerampfer, Kerbel und Lattich sowie Johannisbeerwasser, von dem sie, über den Tag verteilt, trinken möge.

Bevor Elgin das Haus des Töpfers verließ, wollte sie Lene noch einmal sehen. Während Marietta die andere Magd losschickte und schließlich selbst nach ihr suchte, um der Gottschalkin nur ja diesen Wunsch zu erfüllen, fragte diese sich, was in dem Mädchen bald vorgehen würde.

Was, wenn der Leib ihrer Dienstherrin sich rundete? Und selbst wenn sie das noch ertrug – was, wenn das Kind geboren war? Ein kleiner Junge, wie Marietta hoffte, ein wahrhaftiges

Glückskind? Wie eigenartig, dass keiner von Mariettas angstvollen Gedanken in diese Richtung gegangen war. Sie musste ein sehr schlechtes Gewissen haben und das Bedürfnis, etwas an Lene gutzumachen, nachdem sie sie angezeigt und des Kindsmordes verdächtigt hatte. Eine milde Tat für eine schlechte. Die Beschwörung eines Wunders. Aus dem Tod eines Kindes war das Leben eines anderen erwacht. Marietta dachte wohl nur an sich.

Sie konnten Lene nicht finden, also bat Elgin darum, dass man ihr etwas ausrichten sollte. Wann immer ihr der Sinn danach stünde, könnte sie jederzeit zu ihr kommen. Wenn sie nur da sein wollte, sie musste auch gar nicht sprechen. Sie hoffte, dass es sich bald ergeben mochte, hin und wieder mit Lene allein zu sein. Sie zählte darauf, ihr Vertrauen wieder zu gewinnen, selbst wenn sie ihr zunächst nur im Haus des Töpfers wieder begegnete.

Marietta meinte, die Zeit heile alle Wunden. Doch sie täuschten sich beide. Weder das eine noch das andere würde geschehen.

*

Sie hörte den schnellen Hufschlag hinter sich, das Schnauben eines Pferdes, dem die Zügel angezogen wurden, um es ins Traben verfallen zu lassen. So blieb es eine Weile, während sie unterhalb der Stadt weiter den Pilgrimweg entlanglief, und sie dachte nicht daran, sich nach dem Reiter umzuwenden, der sich ein gutes Stück hinter ihr hielt. Erst als er wieder angaloppierte, trat Elgin auf die Seite, um der Staubwolke auszuweichen, die sie unweigerlich jeden Moment einhüllen würde. Doch das Pferd war schon neben ihr. Ihr Blick erfasste die Stiefel des Reiters im selben Augenblick, wie sie heftigen Schmerz unter den Achseln spürte und in den Rippen, als er sie hochriss. Ihre Füße lösten sich vom Boden, während sie um sich schlug, und es war

Lamberts Stimme an ihrem Ohr, die ausstieß: »Hör auf, dich zu wehren. Ich werde dich nicht loslassen.«

Ihre Tasche flog zu Boden und wurde von den tänzelnden Tritten des Pferdes getroffen, das unter den unruhigen Manövern auf seinem Rücken den Kopf zurückwarf und nach hinten ausbrach. Das Einzige, was Elgin einfiel, war, ihren Hut festzuhalten, als Lambert sie in den Sattel beförderte. Ihr Haarknoten löste sich, und sie schrie nach ihrer Tasche.

»Sie wird schon zu dir zurückfinden«, sagte Lambert, »und wenn nicht, werd ich dir eine neue beschaffen.« Er trieb sein Pferd an, das nach einem erschrockenen Sprung nach vorn zum Galopp ansetzte.

Lambert war ein guter Reiter, das festzustellen überraschte sie in ihrer unbändigen Wut. Sein Griff zwang sie dicht an sich, sie spürte die Kontraktionen seiner Muskeln, mit denen er das Pferd dirigierte. Je mehr sie sich versteifte, umso schwerer fiel es ihr, sich schmerzlos im seitlichen Sitz vorn auf dem Sattel zu halten. Als sie endlich nachgab, fiel ihr Körper mit Lamberts gemeinsam in die Bewegung des Pferdes.

Sie senkte den Kopf, straffte die Hutbänder unter dem Kinn und hoffte, dass die Schute ihr Gesicht vollständig abdecken würde. Doch niemand von den Leuten, an denen vorbei sie aus der Stadt jagten, wäre wohl auf die Idee verfallen, in der Frau auf dem Pferd die Hebamme Gottschalk zu vermuten.

Da Elgin den Kopf gesenkt hielt – auch als die Stadt längst hinter ihnen lag –, konnte sie die leuchtenden Flächen von Astern und Levkojen in den Gärten nicht sehen, nicht die üppig tragenden Obstbäume und Rosenbüsche. Sie hatte keinen Blick für die Natur, die sich nach dem langen Regen wieder aufgeputzt hatte. Der Duft von Lavendel, Rosmarin und spätem Holunder begleitete sie, bis sie auch die Gärten hinter sich ließen.

Dann endlich fielen sie in gemäßigten Schritt, und als Elgin es wagte aufzublicken, lenkte Lambert das Pferd in hoch gewachsene Wiesen. Sie durchpflügten sie bis zur Spitze einer schmalen Landzunge, die, von Weiden und weiß schimmernden Pappeln bestanden, in die Wasser der Lahn ragte.

Sie ohrfeigte ihn, sobald er sie vom Pferd gehoben hatte. Als sie ein zweites Mal ausholte, fing er ihre Hand ab, hielt sie fest und versuchte sie an sich zu ziehen.

»Was soll das?«, fragte sie so eisig, wie es ihr möglich war. »Das alles ist lächerlich. Wenn du mich mit diesem Ritterspiel beeindrucken wolltest, muss ich dir sagen, dass es dir gründlich misslungen ist.«

Sie wand ihre Hand aus der seinen und ging davon. Die hüfthohen Gräser machten es ihr schwer. Horden von Bienen tummelten sich darin, nach denen sie nicht zu schlagen wagte. Staub hatte ihr die Kehle ausgedörrt. Schweiß juckte auf ihrer Haut. Außer sich vor Zorn zerrte sie an den Hutbändern.

Lambert hatte sie mit wenigen Schritten eingeholt.

»Wenn es mir gelingt, endlich mit dir zu reden, würde mir das fürs Erste genügen«, sagte er. »Bitte.«

Sie blieb stehen, vertiefte ihre Atemzüge, und schließlich folgte sie Lambert zu den Bäumen, wo er das Pferd grasen ließ. Er band vom Sattel eine Zinnflasche los und gab ihr zu trinken. Ihren Durst zu löschen besänftigte sie etwas. Lambert hatte seinen Rock ausgezogen und warf ihn in der Nähe des Ufers ins Gras.

»Setz dich«, sagte er. »Selbstverständlich ist auch dies eine Bitte.«

»Gut, reden wir.«

»Im Grunde will ich dir vor allem eine Frage stellen. Ich wünsche mir, dass du ehrlich bist, dass du mir nicht länger ausweichst.«

Wünsch dir das nur, dachte sie, ich werde ehrlich sein.

»Frag«, sagte sie.

Er war stehen geblieben, einige Schritte von ihr entfernt, doch nah genug, dass sie zu ihm aufsehen musste.

»Ich weiß nicht, warum ich nicht früher darauf gekommen bin. Dann schien mir mit einem Mal alles so klar. Ich war so glücklich, dich in der Apotheke zu sehen, dass ich zunächst nichts anderes glauben wollte, als dass du meinetwegen gekommen warst. Und als Stockmann seine inquisitorischen Fragen stellte, dachte ich nur an eins: dich zu beschützen.«

»Was du getan hast. Ich ...«

»Nein, warte, ich will nicht gelobt werden für meinen Mut, gegen einen Jämmerling anzutreten. Ganz so einfältig, wie du glauben möchtest, bin ich nicht.«

»Warum sollte ich Derartiges glauben wollen? Würde ich mich damit nicht selbst beleidigen?«

Sie schämte sich ein wenig, als sie Lambert über ihre Erwiderung nachdenken sah. Dabei hatte sie keine Unwahrheit von sich gegeben. Wenn ihre Zunge auch geschärfter sein mochte als seine, für dumm hatte sie ihn nie gehalten. »Wovon sprichst du also?«, setzte sie nach.

Er bückte sich und riss einen Grashalm aus.

»Du erwartest ein Kind von mir, und du willst es loswerden, davon spreche ich.«

Sie konnte nicht anders als starren. Hilflos versuchte ihr Verstand dem Echo seiner Worte zu folgen, es in ihrem Innern zu etwas Fassbaren zusammenzufügen. Sie hatte nicht die leiseste Ahnung, was sich in ihrer Miene abspielte, doch als sie wieder zu sich kam, konnte sie sehen, wie Lambert sich mühte, darin zu lesen.

»Erst als du weg warst«, sprach er weiter, ohne die Augen von ihr zu lassen, »als du geflohen warst vor mir mit deinen Arzneien, da begriff ich es plötzlich, von einem Moment auf den anderen. Sadebaum. Mutterkorn. Selbst eine Vielzahl der Mittel, die du aus dem Handverkauf verlangtest, scheinen nur einem Zweck zu dienen. Safran, Raute.«

Wieder bohrte sich sein Blick in ihre Augen, wo doch die seinen so schlecht für eine solche Aufgabe geeignet waren. Lamberts Augen waren einfach zu sanft dafür.

»Fruchtaustreibung. Abortus.«

Es faszinierte sie, diese Begrifflichkeiten aus seinem Mund zu hören.

»Es stimmt also«, sagte er und verschränkte die Arme vor der Brust, als hätte er Schmerzen.

»Du hättest aufpassen sollen«, antwortete Elgin, »als ich eurem Provisor den Anwendungszweck der Arzneien in die Feder diktierte. Oder ist dir dieser Teil der Verordnungen schon wieder entfallen? Sadebaum und Mutterkorn sind wehenfördernde Mittel, die nicht oft, aber auch nicht eben selten unter der Geburt von Nöten sind. Man muss sie in einer sehr geringen Dosis anzuwenden wissen. Gefährliche Mittel, zweifellos, mein junger Apothekerfreund. Fruchtaustreibung. Auch richtig.« Ihre Stimme war schneidend. »Ein Kind etwa, das vor seiner Zeit im Mutterleib gestorben ist, ein toter Fötus, der keine Wehen ...«

»Du beantwortest meine Frage nicht.«

»O doch. Ich bitte dich, mir gut zuzuhören, denn ich komme meiner Verpflichtung nach, dich über die Bestimmung meiner Arzneien aufzuklären, denn offenbar kennst du mich doch nicht gut genug. Auch Safran, oder kleine Gaben von Muskatblüte, die du versäumt hast aufzuzählen, können im Geburtsverlauf wertvolle Hilfe leisten. Oh, ich darf die Brechmittel nicht vergessen, die ...«

»Hör auf, mich zu belehren. Ich habe mich selbst kundig gemacht.«

»Um die falschen Schlüsse daraus zu ziehen.«

»Es ist ein Leichtes für dich, die Mittel anders anzuwenden, mit deinem Wissen, das du bestimmt auch in den Treffen mit meinem Vater ...«

»Konspirativen Treffen, meinst du. Zwischen Hexe und Hexenmeister, so in der Art etwa?« Sie fühlte sich plötzlich erschöpft. »Hab ich dir deinen Vater etwa weggenommen, ja? Zu viel von seiner Aufmerksamkeit bekommen, die du dir vergeblich gewünscht hast? Das täte mir Leid. Es hätte ihn gefreut, dich so zu sehen, neulich in der Apotheke.«

Das warme Licht der tief stehenden Sonne spielte in Lamberts Haaren. Seine Schönheit berührte sie. Er kam zu ihr und ließ sich neben ihr nieder. Sie war ihm dankbar dafür, dass er sich die stürmischen Attitüden verbot, mit denen er ihr sonst oft zu nahe kam.

»Ich hatte es so satt, auf ein Zeichen von dir zu warten.« Er schaute auf die unbewegte Fläche des Flusses. »Dieses Schweigen, es hatte etwas sehr Hochmütiges. Du hast das Handeln mir überlassen, und deshalb war es auch immer an mir, Fehler zu machen. Das war das ungeschriebene Gesetz unserer Zusammenkünfte.«

Zum ersten Mal, seit sie ihn kannte, war sie bereit zu verstehen, was in ihm vorging.

»Ich wollte das aushalten«, fuhr er fort, »ich will es noch immer. Ich wusste nicht, wie schwer erträglich es ist, von dir so wenig zu wissen. Einzig dein Körper war mein Verbündeter. Er ist unendlich mitteilungsbereit.«

Als sie in seinem Profil, in der Linie zwischen Nase und Mund so deutlich seinen Kummer sehen konnte, versetzte es ihr einen Stich.

»Ohne seine Botschaften hatte ich nichts, woran ich mich halten konnte«, sagte Lambert. »Ich habe versucht, allein zu einer Erklärung zu kommen, und nach deiner Flucht aus unserer Apotheke kam mit einem Mal dieser Gedanke. Hässlich. Nicht mehr aufzuhalten. Wie schnell es ging, dass es für mich zu einer Wahrheit wurde, das war erstaunlich. Es war mir unerträglich, dass du unser Kind ...«

»Lambert.«

Als er sich ihr zuwandte, versuchte er ein Lächeln. Sie legte ihre Hände an sein Gesicht und strich über die zuckenden Mundwinkel. »Dieses Kind, Lambert, unser Kind – das gibt es nicht und hat es nie gegeben. Ich will nicht, dass du dich damit quälst.«

Er senkte den Kopf.

»Ich bin so froh«, sagte er. »Verzeih mir, dass ich dir so etwas zugetraut habe. Und bitte, dass du mich nicht falsch verstehst – wenn du ein Kind von mir erwarten würdest ...«

»Nein, Lambert. Nein. Sieh mich an. Ein Kind würde uns nicht verbinden. Ich fürchte, das ist die Spur Wahrheit in dem, was du von mir angenommen hast. Und es heißt, dass es so nicht weitergeht. Du wirst bald heiraten ...«

Er hielt ihre Hände fest.

»Das ändert nichts zwischen uns«, sagte er schnell. »Diese Heirat, das ist nicht mehr als ein Geschäft, eine Handelsvereinbarung ...«

»Ich habe deine Therese bei Hombergs Taufe gesehen. Ich glaube, sie wünscht sich nichts mehr, als die Mutter deiner Kinder zu werden. Sie ist hübsch und jung ...«

Was rede ich, dachte sie.

»Therese und ihre Wünsche. Wen interessiert das schon?«

»Es gefällt mir nicht, wie du das sagst. Du weigerst dich einfach, den Gedanken zuzulassen, dass eine Frau wie sie viel besser zu dir passt als ich.« Warum klingt alles so falsch, was ich sage, fragte sie sich. Was hält mich zurück, die Dinge klar auszusprechen? »Lambert«, sagte sie, »die Wahrheit ist ...«

»Was ist schon die Wahrheit?«, unterbrach er sie. Er sprang auf und zog sie an sich. »Für heute hab ich genug davon.«

Er umfasste ihren Nacken, dass sie ihm nicht ausweichen konnte. »Komm, ich will wissen, was du mir zu sagen hast, wenn du dich nicht hinter Worten versteckst.«

Sie wand sich in seinen Armen, und er lachte ihr ins Gesicht, als wüsste er besser als sie, dass die Hitze, die sich zwischen ihnen entwickelte, nicht dem Wetter zuzuschreiben war. Ihr Körper hatte schon begonnen, die Fragen des seinen zu beantworten. Sie wandte den Kopf ab. Seine Lippen trafen ihren Hals, und vom Wasser her war Gelächter zu hören.

»Nein«, keuchte sie.

Ein flaches Boot glitt auf der gegenüberliegenden Seite durch den Fluss, an langen Leinen von zwei Pferden gezogen, die am Ufer entlanggeführt wurden. Eine kleine Gesellschaft saß unter einem Sonnensegel, an irgendetwas hatten sie ihren Spaß. Womöglich schauten sie zu ihnen herüber.

Elgin stieß Lambert von sich, die Überraschung kam ihr zugute. »Niemand darf uns so sehen.« Hastig griff sie nach ihrem Hut und lief auf die Bäume zu.

»So?«, rief Lambert hinter ihr her. Er klang erschreckend heiter. »Mir ist das vollkommen egal.«

Als sie bemerkte, dass er ihr nicht folgte, blieb sie noch einmal stehen. Die Stiefel hatte er da schon von sich geworfen und stieg bereits aus der Hose. Er zog das Hemd über den Kopf, und nackt, wie Gott ihn mit glücklicher Hand geschaffen hatte, rannte Lambert ins Wasser, während auf der anderen Seite des Flusses das Boot kurz ins Wanken geriet.

*

Pauli duckte sich hinter dem Hühnerstall, ein schiefes Ding, für das Gesa Langwasser ihn gelobt und Lotte Seiler ihn ausgelacht hatte. Die Münzen juckten in seiner verschwitzten Hand, und noch immer schlug ihm das Herz bis zum Hals. Er hatte den richtigen Moment genutzt, um schnell wie der Blitz einige Holzscheite beiseite zu räumen und nach dem unverknoteten Tuch zu tasten. Er war versucht gewesen, alles zu nehmen, doch die

Angst hatte ihn widerstehen lassen. Das Holz, so hoffte er, lag wieder genauso unter dem Herdfeuer, als hätte es nie einer angefasst.

Während Pauli über den Hof hinweg die Küchentür beobachtete, kamen ihm Zweifel, ob das Opfer, zu dem er entschlossen war, sich auch tatsächlich lohnte. Zunächst war er nur schadenfroh gewesen, wie Lotte Seiler. Pauli genoss es, in der Nähe zu sein, wenn sie der Textor Saures gab.

»Haben Sie Durst, Frau Textor?«, hatte sie heute Morgen erst wieder gefragt. »Wir könnten Brennnesselsud für Sie aufsetzen, der soll ganz vorzüglich gegen Rheuma helfen. Oder warme Wickel mit Senfkörnern, vielleicht können Sie es damit einmal versuchen. Haben wir Senfkörner in der Kammer, Gesa?«

Gesa Langwasser hatte die Augen verdreht, sie mochte es nicht, wenn Lotte die Textor zur Weißglut brachte. Vielleicht wusste sie auch, wie gefährlich sie war. Besonders, seit die Alte wieder ihre Kammer verließ.

Pauli hätte seine Hand ins Feuer gelegt dafür, dass Gesa es nur gut meinte, als sie auf die Schnur über dem Herd zeigte und sagte: »Aber wir haben angefangen, Dörrobst zu machen. Birnen, die mögen Sie doch?«

Er hatte das fette Gesicht der Textor vor Hass zittern sehen. Ihm war klar geworden, dass er sich nicht mehr viel Zeit lassen durfte.

Auch der Doktor hatte es gut gemeint, vor ein paar Wochen, als er ihm freigegeben und ihn zu seinen Leuten geschickt hatte. Es gab keine Gelegenheit mehr, das Geld aus dem Versteck zu holen. Keinen Fußbreit hatte sich die Textor an dem Tag aus der Küche bewegt. Erst hatte ihn das verrückt gemacht. Doch zu Hause musste er feststellen, dass alles beim Alten war. Und sein Plan, das Geld unterwegs zu vergraben, wer wusste schon, ob das gut gegangen wäre? Es gab nicht viel, woran Pauli glaubte.

Er sorgte also dafür, dass immer genug Brennholz in der gemauerten Öffnung unter dem Herdfeuer aufgeschichtet war. Wenn er daran dachte, sein Gespartes hervorzuholen, lähmte ihn gleichzeitig die Angst. Die Textor brauchte ihn nur zu erwischen, sie würde Stein und Bein schwören, dass er ihr das Geld gestohlen hatte, und seine Tage in diesem Haus wären gezählt. Leute, die soffen, die waren im Lügen zu gut. Dann ging es bei denen im Kopf ganz plötzlich so schnell wie sonst nie. Ob die Doktoren überhaupt wussten, dass er Geld von den Studenten bekam? Durfte er es behalten? Es war ihm nie eingefallen, danach zu fragen.

Einige Male, wenn Gesa Langwasser allein in der Küche war, hatte er in Erwägung gezogen, sie um Hilfe zu bitten. Er war kurz davor neulich, als er mit ihr vor dem Hühnerverschlag stand. Lotte hatte sich wieder verzogen, und Gesa sagte: »Lass dich nicht von ihr ärgern. Ich glaub manchmal, sie kann einfach nicht anders. Du hast einen guten Stall gebaut.«

Er hielt es kaum aus, als sie ihm mit der Hand durch die Haare fuhr, denn das machte sonst nur seine Mutter. Er öffnete den Mund und wollte alles sagen. Er konnte es nicht. Man behielt Sachen für sich. Besonders wenn jemand im Haus war, der soff. Pauli kannte das von seinem Vater. Es hatte sie beide fast umgebracht, dass er seine Mutter vor den Schlägen des Alten schützen wollte. Sie schickte ihn in die Stadt, damit er sich dort verdingte. Der Alte lebte immer noch, das war das Schlimme. Und er hatte noch genug Kinder, die er verdreschen konnte, es sei denn, er ließ sie verhungern.

Sein Vater hatte ihn gelehrt, mit dem Schlechtesten zu rechnen. Auf irgendwas wartete die Alte, und Pauli hatte sich entschlossen, sie abzulenken.

»Pauli, wo bist du?« Die Stimme des Mädchens ließ ihn aufschrecken. Er hörte die nackten Füße auf dem Küchenboden und lief los. Seit die Kleine mit ihrer Mutter im Haus war, spielte er manchmal mit ihr. Zuerst wollte er nicht, aber sie hatte ihn nicht in Ruhe gelassen.

»Ich finde dich«, hörte er sie rufen und das Gackern der Hühner auf dem Hof. Während er die Straße entlanglief, ohne zu wissen, wohin er so genau wollte, dachte er an den Hahn. Er hoffte, dass er dem Kind nicht auf den Rücken sprang, wie er es schon mal gemacht hatte. Nur kurz dachte er daran, wieder umzukehren, aber dann lief er weiter. Er konnte sich schließlich nicht um alles kümmern.

Die Händler hatten den Marktplatz längst verlassen. Ein paar Hunde stöberten in den Abfällen. Am Brunnen standen plappernd einige Mägde zusammen. Pauli blieb stehen. Über so vieles hatte er nachdenken müssen, dass ihm die Tageszeit völlig entfallen war. Die Häuser am Markt warfen lange Schatten aufs Pflaster. Plötzlich erschien ihm alles dumm und vergebens.

Noch nie hatte er Branntwein gekauft. Wie der Alte sich versorgte, wusste er nicht, nur, dass er immer was hatte. Im Dorf brannten die Leute selber, das dagegen wusste jedes Kind. Ob er einfach in eine der Schankstuben gehen konnte, wo die Studenten sich trafen? Wenigstens kannte man ihn dort, weil er zuweilen aufgetaucht war, um die Herren des Nachts zu einer Entbindung zu rufen. Aber ob es schlau war, ausgerechnet da nach einer ganzen Flasche zu fragen? Und wenn man sie ihm nun nicht geben wollte, oder er nicht genug Geld dabei hatte? Nicht mal, was das Zeug kosten mochte, wusste er. Pauli warf einen verstohlenen Blick auf die Münzen in seiner Hand und biss sich auf die Lippen. Er musste sich beeilen. Vielleicht war es am besten, da, wo die Ärmsten wohnten, nach einer Spelunke zu suchen.

»He, Rotschopf, das ist ja ein Jammer mit dir. Du hast ja'n Gesicht wie'n Misthaufen.«

Erschrocken fuhr Pauli herum. Von der gegenüberliegenden Hauswand löste sich ein Mann und kam langsam zu ihm herüber.

»Hat dir wohl noch keiner nicht gesagt, dass man dagegen was machen kann?« Der Mann war nicht viel größer als er, ein dünner Kerl mit dunklen, verfilzten Haaren, die ihm bis auf die speckige Jacke hingen. Pauli wich zurück vor dem fauligen Gestank, der von ihm ausging, oder von etwas, das er in den großen Beutel gestopft hatte, den er bei sich trug.

»Weiß auch nicht jeder. Aber ich hab da ein Mittelchen, das hat schon Leuten geholfen, die's noch schlimmer erwischt hatte als dich.«

»Lass mich in Ruhe«, sagte Pauli. »Ich will deine Hilfe nicht.« Seine Stimme kippte in ein hohes Krächzen, wie es manchmal noch vorkam, ohne dass er was dagegen machen konnte. Er versuchte, sich an dem Kerl vorbeizudrücken, als dieser unerwartet zurücktrat und ihm den Weg freimachte. Pauli versenkte die Fäuste in den Hosentaschen und ging mit großen Schritten die Gasse hinab.

»Zieh ab, mein Jüngelchen, na los, kriech wieder in das Loch, aus dem du gekommen bist. Wenn du mit dieser Visage glücklich bist, was soll's?«

Der Mann blieb ihm auf den Fersen, während die Wut Paulis Kehle zuschnürte. Er hasste sich dafür, dass er nicht gut genug nachgedacht hatte, und er hasste den stinkenden Kerl dafür, dass er ihm folgte. Ihm würde nichts anderes übrig bleiben, als zurück zum Haus Am Grün zu gehen. Nichts hatte er erreicht, und wie sollte er schon wissen, wann er das nächste Mal unbemerkt das Haus verlassen konnte?

»Wenn du schlau wärst, Fuchskopf«, kam die schmierige Stimme von hinten, »wenn du dir 'n bisschen Zeit nehmen tätest, um auf einen heilkundigen Mann zu hören, dann bist du in ein paar Tagen 'n andrer Mensch. Mein Wagen steht nicht weit von der Ketzerbach.«

Pauli wandte den Kopf, ohne stehen zu bleiben. Viel mehr konnte er heute nicht falsch machen.

»Hast du auch Branntwein?«, fragte er.

Konrad lachte und entblößte seine braunen Zähne.

»Alles, was du willst«, sagte er. »Als hätt ich's nicht gewusst, dass man mit dir ins Geschäft kommen kann.«

Den Weg war Pauli schon oft gelaufen. Der Karren stand zwischen einer Reihe von Bäumen, durch die man die rückwärtigen Mauern der Anatomie sehen konnte. Konrad fluchte über jemanden, den er einen Idioten schimpfte, als sie angekommen waren, jemanden, der sich schon wieder davongemacht hätte, um vor der heiligen Elisabeth auf den Knien herumzurutschen. Dann kroch er in das Innere des Wagens, sein Warenlager, wie er es nannte, und schlug nach den Fliegen, die augenblicklich seinen Kopf umschwirrten.

Er tauchte mit drei braunen Flaschen unter der Bretterabdeckung wieder auf und sprang ins Gras.

»Du hast Glück, dass ich noch welche habe, Fuchskopf. Ich mach den Leuten gute Preise, das Zeug geht weg wie nix. Nimmst du drei, zahlst du zwei. Kannst du das überhaupt?«

»Was?«

»Zahlen.«

»Ist da denn überhaupt Branntwein drin?«

Konrad zeigte wieder die Zähne, und Pauli zwang sich, den Anblick auszuhalten. »Gar nicht nett, dass du vom alten Konrad denkst, dass er dich übers Ohr hauen will.«

Die Flaschen an den Hälsen gepackt, als seien es tote Gänse, kam er langsam auf Pauli zu. Vielleicht sollte er besser von hier verschwinden. Vielleicht war es auch schon zu spät.

»He, was ist? Du hast doch nicht etwa Angst vor mir? Oder machst du dir ins Hemd, weil da drüben ein paar Leichen verhackstückt werden? Och, da wird es ganz blass unter den Pestbeulen, das Bürschchen.«

»In der Anatomie war ich schon oft. Ich hab überhaupt keine Angst davor.«

»Ach, da warst du schon oft«, äffte Konrad ihn nach. »Was hast du denn da zu schaffen?«

Pauli schwieg.

»Was?« Er atmete in Paulis Gesicht. »Oder lügst du mich etwa an?«

»Die Studenten. Ich hole sie zum Unterricht ins Gebärhaus.«

»Ah, da, wo sie die Weiber verhackstücken, sieh an. Und die Bälger auch, sagt man.«

»Davon weiß ich nichts«, sagte Pauli tapfer. Irgendwas tat sich in Konrads Kopf, das sah er an den zusammengekniffenen Augen.

»Man kennt dich also, tja dann.« Er hob eine der Flaschen zum Mund und zog mit den seitlichen Zähnen den Korken heraus.

»Hier. Damit du weißt, was du von mir kriegst.«

Es war, als hätte ihm jemand eine brennende Fackel in den Rachen gehalten. Im ersten Moment glaubte er nie wieder Luft zu bekommen.

»Was ist das?«, krächzte er.

»He, Bürschchen, für wen kaufst du das Zeug?« Konrad brüllte vor Lachen. »Für deinen Alten?«

»Das geht dich einen Dreck an!«, schrie Pauli. »Was ist jetzt? Was willst du dafür haben?«

»Wie viel hast du?« Noch bevor Pauli auch nur eine Zahl denken konnte, hatte Konrad ihn schon am Handgelenk gepackt und bog ihm die Finger der geschlossenen Faust auseinander. »Zwei Heller und ein paar Steine?« Er stieß ihn von sich. »Dafür kann ich dir nicht mal eine geben.«

»Ich will alle drei«, sagte Pauli. Es war ihm egal, dass er heulen musste. Er holte die restlichen Münzen aus der Tasche und hielt sie dem Kerl hin. Konrad beäugte das Geld auf der zitternden Hand, dann grapschte er danach und ließ die Flaschen ins Gras fallen.

Pauli hatte die Straße an der Ketzerbach erreicht und wischte sich den Rotz von der Nase, als er die hässliche Stimme des Mannes noch einmal hörte.

»Gegen die Pestbeulen hilft Ziegendreck«, schrie er. »Das Rezept kriegst du umsonst.«

*

Selbstverständlich hatte er sich angemeldet und in einem Billett höflichst darum gebeten, seine Aufwartung machen zu dürfen. Nun war er hier, und sie ließ ihn warten.

Kilian musterte den kleinen Salon, der unbenutzt wirkte. Der Eindruck, dass in diesem schmucklosen Zimmer recht selten Besuch empfangen wurde, vermittelte sich zweifelsohne auf eine gepflegte Weise: Die Polster der Stühle und des zierlichen Sofas, auf dem er Platz genommen hatte, waren sauber gebürstet, und von der Kommode sowie dem ovalen Tisch mit den geschwungenen Beinen ging noch ein leichter Geruch nach Wachspolitur aus.

Auch die Frau, die hier diente, war den Umgang mit Gästen offenbar nicht gewohnt. Ohne ihn hereinzubitten, sagte sie ihm an der Haustür, dass die Gottschalkin noch nicht von der Geburt zurückgekommen war, zu der man sie in der Nacht gerufen hatte. In der Annahme, sie wollte ihn abweisen, verspürte er bereits einen Anflug von Ärger, als sie mit einer linkischen Geste zur Seite trat und vor ihm die Treppen in das erste Stockwerk hinaufstapfte.

Immerhin gab es an dem Kaffee, den sie ihm später wortlos hinstellte, nichts auszusetzen, und die Mandelbrezeln, von denen er sich gestattet hatte, ein Stück zu kosten, waren bemerkenswert gut. Kein Vergleich natürlich zu den raffinierten Delikatessen, mit denen Homberg und seine Frau ihn vor wenigen Tagen auf einer Landpartie bewirtet hatten – was die Sache freilich nicht so ganz traf, denn in Wahrheit waren sie zunächst auf einem Boot unterwegs gewesen. Eine Angelegenheit, der Kilian nichts abzugewinnen wusste, weil man so unbequem saß, aber Frauen fanden offenbar Gefallen an derartigen Unternehmungen. Malvine Homberg, diesem bezaubernden Geschöpf, war vermutlich selten ein Wunsch abzuschlagen – es war interessant, den ehrenwerten Richter in seiner Rolle als Gatte an ihrer Seite zu sehen. Seine Sorge um sie war in einer kleinen Episode zum Ausdruck gekommen, die Kilian immer noch leicht amüsierte, als er an sie dachte. In dem betreffenden Moment jenes Nachmittags allerdings hatte er befürchtet, sie würden alle ins Wasser stürzen. Und das nur, weil ein junger Mensch sich am anderen Ufer entschloss, unbekleidet ein Bad in der Lahn zu nehmen, was ihm bei der Hitze der vergangenen Tage kaum zu verübeln war.

Homberg jedoch wollte seine Frau vor einem Anblick schützen, der ihr im Wesentlichen kaum unbekannt sein dürfte. Danach hatte Malvine eine Zeit lang nicht aufhören können, Scherze darüber zu machen. Sie schien im Ganzen weniger prüde als ihr Mann, ohne dass Zweifel an ihrem gesunden Gespür für Anstand aufkommen mussten. Richter Homberg hatte über die Dauer jenes Nachmittags hinweg nicht verhindern können, dass sie den Professor über sein Institut ausfragte. Und Kilian war sehr gelegen daran, einer Frau seines Standes Auskunft zu geben. Er hatte nicht oft Gelegenheit dazu.

Während sie nach einem geeigneten Anlegeplatz Ausschau hielten, konnten sie in einiger Entfernung vom Ufer Bauern auf den Feldern sehen, die das verdorbene Korn unterpflügten, und Homberg sprach von Maßnahmen, die ergriffen werden mussten, um die Kornkammern der Stadt zu füllen. Doch Malvine ließ sich von seinen Ausführungen über steigende Mehl- und Brotpreise nicht von der Frage abbringen, welchen Zweck ein Accouchierhaus in Marburg für die Gesellschaft erfüllen sollte. Ob sie ahnte, welche Unterstützung ihr Interesse ihm bei Homberg und damit im Stadtrat geben würde?, dachte Kilian. Und wenn sie es wusste, dann war sie eine ebenso geschickte wie charmante Diplomatin. Ihre Fragen an jenem Nachmittag gaben ihm Gelegenheit, seine Argumente schlüssig im Plauderton vorzutragen. Homberg schwieg, um in Gegenwart seiner Gattin keine tiefer gehende Debatte anzuregen, hatte aber dennoch nachdenklich zugehört.

Kilian setzte die Tasse ab, als er bemerkte, dass der Kaffee kalt geworden war, und stand auf, um sich ein wenig die Beine zu vertreten. Dabei stieg erneut Unmut in ihm auf. In der Nacht war die Hebamme Gottschalk zu einer Frau gerufen worden. Jetzt, am späten Nachmittag, war sie immer noch nicht zurück. Womöglich hatte es Komplikationen gegeben, die den Geburtsvorgang in die Länge zogen – was mochte sich vielleicht jetzt noch am Bett der Gebärenden abspielen? Die Hebamme war da, wo er hingehörte. Sie war bei einer Bürgerin dieser Stadt, während er hier untätig herumstehen musste. Es war nicht zu vermuten, dass sie ihn absichtlich dieser Situation aussetzte, und doch brachte es alles, was ihn seit Wochen maßlos frustrierte, auf den Punkt.

Kilian lockerte sein Halstuch ein wenig und trat an das Fenster. Tatsächlich kam ein leichter Luftzug von draußen, der ihn angenehm umfächelte. Er wollte sich jetzt nicht gestatten, schlechte Stimmung aufkommen zu lassen. Wenn er dieser Frau nun zum ersten Mal begegnen sollte, musste er vor allem gelassen wirken. Trotz der Äußerungen Hombergs und seiner Frau gelang es ihm nicht, sich eine Vorstellung von ihr zu machen. Dass Neid ihm dies womöglich erschwerte, wollte er sich nicht eingestehen. Er war hier, um ein Angebot zu machen, das in diesem Land noch keiner Hebamme unterbreitet worden war. Malvine immerhin hatte der Gedanke entzückt.

Er wandte sich vom Fenster ab und ging zu den einzigen Bildern hinüber, die in diesem Zimmer die Wände zierten. Es waren zwei Porträts, Kreidezeichnungen, die nebeneinander über der Kommode hingen. Die Frau war jung, sehr apart, mit einer auffallenden Haarpracht, die sie beim Modellsitzen offen getragen hatte.

»Ich sehe, dass Sie wenigstens mit meinen Eltern schon Bekanntschaft schließen konnten«, sagte eine tiefe Stimme hinter ihm. »Nun, unterhalten konnten Sie sich leider auch mit Ihnen nicht. Ich bedaure es, Herr Professor Kilian, dass Sie so lange warten mussten.«

Sie trug ein einfaches schwarzes Kleid. Im Gesicht waren die herben Züge des Vaters erkennbar, selbst wenn sie lächelte. Doch man musste sagen, dass ihr Körperbau nichts von dem einer Matrone hatte, was sonst ihrem Berufstand gern anhaftete. Sie war eine schlanke Person mit fast harmonischen Bewegungen.

»Bitte entschuldigen Sie mich noch einen kurzen Moment.« Sie öffnete eine Verbindungstür zum Nebenzimmer und verschwand darin, während sie weitersprach. »Ich denke, Sie haben das Recht auf ein erfrischtes Gegenüber.«

Sie verhielt sich, als seien sie bereits gut miteinander bekannt. Kilian entschloss sich zunächst, das vorteilhaft zu bewerten. Durch die angelehnte Tür konnte er einen mit Büchern und Papieren überhäuften Arbeitstisch sehen, ein Anblick, der sofort an ihm nagte. Er hörte, wie sie Wasser in ein Behältnis goss, um dann geräuschvoll ihr Gesicht zu waschen.

»Marthe wird gleich frisch aufgebrühten Kaffee bringen. Ich hab ihn dringend nötig«, ließ sie verlauten. »Oder hätten Sie gern etwas anderes?«

»Aber nein.« Er hörte das Klappen einer Schranktür und versuchte, die Titel auf den ihm zugewandten Buchrücken zu entziffern.

»Ich schließe mich Ihnen an und nehme gern noch einen Kaffee. Sie hatten wohl einen anstrengenden Tag?«

»Für die werdende Mutter war es anstrengender. Das Kind hatte sich im oberen Becken mit dem Gesicht zur Geburt gestellt und verblieb sehr zögerlich.«

»Also darf ich vermuten, dass es sich zudem in einer schiefen Stellung befand?«, fragte er. »Die Stirn möglicherweise ...« Im Geiste entwarf er Positionen, die das Anlegen der Zange nötig machten.

»Ja.« Es gefiel ihr offenbar, ihm davon zu berichten. »Die Stirn des Kindes war der Verbindung von Hüft- und Kreuzbein zugewandt.«

»Eine nicht eben ungefährliche Lage, wenn man die Einpressung der Halsgefäße bedenkt, die es eilig zu beenden gilt ...«, sagte er, in Gedanken versunken. »Was taten Sie?«

»Oh«, hörte er sie munter sagen, »bedenkliche Einpressungen? Nein, die waren nicht festzustellen. Ich ließ die Mutter eine seitliche Lage einnehmen und die Knie zur Brust ziehen, das verstärkte die Wehen. Den Rest konnte ich ohne Nachteil für Mutter und Kind der Natur überlassen.«

Sie bewegte sich mit eiligen Schritten durch das Nebenzimmer. Kilian riss seinen Blick von ihrem Arbeitstisch los, gerade als sie im Vorbeigehen dagegenstieß. Sie gab einen erschreckten Laut von sich und griff nach herabstürzenden Büchern. Noch während er zögerte, näher zu treten, segelten einige lose Blätter zu Boden. Es kostete ihn nur einen Schritt auf die Tür zu, um sich eilig danach zu bücken.

»Ach, Sie sind die geheimnisvolle Auftraggeberin.« Er war überrascht, dass der Satz gefallen war, bevor er darüber nachgedacht hatte. Es fiel ihm schwer, seine Faszination angesichts der Radierung zu verbergen. Der Fötus war meisterhaft getroffen, die Darstellung ein Kunstwerk.

»Auftraggeberin ja, aber es lag mir fern, ein Geheimnis daraus zu machen.«

Sie kam aus dem anderen Zimmer, ohne die Tür hinter sich ganz zu schließen. Ob sie das leichte Zittern seiner Hand bemerkte, als er ihr den Bogen höflich zurückreichte, hätte er nicht zu sagen gewusst. Kilian aber fiel auf, dass sie jetzt ein blaues Kleid trug statt des schwarzen, und ihr Haar war sehr flüchtig frisiert.

»Büttner hat mir erzählt, dass Sie ihm für seine Skizzen Zutritt zu Ihrer Sammlung gewährt haben«, sagte sie. »Dafür möchte auch ich mich bei Ihnen bedanken.« Sie legte das Blatt auf die Kommode. »Ich werde nachsehen, wo Marthe mit dem Kaffee bleibt, und dann drängt es mich zu erfahren, was Sie zu mir führt.«

Die alte Magd hatte für ihre Herrin eine kleine Mahlzeit hergerichtet, an der teilzunehmen Kilian eingeladen wurde. Während Marthe umständlich den Tisch neu deckte, ertappte der Professor sich bei der Erkenntnis, dass diese Frau, auf die Homberg so große Stücke zu halten schien, sich nahezu in der Gegenwart eines fremden Mannes umgekleidet hatte. Sie hatte tatsächlich die Kleider gewechselt und sich erfrischt, während sie durch eine angelehnte Tür, die doch vermutlich in ihr Schlafzimmer führte, mit ihm parlierte. Er wurde sich nicht klar darüber, ob sie auf eine befremdliche Weise unbefangen oder schlicht respektlos war.

Von der Suppe aß Professor Kilian nur wenig. Während seines Vortrags erweckte er des Öfteren den Eindruck, als würde er am liebsten aufstehen, um im Zimmer auf und ab zu gehen. Beinahe wollte Elgin ihn ermuntern, sich zu erheben, solange sie noch aß, doch sie sah davon ab. Sein Verhalten geriet so auf eine unterhaltsame Weise hölzern. Immer wieder legte er kleine Sprechpausen ein, als müsste er an manchen Stellen einer schon oft gehaltenen Rede bestimmte Passagen auslassen. Auch war er sehr bemüht, ihr darzustellen, was er erreichen wollte. Weniger ging er darauf ein, wie im Gebärhaus zu Marburg der tatsächliche Stand der Dinge war. Was ihn wohl davon abhielt, endlich sein Anliegen mitzuteilen?

»Als ich vor vielen Jahren ...«, setzte Kilian eben wieder an, »als ich gegen Ende meines Studiums beschloss, die Entbindungskunst zu erlernen, da war die praktische Lehre dem angehenden Arzt noch so gut wie verschlossen. Die praktische Medizin hierzulande war in jenen Zeiten ...«

»Ich weiß, wovon Sie sprechen«, sagte Elgin. Sie fand, es war an der Zeit, den Redefluss des Mannes zu unterbrechen. »Mein Vater hat damit seine sehr eigenen Erfahrungen gemacht.«

Kilian legte den Kopf schief. Ein wenig glich er einer weiß gefiederten Eule. »Ihr Vater?«

»Er war zunächst einfacher Chirurg, der eine lange Zeit in der Armee diente. Dann promovierte er in Wien und wurde einige Jahre später Professor der Chirurgie in Freiburg.«

Kilian kniff die Augen zusammen. »Professor Gottschalk?«, fragte er bedächtig. »Irgendetwas will sich erinnern ...«

»Professor Matthäus Gottschalk«, sagte Elgin und sah zu dem Porträt ihres Vaters hinüber, seinem hageren Gesicht unter der bezopften Perücke. »Vielleicht haben Sie seine Antrittsrede gelesen, oder Sie erinnern sich an Berichte darüber, welche Empörung sie an der Universität auslöste.« Sie schwieg einen Moment, als die Erinnerung an den Tag in ihr hochkam, heftig wie immer. »Einige der Studenten ...«, fuhr sie fort, »... nun, man kann sagen, sie gerieten außer sich, weil er sich für ihren Geschmack zu sehr für die Vereinigung der akademischen Medizin mit dem Handwerk der Chirurgie einsetzte.«

Offenbar kannte Kilian die Geschichte nicht. »Wenn Sie die Tochter eines Arztes sind«, entgegnete er leichthin, »dann muss ich Ihnen nicht länger erklären, was wir für die Geburtshilfe erreichen wollen.«

»Aber vielleicht doch, warum wir dieses zweifellos interessante Gespräch hier führen?«

»Gestatten Sie mir, noch Folgendes hinzuzufügen, und dann will ich es Ihnen sagen.« Er rückte den Stuhl ein wenig vom

Tisch ab und machte mit den Schultern eine Bewegung, als sei ihm sein Gehrock inzwischen zu eng geworden. »In diesen Dürrejahren der Lehre, von denen ich eben erzählte, mussten wir uns selbst helfen, um praktische Übung zu bekommen. Ich schäme mich nicht zu sagen, dass uns eine Hebamme dabei behilflich war. Sie ließ uns in ihr Haus kommen, damit wir lernen konnten, wie man Schwangere untersucht. Sie nahm uns auch mit zu Entbindungen in die Häuser der Armen, die wir dafür bezahlten. Einer von uns übernahm abwechselnd die Rolle des Lehrers, fragte und entschied, was zu tun war. Diese Privatentbindungen waren uns strikt verboten, aber sie lieferten wertvolle Erfahrungen. Wenn auch oft bestürzende und bittere.«

»Bitter warum?«, fragte Elgin. »Weil eine Hebamme Sie etwas lehrte?«

»Mich bestürzten die abergläubischen Praktiken, auf denen die Wöchnerinnen beharrten, die Unwissenheit, die sie sich weigern ließ, einen Arzt eingreifen zu lassen. Auch später, als ich mich in meiner Heimatstadt als Geburtshelfer niederließ – wie oft hat man mich zu spät holen lassen. Weil die Gebärende sich auf nichts als den Beistand der Hebamme verlassen wollte. Oder weil die Hebamme nicht erkannte, dass sie die Grenzen ihres Könnens erreicht hatte.« Während Elgin ihrem Gast dabei zusah, wie er sich in Rage redete, beeilte sich dieser zu sagen: »Ich spreche hier, damit Sie mich richtig verstehen, von den einfachen, ungebildeten Wehemüttern, die nie eine Prüfung abgelegt haben, die glauben, schon hinlänglich für den Beruf geeignet zu sein, weil sie zwei gesunde Fäuste haben. Durch sie sind im Lauf der Jahrhunderte vermutlich mehr Menschenleben vernichtet worden als durch Krieg, Hunger und Pest. Ich bin diesen rohen Weibern begegnet, öfter, als es mir lieb war. Es hat mich gelehrt, wie unerlässlich die Ausbildung guter Hebammen ist. Der Unterricht muss in den Gebärhäusern erfolgen, da sie über die Mittel des Fortschritts verfügen. Wo

Gelehrte der Geburtshilfe sie in einer notwendigen Weise prüfen statt eines Kreisphysikus, der nichts als ein paar anatomische Grundkenntnisse abfragen kann.«

Kilian entnahm seiner Brusttasche ein zartgelbes Tuch und tupfte sich die erhitzten Schläfen.

»Sie haben meine volle Zustimmung«, sagte Elgin. »Den Vorteil einer solchen Ausbildung habe ich selbst genossen. In der Wöchnerinnenabteilung des Wiener Bürgerspitals. Professor Wolf war ein Freund meines Vaters.«

»In Wien, ich verstehe«, sagte Kilian, während er sein Tuch akkurat faltete. »Nun, der geschätzte Kollege Wolf ist mir selbstverständlich ein Begriff. Obwohl seine Grundsätze – nun, ich denke, Ihrer Ausbildung mögen sie sicherlich zugute gekommen sein.« Der Ton war eine Spur zu jovial, und noch immer hatte sie keine Idee, was er von ihr wollte.

»Ich denke, es ist mir in allem zugute gekommen«, gab sie zurück. »Vor allem, da Professor Wolf keinen Unterschied in der Unterrichtung von Studenten und Hebammenschülerinnen machte. Wir hatten gemeinsame Vorlesungen und hospitierten jeweils abwechselnd bei der ersten Untersuchung – und bei den Geburten –, Studenten wie Schülerinnen.«

»Das ist bei uns im Grunde ebenso üblich. Ich darf doch wohl annehmen, dass auch Professor Wolf seine Hebammen nicht im Gebrauch von geburtshilflichen Instrumenten unterrichtet?«

»Das allerdings nicht. Die Studenten lernten dies ausschließlich am Phantom. Die natürlichen Geburten leiteten dagegen ausschließlich die Haushebammen. Er hält es heute noch so.«

»Professor Wolf entscheidet in dieser Hinsicht – so heißt es in Gelehrtenkreisen – sehr großzügig zugunsten der Natur.«

»Ich würde sagen, er lässt die Natur entscheiden. Er schrieb mir in einem seiner letzten Briefe, dass die meisten Mütter und neugeborenen Kinder nicht aus natürlichen Ursachen krank werden, sondern weil man sie naturwidrig behandelt.«

Die Wendung des Gesprächs behagte Kilian nicht, das war offensichtlich. Eingehend betrachtete er seine Fingerspitzen.

»Lassen Sie uns nun über das Angebot sprechen, das ich Ihnen machen möchte, Gottschalkin.« Er hob den Kopf und lächelte.

»Erlauben Sie, dass ich mich erhebe? Meine alten Knochen mögen es nicht, wenn ich sie zu lange in ein und derselben Haltung belasse.« Er legte die Hände auf dem Rücken zusammen, sobald er stand, passierte mit gemächlichen Schritten die Verbindungstür zum Nebenzimmer und blieb schließlich mit dem Rücken zum Fenster stehen.

»Der Vorschlag, den ich Ihnen jetzt unterbreite, wird in Kollegenkreisen auf völliges Unverständnis stoßen, darüber bin ich mir im Klaren. Doch das stört mich nicht. Der Fortschritt fordert ungewöhnliche Mittel und mutige Weggefährten.«

Endlich schien er ihre Ungeduld zu bemerken und strapazierte sie mit einem weiteren kleinen Schweigen.

»Könnte es Ihnen gefallen ...«, begann er, wobei er jedes Wort einzeln betonte, »könnte es Ihnen gefallen, die Ausbildung der Hebammen an meinem Institut mit Ihrer Erfahrung zu leiten?«

Es war ihr unmöglich, darauf etwas zu sagen, so heftig setzten sich ihre Gedanken in Bewegung, die eine Vielzahl von Möglichkeiten erwogen, aber auch ebenso viele Fragen. Professor Kilian sprach unterdessen weiter. Von der Empfehlung des Richters Homberg und dessen Frau, von der Unterstützung, die dieser ihm beim Landgrafen zukommen lassen wollte. Von seinen ehrgeizigen Plänen, das Gebärhaus in Marburg zu einem renommierten Ort der Lehre zu machen.

»Gestatten Sie mir eine weitere Frage.« Kilian räusperte sich. »Ich kam nicht umhin, Ihren Arbeitstisch zu bemerken. Nun – und dieser Kupferstich, den Sie anfertigen ließen ...«

»Sie wollen wissen, woran ich arbeite.«

»Wenn Sie es mir anvertrauen möchten, so wäre es mir eine Ehre.« Wieder legte er den Kopf schief. Ein freundlicher, weißhaariger Herr, ein erfahrener Arzt letztlich und Gelehrter, wie es ihr Vater gewesen war.

»Eine Ehre, ach je«, sagte Elgin. »Vermutlich bin ich es, die sich geehrt fühlen muss, nicht wahr?« Sie erhob sich nun gleichfalls von ihrem Stuhl. »Ich fürchte, es ist noch nicht an der Zeit, darüber zu sprechen. Andererseits ... warum sollen Sie es nicht wissen? Es ist ein Handbuch, das ich herausgeben möchte.«

»Eines für Hebammen, darf ich vermuten?«

»Ja, wenn auch vielleicht nicht ausschließlich. Mein Wunsch wäre, dass es jedem von Nutzen sein kann, der in der Geburtshilfe tätig ist. Ich sehe, Sie finden das anmaßend.«

Sein Lächeln war dünn.

»Nun, wie auch immer«, erwiderte er. »Ich habe selbst nicht eben wenige Schriften veröffentlicht, als Geburtshelfer und Wissenschaftler. Und ich muss Ihnen sagen, die Fragen meiner Studenten, oder zu sehen, welche Fehler sie machten, war immer auch eine wichtige Anregung für mich. Ihnen mag das möglicherweise auch mit Ihren Lehrtöchtern so gegangen sein.«

»Ich hatte nie welche.«

»Ach. Nicht?«

»Es ergab sich nicht. Wie viele Schülerinnen hat denn das Gebärhaus derzeit?«

»Wir sind mit unserem Institut in den Anfängen. Was ich Ihnen biete, ist, die Ausbildung eines neuen Hebammenwesens mitzugestalten. Das Belehren einer Frau durch eine andere wird ...«

»Herr Professor«, unterbrach sie ihn, »ich weiß Ihr Angebot sehr zu schätzen ...«

Kilian hob seine gepflegten Hände, als wollte er im Auditorium um Ruhe bitten.

»Bevor wir weiterreden, verehrte Gottschalkin«, sagte er sanft, »wird es das Klügste sein, dass Sie sich ein persönliches Bild von meinem Institut verschaffen. In wenigen Tagen beginnt das neue Semester. Reizt es Sie denn nicht, in die Dienste der Universität zu treten? Den Spuren Ihres Vaters zu folgen, gewissermaßen?«

Er meinte nicht, was er sagte. Mit diesem Gefühl blieb sie zurück, nachdem er sich verabschiedet hatte. Und noch etwas beschäftigte sie.

*

Die Frage, was Homberg dazu veranlasst hatte, sie dem Professor anzupreisen, ließ Elgin in den kommenden Tagen keine Ruhe mehr. Was hatte seine Empfehlung zu bedeuten, nachdem er sie wegen ihres Verhaltens im Fall Lene Schindlers derart getadelt und sich enttäuscht gezeigt hatte? Schon einmal hatte sie den womöglich großen Fehler gemacht, nicht mit dem Richter zu sprechen. Sie wollte ihn nicht wiederholen.

Richter Homberg empfing sie am letzten Abend des August in seinem Haus.

»Sie könnten damit der Stadt einen Dienst erweisen«, sagte er.

»Als Wiedergutmachung für meinen Ungehorsam, meinen Sie?«

»Es steht mir nicht zu, Sie erziehen zu wollen. Oder sagen wir besser: Mir liegt wenig daran. Ich weiß also nicht, wovon Sie sprechen.«

»Lene Schindler. Es ist noch nicht lange her, dass Sie mir eine Mitverantwortung für den Tod ihres Kindes nahe gelegt haben.«

»Den Tod? Es ist sehr aufschlussreich, Sie das sagen zu hören.«

»Sie haben ihn angenommen.«

»Wir haben ihn nicht beweisen können. Deshalb ist Lene Schindler freigesprochen worden. Aber darüber hinaus war sie ein Opfer überholter Gesetze. Gesetze, die Frauen wie sie nicht von losen Ausschweifungen abhalten können, sondern sie stattdessen in noch schlimmere Verbrechen treibt. Neben einem jungen Anwalt war es vor allem Professor Kilian, der mir zu einem anderen Verständnis der Dinge verholfen hat. Seine Aussagen im Verhör hatten einen nicht unerheblichen Einfluss auf das Urteil.«

»Kilian hat im Prozess ausgesagt? Aus welchem Grund?«

»Gottschalkin, was wollen Sie mir weismachen? Dass Sie davon keine Kenntnis hatten? Dass diese junge Person, Lene Schindler, aus dem Gebärhaus davongelaufen ist, als ihre Wehen einsetzten? Dass sie sich der Hilfe entzog, die das Leben ihres Kindes hätte retten können, von dessen Schicksal wir bis heute nichts wissen? Sie sehen blass aus, Gottschalkin. Nehmen Sie einen Schluck von dem Wein, den Sie nicht anrühren wollen. Er ist gut, glauben Sie Ihrem alten Freund Homberg. Kommen Sie, Sie wussten es wirklich nicht? Sitzt eine Hebamme nicht an der Quelle des Klatsches?«

»Warum haben Sie mich Kilian empfohlen?«

»Die Zuflucht, die er einfachen Weibern wie Lene Schindler bietet und noch in viel stärkerem Maße bieten will, indem er sich für die Abschaffung der Unzuchtstrafe stark macht beim Landgrafen ...«

»... mit denen er sein Haus füllen will. Mit Frauen, die es aus freien Stücken nicht aufsuchen. Er hat keinen Zweifel daran aufkommen lassen, dass die Schwangeren der Lehre zu dienen haben. Es war deutlich zu verstehen, auch wenn er es nicht ausgesprochen hat. In Wien war das vollkommen anders ...«

»Ach, Wien. Wien ist nicht Marburg. Und wie lange ist das her, dass Sie dort unterrichtet wurden? Zwanzig Jahre? Das ist eine lange Zeit in den rasanten Entwicklungen unseres Jahrhunderts, dem allerdings ein trauriger Verfall der Sitten zum Nachteil gereicht. Der Vorteil, den ich für unsere Stadt in einem Gebärhaus entdecken kann, ist eine gewisse Disziplinierung der

Gefallenen, eine Korrekturanstalt, sozusagen. Denn keine Frau von Anstand würde sich doch in solch einer Weise von männlichen Personen befühlen und entbinden lassen. Doch wenn es um Leben und Tod geht, ist das Eingreifen erfahrener Ärzte unerlässlich. Die Lehre braucht ein Institut, und das sollte in der Stadt nicht als Schandfleck gelten. Warum wollen Sie der Wissenschaft, der Sie durch Ihren Beruf verbunden sein müssten, nicht ein wenig behilflich sein? Ich bitte Sie, Gottschalkin. Ein Gelehrter will Sie an seine Seite berufen ...«

»Um den Ruf seines Hauses zu verbessern? Bei wem? Ich würde das gerne verstehen.«

»Gottschalkin, sind Ihre Zweifel nicht übertrieben? Es wundert mich, dass Sie hinter allem eine Verschwörung vermuten müssen.«

»Ich wäge nur ab, Herr Rat. Ich will weiter das sein, was ich bin. Eine Hebamme.«

»Sie werden das zu verbinden wissen. Es lassen sich Lösungen finden. Sprechen Sie mit Kilian darüber. Ich schätze Sie und weiß doch zu gut um Ihre Fähigkeiten. Glauben Sie mir, niemandem ist daran gelegen, Sie den Bürgerinnen Marburgs zu entziehen.«

Leider war seine Gattin nicht im Hause, er bedauerte es sehr. Sie hielt sich mit den Kindern im Landhaus seiner Mutter auf, um den Rest dieses Sommers zu genießen. Nur allzu gern hätte sie den Besuch ihrer lieben Gottschalkin empfangen. Sie ließ sie von Herzen grüßen. Ihr Sohn entwickelte sich prächtig.

Acht

SEPTEMBER 1799

Gesa setzte sich in ihrem Bett auf, nachdem sie vergeblich versucht hatte, in den Schlaf zu finden. Ihr Rücken war steif und schmerzte. Die vergangenen langen Tage waren sie damit beschäftigt worden, jeden Winkel des Hauses zu putzen. Alle Wäsche hatte man sie aus den Schränken holen lassen, um sie zu inspizieren. Dann wuschen, flickten und räumten sie. Und natürlich lüfteten sie unaufhörlich.

»Was sind nun eigentlich Miasmen?«, hatte Lotte gefragt.

»Miasmen sind, so sagt man ...«

»Ach, *man* sagte dir. Meinst du, ich wüsste nicht, wer dir ziemlich ausführlich ...«

»Still, oder du weißt, was dir blüht.«

»Schon gut. Also was sind ...«

»Miasmen sind wie ein Pesthauch, sagt ... Jedenfalls sollen sie vom Atem oder vom Schweiß gebärender Frauen in die Luft kommen und krank machen.«

»Also, das hör ich zum ersten Mal. Bei uns gibt es so was nicht. Bei euch etwa? Hast du jemals ...«

»In wie viele Häute ist das Kind eingeschlossen, und wie heißen diese? Kannst du mir das sagen, Lotte?«

Sie befragten sich viel in diesen Tagen.

Die Studenten kamen wieder zum Unterricht, und in einer seltsamen Fügung hatten in kurzen Abständen zwei Schwangere um Aufnahme gebeten.

Tagelöhnerinnen, trug die Haushebamme Textor ins Protokollbuch ein. Irgendetwas war schon wieder anders mit ihr, doch in gewohnter Weise war sie grob zu den Schwangeren und murrte über jeden Kessel Suppe, der für sie aufs Herdfeuer kam, während sie sich die Schürzentasche mit getrockneten Birnenscheiben füllte. Sie trieb die Frauen in den Keller, um Flachs zu holen, und ordnete an, dass sie sich mit Fleiß dem Spinnen zu widmen hätten, außer man holte sie zum Unterricht. Es befriedigte sie, den Schwangeren klar zu machen, dass es hier nichts umsonst gab. Derzeit hatte niemand Lust, sich mit ihr anzulegen, nicht mal Lotte.

Wenn die Frauen aus der Küche ihr Essen holten, erzählten sie den Schülerinnen, dass die schlechte Ernte ein Unglück für viele war. Man traf derzeit auf den Straßen des Landes eine Menge Leute, die nach neuen Dienstplätzen suchten. Die Arrestzellen würden bald voller Bettler und Landstreicher sein, sagte man in der Stadt.

Wenn auch die Studenten dagegen das Auditorium nach wie vor nicht eben füllten, so gab Professor Kilian sich zuversichtlich. Doktor Heuser wirkte abwesend wie immer.

Gesa erleichterte das mehr, als es sie betrübte, und Lotte verbot sie, weitere Anspielungen zu machen. Andernfalls, so hatte sie ihr gedroht, würde sie sich weigern, weiter mit ihr zu lernen, und sie verspürte nicht die geringste Hemmung, dem Folge zu leisten. Lottes kupplerischen Vermutungen und Fragen mochte sie nicht mal mehr im Stillen begegnen. Die Schritte des Doktors hörte sie noch in der Nacht. Sie wollte nicht mehr darauf achten, wo er stehen blieb und wie lange. Sie hörte den Stuhl über den Boden rücken, vermutlich zog er ihn näher zum Tisch.

Neulich, als sie ihn zu der kranken Schwangeren gerufen hatte, war er aufgesprungen und ihr auf der Stiege entgegengekommen. Das Innere der Studierstube, in der er so unendlich viel Zeit verbrachte, machte sie nicht im Geringsten neugierig. Es war ihr wichtiger zu sehen, in welcher Weise er sich um die

Schwangere kümmerte, zu hören, was er mit dem Professor besprach und wie sie gegen das Fieber vorgingen.

Der Doktor und sie hatten sich nächtelang abgewechselt am Bett der Frau. Sie hatte ihn mit der Kleinen sprechen hören, die schneller gesund war als ihre Mutter. Doch mit ihr, Gesa, sprach er von sich aus sehr wenig. Nicht mehr, als über die Kranke zu sagen war. Anders verhielt es sich, wenn sie ihn befragte. Dann antwortete er ausführlich und achtete darauf, dass sie ihn verstand. Dann sah er ihr auch ins Gesicht. Er erklärte ihr, was es mit dem Fieber der Frau auf sich hatte und wie sie es würde senken können, auch ohne Chinarinde, was nur einem Arzt zur Verfügung stand. Ihn konnte nichts anderes beschäftigen als seine Arbeit. So, wie sie die bevorstehende Prüfung beschäftigte; es gab nichts zu deuten daran.

Gegenüber seufzte Lotte im Schlaf, als würde sie vergeblich nach unzähligen Antworten suchen. Der Hebammen-Katechismus, ein schmales, von Professor Kilian verfasstes Bändchen, lag mit seinen unzähligen Fragen neben ihrem Bett.

Gesa beugte sich hinüber und zog die Kerze über den Boden zu sich heran, den sie noch vor wenigen Stunden auf den Knien liegend gescheuert hatten, während immer eine von ihnen das Buch neben sich hatte.

Am Bettrand tastete Gesa nach der Leinentasche und löste die Bänder. Lange bevor Tante Bele angefangen hatte, sie mitzunehmen, wusste Gesa, was eine Hebamme bei sich haben musste. Sie war noch ein Kind, als Bele ihr beibrachte, Leinen in dünne Streifen zu reißen, und ihr bei der Gelegenheit erklärte, wie ein Nabel abgebunden werden musste. Bald überließ sie es Gesa, die Dinge zurechtzulegen, auf ihre Vollständigkeit zu achten und sie in ein sauberes Tuch zu schnüren: Bänder, Lappen, ein Schächtelchen mit Eichenschwamm zum Blutstillen, eine kurze Flasche aus Steinzeug für das Leinöl, die kleine Schere mit den stumpfen Enden.

Nachdem Gesa dies lange genug zuverlässig verrichtet hatte, entwickelte sie mit dem Erfindungsreichtum einer Heranwachsenden die Idee zu einer besonderen Tasche. Sie entstand nach einigen fehlgeschlagenen Versuchen und unzähligen Nähstunden. Als sie fertig gestellt war, betrachtete Bele die Erfindung, öffnete die Bänder, die sie an den Seiten zusammenhielt, schlug sie auf, sah auf den geordneten Inhalt und sagte: »Das scheint mir eine gute Sache zu sein.« Dass sie die Sache fortan benutzte, ohne je wieder ein Wort darüber zu verlieren, war mehr als ein Lob.

Gesa schloss die abgegriffene Tasche, deren festes Tuch inzwischen weich geworden war, und legte sie zurück an ihren Platz zwischen Kissen und Wand.

In den Jahren an Beles Seite hatte sie lernen müssen, zu verstehen, was sie nicht sagte, ebenso wie das, was sie aussprach. Wenn sie schwieg, war jeder Versuch, diesen verunsichernden Zustand beenden zu wollen, sinnlos. Man musste Geduld haben und warten. Insofern war Tante Bele kein schwer zu ergründender Mensch. Als sie damit begann, ihr die ersten Handgriffe beizubringen, waren sie sich nah, wie sonst selten. Sie musste dicht neben ihr sein, wenn sie vor dem Bett einer Schwangeren saßen oder vor dem Gebärstuhl, den Gesa, seit sie mitging, zusammengeklappt auf dem Rücken zu den Kreißenden trug. Es gab Frauen, die es ablehnten, darauf zu sitzen. Bele überließ es ihnen, andere Haltungen einzunehmen, die ihnen behagten. Gesa lernte, Leintücher fest zu verdrehen und sie am Deckenbalken einer Kammer zu befestigen oder am Fußende eines Bettes, sodass es den Kräften einer Frau in den Treibwehen standhielt. Doch wo immer sie sich in der Nähe einer Gebärenden befanden – wenn Bele ihr etwas mitteilen wollte, ihre Hand führte, um die Lage des Kindes zu ertasten, wenn sie Gesa anwies, wie sie die Frau in der Geburtsarbeit unterstützen konnte, dann sprach sie leise, Wange an Wange mit ihr, dass nur sie es verstand.

Sie über Geburten zu befragen, wenn sie mit keiner beschäftigt waren, hatte Gesa bald aufgeben müssen. »Wenn es so weit ist, dann wirst du es erfahren. Du lernst es an dem, was du vorfindest.« Sie war mit Befürchtungen zurückgeblieben, und daran hatte sich nichts geändert.

Oben in der Dachkammer hörte sie, wie Doktor Heuser seine nächtliche Wanderung wieder aufnahm. Was ihn wohl so ruhelos machte? Manchmal glaubte sie, dass auch er sich mit Befürchtungen trug. Vielleicht, wenn sie wieder in ihrem Dorf war, vielleicht würde sie die Geräusche aus der Dachkammer vermissen, in den Nächten, die sie allein in dem kleinen Haus verbringen würde. Die Erinnerung an ihn würde sie zurücklassen, zusammen mit den verstörenden Erinnerungen an so vieles, was sich hier abgespielt hatte.

Gesa griff nach ihrem Schultertuch und verließ die Kammer auf Zehenspitzen. Von der Stiege, die zur Dachstube führte, fiel Licht.

Auch das Auditorium lag nicht vollkommen im Dunklen, ein zunehmender Mond beleuchtete es ein wenig, und die gläsernen Türen der Schränke schimmerten ihr matt entgegen. Während sie sich ihnen langsam näherte, schien der flackernde Lichtschein ihrer Kerze die bleichen Geschöpfe in den Gefäßen in Bewegungen zu versetzen, so als hätten sie etwas zu verkünden.

Lotte würde die Prüfung als Erste machen und sie dann hier allein zurücklassen. Doch nicht lange, nur wenige Wochen noch, dann würde auch sie aus diesem Haus gehen. Wie oft, seit sie nach Marburg gekommen war, hatte sie diesen Tag herbeigesehnt!

Sie hatte über Anatomie gehört. Noch im Frühjahr kannte sie kaum das Wort. Inzwischen hatte sie das Innere des Menschen auf Kupferstichen gesehen, die Knochengerüste von ungeborenen Kindern. Sie wusste nun von rachitischen und anderen verengten Becken. Die Prüfung machte ihr keine Angst, sie war sicher, sie zu bestehen. Und doch meinte sie, weniger zu wissen als jemals zuvor. Es ist so, als wüsste ich jetzt mehr darüber, was ich nicht kann, dachte Gesa.

Sie bemerkte nicht, dass Doktor Clemens Heuser draußen auf dem Flur von der Flügeltür zurücktrat und leise die Treppen hinabstieg. Sie ahnte nicht, dass er sich nach einem heftigen inneren Widerstreit dagegen entschlossen hatte, das Auditorium zu betreten und sich ihr zu nähern. Er sagte sich, dass es nicht an der Zeit war, sie wissen zu lassen, was er immer stärker für sie empfand.

Eine Bemerkung von Professor Kilian hatte ihm zu verstehen gegeben, dass er sie schützen musste. Ob Kilian tatsächlich das Gespür besaß, zu bemerken, was in ihm vorging? Wie sonst konnte er darauf verfallen, ihn darauf anzusprechen, ob er jemals zu heiraten gedachte? In einer vertraulichen Weise hatte Kilian ihn auf die Seite genommen.

»Im Leben eines Geburthelfers sollten auch Ehe und Familie ihren Platz haben«, hatte er gesagt. »Wiederholen Sie nicht die Fehler Ihres alten Lehrers. Mir ist dieser Teil wohl schlichtweg entfallen. Merkwürdig, nicht? Da ist man eine so lange Zeit seines Lebens mit dieser besonderen Wissenschaft befasst, ohne selbst ... Nun, es ist zu spät, mit dem Schicksal zu hadern. Ich darf gestehen, dass ich nichts vermisse. Doch Sie sind jung, mein lieber Freund. Und durchaus ein Mann mit einer Neigung zu Empfindsamkeiten – das glaube ich doch inzwischen von Ihnen zu wissen.« Sein Augenzwinkern hatte Clemens als anzüglich empfunden. »Vielleicht ist es für Ihr berufliches Wirken von Vorteil, wenn Sie sich ... nun, sagen wir, wenn Sie Ihrer Seele nachgeben und sich dem Verstand Ihrer Physis zuwenden?«

Zum ersten Mal war Clemens von Kilian abgestoßen und fand seine Selbstgefälligkeit irritierend. Nichts davon durfte auf

Gesa zurückfallen, nicht der geringste Schatten einer Mutmaßung sollte ihr schaden.

Tatsächlich hatte sich Clemens einmal verlobt – in Kassel, noch während er sein Studium abschloss. Philippa war die Tochter eines Bankiers und von ungezügeltem Wesen. Sie war schön und gefiel ihm, doch sie schien stets in Erwartung von etwas, das sie vergebens bei ihm suchte. Er war höflich mit ihr, aufmerksam und, wie er fand, galant, er meinte, zärtlich für sie zu empfinden. Doch eines Tages – in einer bewachsenen Laube im Garten der Eltern – bat Philippa ihn, sie freizugeben und das Verlöbnis zu lösen. Ihn selbst überraschte am meisten, wie wenig gekränkt er gewesen war, sie sagen zu hören, dass sie einen anderen leidenschaftlich liebte. Was ihn damals bekümmert hatte, war die Feststellung, dass er nicht wusste, wovon sie sprach.

»Weißt du«, hatte Philippa gesagt, »so wie du aufgrund deiner Profession die Frauen berührst ... Möglichweise hält dich das davon ab, einer richtig nahe zu sein.« Sie hatte, während sie sprach, eine Rose entblättert, merkwürdigerweise vergaß er das nie. »Vielleicht«, sagte Philippa dann, »vielleicht musst du deshalb noch viel mehr Angst vor der Liebe einer Frau überwinden als jeder andere Mann. Ich weiß, dass du dazu fähig bist. Ich allerdings bin wohl zu ungeduldig, darauf zu warten.«

Im Grunde war das Gespräch jenes Nachmittags das wahrhaftigste, das sie je miteinander hatten – was er überhaupt je mit einer Frau hatte, um genau zu sein.

Clemens ging aus dem Haus, und wenn es nur für wenige Stunden war. Seit der irritierenden Unterredung mit Kilian schlief er nicht mehr in der Dachkammer des Instituts. Seine Wirtin, die um sein Wohl besorgt war und ihm nun an jedem noch so frühen Morgen ein kräftigendes Frühstück vorsetzte, begrüßte das sehr.

∗

In der Hofstatt sah Elgin von ihrer Niederschrift auf. Es war, als hätten ihre Gedanken nur auf einen günstigen Moment gewartet, um von der Arbeit abzuschweifen.

Die Hebammentasche hatte nicht zu ihr zurückgefunden. Dafür hatten Gerüchte die Runde in Marburg gemacht, denen sie neuerdings etwas aufmerksamer begegnete. Vom jungen Fessler war die Rede gewesen. Mit zunehmend ausgeschmückten Schilderungen, wie er auf eine Weise zu Pferde die Stadt hinter sich ließ, die nicht alle Tage zu sehen war. Von der Frau, die es verstanden hatte, sich hinter ihrem Hut und an seiner Brust zu verbergen, wusste man nur, dass sie an jenem Nachmittag ein blaues Kleid trug. Und nachdem Therese Herbst sich bei ihrer engsten Freundin Malvine Homberg ausgeweint hatte, war trotz aller Diskretion in den Häusern der Oberstadt bekannt, dass sie es nicht gewesen war.

Die Brauteltern forderten eine Erklärung, und der junge Fessler hatte sich immerhin ernsthaft entschuldigt. Es musste ihm gelungen sein, seiner Braut gegenüber aufrichtiges Bedauern darüber zu zeigen, dass ihr das Geschwätz solch heftigen Kummer bereitet hatte. Über die Frau auf dem Pferd sagte er nichts, außer dass seine Ehre es ihm gebot, ihr Geheimnis zu wahren. Caroline Fessler hatte dafür gesorgt, dass das junge Paar dieses Gespräch unter vier Augen führte, und danach flehte Therese ihre zweifelnden Eltern unter einer neuen Flut von Tränen an, dass sie die Sache auf sich beruhen lassen sollten. Therese fieberte ihrem zukünftigen Ehemann mit ungeminderter Sehnsucht entgegen, erzählte man in gut unterrichteten Kreisen, ja fast schien es, als sei diese durch den rätselhaften Vorfall noch weiter angefacht worden. Man sagte, das kam von den englischen Romanen, die Therese in jeder freien Stunde las.

Vom jungen Fessler war als Letztes berichtet worden, dass er in diesen Tagen die Prüfung vor dem Collegium medicum bestanden und bald darauf eine Postkutsche nach Frankfurt bestiegen hatte, angeblich, um Gewürze für die Apotheke einzukaufen.

Elgin wünschte, er könnte dort bleiben, am liebsten für immer, oder wenigstens bis zu seiner Hochzeit, von der sie sich viel versprach. Er musste nur abgelenkt werden, sagte sie sich.

Sie nahm einen Schluck Bordeaux, von dem ihr ein Marburger Kaufmann nach der Entbindung seiner Zwillingssöhne drei Kisten hatte schicken lassen. Für jedes der Kinder eine, für das Leben der tapferen Mutter eine dritte. Das war vor weniger als einem Jahr gewesen und die Frau erneut schwanger. Sie erwartete mit Demut ihr siebtes Kind.

Elgin zog die Öllampe näher an ihr Manuskript.

Der monatliche Blutfluss bleibt während der Schwangerschaft aus und ebenso in der Zeit des Säugens. Verliert eine Frau bei fortgeschrittener Schwangerschaft große Mengen dunklen Blutes, so bezeichnet dies eine Krankheit. Und doch können auch jene Schwangerschaften beobachtet werden, in denen der Körper seiner Gewohnheit des Monatlichen wohl weiter folgen will: Dann jedoch erscheint das Blut eher zaghaft in eben jenen Epochen, die der früheren Reinigung entsprechen. Verhält es sich so, muss es für die Gesundheit der Frucht keine schlimmen Bedenken geben.

Sie las noch einmal, was sie geschrieben hatte. Vor zwei Tagen hatte sie Kilian ihren Besuch im Accouchierhaus zugesagt. Nachdem sie bislang in ihren Niederschriften zügig vorangekommen war, brütete sie nun mitunter lange über einzelnen Sätzen, so wie eben jetzt über dem letzten. Während Elgin ein weiteres Mal von dem Wein trank und beschloss, die Formulierung stehen zu lassen, öffnete unten eine verschlafene Marthe die Tür.

Es leuchtete der alten Magd ein, dass die neue Tasche für die Gottschalkin selbst zu dieser späten Stunde abgeliefert werden musste, war doch die andere unter mysteriösen Umständen abhanden gekommen. Und schließlich war Marthe zu müde, um dem jungen Fessler einen Wunsch abzuschlagen. Er habe keine Zeit verschwendet und sei auf direktem Weg von der Postkutschenstation zur Hofstatt geeilt.

Und selbst wenn er nun seit Längerem nicht mehr ins Haus kam – ohne dass ihm jemand die Tür öffnete und er es verließ, bevor die Hähne den Schnabel aufrissen –, es war ihr durchaus nicht verborgen geblieben. Was wusste die Gottschalkin schon vom kurzen Schlaf einer alten Frau, die zudem über ein gutes Gehör verfügte? Sie würde schweigen wie ein Grab, darauf konnte ihre Herrin sich verlassen. Aber es gab Momente wie diesen, in denen Marthe meinte, besser zu wissen, was gut für sie war.

Wenn dem jungen Herrn so viel daran lag, die Tasche persönlich abzuliefern, was sollte schließlich dagegen einzuwenden sein? Die alte Magd warf einen Blick auf die dunkle Gasse, bevor sie die Tür schloss und in ihrer Kammer neben der Küche verschwand. Am nächsten Tag würde ihr das Verbot erteilt werden, den jungen Fessler jemals wieder ins Haus zu lassen. Doch jetzt gab es nichts, was ihr ein schlechtes Gewissen machte.

*

»Marthe schläft den Schlaf der Gerechten«, sagte Lambert. »Ich glaube, sie schlief auch, während sie mir die Tür aufmachte.«

Schlimm genug, dachte Elgin. Sie hatte sich hastig vom Tisch erhoben, als er ins Zimmer trat, nach einem Klopfen, hinter dem sie ihre Magd vermutete.

»Ich will das nicht«, sagte sie.

Er kam unbekümmert näher und stellte die Tasche auf dem Tisch ab. Es war ein außergewöhnliches Stück aus dickem Leder mit einem neuartigen Messingverschluss. »Aus Frankfurt«, sagte er. »Ich musste doch mein Versprechen einlösen. Als Marthe in der Apotheke war, hab ich sie gefragt, ob du deine Tasche wieder zurückbekommen hast ...«

»Es gefällt mir nicht, dass du meine Magd ausfragst. Es gefällt mir noch viel weniger, dass du sie umschmeichelst, bis sie dich in mein Haus lässt, ohne mich zu unterrichten.«

Lambert lachte.

»Ich wollte dich überraschen, dir eine Freude machen. Das ist schon alles. Und im Übrigen – möchtest du mir nicht gratulieren? Vor dir steht ein geprüfter Apotheker.«

»Alles, was ich möchte, ist, dass du gehst und nie wieder kommst. Diese aufgeregten Inszenierungen, diese kindischen Auftritte. Die ganze Stadt spricht über dich. Dir mag das gleichgültig sein – aber mir ist es das ganz und gar nicht. Wenn irgendetwas über unsere ... Verbindung ans Licht kommt – für mich steht alles auf dem Spiel – mein Beruf nämlich, der mir alles bedeutet. Du setzt dich einfach darüber hinweg. Ist es das, was du willst? Mir gefährlich werden?«

»Nein«, sagte er mit einer Bestimmtheit, die ihr unerträglich war. »Ganz im Gegenteil. Ich sehe sehr deutlich, dass ich alles anders machen muss. Diese Heirat ist verlogen. Ich sehe das ein. Ich muss sie absagen, das ist mir klar geworden. Manchmal ist es gut, auf Reisen zu gehen, und wenn es nur bis nach Frankfurt ist. Man sieht plötzlich alles viel klarer. Ich darf diese Heirat keinem von uns antun, nicht mal ...«

»Sprich nicht weiter, ich bitte dich!« Sie war vor ihm zurückgewichen und prallte mit dem Rücken an den Pfosten des Bettes. »Hör auf, sei still«, flüsterte sie. »Ich will das nicht hören. Du machst mir Angst.« Ihr Schluchzen vernahm sie wie einen fremden Laut. Sie spürte kaum, dass er sie an sich zog. Sie weinte und wusste nicht, was dagegen zu tun war. »Ach, warum gebe ich dir die Schuld? Ich selbst habe die Gefahr in Verzug gebracht. Ich war das. Ich hätte nie zulassen dürfen, dass du ...«

»Wir ...«

»Nein.«

»Was soll ich denn bloß machen, damit du keine Angst vor mir hast?«, sagte Lambert erschrocken.

»Heirate diese junge Frau«, sagte sie. »Mach doch bitte alles so, wie du es vorhattest, bevor du mich kanntest. Lass mich mein Leben weiter so führen, wie ich es immer wollte.«

»Ich liebe dich, Elgin Gottschalk.«

»Aber ich dich nicht.«

»Das ist nicht wahr«, sagte er.

»Doch.«

»Komm«, er packte sie an den Schultern, als wollte er sie schütteln, doch dann ließ er sie los, »ich will dir dabei zuschauen, wie du es sagst.«

Sie fuhr sich über das Gesicht und sah ihn an.

»Ich liebe dich nicht.«

Sie füllte ihr Glas, ohne davon zu trinken. Er nahm es ihr ab, als er dicht hinter sie trat, und leerte es in einem Zug.

»Wenn das so ist«, sagte er, »dann sollte ich noch einen letzten Wunsch frei haben. Ich will von meinem Verbündeten Abschied nehmen, bevor ich gehe.«

Sie hörte nur das Wort Abschied. Allein deshalb ließ sie alles geschehen. Das Letzte und Einzige, was sie ihm noch geben wollte. Sie überließ es ihm, sie zu entkleiden und ihr Haar zu lösen. Hinter den Vorhängen ihres Bettes empfing sie seine letzten Küsse, sie lag da wie so oft, mit ausgebreiteten Armen. Ihr Körper nahm seine Berührungen mit der gewohnten Lust entgegen. Alles ein Abschied. Während er sie liebte, sollte für sie die Hingabe ein Ende haben. Sie war sehr stark, stärker als er, dachte sie. Sie sah ihn an und ertrug seinen Blick, bis sein Gesicht sich verzerrte. Dann hielt er sie fest wie immer. Seine Finger strichen durch ihr Haar, und seine Lippen sammelten ein letztes Mal den Schweiß von ihrem Nacken.

»Das wird nie wieder jemand tun«, sagte sie. »Das ist ein Versprechen.«

»Wie traurig«, sagte er. »Was für ein trostloses Versprechen.«

*

Gesa hatte die Hebamme größer in Erinnerung gehabt. Sie war überhaupt nicht groß, fast konnte man sie als klein bezeichnen. Sie war auch nicht schön, jedenfalls besaß sie nicht die Schönheit der gefälligen Art. Der dicke Haarknoten im Nacken sah aus, als müsste er sie beschweren. Doch ihr Gang war leicht, beinahe schwebend, aber das war sicher nur eine Einbildung, die sich durch das lose fallende Kleid aus weichem Stoff ergab und einen Kapuzenmantel, den sie öffnete, aber nicht ablegte.

Als Elgin Gottschalk das Auditorium an der Seite des Professors betrat, herrschte sofortige Stille. Die Studenten erhoben sich höflich und setzten sich erst wieder, nachdem sie der Professor mit einer knappen Geste dazu anwies.

»Das ist sie«, flüsterte Gesa, »die Hebamme, von der ich dir erzählt habe.«

Lotte sagte ausnahmswiese nichts.

Doktor Heuser begrüßte die Frau mit einer knappen Verbeugung und nahm neben ihr Platz. Die Stühle waren so aufgestellt worden, dass sie das Auditorium von der Seite aus überblicken konnte. Professor Kilian begann seine Vorlesung, nachdem er seinen Hörern den Gast vorgestellt hatte. Warum sie da war, ließ er sie nicht wissen.

Ob sie es war, für die er tagelang das Haus hatte schrubben lassen? Die Böden, die Fenster, das Auditorium, jede Kammer, bis hinab in den Sezierkeller, wo sie Instrumente und Glasbehälter zu reinigen hatten und gefaltete Tücher auslegten. Die Gallonen mit Terpentinöl ließ man sie vom Staub befreien und so aufstellen, dass das Tageslicht aus der engen Fensteröffnung von oben auf sie traf. Im Auditorium hatte Kilian persönlich bewacht, wie sie die Schränke von außen wie innen mit weichen Lappen und Spiritus reinigten. Und jedes Stück der Sammlung hatte er selbst in die Hand nehmen wollen, um es hinaus- und hineinzuräumen. Selbst das Polster des Gebärstuhls hatte er sie waschen lassen, obwohl er nie zur Anwendung kam, außer bei der ledernen Mutter.

Sollte all das mit dem Besuch der Hebamme zu tun haben?, fragte sich Gesa. Und wenn, was hatte es dann zu bedeuten?

Indessen stellte Clemens fest, dass Kilian auf die üblichen Ausführungen über die Segnungen der Zange verzichtete. Der Professor wusste immer sehr anschaulich zu schildern, wie die Zangen das barbarische Traktieren mit anderen Werkzeugen ersetzen konnten. Er ließ dann die Studenten an die Instrumentenschränke treten, demonstrierte Modelle englischer und französischer Kollegen und was er, Kilian, diesen Erfindungen hinzugefügt hatte, um sie zu vervollkommnen. Und wenn er dafür in Stimmung war, oder jemand eine entsprechende Frage stellte, kehrte Kilian in seinem Vortrag zu den düsteren Anfängen seines Berufslebens zurück. Er pflegte dann vom Enthirnen und Zerstückeln ungeborener Kinder zu berichten, von seinem bis heute andauernden Entsetzen darüber, an dem er seine Studenten teilhaben ließ. Er fügte stets mahnend hinzu, dass nur in den seltensten und schlimmsten Fällen Derartiges zu verrichten war, und wies im Schrank auf die nötigen Instrumente. Nie vergaß Kilian dann, es dem schändlichen Versagen einer alten Hebamme anzulasten, dass er sich ein einziges Mal vor vielen Jahren dazu veranlasst sah, schneidende Werkzeuge anzuwenden, um ein totes Kind aus der armen Mutter herauszulösen.

Nichts von alledem kam im heutigen Vortrag des Professors zur Sprache.

Stattdessen redete er recht allgemein von medizinischen Grundsätzen, verwies mehrfach auf seine Schriften und empfahl sie den Studenten zur Lektüre. Mit einem kleinen Exkurs über die körperliche Eignung von Geburtshelfern – genauer: über richtig bemessene Hände und Arme – gelang ihm ein geschicktes Manöver zum Thema des Tastens und Fühlens, dem er viel Zeit widmete. Der Professor erklärte dies mit der bevorstehenden Prüfung seiner Hebammenschülerinnen.

Wovon auch immer Kilian die Hebamme zu überzeugen gedachte, es musste ihr auffallen, auch wenn sie ihn nicht näher kannte. Clemens Heuser hielt sie für einen ernsthaften Menschen, es war das Erste, was sie vermittelte, noch bevor sie etwas sagte. Sie saß neben ihm ohne erkennbare Regung. Weder gab es Ungeduld zu entdecken, die sich in versteckten Gesten hätte äußern können, noch Langeweile. Allerdings hatte er ihren Blick zu den Schülerinnen wandern sehen und bemerkte die Andeutung eines Nickens. Er sah Gesa lächeln und musste schnell fortschauen, weil es ihn berührte.

Was auch immer Kilian darzustellen gedachte, es kam ihm ausgerechnet die Natur zu Hilfe, als letztes Steinchen im Mosaik. So musste es Kilian erscheinen, als die Textor eine der Türen aufriss. Bei einer Schwangeren hätten die Wehen eingesetzt. Als Haushebamme vermittelte sie wahrhaftig keinen guten Eindruck, vielleicht fiel das dem Professor heute auf.

Man konnte durchaus von Ereignissen sprechen, die sich überstürzten, oder besser vielleicht von einer nervösen Unruhe, die sich schlagartig ausbreitete. Es verging eine Zeit, in der die Schwangere geholt wurde und alle durcheinander rannten.

Nur die Hebamme saß immer noch auf ihrem Stuhl, an der Seite des Auditoriums. Die anderen hatten sich vor dem Untersuchungstisch, zu den Füßen der Schwangeren versammelt: Ärzte, Studenten, Schülerinnen, auch die Textor.

»Kommen Sie«, sagte Professor Kilian zu Elgin Gottschalk. »Geben Sie uns die Ehre eines ersten Tastbefunds. Wir möchten Ihre Meinung zu dem Fall hören.«

Sie erhob sich langsam. Sie hatte es nicht sehr weit zur Tür.

»Ich danke Ihnen«, sagte sie. »Jetzt möchte ich gehen.«

Draußen konnte Elgin das Schweigen hören, und wie Professor Kilian es beendete. Seine dozierende Stimme wurde für einen kurzen Moment lauter, als sich hinter ihr noch einmal die Tür öffnete.

»Warten Sie bitte, Gottschalkin. Darf ich Sie begleiten?«

»Hat man Sie geschickt, um noch ein gutes Wort einzulegen?«

Der junge Arzt hob die Handflächen. Er hatte ein warmes Lächeln, das nicht so hilflos war, wie er sich möglicherweise fühlte. Während der seltsamen Führung durch das Institut hatte der hoch gewachsene Mann sich meist schweigend an der Seite des Professors gehalten. Er äußerte sich stets knapp, wenn Kilian ihn gespreizt dazu aufforderte, es behagte ihm offenbar wenig, lediglich die Lücken zu füllen, die dieser ihm ließ. Und doch wirkte Doktor Heuser alles andere als eitel, eher wie ein scheuer Mensch, der versehentlich auf die Bühne eines überfüllten Theaters geraten war.

Elgin erwiderte sein Lächeln, und gemeinsam entfernten sie sich ein paar Schritte vom Auditorium.

»Sie korrespondieren also tatsächlich mit Madame Loisin in Paris?«, fragte sie.

»Ja. Ich bin derzeit besonders glücklich darüber, dass sie mir ihr Intrapelvimeter geschickt hat, ein Instrument zur inneren Beckenmessung.« Er zögerte. »Wären Sie interessiert, es zu sehen?«

Er entschuldigte sich, dass er sie bitten musste, ihm die Stiegen hinauf in eine kleine Dachstube zu folgen. Dort angekommen, entschuldigte er sich für die Unordnung, während sie sich dem Schrank näherte, der erst vollständig sichtbar wurde, als der junge Arzt die Tür schloss. Noch nie hatte sie eine Sammlung weiblicher Becken gesehen.

Heuser ließ sie Einblick in seine Aufzeichnungen nehmen, zeigte ihr einige seiner Berechnungen und Schlussfolgerungen, die er aus seinen Erkenntnissen für die Untersuchung schwangerer Frauen zog. Auf ihre Bitte hin nahm er eines der verformten Becken aus dem Schrank und erläuterte ihr die Anwendung des Pelvimeters der Loisin.

»Sie beschreibt seine Bedeutsamkeit mit Einschränkungen«, sagte er, während Elgin das Instrument in die Hand nahm und fasziniert seinen Mechanismus betrachtete, »und merkt an, dass im Zweifelsfall die Messung mit der Hand die zuverlässigsten und vor allem wohl schmerzfreieren Resultate ergibt. Warten Sie, ich möchte Ihnen noch etwas zeigen.«

Er suchte den Brief der französischen Hebamme zwischen dem Wust von Papieren auf seinem Tisch, um sie die Zeichnung einer weiteren Erfindung sehen zu lassen.

Elgin legte das Messinstrument aus der Hand.

»Haben Sie Schmerzen?«, fragte er unvermittelt, ohne seine Suche zu unterbrechen. »Wenn Sie länger stehen oder sitzen?«

Sie lächelte über sein Bemühen, die Frage beiläufig klingen zu lassen. »Was würden Sie daraus schließen, wenn es so wäre?«

Er sah sie an. »Dazu müsste ich mehr über die Natur Ihrer Schmerzen wissen.«

»Soll dies nun ein Gespräch zwischen Arzt und Patientin werden?«, fragte sie. »Es gibt einen Grund für die Schmerzen und eine Geschichte.«

»Darf ich sie hören?«

»Warum nicht? Es ist immerhin die Geschichte eines Arztes – meines Vaters.« Es wäre das erste Mal, dass ich sie jemandem erzähle, dachte sie. Merkwürdig, ausgerechnet heute in diesem Haus davon zu sprechen, vielleicht aber auch nicht. Sie bat Heuser, auf dem einzigen Stuhl in der niedrigen Kammer Platz zu nehmen, damit er nicht länger so krumm dastehen musste, und bekräftigte, dass sie es vorzog, sich an den Tisch zu lehnen.

Dann erzählte sie ihm von der Antrittsrede des Professors Matthäus Gottschalk an der Universität in Freiburg und von deren Folgen.

Welchen Widerstand seine Ansprache auslöste, in der er dafür plädierte, Chirurgie und Medizin in einem Beruf zu vereinen! Matthäus Gottschalk sah sich aufgerufen, seine Überzeugungen vehement zu vertreten. Den Stolz derer, die auf ihren Privilegien gegenüber den chirurgischen Handwerkern beharrten, die fürchteten, sich mit Wundärzten und Barbieren gemein zu machen, hatte Gottschalk gewagt, schlicht als dumm zu bezeichnen.

»Schon während er an der medizinischen Fakultät gesprochen hatte, gab es im Hörsaal aufgebrachte Zwischenrufe und Tumulte. Es setzte sich fort in seinen Vorlesungen. Doch mein Vater wollte sich keinesfalls davon beirren lassen. Es gab jene Studenten, die ihm das außerordentlich übel nahmen, und es gab die anderen, die seiner Lehre begeistert folgten. Mit ihnen führte er praktische Übungen durch, Operationsübungen an Leichnamen. Die Übelnehmer handelten schnell und stürmten den Hörsaal noch in der zweiten Stunde des Kurses. Man sagte, mein Vater ließ das Skalpell fallen, um niemanden zu verletzen. Auf ihn nahm man diese Rücksicht nicht. Sie zerrten ihn von der Leiche eines Armenhäuslers fort, die man der Chirurgie zur Verfügung gestellt hatte. Sie haben ihn zu Boden gestoßen, ihn mit Faustschlägen und Tritten traktiert.

Aus einer Wunde über dem Auge floss noch immer Blut, als man ihn nach Hause brachte. Ich war ein Kind. Ich dachte, er muss sterben. Aber daran starb er nicht. Er unterrichtete schon nach wenigen Tagen wieder. Trotz aller Warnungen bestand er darauf.«

»Hat er diesen Angriff jemals verwinden können?«

»Er wollte es, und er gab sich so. Aber ich glaube, er hat es nie verkraftet, dass man ihn nicht verstehen wollte, dass man ihm – seinem Anliegen – misstraut hatte.«

Sie senkte den Kopf und schwieg. Heuser wartete. Sie versuchte ein Lächeln.

»Mein Anteil an der Geschichte ist denkbar gering«, sagte sie. »An dem Tag des Angriffs, an dem Nachmittag, als sie ihn in unser Haus brachten, war ich auf meiner Schaukel. Wir wohnten vor den Toren der Stadt, deshalb gab es einen großen Garten, der nach dem Tod meiner Mutter verwilderte. Meine Schaukel war an dem Ast einer alten Eiche befestigt, und ich war an jenem Tag, wie auch an vielen anderen, darauf bedacht, mit den Füßen die unteren Zweige zu erreichen. Stattdessen sah ich meinen Vater. Zwei seiner Studenten halfen ihm aus einer Kutsche. Er hielt seine zerzauste und beschmutzte Perücke in der Hand. Blut tränkte sein Halstuch, sodass es aussah, als hätte man versucht, ihm die Kehle durchzuschneiden. Ich schrie und konnte nicht mehr damit aufhören. Die Schaukel war noch ziemlich weit oben, ich aber wollte sofort bei ihm sein. Da bin ich gesprungen. In der Luft strampelte ich, schlug mit den Armen – so wurde aus dem Sprung ein Sturz, denn ich landete auf der dicken Wurzel eines Baumes, die aus der Erde wuchs. Ich weinte vor Schmerz und doch mehr aus Angst – über das Blut in den Augen meines Vaters, über den tiefen Schrecken, der ihm darin anzusehen war. Ich konnte mich nicht mehr bewegen, und er saß bei mir in der Wiese, tröstete mich und versuchte, sich seine Sorge nicht anmerken zu lassen. Man trug mich ins Haus. Zwei lange Monate musste ich im Bett bleiben, eng gewickelt wie ein Säugling.«

»Sie hatten einen Beckenbruch«, konstatierte Clemens Heuser düster.

»So war es, Herr Doktor. Lange vorbei und verheilt. Mehr gibt es nicht zu sagen über die Natur meines Schmerzes. Er ist manchmal lästig, aber er quält mich nicht. Es besteht also kein Grund zur Besorgnis.«

Er bestand darauf, sie hinauszubegleiten. Das Auditorium, hinter dessen Türen den Geräuschen nach keine leichte Geburt im Gange war, passierten sie zügig. Unten aus der Küche kam ihnen ein Junge entgegen. Er hatte eine sehr entzündete Haut. Unser Hausknecht, sagte Doktor Heuser und fuhr ihm im Vorbeigehen durchs Haar. Elgin fiel ein Rezept des alten Fessler ein.

Draußen war es hell und warm. Zwei kleine Mädchen trieben eine Schar Gänse vorüber. Oben im Haus wurde ein Fenster geschlossen.

»Vielleicht begegnen wir uns einmal wieder. Auch wenn es nicht hier sein wird.« Der Arzt räusperte sich, während sie sich verabschiedeten. »Eine führende Rolle wie sie Madame Loisin im Hôtel Dieu innehat, wird man hier niemals ...«

»Der Junge«, sagte Elgin, »Ihr Hausknecht. Er könnte es mit einem Sud aus getrockneten Stiefmütterchen versuchen.«

Ein leichter Wind fuhr unter ihren Mantel, und am Himmel über der Elisabethkirche trennten sich einige fedrige Wolken voneinander. Es hatte sich keine Gelegenheit ergeben, ein paar freundliche Worte mit der Hebammenschülerin zu wechseln, dachte sie. Das tat ihr jetzt Leid. Sie hatte ihr nachgesehen, als hätte sie eine dringende Bitte. Kilian nannte die Jungfer Langwasser seine tüchtigste Schülerin. Es war nicht anzunehmen, dass sie sich in Schwierigkeiten befand.

Ganz anders verhielt es sich mit Bettina.

*

Das Dienstmädchen der Familie Homberg hatte den Einbruch der Dunkelheit abgewartet, bevor sie sich dem schmalen Haus in der Hofstatt näherte und hastig den Klingelzug betätigte.

Marthe und sie kannten sich, und so sah die alte Magd der jungen an, dass sie anders war als sonst. Bettina sagte kaum etwas, aber sie weinte unablässig, es war zum Steinerweichen. Marthe gab ihr in der Küche warmes Bier zu trinken, und dann sprach sie doch.

Sie war einem Riesen begegnet und noch etwas viel Schlimmerem. Sie musste die Gottschalkin sprechen und sie um Hilfe anflehen. Was es zu sagen gab, war vor dem Regen geschehen und Bettina auf dem Rückweg von ihrem Dorf, wo sie die Mutter zu Grabe getragen hatte. Auf einem Fuhrwerk mit Lumpen war sie ein gutes Stück mitgefahren, bis zu einer Abzweigung, die an einem Wald entlang zur Papiermühle führte. Als sie vom Wagen sprang, um weiter Richtung Marburg zu gehen, war sie fast froh gewesen, weil es wegen der Lumpen so schlecht gerochen hatte. Den Geruch würde sie nie vergessen, nie. Sie war noch nicht lange gelaufen, als der Riese aus dem Wald kam, so wie Riesen es tun. Geräuschvoll. Zweige zerknackten im Unterholz und brachen neben seinen Schultern von den Bäumen. Blätter flogen mit seiner Bewegung aus dem Wald heraus auf den staubigen Feldweg.

Sie hatte schon von einem reden hören, man sah ihn manchmal bei der heiligen Elisabeth, doch sie selbst hatte ihn nie gesehen. Bettina hatte nicht geglaubt, dass es Riesen gab, auch wenn die Leute davon erzählten. Er kam auf sie zu mit rudernden Armen, und sein Gesicht zuckte, als sie zu schreien begann. Als sie weglaufen wollte, war hinter ihr der andere, der Schreckliche.

Sie war mit dem Kopf gegen einen Baum geschlagen, sagte Bettina, und nur sehr kurz roch sie den Waldboden. Dann hatte der Schreckliche ihr den Mund zugehalten mit seiner stinkenden Hand, obwohl sie längst nicht mehr schrie.

Er hatte sie einfach liegen lassen, und sie war liegen geblieben, ohne sich zu bewegen, bis seine Schritte, die sich von ihr entfernten, nicht mehr zu hören waren. Erst dann meinte sie etwas anderes wahrzunehmen, es klang wie ein Summen. Das brachte sie auf die Füße. Das Laufen wollte nicht gleich gelingen, ihr knickten noch einige Male die Beine weg.

Draußen vor der Stadt, sobald sie das Schloss sehen konnte, war sie in die Lahn gestiegen. Da, wo es flach war, legte sie sich mitsamt ihren Kleidern ins Wasser. Sie hatte ihre Haube vom Kopf genommen, ihr Haar gewaschen, alles gewaschen, und lag so im Fluss. Ihr Körper war kalt geworden, sie musste ihn kaum mehr spüren. Während sie am Ufer gesessen hatte, bis ihre Kleider trocken waren, beschloss Bettina, dass sie vergessen konnte.

Niemand merkte ihr etwas an, auch nicht Götze, den sie liebte, so wie er sie. Er hatte sie nie bedrängt, Dinge zu tun, die ihr zum Verhängnis werden konnten. Götze war ein treuer Diener seines Herrn, die Heiratserlaubnis des Richters verstand er als Ehrensache.

Wenn Götze sie in den Armen hielt, sagte Bettina, und zärtlich mit ihr war wie sonst auch, dann hatte sie fest daran glauben können, dass der Schreckliche von der Lahn fortgespült worden war. Den Rest würde das Monatliche erledigen, dachte sie. Doch die Reinigung war ausgeblieben.

Marthe hielt die Hand von dem armen Ding, das sich vor Weinen kaum halten konnte. Sie sah zur Gottschalkin hinüber, die barfuß vor ihnen in der Küche stand, die Hände in den Taschen ihres grünen Morgenmantels, in dem auch die Spitze ihres Zopfes zu verschwinden schien. Sie dachte wohl nach.

»Einmal ist das Monatliche ausgeblieben?«, fragte sie. »Das muss noch kein sicheres Zeichen sein.«

Nun wollte die Ärmste vollends außer sich geraten, doch Marthe gelang es mit der Kraft ihrer alten Hände, sie auf dem Stuhl zu halten. Es war gut, dass sie sich beruhigte, und die Gottschalkin kam zu einer Entscheidung.

»Ich werde dich untersuchen, Bettina«, sagte sie. »Wenn es sich so verhält, wie du sicher zu wissen meinst, wirst du mindestens drei Tage in meinem Haus bleiben müssen. Wird das gehen?«

Es zeigte sich, dass Malvine Homberg den Tod eines weiteren Familienmitglieds ihres Dienstmädchens besorgt zur Kenntnis nahm. Zwar mochte sie im Stillen empfunden haben, dass sich das Sterben von Bettinas Leuten derzeit etwas lästig gestaltete, doch das brave Ding litt so entsetzlich. Die Frau Rat hatte ein Herz für das Mädchen und würde sie noch einmal gehen lassen.

*

Im Gebärhaus hatte die Entbindung der ehemals Fieberkranken unter keinem guten Stern gestanden. Das war im Nachhinein wohl von jenem gesamten Tag zu sagen. Noch am Vormittag hatte es sich gänzlich anders dargestellt. Das Bild der drei schwangeren Weiber – wie sie in der frisch gelüfteten Kammer saßen, mit den Flachsbündeln zu ihren gewaschenen Füßen und einem fröhlichen Kind von etwa fünf Jahren in ihrer Mitte, wie sie die Spinnrocken fleißig in den Händen bewegten –, es hatte Professor Kilian flüchtig zufrieden gestimmt. Da war ihm die übertriebene Zurückhaltung der Gottschalkin schon aufgefallen. Bescheidenheit war zwar durchaus nicht die schlechteste aller Tugenden für eine Weibsperson, jedoch wie diese Hebamme auftrat an jenem Tag, auf dessen Vorbereitung er große Mühe verwendet hatte, das war aus heutiger Sicht nur arrogant zu nennen.

Es war der Prüfungstag für die Schülerin Seiler, an dem Kilian die Dinge Revue passieren ließ. Die Befragung war so gut wie abgeschlossen. Möglicherweise war er etwas gereizt.

Die erste Niederkunft im neuen Semester hatte tatsächlich nach anfänglich heftiger Wehentätigkeit einen schlechten Verlauf genommen. Ob das Ungeborene durch das mütterliche Fieber geschwächt worden war oder ob der Geburtsvorgang ihm die Kraft zum Überleben raubte, war schwer zu sagen. Die Sektion des kleinen Körpers hatte ihnen darüber keine Auskunft geben können. Das Kind männlichen Geschlechts war in weniger als einer Stunde nach seiner Geburt gestorben. Auf Wunsch seiner Studenten hatte Kilian die Leichenöffnung noch am Ende jener langen Nacht vorgenommen, selbstverständlich in Anwesenheit der beiden Schülerinnen, die einer solchen Übung noch nie beigewohnt hatten.

Die Wöchnerin verfiel am folgenden Tag in eine schreckliche Raserei. Man konnte sie nicht ohne Aufsicht lassen. Es hatte damit begonnen, dass ihre Brüste sich unter der einströmenden Milch verhärteten. Man versuchte ihr dagegen eine Gabe Salpeter beizubringen, doch sie spie die Medizin aus. Sie sträubte sich gegen jede Arznei. Man beschloss, den Säfteandrang zum Hirn zu schwächen, und ließ ihr neun Unzen Blut aus dem Fuß. Ihr fortgesetztes Toben und Sträuben machte dies fast unmöglich. Der Versuch Doktor Heusers, der Frau eine Kampferemulsion einzugeben, endete damit, dass sie ihm den Rock bespuckte. Fieberhitze befiel sie, der Puls wurde schnell und sehr klein. Das Delirium dauerte an, ja verschlimmerte sich auf bizarre Weise. Sie musste im Bett festgehalten werden wie ein Kind in der Wiege – man schnürte sie eng in die Decken. Phantasien peinigten die Wöchnerin, die sie in Reimen vorbrachte und zuweilen mit lauter, melodischer Stimme sang. Einen weiteren Tag später entschloss man sich, das Töchterchen der Frau in die Kammer zu lassen, was sich als hilfreich erwies. Das Mädchen hatte der Mutter erzählt, dass sein Geschwister eine Elfe geworden war, sie hätte es selbst gesehen. Daraufhin verfiel die Frau in bitteres Weinen und war sehr wehmütig nach ihrem toten Kind. Vom Abend an wurde sie stiller und nahm bald eine erste Mahlzeit ein.

Der kleine Körper war mit einer Naht geschlossen worden, die einer der fortgeschrittenen Studenten zufriedenstellend durchgeführt hatte. Kilian hatte entschieden, das Skelett des Kindes seiner Sammlung hinzuzufügen, was ein langwieriges Verfahren erforderte. Doch bevor der Leichnam sich im Regenwasser zersetzen würde, sollte er für eine kurze und umso kostbarere Zeit einem anderen Zweck dienen.

Er hatte ihn persönlich in das Innere des geburtshilflichen Phantoms gebettet und dabei eine Stellung gewählt, die eine Wendung auf die Füße notwendig machte.

Kilian wandte sich nur halb der Schülerin zu, die mit starrem Blick sein Tun verfolgte.

»Haben Sie je Wendestäbchen benutzt?«, fragte er und ging zu den aufsteigenden Bänken des Auditoriums hinüber, wo der Kollege Heuser saß.

»Was?«

Die Schülerin Seiler schien nichts zu begreifen. Oder sie wollte es nicht. Es sollte ihr nichts nutzen. Niemandem nutzte ein lascher Prüfungsverlauf. Deshalb hatte er Heuser gebeten, ein Protokoll zu führen, das er für seinen Vortrag vor dem Collegium medicum zu kommentieren gedachte.

»Ob man Sie je im Umgang mit Wendestäbchen unterwiesen hat, da, wo Sie herkommen?«

»Herr Professor Kilian, ich denke, die Schülerin hat uns hinreichend von ihren Fertigkeiten in Kenntnis gesetzt, um ihr ...«

»Ich prüfe eine Hebamme, die unser Haus verlassen will, um anschließend ohne unsere Aufsicht über Leben und Tod zu entscheiden, geschätzter Kollege Heuser, und ich beabsichtige das in einer angemessenen Weise zu tun. Also?«

Die Schülerin blieb stumm und stierte.

»Langwasser! Wollen Sie Ihrer ... Freundin gütigst eines der Wendestäbchen aus dem Schrank holen, die wir dort als Relikte der Hebammenkunst ausgestellt haben.«

Gesa sah Lotte zittern. Sah, dass sie es kaum wagte, den Kopf zu schütteln, und dass ihr Blick sie suchte, über die Bankreihen hinweg. Kilian hatte sie zu Beginn der Prüfung hinten im Auditorium Platz nehmen lassen, und jetzt verfolgte er ungeduldig, wie sie nach vorn zu den Schränken eilte.

»Ich habe das noch nie gemacht«, hörte sie Lotte flüstern.

»Und Sie, Langwasser?«

»Ein einziges Mal, ich ...« Das Wendestäbchen war dem Tante Beles ähnlich, das Holz vermutlich ein kostbareres, es glänzte fast schwarz. Der schlanke Stab hatte einen abgerundeten Griff und am oberen Ende eine schmale Öse, in der eine Schlinge aus Leinenband befestigt war.

»Das Erfahrungswissen wird doch im Hebammenstand recht hoch bewertet, wenn ich es recht erinnere, nicht wahr«, sagte Kilian hinter ihr. »Also bitte, Langwasser, zeigen Sie es ihr. Nein, einen Moment noch. Seiler, Sie referieren im Tastbefund zunächst die Lage des Kindes.«

Lotte tastete und referierte. Das Kind befand sich in der Querlage. Ihre Stimme schwankte, und sie hörte nicht auf zu zittern. Kilian hatte die Hände auf dem Rücken zusammengelegt und schritt seitlich von ihnen auf und ab, während er mit regungsloser Miene zuhörte.

»Er wird mich durchfallen lassen«, flüsterte Lotte, als Kilian auf der Fensterseite des Saals angekommen war. Unter den Achseln ihres dunklen Kleides hatten sich noch dunklere Flecken ausgebreitet. Doch es war ein süßlicher Geruch, den Gesa wahrnahm, ebenso wie wahrscheinlich Lotte, deren bebende Finger an der Schürze hinabfuhren. »Ich weiß es, er wird mich durchfallen lassen.« Lotte schniefte. Der Geruch kam aus der ledernen Mutter.

»Langwasser, ich warte!«

»Beug dich zu mir und schau mir zu«, sagte Gesa leise. »Er soll nicht sehen, dass du weinst.«

Ihre Hände erfühlten die kalte Haut des toten Kindes. Während sie an dem zusammengekrümmten Körper vorbeigriff, um das Wendestäbchen vorsichtig an ihrem Handgelenk entlangzuführen, berührte ihr Gesicht zuweilen den ledernen Schenkel des geburtshilflichen Phantoms. Kilian hatte dahinter Stellung bezogen und beobachtete wortlos, wie sie das Füßchen erreichte, die Schlinge darum legte und es behutsam unter der Führung ihrer Hand nach unten zog.

»Nun also, Schülerin Seiler«, sagte er. »Entwickeln Sie das Kind aus dem Mutterleib. Wie werden Sie vorgehen?«

Gesa erhob sich, und Lotte nahm ihre Stellung vor dem Gebärstuhl ein. Für einen Moment schloss sie die Augen, dann legte sie eine Hand auf den Leib der ledernen Mutter, während die andere nach dem Leichnam tastete. Ihre Stimme war beinahe gefestigt, als sie erläuterte, dass sie im Begriff war, das Kind aus der Querlage auf den Steiß zu wenden, und warum dies bei der vorgefundenen Lage die beste Möglichkeit war, es zu holen. Der Professor wandte sich ab, sobald ihr dies gelungen war.

Gesa wünschte, Lotte würde aufstehen, doch sie kniete – wartete mit dem bläulichen Kind in ihrer Schürze und schaute auf den Rücken des Professors, rettete ihren Blick vielleicht in eine kleine Querfalte, die sich dort in seinem Gehrock befand. Als er sich umdrehte, mochte ihr das Gelb seiner Weste freundlich erscheinen.

»Ich hoffe doch, dass Sie sich nun in der Lage sehen«, sagte Kilian, »den Hebammeneid abzulegen, dem Sie verpflichtet sein werden. Ich würde es begrüßen, Lotte Seiler, wenn Sie zu diesem Zweck aufstehen und vor Ihre Lehrer treten wollten.«

Gesa nahm Lotte den Leichnam ab und trug ihn zum Untersuchungstisch. Sie hüllte den Körper in nasse Tücher, die dafür bereitlagen.

»Ich schwöre zu Gott, dem Allmächtigen, dass ich meinem Amt in allen Dingen treulichst nachkommen will«, hörte sie Lotte sagen, »und möglichsten Fleiß, Verschwiegenheit und Treue beweisen, keine Frau, weder reich noch arm, mutwillig versäumen oder verwahrlosen lassen ...« Gesa vernahm den Stolz und die Erleichterung, die auch sie bald empfinden würde. »Ich will keiner Frau, die sich in Schmerz und Angst befindet, ungebührliche Worte geben, sondern sie bestens trösten und stützen ...«

Gesa begegnete dem Blick Doktor Heusers. Plötzlich meinte sie zu wissen, dass er sie nicht aus den Augen gelassen hatte, seit sie nach vorn gerufen worden war.

»Wo sich gefährliche und missliche Fälle zutragen«, sprach Lotte den Eid weiter, »soll ich es nicht ungesäumt lassen, anderen verständigen Frauen Nachricht zu geben, und wenn die Not es fordert, einen *Physicus* oder *Medicus ordinarius* holen zu lassen ...«

Während Kilian zuhörte, dachte er, wie sehr Veränderungen nötig waren. Vor dem Collegium medicum, das sich mit Beginn dieses Semesters endlich bequemt hatte, ihn als Mitglied zu berufen, hatte er sich eindringlich für Neuerungen in der Hebammenausbildung eingesetzt. Man erwartete seine Vorschläge zur nächsten Sitzung.

»Andere Frauen, die von mir zu lernen begehren, soll ich nicht abweisen, sondern mit meinem Vorwissen, Treue und Fleiß anführen ...«

Auch was den Eid anging, dachte Kilian, gab es noch einiges einer neuen Zeit anzupassen.

Neun

HERBSTMOND

Es hatte Stunden gegeben, in denen sie nichts wussten, als dass die Angst der einen so groß wie die der anderen war. Das waren Stunden, in denen Elgin nicht von der Seite Bettinas wich und Marthe betete. *Gott wird abwischen alle Tränen von ihren Augen, und der Tod wird nicht mehr sein, noch Leid, noch Geschrei, noch Schmerz wird sein.*

Das Mädchen lag in Marthes Bett, die Tür von der Kammer zur Küche hatte sich in den vergangenen Tagen und Nächten nicht mehr geschlossen. Sie hatten kaum geruht seitdem, außer es ergab sich ein kurzer Schlummer im Sitzen.

Sie war von dem Stöhnen des Mädchens wach geworden, für die sie zunächst ein zusätzliches Lager in ihrer Kammer gerichtet hatte. Als Marthe in jener ersten Nacht ihr Bett verließ, stießen ihre nackten Füße an den Becher, der daraufhin mit einem scheppernden Laut über den Boden gerollt war. Auf dem Strohsack an der Wand hatte sie die Umrisse von Bettinas Körper sehen können und darunter, auf dem hellen Leintuch, sah sie eine dunkle Lache immer größer werden.

Marthe hatte den Becher aufgehoben, daran gerochen, war vor dem stechenden Geruch zurückgezuckt, der dem Gefäß anhaftete. Obwohl es leer war. Bettina antwortete nicht. Sie erbrach Blut.

Als das Mädchen noch einmal aufgestanden war, hatte Marthe es nicht bemerkt, weder das Rascheln des Strohlagers, noch wie Bettina barfüßig die enge Kammer verließ. Sie hörte keine Bewegungen in der Küche, und keine Ahnung weckte sie, als das Mädchen nach dem Becher mit dem Rest des Sadebaumsuds griff.

Damit niemand ihn im Vorbeigehen herunterreißen oder umstoßen konnte, hatte Elgin den Sud oben auf dem Tellerbord abgestellt. Ihr kleiner Vorrat an den getrockneten Spitzen war nun aufgebraucht, denn jene bescheidene Menge, die sie zuletzt in der Fesslerschen Apotheke erstanden hatte, war mit dem Verlust ihrer alten Tasche abhanden gekommen.

Nur in sehr kleinen Schlucken hatte sie Bettina davon trinken lassen, ohne den Becher aus der Hand zu geben. Das Mädchen musste würgen, obwohl dem grüngelben Sud Honig beigemischt war. Elgin war mit der Menge zurückhaltend gewesen, sie wollte die Wirkung einer kleinen Dosis abwarten und dann weitersehen.

Aber Bettina wollte nicht warten.

Beide hatten sich selbst unzählige Male in Gedanken der Nachlässigkeit bezichtigt. Elgin sagte, dass Marthe keine Schuld trug, doch ihr war so eine Befürchtung anzusehen, die schnürte der Magd das alte Herz zusammen. Stumm hatte sie seitdem alles ausgeführt, was Elgin ihr auftrug.

Sie stampfte Breitwegerich und kochte daraus einen sämigen Sud, mit dem sie Leinenlappen tränkten, um das Blut im Innern Bettinas zu stillen. Sie zerstieß Mutterkrautblätter und bereitete einen Saft daraus, den sie der jungen Frau einflößten. Sie lief zur Apotheke, um Kampferpulver und Goldrute zu besorgen. Sie rührte mehrmals am Tag und in der Nacht frisches Senfmehl mit erhitztem Wasser zu einer Paste an, damit sie Umschläge gegen die Krämpfe anlegen konnten. Sie taten alles, um Bettina die Schmerzen zu nehmen, damit sie Kraft hatte, am Leben zu bleiben. Sie kämpfte, das half ihnen, bis das Fieber den Kampf in Bettinas Körpers übernahm.

Marthe wusch das Blut aus den Betttüchern und verbrannte das Stroh von Bettinas Schlafstätte im Herd. Sie räucherte Küche und Kammer mit Salbei, um den Tod zu vertreiben und die Luft von Krankheit zu reinigen.

Jetzt schlief Bettina, und Marthe war unendlich müde. Sie saß neben der Tür wie eine Wärterin, ihr Kopf lehnte an der Wand, und sie hörte, wie das arme Ding im Schlaf flüsterte. Sie musste nicht verstehen, was sie sagte, um zu wissen, wovon sie sprach. Es waren immer dieselben Worte, die mit dem Fieber kamen. Doch das Schlimmste war vorbei. Die Herrin saß in dieser Nacht zum ersten Mal wieder oben und schrieb.

*

Wovon Bettina flüsterte und auch geschrien hatte, was sie ängstigte und sie in ihrem Blut nicht entdecken wollte, was ihr die Fieberhitze in die fensterlose Kammer führte, war ein Mondkalb, eine winzig kleine Missgeburt. Sie machte sich schreckliche Bilder davon. Es konnte nichts anderes als etwas Unvorstellbares sein, was unter solchen Schmerzen ihren Körper verließ, so als wollte es sich mit Zähnen und Klauen in ihren Eingeweiden festklammern. Etwas Böses, das aus Bösem hervorgegangen war.

»Es sind die Schattengeschwister einer glücklichen Empfängnis, die den Leib in einer Fülle von Blut verlassen. Wenn der Mensch dagegen von Mondkälbern spricht, dann verbirgt sich darin die Angst vor dem Geheimnis des Lebens ...«

Nein, dachte sie. Dieses Kapitel konnte sie so nicht niederschreiben. Es gab andere Gründe, warum im Volk noch immer von Gewächsen und bösen Versammlungen die Rede war, und diese durften in dem Buch einer Hebamme keine Erwähnung finden.

Sie hatte die Laken und Tücher untersucht, bevor Marthe sie wusch, und was ihr darin begegnete, sah sie wahrhaftig nicht zum ersten Mal. Es war kaum auszumachen gewesen – tatsächlich eine Ansammlung verdickten Blutes. Nur das Ungewollte machte es zu etwas Bösem. Was nicht sein durfte, musste ein monströses Gesicht haben.

Die Wissenschaft, dachte sie, hatte längst begonnen, das Geheimnis zu lüften. Die Anatomen hatten die Embryonen im Dunkel aufgespürt und ihre Entwicklung dem Menschen sichtbar gemacht. Sie konnten in den anatomischen Sammlungen und illustrierten Veröffentlichungen betrachtet werden. Die Zeit der Mondkälber würde bald endgültig vorbei sein.

Elgin zerriss das beschriebene Papier und zog einen neuen Bogen heran. Es galt, eiligst einen Brief aufzusetzen. Ihr Instinkt hatte schon nach der Unterredung mit Homberg zu Vorsicht geraten, ihr Verstand befahl Diplomatie. Und ihre Neugier schließlich hatte sie dazu bewogen, das Accouchierhaus aufzusuchen, damit sie sich ein Bild machen konnte. Aber auch ohne die Geschehnisse der vergangenen Tage würde sie sich gegen Kilians Angebot und Hombergs Wünsche entscheiden.

*

Als Gesa in der Dämmerung aufstand, fühlte es sich zum ersten Mal nach Herbst an, und sie freute sich über den Dunst auf dem Fluss, die kühle, feuchte Luft, die von draußen kam und sich auf ihr Gesicht legte. Es ließ sie schaudern und schnell in ihr Kleid schlüpfen, um die Schürze darüber zu schließen, die bald eine andere tragen würde, ebenso wie die weiße Haube.

Es war ein sehr früher und noch grauer Morgen, an dem Gesa sich mit einem greinenden Neugeborenen in der Küche des Gebärhauses aufhielt. Die Frau im Wöchnerinnenzimmer ließ sie nach dem Säugen ruhen. Das zwei Tage alte Kind nahm sie mit sich und wusch es in einem Zuber auf dem Schüttstein. Sie untersuchte den Nabel und legte ihm saubere Windeln an, die sie über der Brust des Kleinen kreuzte.

An seinem Kopf waren noch Spuren der Zange zu sehen, die Professor Kilian unter der Geburt von zwei Studenten hatte anlegen lassen, bis das Kind sich entschloss, das Tageslicht zu erblicken, bevor ein dritter Praktikant sich an ihm versuchen konnte.

Mit dem Säugling im Arm schob Gesa im Vorübergehen den Topf Gerstengrütze in die Mitte des Herdes und ließ sich auf einem Schemel nieder. Hinten im Hof hörte sie das träge Gegacker der Hühner, und unten im Holzkeller schien Pauli wieder Scheite in seinen Korb zu schichten. Er achtete immer darauf, dass genug Holz da war. Gesa wiederum achtete darauf, dass er seine Medizin bekam, die sie für ihn aus Quendel und getrockneten Stiefmütterchen zubereitete. Er hatte eine Weile gebraucht, sie darum zu bitten. Dass dies eine Verordnung von Doktor Heuser war, verblüffte sie.

In Gesas Schoß ruderte das Kleine mit den Armen und verzog das Gesicht, als erinnerte es sich soeben an die Mühsal seiner Geburt. Die blauen Augen suchten ihre Stimme, als sie mit ihm sprach. Sie umfasste die winzigen Füße und gab dem Wunsch nach, sie schnell zu küssen. Die kleinen Finger griffen nach ihren Daumen, als sie gerade an Lotte dachte. Sie musste jetzt längst wieder bei ihrer Familie sein.

Ihr Abschied war nahezu hastig ausgefallen, mit einem plötzlichen Befremden, das sie beide verstummen ließ. Ihre Hände verschränkten sich für einen flüchtigen Moment, und fast schien es, als hätten sie einander vergessen, kaum dass sie sich lösten. Vielleicht musste es so sein, vielleicht war dies ein Ort flüchtiger Begegnungen.

Der Besuch der Hebamme Gottschalk hatte ein ebensolches Zeugnis abgelegt. Auch darüber war nicht geredet worden. Als wäre sie nie im Haus gewesen. Zunächst hatte Gesa sich vorgenommen, Doktor Heuser zu fragen, doch sie meinte zu bemerken, dass er ihr auswich. Wie sollte sie das Verhalten eines Mannes deuten? Sie wusste nicht das Geringste darüber, und kaum ein Ort war ungeeigneter, das zu ändern, als dieser.

Im ersten Stockwerk schienen die Frauen aufzustehen, sie hörte Schritte. Gesa zog das Wickeltuch stramm, erhob sich und stützte den Kopf des Kindes, das aussah, als wollte es sich lautstark empören.

Doch der Schrei kam von oben.

Anna Textor meinte, dass ihr der Schädel platzen müsste, während sie in der Schwangerenkammer dem Weib gegenüberstand, das sich wie eine Furie gebärdete. Bildete sich ein, man konnte kommen und gehen, wie es gerade passte. Die mit dem Gör und dem Fieber war kaum weg, da kam die Nächste und machte alle wild.

War nur zu hoffen, dass der Blödkopf sich beeilte, sonst würde sie ihm eine Abreibung verpassen. Es sollte ihr kein zweites Mal passieren, dass sie vor dem Professor wegen so einer schlecht dastand. Wegen so einer oder wegen ... Hatte gedacht, sie könnte sich wegschleichen, die Person. Jetzt heulte sie und bettelte, ob sie denn kein Herz hätte, kein Erbarmen.

Maul halten! Es war ihre eigene Stimme, die ihr in den Ohren klang wie ein umstürzender Eimer. Inzwischen war Anna Textor der festen Überzeugung, dass jemand in diesem Haus es darauf anlegte, ihr eine Falle zu stellen.

Es hätte sie gleich misstrauisch machen müssen, als die braune Flasche in ihrer Kammer stand. Auf ihrer Truhe! Jeder hätte sie von der Tür aus sehen können, das allein hätte sie warnen müssen. Von innen gegen die Tür gelehnt, hatte sie die Flasche geöffnet und daran gerochen. Dann einen kleinen Schluck genommen. Der Feuerball war herangerollt und hatte ihr fast die Kehle verbrannt. Sie hatte husten müssen, aber alles andere war sofort besser gewesen, leichter. Allein, wie schnell sie sich hatte bewegen können, plötzlich.

Die Flasche versenkte sie erst einmal in der Truhe. Sie musste sich beherrschen. Erst am nächsten Tag schaute sie wieder nach. Dann versorgte sie sich mit den Dörrbirnen aus der Vorratskammer. Nach jedem der winzigen Schlucke, die sie zunächst über die Tage verteilte, legte sie sich das Trockenobst auf die Zunge. Was süß schmeckte, musste auch süß riechen. Und mit wem hatte sie schon viel zu reden?

Nun, sie hatte die Weiber zu fragen. Mit denen redete sie, wenn sie ankamen. Das tat immer sie. Wenn sie ihre Lügen erzählten, so wie diese Schlampe hier. Die Person war nicht die Einzige, die behauptete, zum ersten Mal schwanger zu sein. Anna Textor vermerkte dergleichen im Protokollbuch, und nicht selten schrieb der Professor was daneben, wenn er die Schwangere untersucht hatte. Dann stand da: *leugnet*. Es kam vor, dass er nach ein oder zwei Untersuchungen im Auditorium – in Gegenwart seiner Studenten – zum Namen einer Lügnerin hinzufügen konnte: *gesteht*.

Das Weib hier war ein verlogenes Stück, eine Hure bestimmt, so wie sie jetzt fluchte und ihr entschieden zu nahe kam. Doch sie würde nicht an ihr vorbeikommen. An der Haushebamme. Anna Textor hörte sich lachen. Sich? Musste wohl sein – sie sah niemanden lachen in dieser Kammer. Nur in ihrem Kopf waren fremde Geräusche, Sturm in den Ohren. Das hatte mit der zweiten Flasche angefangen.

Mehr als in früheren Zeiten, den besseren, als sie in der Stadt die Besorgungen machte, als ihre Aufgaben noch andere waren, als sie in der Apotheke die Bestellungen abholte nach der Liste des Professors, dessen Handschrift sie mühevoll zu entziffern gelernt hatte ... mehr als in früheren Zeiten verdiente das Zeug es, Medizin genannt zu werden. Spätestens seit der zweiten Flasche. Schlimmer Fusel. Nicht zu vergleichen mit dem, was sie mit Schläue aus der Apotheke bezogen hatte.

Hinter sich spürte Anna Textor einen Luftzug. Sie spürte jetzt alles etwas genauer, und so dachte sie, dass sich jedes Einzelne ihrer Nackenhaare aufrichten musste, als die Langwasser an ihr vorbei in das Schwangerenzimmer ging. Sie streifte ihren Arm, auch das spürte Anna Textor, und sie sah die Wöchnerin mit ihrem Kind auf dem Flur stehen und glotzen.

Vor ihr standen die anderen, zwei Schwangere, die sich von ihren Schlafstellen erhoben hatten. Eine stützte sich am Fenstersims ab, eine dickleibige Silhouette, hinter der es draußen langsam hell wurde. Anna Textor kniff die Augen zusammen.

Sie starrte auf den Rücken der Langwasser, wo sich die Schürzenbänder kreuzten. Sie sah die ruhigen Bewegungen, mit der die Langwasser die dritte Frau im Zimmer davon abhielt, dieses zu verlassen, das Haus zu verlassen, fortzulaufen unter den Wehen, die Hand auf dem Arm, auf dem Bauch der Frau, wie beiläufig, so geschickt immer weitersprechend. Der Singsang mischte sich unter den Sturm in Anna Textors Ohren, so geschickt war dieses Miststück.

Sie versetzte ihr einen Stoß, es freute sie, den Schrecken in ihrem hübschen Gesicht unter der blütenweißen Haube zu sehen, die Fassungslosigkeit, als sie gegen die Wand neben der Bettstelle prallte, die Langwasser.

Gesa dagegen sah, wie sich zu den Füßen der Schwangeren eine Pfütze bildete. Die Frau stöhnte auf, umfasste ihren schweren Leib, und die Textor wich zurück, als die Wasser wie prasselnder Regen zu Boden gingen.

Als Gesa der Frau zu Hilfe kommen wollte, stieß die Textor sie erneut zurück. Das Kinn der Schwangeren senkte sich zur Brust, und am Hals traten die Adern hervor.

»Hör auf zu pressen«, fauchte die Textor, »es ist zu früh. Los, auf das Bett mit dir.«

Sie drückte die Frau zurück, die versuchte sich mit den Armen abzustützen, griff ihr in die Kniekehlen und zerrte die Decke unter ihr fort.

»Falten! Zügig, eine dicke Unterlage!«, herrschte sie Gesa an, hinter der die beiden anderen Frauen näher kamen, als suchten sie Schutz, oder aber ...

Sie riss Gesa die Decke aus den Händen, befahl der Kreißenden, das Becken anzuheben und schob das Wolltuch darunter, während sie ihr schon die durchnässten Röcke zurückschlug. Ruppig fuhr ihre Hand zwischen die Schenkel der Frau, deren Abwehr sie mit ihren dicken Oberarmen begegnete.

»Hören Sie auf damit, Frau Textor, bitte sind Sie nicht so grob mit ihr«, flüsterte Gesa. Sie beugte sich zu der Frau, die verzweifelt wimmerte, stützte ihren Nacken, den Kopf, der sich unter einer weiteren Wehe vorwarf. »Lassen Sie sich doch aufrichten, in Gottes Namen, das Kind kommt.«

»Das Kind kommt, wenn der Professor da ist«, knurrte die Textor. »Und wenn er es für richtig hält, reicht es noch, bis der Blödkopf die Studiosi aufgetrieben hat. Und Sie, Langwasser, zum Teufel, sorgen jetzt dafür, dass dieses Weib die Wehen verarbeitet, anstatt zu pressen. Und sorgen Sie dafür, dass sie Ruhe gibt, verdammt noch mal, damit ich die Wasser zurückhalten kann.«

Wieder zwängte die Textor die Beine der Frau auseinander und schob sich einen ihrer Ärmel hoch.

»Die Geburt aufhalten?«, sagte Gesa, während die Frau sich an ihr festklammerte. Das ist verrückt, das ...«

»Verrückt, ja? Ich will dir was sagen, Besserwisserin, ich habe den Professor schon selbst eine Geburt mit der Hand zurückhalten sehen ... Hörst du jetzt auf zu pressen, Weib!«

Die Frau schnappte nach Luft, als die Textor zugriff. Dann traf ihr Tritt die Haushebamme mit voller Wucht.

*

Kilian hatte Pauli gleich weitergeschickt und eilte allein dem Haus Am Grün entgegen. Die Stadt erwachte. Die aufgehende Sonne gab hinter den Dächern ein glühendes Schauspiel, vermochte seine Stimmung jedoch nicht zu heben. Kilian schob zwei Finger der linken Hand zwischen die Knöpfe seines Gehrocks, während die rechte den Knauf des Stocks fester fasste. Die Absage der Gottschalkin lag ihm wie ein Stein im Abdomen. Der Professor wollte zu den Dingen eine Haltung einnehmen, eine, die zu ihm passte.

Ihr Brief steckte noch immer auf dem Kaminsims hinter einem Kerzenleuchter, obwohl sein erster Impuls gewesen war, ihn zu vernichten, als könnte er damit das gesamte verunglückte Unterfangen ungeschehen machen. Doch das erschien ihm lächerlich empfindlich, wie das Verhalten eines enttäuschten Liebhabers. Er war verärgert, sehr sogar. Nicht enttäuscht. Heute Abend vielleicht – es sei denn, ihn hielten andere Geschäfte im Institut –, heute Abend, wenn er ein Feuer im Kamin anzünden ließ, dann würde er den Brief hineinwerfen, dessen Wortlaut ihm im Einzelnen kaum mehr im Gedächtnis war.

Sie hatte sich höflich ausgedrückt, und ja, auch respektvoll. Sie hatte die Form gewahrt auf eine Weise, die ihn zwischen den Zeilen nach einem Hinweis suchen ließ. Fühlte sie sich ihm überlegen? Hatte er sich mit seinem Angebot nicht ohnehin zu einem Denkfehler verleiten lassen, oder zu einem strategischen Ansatz, der scheitern musste, weil er seinen eigentlichen Überzeugungen widersprach?

Hombergs Rat und Empfehlung hatten sich aus der noch sehr verbreiteten Sichtweise gespeist, dass männliche Geburtshelfer am Kindbett einer anständigen Bürgerin nichts zu suchen hatten, es sei denn, es ging um Leben und Tod. Noch immer hing es von der fragwürdigen Einschätzung einer Hebamme ab, ob ein Arzt zu einer Geburt hinzugezogen wurde. Wie diese Sicht der Dinge, wie die Scham der gesitteten Frauen im Ehestand vor den hilfreichen Traktionen eines gelehrten Geburtshelfers aufzubrechen war, diese Frage zermürbte ihn zuweilen. Doch nun nahm er sich übel, die Unterstützung einer Hebamme erbeten zu haben, die es sichtlich genossen hatte, ihn wissen zu lassen, dass sie diejenige war, in deren Hände sich die Marburger Bürgerinnen gerne begaben. Sein Angebot war aus der Verzweiflung geboren, in einem Moment der Schwäche, in dem er sich verschiedenen Ideen geöffnet hatte. Auch denen des Kollegen Heuser, der von den Leistungen jener französischen Hebamme Loisin so beeindruckt war, dass er nach ihrem Vorbild eine Rolle im Marburger Gebärhaus besetzen lassen wollte.

Warum nur, fragte sich Kilian, als er sein Institut erreichte, war der Ärger über die eigenen Fehler so ungleich viel quälender als alles andere?

Der ätzende Geruch nach Verbranntem stieg ihm in die Nase, sobald er das Haus Am Grün betrat. Es schien eine erste Ankündigung dessen, dass hier etwas ganz und gar aus dem Ruder lief. Der Professor sah sich gezwungen, dem schwarzen Qualm in die Küche zu folgen, wo er mit seinem Stock einen Topf vom Herdfeuer stieß, von dem das Übel ausging. Das Kochgerät fiel scheppernd auf den Steinboden nieder. Trotzdem vernahm Kilian auch den Krach, der von oben kam. Der Säugling schrie in einer wilden Weise, die vermuten ließ, dass er es schon länger tat. Offenbar wusste weder die Mutter noch sonst eine Person Abhilfe zu schaffen. Zudem schien jemand dort gegen eine Tür zu schlagen oder gar zu treten. Die Vorgänge trieben ihn zu Eile.

Auf der Treppe empfing ihn Frau Textor in einem Zustand, den man als derangiert bezeichnen musste.

»Herr Professor«, keuchte sie, »die Geburt, ich schwöre Ihnen, sie wäre aufzuhalten gewesen. Gerade hatte ich die Schwangere beruhigt, glauben Sie mir. Sie wollte heimlich das Haus verlassen, wie dieses junge Ding damals, Sie wissen ... Nur diesmal habe ich es rechtzeitig gemerkt, und natürlich war unten sowieso abgeschlossen. Ich hab ja dann auch sofort den ... äh, nach Ihnen schicken lassen, Herr Professor. Aber jetzt ist es zu spät, die Langwasser hat alles an sich gerissen ...«

»Wovon reden Sie denn, Textor?«, fragte Kilian ungeduldig und gab ihr mit einer Geste zu verstehen, den Weg nach oben freizumachen. »Und warum verbrennen in der Küche die Mahlzeiten auf dem Herd? Warum beruhigt niemand den Säugling? Was ist das für eine inakzeptable Unordnung hier?«

»Die Schülerin Langwasser«, schnappte die Textor, »sie allein hat das zu verantworten. Sie ahnen ja nicht, wie sie sich immer aufspielt, sobald Sie aus dem Haus sind. Sie tut sich mit den Schwangeren zusammen und gibt sich auf eine ungute Art verständnisvoll ... Sie stiftet Unruhe, Herr Professor, und ich glaube, sie macht den Weibern damit erst richtig Angst.«

»Was sagen Sie da? Warum erfahre ich das erst jetzt?«

»Herr Professor, ich ...«

In dem Bemühen, den Flur entlang mit ihm Schritt zu halten, geriet die Hausebamme außer Atem, das dämpfte immerhin ihren schrillen Ton ein wenig. Kilian verabscheute keifende Weiber, doch was die Textor zu sagen hatte, hinterließ seine Wirkung.

»Ich muss zugeben«, keuchte sie weiter, »dass ich die Langwasser schon länger in Verdacht habe, aber erst heute, als sie diese Schwangere so weit hatte, dass sie nach mir getreten hat ... und die anderen ... Sie muss sich hinter meinem Rücken irgendwie mit ihnen verständigt haben. Wahrscheinlich hat sie ihnen Zeichen gegeben, während ich versuchte, die Kreißende zu beruhigen, der in der ganzen Aufregung die Wasser gebrochen waren ...«

Sie erreichten die Kammer der Schwangeren, nachdem Kilian durch die weit offen stehende Tür des Wöchnerinnenzimmers im Vorübereilen hatte feststellen können, dass sich dort niemand aufhielt. Was auch immer sich abspielte, es geschah hinter der Tür, deren Klinke Kilian nicht niederdrücken konnte.

»Was ist denn mit dieser Tür, Textor? Warum ist sie nicht zu öffnen?«

»Das versuch ich Ihnen ja schon die ganze Zeit zu sagen, Herr Professor«, stieß die Haushebamme hervor und sprach nun etwas leiser. »Sie sind auf mich losgegangen, haben mich aus der Kammer gestoßen, das war ein richtiger Aufstand. Die Langwasser hat nichts getan, um mir zu helfen, nichts. Ganz im Gegenteil, sie hat die Kreißende aufgerichtet, damit alles nur schneller geht. Sogar die Wöchnerin hat sie noch gerufen, um gegen mich vorzugehen. Und dann hat eine von den Weibern die Tür verkeilt, aber ich hab's trotzdem noch gehört, was die Langwasser gesagt hat.«

Anna Textor holte Luft. Sie genoss es, die volle Aufmerksamkeit des Professors zu haben.

»›Das schafft er nicht mehr, der Professor‹, hat die Langwasser gesagt, ›diesmal nicht.‹«

Auf der anderen Seite der Tür stellte der Säugling endlich das Schreien ein, dafür kam aus der Kammer der gedehnte Klagelaut einer Gebärenden.

Drinnen befand sich Gesa zu den Füßen der Frau, die ihr Kind gebar. Diese stand vor dem Bett, umrahmt von den anderen, sie stützenden Frauen. Sie hatten ihr die Rocksäume im Bund befestigt, damit Gesa ungehindert die Geburt leiten und das Kind in Empfang nehmen konnte. Sie umfingen ihre Körpermitte und hielten sie an den Händen.

Während der Kopf des Kindes hervortrat, hörte Gesa hinter sich gedämpfte Rufe, energisches Klopfen, das Rütteln an der Tür, unter deren Klinke ein Stuhl geschoben war.

Die Wöchnerin war blitzschnell gewesen, als die Textor tobend die Kammer verließ. Nachdem die Tür hinter ihr verschlossen war, hatte es einen überraschten Moment der Erleichterung unter den Frauen gegeben, ja fast Ruhe, obwohl das Kleine schrie. Jetzt trank es mit aufgebrachter Gier an der Brust seiner Mutter, die von der Tür zurückwich. Ihre Augen waren auf den Stuhl geheftet, der unter den Stößen, die von außen kamen, langsam unter der Klinke fortglitt und schließlich krachend zur Seite flog.

Flüsternd trieb Gesa die Gebärende an, lenkte sie ab von dem, was an der Tür geschah, befahl ihr, die Augen zu schließen und alle Kraft in die nächste Wehe zu legen. Sie griff nach den Schultern des Kindes und fing den glitschigen, warmen Körper auf. Sie fuhr ihm mit dem Finger in den Mund, rieb seine Glieder mit ihrer Schürze ab. Erst dann fiel ihr auf, dass vollkommenes Schweigen herrschte.

Sie wandte sich zur Tür und blickte in die versteinerte Miene des Professors, während das Neugeborene in ihrem Schoß ein zittriges Quäken von sich gab. Es beunruhigte Gesa, dass der Professor die Kammer nicht betrat. Hinter ihm, wie einen Schatten, erahnte sie Anna Textor.

»Bringen Sie das zu Ende, Langwasser«, sagte Kilian kalt. »Und dann gehen Sie.«

Es gab den einen Teil in ihr, der sofort verstand. Der andere weigerte sich und suchte nach Worten. Aus den Augenwinkeln sah Gesa, wie die Wöchnerin sich mit ihrem Kind an der Brust in die Fensternische drückte.

»Die Tür ...«, stammelte die Frau, »... das war ...«

»Ich habe die Tür geschlossen«, unterbrach Gesa sie, »weil eine Unruhe und Aufregung war. Ich wollte ...«

»Was Sie wollten, haben Sie erreicht, wie ich sehe«, sagte der Professor. »Wenn Sie jetzt versuchen möchten, eine Ausrede dafür zu finden, dann würde ich das für eine weitere Vermessenheit halten. Ich selbst muss mir vorwerfen, Ihnen jemals Aufgaben übertragen zu haben, die über jene einer Hebammenschülerin hinausgingen. Sie haben die Dinge offenbar gründlich missverstanden, und das spricht nicht eben für Ihre geistige Reife.«

Er vermied es, die Gruppe der Frauen länger zu betrachten. Stattdessen studierte er die Schnitzereien auf dem Knauf seines Gehstocks, als entdecke er soeben etwas Neues daran.

»Sie haben sich herausgenommen, die Haushebamme auszusperren«, sagte er, »aber tatsächlich verhält es sich so, Langwasser, dass Sie sich diese Tür vor der Nase zugeschlagen haben. Ich wünsche, dass Sie das Haus verlassen. Und zwar noch heute.«

Er wandte sich zum Gehen.

»Meine Prüfung«, flüsterte Gesa.

»Fällt aus«, hörte sie Kilian sagen. »Sagte ich das nicht? Nabeln Sie das Kind ab, und kümmern Sie sich um die Nachgeburt. Sie machen das sicher vorzüglich.«

*

Er war schon angekleidet, als die Wirtin klopfte und Pauli ins Zimmer ließ, was dem Jungen offensichtlich nicht behagte. Mit gesenktem Kopf trat er von einem Bein aufs andere und murmelte, er müsse schnell weiter, den Studiosi wegen der Geburt Nachricht geben.

»Sollst du, mein Junge«, sagte Clemens, während er den zweiten Stiefel anzog und nach seinem Rock griff, »ich komme gleich mit dir hinaus. Aber da wir schon unter uns sind, lass dich mal anschauen.« Er winkte ihn ans Fenster. Der Junge näherte sich zögernd, und als Clemens ihm unter das Kinn griff, fuhr er zusammen.

»Ich meine doch, das wird besser mit deiner Haut«, sagte Clemens. »Was meinst du?«

»Weiß nich'«, murmelte Pauli, »kann sein.«

»Jedenfalls gehen die Entzündungen zurück. Nimmst du die Medizin regelmäßig?«

»Schon. Schmeckt nicht gut.«

Pauli zog den Kopf ein und lief zur Tür.

»'tschuldigung, ich meine ... danke ... das ist wirklich nett ...«

»Da musst du dich bei der Gottschalkin bedanken, die hat dir diese Kur verordnet.«

»Wer is'n das?«, fragte Pauli und sah nicht aus, als wollte er es wirklich wissen.

»Die Frau, die unserem Institut kürzlich einen Besuch abgestattet hat, weißt du nicht mehr?« Clemens lachte. »Na, nun geh schon. Ich will dich nicht von deinen Pflichten abhalten.«

Pauli verschwand, als sei er auf der Flucht.

»Aber nimm deine Medizin weiter«, rief Clemens ihm nach, »es hilft doch!«

Er fühlte sich merkwürdig leicht, fast heiter, als er auf die abschüssige Gasse mit den eng stehenden Fachwerkhäusern hinaustrat. Von hier oben konnte er die grünen, weich geschwungenen Hügel vor der Stadt besonders gut sehen. Und darüber öffnete sich der Morgenhimmel verheißungsvoll, wie er fand.

*

Gesa hatte ihr Bündel gepackt, hastig und unter Tränen. Sie legte die Schürze ab, und die sichtbaren Spuren der Geburt darauf ließen sie erneut aufschluchzen. Sie faltete das Leinen mit zitternden Händen und zog die weiße Haube vom Kopf. Zum ersten Mal empfand sie das Haus als lebendig, sie lauschte auf die Schritte und Stimmen der Frauen in den unteren Kammern, das Scheppern von Geschirr und Töpfen aus der Küche. Selbst die mürrischen Äußerungen der Textor, die dann und wann zu hören waren, schlossen Gesa auf eine plötzlich schmerzhafte Weise aus.

Irgendwo im Haus hielt der Professor sich mit seiner Wut auf, im Auditorium vermutlich, wo er auf die Studenten wartete, die Pauli umsonst zusammenrief.

Die Frauen würden zu Untersuchungen in das Auditorium geführt, der Unterricht an diesem frühen Morgen anders als gedacht gestaltet werden, und das alles würde den Professor immer weiter und maßlos verärgern.

Es war schnell vor sich gegangen mit der Nachgeburt, als sollte ihr kein Aufschub mehr vergönnt sein. Nichts, was ein Einlenken möglich machte, oder ein Wunder. Und sie hatte schlafwandlerisch gehandelt, wie blind und taub gegen das Flüstern der Frauen, die schüchternen Händedrücke. Sie wusste kaum mehr, wie sie es hinter sich gebracht hatte, nur, dass die Textor verächtlich schweigend in der Nähe geblieben war.

Gesa ging aus der Schlafkammer, und es schien ihr selbstverständlich, die Stufen zu Doktor Heusers Studierzimmer hinaufzusteigen. Erst oben, im Halbdunkel vor der Tür, zögerte sie, ließ sich auf der Treppe nieder, umklammerte das Bündel in ihrem Schoß. Sie legte die Stirn auf ihre Knie und wartete ein wenig, bis sie sich beruhigt hatte. Dann schließlich stand sie auf und betrat das Zimmer, von dem sie wusste, dass es verlassen war.

Auf dem Arbeitstisch konnte sie trotz der Unordnung sofort Feder und Tintenfass entdecken. Sie fühlte sich wie ein Eindringling, als sie sich über den Tisch beugte, an dem er so oft saß; als sie nach einem leeren Blatt Papier suchte und es fand, als sie den Deckel des Tintenfasses öffnete, als sie die Feder eintauchte und abstrich, als ihre Hand über dem Blatt stockte. Sie schrieb *Lieber* und spürte wieder die Tränen kommen. Sie richtete sich auf.

Noch nie hatte sie eine Sammlung weiblicher Becken gesehen.

Die verkrümmten Wirbel in ihnen, Kupferdrähte, die von Knochen zu Knochen gespannt waren, all dies spiegelte sich mit einem Mal in ihrem Gesicht, das ihr von den Glastüren entgegensah, so bleich wie alles, was sich dahinter befand.

Sie stolperte auf der Treppe, es gab kein Bemühen mehr, lautlos zu verschwinden. Das Poltern von Tante Beles Schuhen an ihren Füßen, auf den Böden dieses Hauses, trieb sie an, es noch schneller zu verlassen. Niemand schien ihr mehr begegnen zu wollen, und sie war dankbar dafür. Vorbei an verschlossenen Türen, die noch einmal Professor Kilians Botschaft mitteilten, hastete Gesa durch die düsteren Flure.

Draußen blendete sie das Licht.

Jemand fing sie auf. Jemand sprach ihren Namen aus.

»Gesa«, sagte Clemens.

In seinen Augen war eine Freude, die zu nichts passen wollte. Sie spürte die Bewegung seiner Fingerkuppen über ihren Brauen, an den Schläfen, an Wangen und Kinn, ohne zu glauben, dass es wirklich geschah. Doch wie er sie hielt, das war etwas sehr Schönes, und sein Herzschlag so heftig wie ihrer. Sie sah ihm entgegen, sah, wie ihm eine helle Haarsträhne in die Stirn fiel.

»Ich muss gehen«, wollte sie sagen, oder sagte sie es? Was immer sie tat, ihre Lippen jedenfalls streiften bereits die seinen.

Ein gellender Pfiff brachte sie zur Vernunft, dann das Gelächter. Die Studenten näherten sich wie ein dichter Schwarm Kolkraben, weit ausschreitend in ihren schwarzen Röcken, und spöttisch.

Mit einem Schritt entfernte Clemens sich von ihr, seine Hände verschwanden hinter dem Rücken, als hätten sie sich niemals auf ihrer Haut befunden. Die Studenten stoben zwischen ihnen hindurch, drängten sie auseinander. Ein Arm traf sie, ein Arm, der sich hob, um den Hut vor dem Doktor zu lüften, versetzte ihr einen Stoß, einen sehr leichten und möglicherweise unbeabsichtigten. Für sie eine letzte Aufforderung, diesen Ort endgültig zu verlassen.

*

Wieder so ein verweintes Gesicht, dachte Marthe. Doch nicht schon wieder!

»Man sagte mir, dass dies das Haus der Gottschalkin ist.«

Wie dieser grauäugige Blick am Fachwerk des Hauses hinaufkletterte, sprach ja nun wirklich Bände.

»Ich müsste sie sehr dringend sprechen, wenn dies möglich wäre.«

»Wer bist du?«

»Gesa Langwasser. Ich kenne sie, die Gottschalkin, meine ich, und sie ...«

Die junge Frau musste ihr Bündel aufschnüren, um ein Schnäuztuch hervorzuholen.

»Sie ist nicht da.«

Am besten, sie redete gar nicht lange mit ihr.

»Könnte ich nicht vielleicht auf sie warten?« Sie sah anrührend aus, viel zu sehr. Der Schlag sollte den treffen, der sie zum Weinen brachte.

»Nein«, sagte Marthe. Streng schloss sie die Tür. Streng doch vor allem auch zu sich. »Nein«, sagte sie noch ein-, zweimal vor sich hin, als sie zurück in die Küche ging, wo sie das Geflügel salzen und mit Kräutern füllen wollte, um es heute noch in den Rauchfang zu hängen.

Nein. Sie konnte und durfte nicht mehr die Tür öffnen für jedes arme Ding, das vor dem Haus Tränen vergoss, das brachte die Gottschalkin in Schwierigkeiten. Wenn es nicht bereits schon geschehen war. Sei ihr gnädig, Gott. Sei uns allen gnädig.

Sie war so ruhig geblieben, als man sie ins Haus des Richters rufen ließ. Diese Ruhe, dachte Marthe, das war auch nicht immer gut.

*

»Hören Sie«, sagte Malvine beschwörend, die Elgin in einem der zierlichen Sessel des Homberg'schen Salons gegenübersaß,

»was mit Bettina ist, das will mir so gar nicht gefallen. Es bringt Unruhe ins Haus und eine erdrückende Stimmung. Ich bin froh, dass Sie sofort kommen konnten, denn die Männer sind seit heute aus dem Haus, Homberg und Götze. Es kam mir sehr entgegen, dass mein Mann den Landgrafen aufzusuchen hat, auf dessen Einladung hin. Was ein gutes Zeichen ist im Hinblick auf das Amt des Bürgermeisters. Obwohl – das ließ Homberg mich wissen – drei der vier Räte für ihn votieren, so ist doch letztlich das Wort des Landgrafen ausschlaggebend. Aber darum geht es nun gar nicht, Gottschalkin, liebe Freundin.«

Sie unterbrach ihre atemlose Rede und legte den Stickrahmen fort, den sie seit dem Beginn ihrer Unterredung tatenlos im Schoß gehalten hatte.

»Ich brauche Ihr Wort, dass mit dem Mädchen alles seine Ordnung hat.«

»Seine Ordnung? Nun, Sie berichten von Blutungen ... Ich muss Bettina sehen und sie gründlich dazu befragen, bevor ...«

»Es hat sich ein gewisser Verdacht entwickelt«, sagte Malvine, »das kommt nun davon, wenn Männer vertraulich zueinander sprechen.«

»Der Richter ist vertraulich mit seinem Diener?«

Irgendwo im Haus waren die hellen Stimmen der Mädchen zu hören, der durchdringende Schrei kam eindeutig vom kleinen Bruder, und es folgte Gelächter darauf, das Malvine ein kurzes Lächeln abgewann.

»Natürlich nicht«, sagte sie. »Doch umgekehrt hat es sich ergeben. Mein Gatte bemerkte an Götze eine gewisse Abwesenheit, ja eine Verdüsterung des Gemüts. Zunächst schenkte er dem keine Beachtung, doch nachdem es sich Tage hinzog, dass er die verhangene Miene des Mannes betrachten musste, stellte er ihn zur Rede. Wenn man diese dienstbaren Geister nun immer in seiner Nähe hat, da möchte man doch lieber in fröhliche Gesichter blicken als in vergrämte.«

»Sollte ich nicht jetzt nach Bettina sehen?«

Malvines Stirn verzog sich unter den drapierten Locken.

»Unbedingt, Gottschalkin, ich will Sie sofort zu ihr lassen, doch ich muss eine Sache zuvor noch deutlicher benennen.«

Sie raffte den Chiffonschal, dessen Farbe sich schimmernd mit der ihres Kleides traf, hob die silberne Teekanne an und setzte sie wieder ab. Beide Frauen hatten ihre Tassen bislang nicht angerührt.

»Der Verdacht, von dem ich gerade sprach ...«, fuhr sie fort, »... Sie verstehen, was ich damit meine? Ich fand es abwegig, ja fast, muss ich sagen, führte es zum Streit mit Homberg darüber. Vielleicht kommt es von all diesen Dingen, die er durch Professor Kilian erfährt ... Ach, da fällt mir ein, hat er das Gespräch mit Ihnen gesucht – Kilian, meine ich?«

»Ja, und ich hörte, wie sehr Sie sich für mich verwendeten ...«, Elgin nahm einen Schluck kalten Tee, »... wofür ich Ihnen danke. Es hat mich ...«

»Und«, unterbrach Malvine sie, »wie haben Sie sich entschieden?«

»Nun, zunächst fiel es mir nicht ganz leicht und letztlich dann doch ... Ich entschied mich, den Frauen Marburgs weiterhin uneingeschränkt zur Verfügung zu stehen, und zudem arbeite ich an einem Buch ...«

»Ein Gewinn für uns, ein Verlust für die Wissenschaft«, sagte Malvine leichthin. »Als schamlose Egoistin bin ich froh darüber. Aber ein wenig schade ist es schon. Es war ein so hübscher Gedanke, Sie als Dozentin an einem Institut der Universität zu wissen. Ich bin mir sicher, dass die Herren Studenten einiges von Ihnen hätten lernen können, wenn auch widerstrebend möglicherweise, doch das hätte auch einen gewissen Reiz ausmachen können.« Erneut runzelte sie die Stirn. »Doch wie kamen wir jetzt darauf?«

»Professor Kilian. Sie meinten ...«

»Ja richtig. Diese Frauen dort in dem Haus ... Wissen Sie, ich schätze – ganz wie Homberg übrigens – das Engagement des Professors. Warum sollen sie doppelt und dreifach für das bezahlen müssen, was ihnen zum Verhängnis wurde? Allein vom Nachdenken darüber wird man schon trübe. Fraglos ist der Professor ein Kauz, aber sein Anliegen ...«

»Er hat es mir ausführlich erläutert, Frau Rat.«

Malvines Hände flatterten in einer unwirschen Geste auf.

»Ach, diese Personen und ihre Geschichten. Homberg mit seinen Schlussfolgerungen. Götze mit seinem Schwur. Guter Gott! Wie gesagt, ich glaubte nie an eine *sittliche Verfehlung* des Mädchens. Und doch, wenn ich sie mit den Kindern sah – jede Heiterkeit ist ihr abhanden gekommen. Dabei habe ich keineswegs vergessen, dass eine ihrer Schwestern im Kindbett gestorben ist – kurz nach der Mutter. Da leuchtet mir ein, dass der Anblick einer gesunden, fröhlichen Familie sie bekümmern muss. Und doch, Gottschalkin – mir wäre wohler, wenn ich meinem Gatten versichern könnte, welche Ursachen es für Bettinas Verfassung gibt. Das viele Blut ...« Sie senkte die Stimme: »Rena, mit der sie die Kammer teilt, berichtete mir angstvoll davon. Ist es denn möglich, dass ein Körper Tränen vergießen kann, auf eine andere, schmerzhafte Weise?«

»Vielleicht«, sagte Elgin vorsichtig. »Vielleicht treffen Ihre Worte recht gut, was in Bettina vorgeht.« Sie erhob sich. »Umso wichtiger wäre es mir, sie jetzt zu untersuchen.«

»Gottschalkin, ich weiß, es ist ... drastisch, um was ich Sie jetzt bitte.« Malvine stand ebenfalls auf und betrachtete für einen Moment ihre zierliche Schuhspitze, mit der sie eine Welle in den Mustern des Teppichs glättete.

»Doch mir ist auch bekannt, dass man eine Hebamme zur Feststellung der ... nun ... der geschlechtlichen Unversehrtheit beauftragen kann ...«

Sie sah Elgin an, und diese fand es richtig, ein kurzes Lächeln anzubringen, Malvine Gelassenheit zu zeigen, die sie keineswegs empfand.

»Es ist einige Jahre her«, sagte sie, »da berief man mich einmal als Gutachterin zu Gericht. Ich sollte anmerken, dass dies vor der Zeit Ihres Gatten als Richter war. Es ging um ein Notzuchtverbrechen. Dem Gericht war suspekt, dass die junge Frau sich so widersprüchlich zu dem Geschehen äußerte, dass sie nicht genau und in immer den gleichen Worten den Hergang des Verbrechens an ihr beschreiben konnte. Ich hatte nicht nur ein zerstörtes Hymen festzustellen, sondern auch ...«

»Verschonen Sie mich mit Einzelheiten, Gottschalkin, es macht mich krank, davon zu hören«, Malvine führte eine Hand vor den Mund, als sei ihr tatsächlich übel, doch dann fragte sie: »Wie ging es aus für das arme Geschöpf?«

»Man glaubte ihr nicht. Sie war nämlich schwanger. Das Gericht berief sich auf die Aussage eines gerichtlichen Mediziners, dass Angst, Ekel und Scham eine Empfängnis unmöglich machte, und sprach den Beklagten frei ...«

»Und ist denn nicht etwas Wahres daran?«

Elgin schwieg einen Moment lang.

»Ich sollte nun Bettina sehen«, wiederholte sie dann.

»Warum haben Sie mir davon erzählt?«

»Haben Sie mich nicht danach gefragt?«

An der Treppe, die zu den Gesindekammern unter dem Dach führte, blieb Malvine zurück.

»Ich vertraue Ihnen«, sagte sie.

Oben fand Elgin das Dienstmädchen auf dem Bett zusammengerollt, mit dem Gesicht zur Wand. Bettina drehte sich um, sobald Elgin ihre Schulter berührte.

»Es hört auf«, flüsterte sie. »Jetzt hört es auf.«

Sie ließ sich bereitwillig untersuchen, und Elgin sah bestätigt, was das Mädchen ihr sagte.

»Weißt du, warum man mich hat holen lassen?«

»Wenn es mit dem zu tun hat, was Götze plötzlich von mir denken muss ...« Sie griff nach Elgins Hand. »Es ist alles meine Schuld, ich weiß es ja, Gottschalkin, wenn ich nicht zu viel davon ...«

»Schscht ... Bettina«, sagte Elgin leise. Ohne sie loszulassen, setzte sie sich auf die Kante der zweiten Bettstelle, die der anderen in der beengten Kammer dicht gegenüberstand. »Hast du irgendjemandem etwas gesagt, oder auch nur eine Andeutung gemacht?«

»Nein, nein. Nichts habe ich gesagt«, wisperte das Mädchen. »Nichts, das müssen Sie mir glauben. Das ist eine schlimme Sache, wenn man nichts erklären kann, dann fangen die Leute an, sich selber was zu denken. Und Rena, die hat sich auch was gedacht, als sie das Blut gesehen hat. Aber ich musste doch wieder zurück, ich konnte nicht länger bei Ihnen bleiben, sonst hätte ich meine Anstellung verloren. Rena hat was zu Götze gesagt, und dann hat er auch angefangen, zu fragen und was zu denken ... und dann fragte mich die Frau Rat ...« Das Mädchen weinte in Elgins Hand. »Heilige Mutter Gottes ... wenn sie von dieser Schande wüssten ...«

»Still, Bettina, still. Du siehst, die Blutungen haben ein Ende. Das ist vorbei, bis zu deiner nächsten, gesunden Reinigung. Für deinen Körper ist es vorbei, Bettina. Aber was ist mit dir?« Sie strich ihr über die Stirn. »Hiermit? Und mit deinem Herzen? Wirst du es schaffen?«

Bettina richtete sich auf und setzte die Füße auf den Boden.

»Ich will es, und ich kann es. Götze würde es nicht ertragen. Er ist alles, was ich habe. Ich brauchte nur etwas Zeit.«

»Gut«, sagte Elgin, »denn ich fürchte, mehr bleibt dir nicht.«

»Und was ... was werden Sie der Frau Rat sagen?«

Elgin öffnete ihre Tasche und entnahm ihr ein schmales Lederetui.

»Dass es aufgrund eines beschwerten Gemüts zu einem Ungleichgewicht deiner körperlichen Säfte gekommen ist, was zu heftiger Blutausleerung durch dein Monatliches führte. Dass ich dich – trotz einer festgestellten Besserung – zur Ader gelassen habe, wofür du mir jetzt deinen linken Arm freimachst.«

Malvine Homberg bekam zwei Unzen Blut ihres Lieblingsdienstmädchens zu sehen und hörte eine schlüssige Erklärung. Es würde ihr erlauben, dem Richter mitzuteilen, dass es seine Ordnung hatte mit Bettina. Mehr verlangte sie nicht.

*

»Warum setzen Sie sich für diese Schülerin ein?«

Clemens war mit Professor Kilian im Auditorium zu einer Unterredung zurückgeblieben, nachdem die Studenten das Haus längst verlassen hatten. Im Unterricht war den angehenden Ärzten bei der Untersuchung einer frisch Entbundenen demonstriert worden, was eine überhastete Geburt in stehender Position anrichten konnte und wie die durch mangelhaften Schutz der Geburtsteile entstandene Wunde chirurgisch zu versorgen war.

Professor Kilian versah die gebogene Nadel mit einem kleinen Korkenstück und legte sie zurück in einen mit Samt ausgeschlagenen Kasten zu den Operationsmessern.

»In dem, was ich gehört habe, kann ich ein Fehlverhalten der Schülerin nicht erkennen. Es ging eine überstürzte Geburt vonstatten ...«

»... die allenfalls von der Haushebamme zu leiten gewesen wäre.«

»Ich bin sicher, Herr Professor, auch Ihnen kann nicht verborgen geblieben sein, dass Frau Textor nicht eben das Vertrauen der Schwangeren genießt. Es wäre von Vorteil, wenn wir sie baldigst durch eine umsichtigere Person ersetzen würden.«

Clemens lehnte vor einem der hohen Fenster des Auditoriums und sah Kilian zu, wie er den Kasten mit dem Operationsbesteck im Medikamentenschrank verschloss.

»Dieses Vertrauensverhältnis, das Ihnen so erstrebenswert erscheint ...«, sagte der Professor, während er sich zu ihm umwandte, »... wenn es unter den Weibsbildern dazu führt, den ohnehin in ärgerlichem Maße immer und erneut zu überwindenden Widerstand zu verstärken ...«

»Und doch würde ich mich jederzeit dafür verwenden, dass Derartiges nicht im Ansinnen der Schülerin Langwasser lag. Nicht im Mindesten ist sie ein aufrührerischer Charakter. Ich würde sie ohne Zögern als verantwortungsvoll bezeichnen. Und muss sie das nicht sein? In ihren Dörfern, auf dem Land, finden die Hebammen eine deutlich andere Lage vor als hier. Sie sind auf sich gestellt und ein Arzt ist kaum erreichbar. Muss unsere Ausbildung sie nicht befähigen, selbstständig und in eigenem Ermessen handeln zu können?«

»Ich bedarf hinsichtlich dessen wahrhaftig keiner Belehrung, Herr Kollege«, sagte Kilian, und dass er sich bemühte, ruhig zu bleiben, ließ Clemens die alte Sympathie für diesen Mann empfinden, den er so lange Jahre schon als Gelehrten schätzte.

»Wissen Sie, Heuser«, sprach Kilian weiter, »ich befinde mich doch weder in diesem Beruf noch an diesem Institut, um armselige Weiber in Angst und Schrecken zu versetzen. Allerdings erwarte ich, ja ich verlange, dass sie der Wissenschaft dienen. Ich muss mich dafür nicht in die Rolle eines Folterknechts weisen lassen, von einer ...«

»Sind Sie nicht vielmehr noch immer erbittert über die abschlägige Antwort der Gottschalkin?«

»Sie diagnostizieren mir also profane Rachsucht, Herr Doktor«, sagte Kilian leise. Er kam langsam auf die Fensterreihe zu, ging zwischen Untersuchungstisch und den Schränken entlang, während seine Hände in typischer Weise auf dem Rücken zusammenfanden und sein Blick die Sammlungsstücke streifte.

»Keinesfalls«, gab Clemens zurück. »Doch bin ich selbst zu sehr ein Meister darin, in Stimmungen gefangen zu sein, als dass ich einen solchen Zustand nicht auch bei einem Menschen neben mir erkennen könnte. Die Gottschalkin passt aus verschiedenen Gründen nicht in dieses Haus. Sie war so klug, dies zu erkennen. So betrachtet, dürfen wir es ihr nicht verübeln. Und zu den Hebammen lassen Sie mich noch Folgendes ergänzen: Sie sind wichtige Vermittlerinnen für den Ärztestand, nicht nur am Kreißbett. Jene Frauen, die wir ausbilden, solche wie Gesa Langwasser – sie tragen die Nachricht über unser Institut hinaus in die Dörfer, und was sie zu berichten haben, sollte für uns sprechen, meinen Sie nicht?«

»Mein lieber Kollege, was ist nur geschehen mit Ihnen? Ich wüsste es zu gern ... Und was hat es wohl zu bedeuten, dass Sie den Vornamen dieser Person so erstaunlich parat haben ...«

»Nur, dass ich im Verzeichnis der Schülerinnen nachgesehen habe, woher sie stammt. Ich würde ihr gern schreiben, dass sie zurückkommen kann, um ihre Prüfung zu absolvieren. Und ich hoffe auf Ihr Einverständnis, Herr Professor.«

Wenige Schritte vor Clemens blieb Kilian stehen und betrachtete ihn aufmerksam.

»Kommen Sie, Heuser, wenn ich Ihnen einmal von Mann zu Mann geraten habe ... nun, ich hätte doch gedacht, dass Sie sich einer Frau Ihres Standes zuwenden ...«

Clemens lächelte.

»Diese kleine Unterredung, ja, in der Tat hat sie Eindruck auf mich gemacht«, sagte er. »Vielleicht sind wir doch aus einem Holz geschnitzt, Sie und ich, dachte ich manchmal danach.«

»Sie und ich«, gab Kilian tonlos zurück.

»Nun, könnte es nicht sein, dass uns die pathologische Betrachtung des Weibes hinderlich ist, ihm auf andere Weise näher zu kommen?« Im Stillen dankte Clemens der ehemals ihm verlobten Philippa für das geschmeidige Argument, zumal es nicht ohne Wirkung blieb und Kilian nachdenklich schwieg.

»Es klingt zu verquast, als dass es mir gefallen wollte«, sagte der Professor schließlich. »Nehmen Sie Melander in Göttingen als Beispiel. Er ist verheiratet, hat eine große Familie, kaum dass man seine Kinder zu zählen weiß, und lebt mit ihnen in einer großen Etage seines Instituts, sodass er immer und jederzeit da sein kann. Er rühmt sich damit, bei jeder Geburt im Hause anwesend zu sein ...«

Er seufzte unvermittelt, ging zu dem anderen Fenster hinüber und sah auf die Gasse hinunter.

»Ein solches Haus, ein modernes Entbindungshospital – soll es uns denn nicht möglich sein, das für Marburg zu erreichen? Ein lichtes, stolzes Gebäude, das einen selbstverständlichen Platz einnimmt in der Stadt? Da Sie von Stimmungen sprachen, Kollege Heuser, ich gestehe, in verzagten Momenten will mir scheinen, es führt kein Weg dorthin.«

»Sicher kein einfacher, aber Sie haben mich gelehrt, daran zu glauben. Doch gerade für schwierige Strecken empfehlen sich gute Mitstreiter.« Auch Clemens wandte sich ab und blickte in die einsetzende Dämmerung hinaus.

»Kann ich also Gesa Langwasser Nachricht geben, dass sie wieder Aufnahme zur Prüfung finden wird?«

In seiner Brusttasche ruhte ein Papier, das er sorgsam gefaltet hatte, auf dem dieses Wort stand: *Lieber,* und sonst nichts.

✽

Für Elgin gehörte es zu den freudigeren Ereignissen dieser Tage im Herbstmond, Agnes Büttner zum Ende ihrer Schwangerschaft hin aufzusuchen.

Der leichte Kattun eines ihrer bevorzugt grünen Kleider vermochte keine Falte mehr zu werfen über dem mächtigen Bauch. Selbst im Kerzenlicht des Schlafzimmers sah Agnes Büttner sehr weiß aus, viel durchscheinender noch, als sie es ohnehin schon immer gewesen war. Wenn sie das Halstuch ablegte, zeigten sich auf den Rundungen ihres Dekolletees blassblaue Linien wie gefrorene Flussläufe.

Ihr Haar allerdings glänzte in der Farbe von Granatapfelkernen. Sie sah zu den Kupferstichen auf der Kommode hinüber, die während der Schwangerschaft unter den Händen ihres Mannes entstanden waren. Eine wechselnde Auswahl der Abbildungen hatte sie stets erbeten, um sie wieder und wieder zu betrachten. So konnte sie mit ansehen, sagte sie, wie ihr Kind heranwuchs.

Sie fuhr mit den Fingern die Umrisse einer Abbildung entlang, die das Ungeborene in einer Lage zeigten, ähnlich wie Elgin sie an ihrem Leib ertastete und beruhigend erklärte. Still stand Agnes Büttner vor der Frau, die in diesen Tagen viel mehr ihre Hebamme war als die Auftraggeberin ihres Mannes. So still stand sie, bis Elgin ihr leise empfahl, es sei nicht vonnöten, das Atmen einzustellen, nur damit sie den Herzschlag des Kindes hören konnte. In einer der vergangenen Nächte, erzählte Agnes dann, hatte sie schnell nach Büttners Hand gegriffen, als das Kind sich regte, und er tat einen erschreckten Ausruf, als eine winzige Ferse nach ihm getreten hatte.

Büttner selbst bekam Elgin in jenen Tagen kaum zu Gesicht. Er verbarg sich und seine Nervosität, sagte Agnes. Sogar seine Arbeit an den Illustrationen für Elgins Buch hatte er unterbrochen, obwohl sie nahezu vollendet war. Stattdessen befasste er sich mit der Reproduktion eines Gemäldes aus Flandern, das weidende Ziegen und Schafe in römischen Landschaften zeigte – ein lang aufgeschobener Auftrag, der ihn jetzt beruhigte.

Ihre Mutter hatte aus Kirchhain eine mit Schnitzereien verzierte Wiege geschickt, die sich seit Generationen im Familienbesitz befand. Agnes nähte derzeit noch an einem kleinen Kissen, um es – wie Elgin ihr riet – mit Hirse zu füllen. Die Ankunft der Mutter selbst zögerte Agnes hinaus, denn war sie einmal da, würde sie ihr alles aus der Hand nehmen. Sie wollte keinen Hofstaat von Nachbarsfrauen am Geburtsbett, sagte Agnes, nur Ruhe, möglichst viel davon. Denn während Büttner, erschöpft von seinem nervösen Empfinden, des Nachts in tiefen Schlaf verfiel, rührte sich in ihrem zierlichen Körper das große Kind und hielt sie wach.

Wohl deshalb war sie oft so entsetzlich müde.

Zehn

OKTOBER 1799

Die Hochzeit von Lambert Fessler und Therese Herbst gestaltete sich zu einem gesellschaftlichen Ereignis, von dem noch die Rede sein würde in Marburg, wenn auch in anderen Zusammenhängen.

Die Trauung hatte sich in der bis auf den letzten Platz besetzten Lutherischen Pfarrkirche in einem Zeremoniell von besonderer Schönheit vollzogen. Der Organist spielte Kantaten von Bach, die Oktobersonne indessen mit den prachtvollen Farben der Kirchenfenster. Das vor Gott zusammengeführte Paar rührte durch seine Anmut. Nahestehende, die einen Blick auf ihre Gesichter erhaschten, wussten zu berichten, dass beide, Braut und Bräutigam, geweint hatten, als der Pfarrer die Trauformel sprach.

Mein Herz ist bereit, Gott, mein Herz ist bereit, dass ich singe und lobe. Denn deine Güte reicht, so weit der Himmel ist, und deine Wahrheit, so weit die Wolken gehen.

Die weise gewählten Worte konnten selbst den sachlichsten Menschen vergessen lassen, dass diese Ehe – wie die meisten – gestiftet war. Auch, dass es in der Verlobungszeit Irritationen gegeben hatte.

Als das junge Paar aus der Kirche trat, staunten die Leute und waren entzückt. Die Braut trug ein Atlaskleid mit silbern gefasster Schleppe, das gelockte Haar war unter dem Myrtenkranz von einem ebenfalls silbernen Flor aus dem Nacken gebunden. Jene unter den Gästen, die einige Wochen zuvor nach Kassel gereist waren, um Friedrich Wilhelm III. mit seiner anbetungswürdigen Luise bei ihrem Besuch der Stadt zu sehen, beharrten darauf, eine Ähnlichkeit Thereses mit der preußischen Prinzessin festzustellen.

Lambert Fessler – in weißen Pantalons, schwarz glänzenden Stiefeln und Frack von gleichsam begeisternder Erscheinung – hatte die Bewunderung für seine Gattin wohl durchaus genossen, denn er verharrte eine Weile mit ihr auf der obersten Treppenstufe der Kirche. Fast hatte es ausgesehen, als wollte er in jedem Einzelnen der ihnen zugewandten Gesichter die Freude ablesen, bevor er seine Frau zu der blumengeschmückten Kutsche führte.

Die Feierlichkeiten beging man standesgemäß im Rathaus. An den großen Festtafeln in einem der Ratssäle wurden die Gaumen des Hochzeitspaares und seiner Gäste mit einer ausgesuchten Speisenfolge verwöhnt, über die sich die Schwiegermütter tagelang die Köpfe zerbrochen hatten. Schließlich bot Malvine Homberg ihre Köchin an, was man dankbar annahm. Für den großen Tag führte diese nun das Regiment in der Rathausküche, brachte die Gesellschaft in den Genuss von Pastetchen auf spanische sowie Rinderrücken auf venezianische Art, begeisterte sie mit gefüllten Waldvögeln in Rosinensauce und ließ zum Dessert Weinbeer-, Birnen- und Zimttorten auftragen.

Lambert leerte ein weiteres Glas Wein, von denen er schon einige geleert hatte – während der Reden, die gehalten, und der Brautverse, die vortragen wurden. Letztere hatten Therese in Verlegenheit und die anderen in launiges Gelächter versetzt, denn die Verse brachten nichts anderes als die Fruchtbarkeit des Ehestandes zur Sprache.

Das Gefunkel im Saal strengte Lambert an. Zu viel Gefunkel, empfand er. Es hob sich von den dunklen Vertäfelungen des Saales ab – kam von Kerzenleuchtern, vom Silber und Kristall auf dem Damast, von den Goldknöpfen an den Livreen der gemieteten Diener, vom Ring an seiner Hand. Er musste ihn immer weiter betrachten, noch während er das Glas absetzte.

Möglicherweise half Lambert die nicht unbeträchtliche Menge geistiger Getränke, um Frieden damit zu schließen, dass die Trauungszeremonie Eindruck auf ihn gemacht, ja ihn berührt hatte. *Mein Herz ist bereit.* Die Worte waren wie eine Beschwörung auf ihn eingedrungen, als er sich Therese vor dem Altar zugewandt hatte, sein Versprechen gab und ihr den Ring ansteckte, als er ihre Erwartung sah, und alles vor sich sah, dem er von nun an täglich begegnen sollte. *Ich singe und lobe ... denn deine Güte reicht so weit ...* Wer wusste denn, ob es ihm nicht doch möglich sein sollte, zu erfüllen, was er ihr versprochen hatte? Eine Ehe führen, sie lieben? Mit ihr leben im Haus seiner Eltern, mit Caroline, die als ständige Beobachterin und – wie zu befürchten stand – Kommentatorin ihres Glücks anwesend sein würde?

In der Kirche, als er inThereses Gesicht die Sehnsucht gesehen hatte, war die Frage in ihm aufgekommen, ob es so für Elgin gewesen sein musste, wenn sie ihn angesehen hatte. War es so für dich, fragte er, wie jetzt für mich? Konntest du es nicht ertragen, meine Sehnsucht vor dir zu sehen und zu wissen, dass du sie nie erfüllen würdest? Hattest du Mitleid mit mir, so wie ich jetzt mit Therese?

Was ihn blendete, dachte Lambert, war nicht das Funkeln von Gegenständen im Rathaussaal, sondern die Erwartung von allen Seiten. Sie kam von Therese neben ihm, von den Brauteltern und Gästen, von seiner Mutter. Caroline mit ihrem Stolz, ihren sich erfüllenden Träumen von einer neuen Bedeutung in ihrem Leben. Wünsche. So viele Wünsche waren um ihn. War er nun auserwählt, sie zu erfüllen? Sollte dies eine Aufgabe sein, deren Reiz es zu entdecken galt? Wurde von ihm nun verlangt, was er von Elgin eingefordert hatte?

Öffne mir dein Herz, hatte er gesagt.

Mein Herz ist bereit. Wenn es doch aber eine Lüge war. *So weit der Himmel ist.*

Zu späterer Stunde wurden im größten Saal bereits Menuette und Polonaisen getanzt, als Malvine ihre Freundin in eine der Sitznischen bei den hohen Fenstern zog.

»Schau nur, Therese«, sagte sie, während sich die Tanzenden vor dem kleinen Streichorchester neu formierten, »deine Hochzeit, dein Fest – es hat Stil, ich bin ganz hingerissen. Da soll noch mal jemand sagen, Marburg sei provinziell. Ich finde durchaus, man könnte von hier für das *Journal des Luxus und der Moden* einen lobenden Bericht verfassen.«

Sie winkte einen Diener heran und ließ Champagner bringen. Sie zupfte an einer Stirnlocke Thereses und stieß das Glas spielerisch gegen das ihre.

»Du solltest glücklicher aussehen, liebe Freundin, und nicht wie ein aufgestörtes Reh.«

Mit einer gekonnten Bewegung öffnete Malvine ihren Fächer und fächelte in Richtung der Braut, die mit gerecktem Hals die Reihe der Männer absuchte.

»Ja doch, er tanzt noch immer. Und zwar exquisit.«

Die Damen sanken vor den Herren in ein leichtes Plié. Lambert war nun sehr gut zu sehen.

»Er schwitzt«, bemerkte Malvine, »doch das macht gar nichts. Selbst dabei sieht er blendend aus. Homberg schwitzt nie.« Lächelnd beobachtete sie, wie der Richter seine Tänzerin formvollendet in eine Pirouette führte. »Aber wer weiß, vielleicht lehre ich ihn auch das noch.«

»Malvine!« Hastig nahm Therese noch einen Schluck Champagner. »Du solltest mir lieber eine Stütze sein, statt mich mit Anzüglichkeiten noch mehr zu verwirren ...«

»Also bitte, ma chère, worüber reden wir seit Wochen? Nun willst du nicht im letzten Moment etwa langweiliger werden, als du bist? Die Wahrheit ist«, sagte Malvine und rückte hinter ihrem Fächer ein wenig näher, »ich habe Homberg wieder zu mir kommen lassen und ihn mit Schlegels *Lucinde* in Stimmung gebracht – obwohl dies kaum nötig war. Und obwohl er mir doch die Lektüre verboten hatte, fand er an einigen Passagen geradezu beeindruckenden Gefallen. Ach ...«, sie seufzte, »der Mann ist ein Genie – Friedrich Schlegel, meine ich. Warum muss man sich über diesen Roman nun derart entrüsten? Die Frauen lieben ihn, und die Männer finden ihn moralisch verkommen – ich halte das für ein fatales Missverständnis. Welche Worte er findet, und was er auszudrücken vermag, besonders zwischen den Zeilen! Aber durchaus auch in einer aufregenden Direktheit.«

»Dass der Wein schäumt und der Blitz zündet, ist ganz richtig und ganz schicklich«, zitierte Therese leise und musste für einen Moment die Augen schließen.

»So ist es«, sagte Malvine und trank ihr Glas leer. »Möge es so sein.«

»Aber«, wisperte Therese, »schäumt der Wein auch, wenn man zu viel davon getrunken hat?«

Malvine lachte. »Das allerdings fiel mir auch auf. Sei gnädig, mein Kätzchen. Er ist genauso aufgeregt wie du.«

»Aber aus Lamberts Gedichten sprach so viel Erfahrung.«

»Kraft der Vorstellung. Glaub mir.« Wieder sorgte Malvine mit einer Geste dafür, dass die Gläser gefüllt wurden.

»Und die Frau auf dem Pferd?«

»Du sollst nicht mehr an sie denken. Und vertreib sie mit allem, was dir zur Verfügung steht, hörst du?«

»Ich fürchte fast, das ist nicht besonders viel.«

»Was ist denn nun wieder in dich gefahren? So wird das nichts.« Erneut verbarg der Fächer, was die Frauen einander zu sagen hatten.

»Wenn die Vorhänge eures Bettes geschlossen sind«, sagte Malvine eindringlich, »und wenn du klug bist, sorgst du dafür, dass außerhalb noch irgendwo eine Kerze brennt – sieh hin. Das reicht für die erste Nacht, um dich zu erhitzen. Ich versichere dir, das erhitzt auch ihn. Und für die Zukunft: Belass es nicht dabei.«

»Bitte, Malvine«, flehte Therese, »Contenance.«

»Das ist das Letzte, was du brauchst heute. Trink. Du hast im Vergleich deutlich zu wenig getrunken.« Sie strich mit ihrer behandschuhten Fingerspitze an Thereses Hals entlang. »Wirf auch du sie von dir, liebe Freundin, alle Reste von falscher Scham. Und damit genug der Worte von Schlegel. Den Rest sagt dir dein Herz. Ich kann es im kleinen Finger spüren. Und du?«

Die Augen der Braut glänzten wie im Fieber.

»Also«, flüsterte Malvine. »Was soll schief gehen?«

Professor Kilian lehnte in der Tür des Tanzsaales. Immer wieder gaben die Tanzenden den Blick auf Malvine Homberg und Therese Fessler frei, die – von den Fenstern gespiegelt – auf der Sitzbank ein bezauberndes Bild abgaben.

An Malvine hatte er schon den ganzen Abend über heimlich bewundert, mit welchem Liebreiz sie ihr Kleid trug, jenes hauchzarte Gebilde, unter dem man Nacktheit vermuten musste und das doch nichts entblößte. Das Geheimnis des hautfarbenen, feinen Tricots, welches diesen Effekt ermögliche, war dem Professor natürlich fremd.

Auch, dass man es eine *coiffure l'antique* nannte, wie Malvine, die Braut und eine Vielzahl der anderen Damen ihr Haar trugen. Er hätte nicht erkannt, dass es mitunter geborgte Zöpfe waren, die sich um die Köpfe und dann in den Nacken zu flachen Knoten schlangen. Malvine fiel überdies mit einem extravaganten Goldschmuck auf, der sich wie ein S um ihre formschönen Ohrmuscheln schmiegte.

Professor Kilian fand großen Gefallen an dem, was ihn heute umgab. Er sah auf die wehenden Chemisen der Damen, deren zarte Farben im Tanz ineinander zu fließen schienen. Die Befreiung von den Korsagen war nicht nur hübsch zu betrachten, sondern war vor allem auch medizinisch zu befürworten – die Schnürbrust hatte den Frauen gesundheitlichen Schaden zugefügt. Man hatte von ärztlicher Seite viele vergebliche Warnungen äußern müssen, bevor die Mode ihr wesentlich effektiveres Diktat aussprach. Vor diesem Hintergrund fiel es leichter, den französischen Einfluss darauf zu ignorieren.

Die vorzeitige Rückkehr des Napoleon Bonaparte von seiner Ägypten-Expedition dagegen hatte die männlichen Gäste heute Abend in rege Gespräche gebracht. Besonders, nachdem die Tafel aufgehoben war und die Damen zum Tanz drängten, hielt es einige Herren beharrlich in kleineren und größeren Runden an den Tischen, um zu debattieren, welche Folgen zu erwarten waren, dass der Feldherr seine Truppen zurückgelassen und bei Fréjus, so sagte man, gerade wieder französischen Boden betreten hatte.

Kilian schließlich trieb es von diesen Erörterungen fort, da er keine Gelegenheit mehr sah, das Interesse auf Dinge zu lenken, die ihm derzeit näher lagen. Immerhin hatte sich während des Diners die Gelegenheit ergeben, mit Georg Siebert, dem Obersten Pfarrer der Lutherischen Gemeinde, sowie einem Kirchenältesten erste Gespräche aufzunehmen – in gedämpftem Plauderton, um niemanden zu brüskieren. Im Übrigen hielt er es auch für überflüssig, dass anwesende Kollegen anderer Fakultäten hörten, wovon er bei einem solch festlichen Anlass sprach. Man hätte es für geschmacklos halten können.

Homberg, dem der Professor die Einladung zu dieser Hochzeit verdankte, hatte nach seinem Besuch beim Landgrafen in den Spitzen der Stadt eine gewisse Vorarbeit geleistet. Der Richter, vom Landesherrn zum Geheimen Rat ernannt und seiner Präferenz versichert, was das Amt des Bürgermeisters anging, hielt es für klug, in dieser Sache so offen wie möglich vorzugehen. Der zu erwartende Erlass von Unzuchtstrafen sollte nicht unvorbereitet eintreffen. Und so wie es aussah, funktionierte diese Taktik. Kilian war jedenfalls auf maßvolle Skepsis gestoßen, als er dem Pfarrer darstellte, wie er in seinem Institut die Kirchenbuße aufzufangen gedachte.

Er hatte ein wenig gewartet, bis seine Tischdame damit fortfuhr, zur anderen Seite hin empört über Bad Pyrmont zu berichten: dass es schmutzig und teuer war und dass der Kursaal nur beleuchtet wurde, wenn man die Kerzen zahlte. Erst, als er sicher sein konnte, dass ihr Geplapper nicht abriss, hatte Kilian sich erneut dem Obersten Pfarrer zugewandt. Siebert war ein Mann seines Alters, doch von hagerer Statur, was dem länglichen Gesicht die tieferen Falten verschaffte.

»Seien Sie versichert, verehrter Herr Pfarrer«, hatte der Professor leise gesagt, »es ist unrichtig zu glauben, dass unser Institut der unehelich Schwangeren wegen da sei. Mitnichten. Die Schwangeren, ob verehelicht oder nicht, sind der Lehre wegen da. Und es ist keine Frage, dass sie vor Gott Buße ablegen müssen, wenn ...«, er hatte hier seine Stimme noch ein wenig mehr gesenkt, »... sofern sittliche Verfehlung zu ihrer Schwangerschaft führte. Wir werden daher ein Betzimmer einrichten, und wenn Sie sich bereit fänden, einen Ihrer Pfarrer zu uns zu schicken ...«

Der Kirchenmann hatte die gestreckten Zeigefinger seiner gefalteten Hände auf die Lippen gelegt, was Kilian vorsichtig innehalten ließen. Doch dann neigte der Oberste Pfarrer seinen Kopf und zeigte sich nachdenklich.

Unschlüssig schwenkte Kilians Blick an den Tanzenden entlang. Malvine und die Braut hatten sich wieder in die Reihe der Damen eingegliedert und drehten sich lächelnd ihren Gatten entgegen.

An der Stirnseite des Saales löste sich Caroline Fessler von ihrem Beobachtungsposten, denn sie fand, es war Zeit, beschwingt zum Angriff überzugehen. Sie dachte nicht daran, ihr Vorhaben von jemandem abhängig zu machen, der sie vorstellen würde.

Sie wusste bereits, wer der rundliche Herr mit den weißen Locken war. In den anliegenden Kniehosen, die vor allem die Beine älterer Herren zierten – und wovon den meisten in Anbetracht ihrer schwammigen Konturen abzuraten war –, nahm der Professor sich ausgesprochen gut aus. Der bouteillengrüne Spenzer mit der gelben Weste saß ihm durchaus stramm am Körper, es gab ihm etwas mannhaft Possierliches – ihr gefiel das.

Sie selbst hatte im Vorübergehen an den Fenstern ihr Spiegelbild einer schnellen Prüfung unterzogen und war zufrieden mit sich. Ihr Kleid aus elfenbeinfarbenem Linon bekam seine Wirkung mit einem bestickten Langschal, den Caroline so zu tragen wusste, dass er im Dekolletee die Spuren der Zeit verhüllte, ihren langen Hals jedoch schmeichelnd zur Geltung brachte.

»Halt, mein Herr«, zwitscherte Caroline, »es ist eindeutig zu früh, diesen Saal zu verlassen.« Sie kam gerade rechtzeitig, um ihn davon abzuhalten. »Verzeihen Sie bitte«, sie senkte den Blick, nur um ihn unter ihrer fein geschwungenen Braue wieder emporschnellen zu lassen. Sie schätzte es, mit einem Mann auf einer Augenhöhe zu sein. »Ich weiß, ich sollte mich Ihnen bekannt machen lassen. Aber mir schien Eile geboten, und so will ich ausnahmsweise gegen die Etikette verstoßen. Ich bin Caroline Fessler. Und Sie sind Professor Kilian, nicht wahr?«

Er verbeugte sich und deutete einen Handkuss an – sehr galant, dachte sie.

»Sie sind die ...«, er räusperte sich, »... Sie sind eine Verwandte des glücklichen Bräutigams?«

»Ich bin die glückliche Mutter des glücklichen Bräutigams«, sagte Caroline. Sie ließ ihren Fächer aufschnappen, womit Kilian die Motive der Fresken von Pompeji besichtigen konnte. Sie hatte ihn sich etwas kosten lassen, und er musste bedient werden, so oft es nur ging.

Der Professor räusperte sich wieder, schien grüblerisch für einen Moment.

»Die schöne Mutter des Bräutigams also«, sagte er. Ihr Lächeln hinter dem Fächer freute ihn offenbar, denn er erwiderte es. Caroline kam nicht umhin, das einnehmend zu finden.

»Ich weiß nun gar nicht mehr recht«, sagte sie, »ob mein Sohn mir erzählte, dass Sie im Collegium medicum einer seiner Prüfer waren?«

»Nein, leider hatte ich nicht das Vergnügen, mich persönlich von der Eignung Ihres Sohnes zum Apotheker zu überzeugen, da ich erst kürzlich ... Doch ich bin sicher, er verfügt über profunde Kenntnisse.«

Caroline gab ein Seufzen von sich, einen kleinen hellen Ton, der nicht zu bekümmert klingen sollte.

»Ja, inzwischen lässt sich das zweifellos und ohne zu lügen behaupten. Ich will offen sein, Herr Professor. Es war der zweite Anlauf. Der Tod seines Vaters hatte Lambert mitgenommen, es riss mir das Herz entzwei, ihn so leiden zu sehen. Es waren schmerzvolle Zeiten für uns beide. Doch meine Pflicht als Mutter ließ mich meinen eigenen Kummer niederringen, um meinen Sohn zu stärken. So hat es letztendlich uns beiden geholfen, glaube ich. Doch genug davon.« Sie hob den Kopf und zeigte sich tapfer. »Es erfüllt mich mit Stolz, welchen Ehrgeiz mein Sohn nun doch noch entwickelte, damit er als geprüfter Apotheker in die Ehe gehen konnte.«

Sein Blick folgte dem ihren in den Saal zu den unermüdlichen Tänzern, die sich soeben zu einer Gavotte im Kreis formierten.

»Ein wirklich schönes Paar«, sagte Kilian.

»Ja, ich bin sicher, sie beide haben das Talent, glücklich zu werden. Thereses Mutter sagt, das gute Kind träumte bereits die

Namen ihrer ersten Töchter. Sie träumt von Töchtern – ist das nicht bezaubernd? Vielleicht hat es damit zu tun, dass alle Nachkommen der Familie Herbst weiblich sind; sie kann sich etwas anderes wohl noch gar nicht vorstellen. Und so hat es sich doch für beide Familien gut gefügt, nachdem keine von Thereses älteren Schwestern einen Apotheker geheiratet hat. Somit ist die Universitätsapotheke ja sozusagen ihre Mitgift – im Ehevertrag sind die Bedingungen natürlich dezidiert festgehalten; es ist doch verständlich, dass ein Mann wie Herbst Bedingungen festlegt, nicht wahr. Umso mehr bedeutet beiden Familien die Verbindung unserer Häuser, können Sie das verstehen?«

Sein Nicken war höflich. Zu höflich, möglicherweise nur höflich. Carolines Hand, die in langen, weißen Glacees steckte, flog mit einer flüchtigen Berührung über den Arm des Professors.

»Ich langweile Sie. Wie unverzeihlich«, sagte sie.

»Aber nein, Madame, ich muss Sie um Verzeihung bitten, wenn ich diesen Eindruck erwecke. Ich bin es wohl einfach zu wenig gewöhnt, mit einer so reizenden Dame zu parlieren.«

»Oh«, hauchte Caroline, »ich verstehe … Das Haus Am Grün ist für dergleichen sicherlich nicht …«

Wieder bemühte sie sich, in seiner Miene zu lesen. Es war schwer zu erkennen, was in ihm vorging, doch etwas sagte ihr, dass sie keinen verschlossenen Menschen vor sich hatte.

»Was ist nur los mit mir?«, sagte sie. »Mir will scheinen, dass ich von einem Fettnapf in den nächsten steige … Vielleicht liegt es daran, dass ich Sie zu viel fragen möchte …«

»Es wird mir eine Freude sein, jede Ihrer Fragen zu beantworten, wenngleich …«

Caroline lächelte und bewegte ihren Fächer.

»Tatsächlich ist es so … seit eine Ihrer Schülerinnen versehentlich unsere Apotheke aufsuchte, da hörte ich Ihren Namen zum ersten Mal, Professor Kilian …«

»Eine Schülerin? Sie hat Äußerungen über meine Person und über das Institut getan?«

Nun musste sie ihn beruhigen.

»Sie war dezent. Ein nettes Mädchen, sehr schüchtern. Wie gesagt, sie hatte sich irrtümlich ... wobei ... Nun, ich bat sie, Ihnen auszurichten, dass Sie Ihre Bestellungen nun zukünftig ebenso an uns richten können. Aber sie hat es vielleicht gar nicht gehört, weil die Gottschalkin sich einmischte ... Es ist auch schon Wochen her.«

»Die Gottschalkin.«

»Die Hebamme Gottschalk, ja. Sie kennen sie?«

»Nur flüchtig«, erwiderte Kilian. »Doch natürlich weiß ich um den vorzüglichen Ruf, den sie genießt. So wunderte es mich schon, sie anlässlich dieser Hochzeitsfeier hier nicht anzutreffen. Wo ihr all die Damen der Marburger Gesellschaft doch so viel Hochachtung entgegenbringen und die Braut – wie Sie mir anvertrauten – schon die Namen ihrer Töchterchen träumt ...«

»Hochachtung.« Caroline gab einen schnalzenden Laut von sich und ließ die Fresken von Pompeji mit einem Ruck verschwinden.

»Von Ulrike Herbst weiß ich, dass sie eine Einladung hatte, die Gottschalkin. Doch sie ließ sich entschuldigen, mit ... ach, was weiß ich. Sie bildet sich ein bisschen viel ein auf ihre Kunst und ihr Ansehen, wenn Sie mich fragen.« Der wache Ausdruck im runden Gesicht des Professors ermunterte Caroline, sich noch ein wenig weiter vorzuwagen. »Die Gottschalkin und ihr Gelehrtenwissen! Mein Mann – Gott hab ihn selig, den guten Menschen – war ihr ja nahezu ergeben. Aber nicht, dass Sie nun etwas Falsches denken, Herr Professor – Bertram Fessler lebte ja zuletzt nur noch für die Pharmacie, und er schätzte es wohl, sich mit ihr auszutauschen. Ich habe nie verstanden, was sie einander in solcher Ausführlichkeit mitzuteilen hatten. Mein Gatte jedenfalls war kaum mehr von seinen Büchern fortzubringen.«

Sie seufzte und senkte noch einmal den Blick. »Man konnte vereinsamen an seiner Seite, ja zu Staub zerfallen. Ich hätte mich als getrocknete Blüte zwischen die Seiten seines Herbariums begeben müssen, um wahrgenommen zu werden ...«

»Aber das ist ganz und gar unvorstellbar, verehrte Madame Fessler«, sagte Kilian erstaunlich sanft. »Das kann ich unmöglich glauben.« Er legte die Hand an die Stelle, wo sein Herz sitzen musste.

»*Touché*, Herr Professor. Ich übertreibe ein wenig. Und nun, da ich es mir eigentlich schon verscherzt habe mit Ihnen, tue ich noch etwas ganz und gar Unschickliches ...« Sie richtete ihren geschlossenen Fächer auf seine Brust wie ein Florett. »Tanzen Sie?«

Im ersten Moment schien er fassungslos, und sie fürchtete schon, tatsächlich zu weit gegangen zu sein. Doch dann verneigte sich der Professor und reichte ihr seinen Arm.

»Sie werden mich lächerlich finden«, sagte er, während er sie unerschrocken in den Saal führte.

»Im Leben nicht«, gurrte Caroline, »da schätzen Sie mich gänzlich falsch ein.«

Unterdessen hatte Lambert sich von den Tanzenden entfernt. Er verließ den Saal, nachdem er eine Weile vergeblich versucht hatte, aus den Fenstern hinaus auf die nächtliche Stadt zu sehen. Eine Flucht hatte er nicht ernsthaft in Erwägung gezogen, dazu war es zu spät. Fast kam es ihm vor wie ein Hinterhalt, als man ihn auf der Rathaustreppe umringte, unter den wuchtig gerahmten Gemälden, von denen Adlige und verdiente Bürger auf den Ernst der Lage hinunterblickten.

Sie fingen ihn ab, die Herren, diese anderen Männer, die vermutlich alles richtig machten in ihrem geordneten Leben. Sie witzelten und lachten, als sie ihn abführten, um ihn über den Marktplatz in sein Haus zu bringen.

»Wo du auch nicht im Dunkeln irrst ...«, deklamierten sie launig, diese guten Freunde, »verübe das, was deine Väter übten, ja das, wodurch du Vater wirst!«

Auch von oben aus dem Tanzsaal kamen Gelächter und erheiterte Rufe. Wahrscheinlich flog dort soeben ein Strumpfband über die Köpfe. Ein Band aus glänzender Seide, angeblich von der Braut, das es aber aus Gründen der Schicklichkeit in Wahrheit nicht war. Man applaudierte, als jemand es fing, helle Stimmen wurden laut, womöglich auch die von Therese.

Seine Braut, die sich so sehnte und die er enttäuschen würde.

*

Jede Nacht kam Clemens zu ihr. Er beugte sich über sie, und seine Haarsträhne fiel ihm über die Augen.

»Was willst du?«, fragte sie dann. Aber er antwortete nie.

Sein Blick zerschmolz auf ihrem Gesicht, und ihr Herzschlag bewegte das Betttuch.

Die Dunkelheit war derzeit Gesas liebste Begleiterin. Auch an dem Tag ihrer Ankunft, als sie die bewaldete Anhöhe erreicht hatte und unten in der Senke das Dorf sah, wie es dalag und auf sie wartete. Sie hatte Kinder Kartoffeln ausgraben und sich barfüßig über die Äcker jagen sehen. Sie wusste genau, wie sich der Boden in den Furchen anfühlte. Wie es war, wenn unter den Füßen Erdkrusten auseinander brachen, im Innern feucht und kühl – Erde, die am Rist kleben blieb und lehmig zwischen den Zehen hervorquoll.

Erst mit Einsetzen der Dämmerung hatte Gesa es gewagt weiterzugehen, langsam, damit niemand sie entdecken würde. Im Schutz der Dunkelheit lief sie von der Fallwiese aus dem kleinen Haus entgegen, das sich am Ende der Dorfstraße befand: Tante Beles Haus, mit einem Gemüsegarten, der in drei schmalen Terrassen angelegt war. Das Haus der Hebamme.

Sie schlich die Außentreppe hinauf und legte die Finger in die Spirale, die neben der Türe im Kalkputz des Fachwerks eingeritzt war. Sie musste etwa fünf Jahre alt gewesen sein, als sie das Zeichen zum ersten Mal entdeckt hatte. Kleine aneinander gereihte Punkte, denen sie daraufhin immer wieder gefolgt war. So oft hatte sie die Linie ertastet, dass der raue Putz unter ihren Fingern mit den Jahren glatter geworden war. Immer war es für sie eine Reise gewesen, sie selbst, Gesa, das Kind, ein kleiner Punkt in der Mitte, der stetig weitere Kreise zog.

Drinnen empfing sie die Kälte eines unbelebten Hauses und auch die Dunkelheit. In der Küche tastete sie sich zur Bank, ließ sich dort nieder und fror. Sie zog das Tuch um die Schultern, schaute die Schatten an, sie fühlte sich schlecht und weinte. Die Tränen wurden kalt, und es zwickte auf der Haut, als sie trockneten. Gesa blieb regungslos sitzen, während draußen irgendwo Schött, der Nachtwächter, ins Horn blies. Wie alle im Dorf hörte sie ihn die Stunde ausrufen.

Als Schött an der Haustür rüttelte, sie offen fand und die Laterne in den engen Flur hielt, rührte sie sich noch immer nicht. Auch als er etwas murmelte und sich mit schweren Schritten der Küche näherte.

»Du bist wieder da«, stellte er fest, und sie blickte auf, hinüber zu Schött, der alt war, seit sie ihn kannte. Nie hatte sie in ihm etwas anderes als einen alten Mann gesehen unter dem breitkrempigen Hut und dem schwarzen Umhang. Immer schon hatte Schött dieses graubärtige, verwitterte Gesicht gehabt.

»Hast du kein Licht nicht«, sagte er und kam zum Tisch. Aus den Falten seines Umhangs tauchten seine schwieligen Hände auf, mit denen er Tröge und Mulden schnitzte, Besen band und Maulwürfe fing. Er entzündete einen Kienspan an der Laterne und befestigte ihn in dem Leuchter auf dem Tisch. Er ließ sie zurück mit der Warnung, das Licht zu hüten, und Gesa machte ein

Feuer im Herd, damit es am Morgen eine Glut gab. Nun wusste das Dorf, dass sie zurückgekehrt war.

Und dann am nächsten Morgen entdeckte sie eine fremde Frau. Gesa war mit klammen Gliedern aus dem Bett gekrochen, das sie in jener ersten Nacht nicht hatte wärmen können. Durch das kleine Fenster ihrer Kammer konnte sie an den Zweigen einer verblühten Schlehe vorbei in den Garten blicken, wo eine Frau Schwarzwurzeln zog. Sie richtete sich gerade auf.

Gesa ging hinaus zu ihr, und wie zuvor Schött sagte die Fremde: »Du bist also wieder da.«

Sie erklärte ihr, dass sie die Frau des neuen Dorflehrers war und man es ihr überlassen hätte, den Garten der Hebamme zu besorgen und dass sie dafür vom Gemüse für ihre Wintervorräte nehmen konnte.

»Selbstverständlich«, sagte Gesa. Die hagere Frau hatte sie abschätzig angesehen, während sie ihre Kiepe mit Sellerie, Kohl und Rüben füllte. Sie mochte etwa in Tante Beles Alter sein, dachte Gesa, und es kam ihr entgegen, dass sie offenbar ebenso wortkarg war. Unwillkürlich tastete sie nach ihrem Haarknoten, den sie noch nicht mit einem Käppchen bedeckt und verschnürt hatte, wie es hier zu Hause üblich war. Doch die Frau würdigte sie keines weiteren Blickes, sie ging und lehnte ab, als Gesa ihr helfen wollte, die Tragegurte des Korbs über die Schultern zu legen.

Dann kamen die anderen.

Vom Backhaus brachten sie ihr einen Laib schwarzes Brot, das in diesen Tagen eine Kostbarkeit war, sie gaben ihr gepökeltes Fleisch, Eier und Käse. Sie fanden sich am Abend in der kleinen Küche ein, eine Abordnung der Dorffrauen, die ihre frisch geprüfte Hebamme in Augenschein nehmen wollten, die sie betrachteten und befragten, die wissen wollten, ob etwas anders mit ihr geworden war. Gesa brachte es nicht über sich, den Frauen die Wahrheit zu erzählen.

Es wurde ihr unmöglicher mit jedem Satz, den sie sprach, und mit jeder weiteren Ausflucht, die sie vor einer Lüge bewahrte. Als sie allein zurückblieb, wünschte sie sich für einen Moment, ihr Leben könnte einfach verlöschen wie das Feuer in der Herdstelle.

Gesa vermied es fortan, sich im Dorf blicken zu lassen. Zum Brunnen ging sie in der Nacht, sofern der zunehmende Mond sich über dem Wald zeigte. Wenn ein Hund anschlug, erschreckte es sie, und sie rannte zurück in Tante Beles Haus, das nicht mehr das ihre zu sein schien. Vielleicht, dachte Gesa, bin ich nur Beles Schatten. Es machte sie zum einsamsten Menschen jener Welt, im eigenen Dorf auf der Flucht vor den Leuten zu sein, und es wurde mit jedem Tag schlimmer, an dem sie es nicht wagte, sie mit der Wahrheit zu enttäuschen.

Wie froh war Gesa, in Haus und Garten Dinge zu verrichten, die sie kannte. Sie grub Blumenzwiebeln aus, erntete das letzte Gemüse und legte es in die Sandkisten im Keller. Was sie vom Spätflachs des vergangenen Jahres noch nicht verarbeitet hatte, hechelte sie vor dem Schuppen auf der Rückseite des Hauses. Wenn sie die groben Fasern durch die eisernen Zinken des Flachskamms zog, legte sie all ihre Wut hinein, die sie von Tag zu Tag stärker über sich selbst empfand.

Sie traute sich nicht in die Kirche und nicht an Beles Grab. Stattdessen kniete sie in der kalten Kammer vor Beles leerem Bett, und versuchte vergeblich, noch etwas von ihrem Geruch aufzuspüren.

»Warum ist es so schwer?«, fragte Gesa. »Ich hätte nicht gedacht, dass es so schwer sein würde.«

Tante Bele blieb stumm, genauso wie Clemens, dessen berührungslose Küsse des Nachts auf Gesas Gesicht zerrannen. Und dann fand sie eine Antwort, nach der sie schon lange nicht mehr gesucht hatte.

Es war ein Tag, an dem sie aufhörte zu zählen, wie lange schon sie sich versteckte. Es war, als sie fröstelnd vor Beles

Bett aufstand und dachte, sie könnte in der Truhe nachsehen, ob sie möglicherweise einen Wollstoff fand, um sich ein warmes Umschlagtuch zu nähen. Aus der Truhe schlug ihr ein schwacher Lavendelduft entgegen, und im Halbdunkel ertastete sie mehrere Lagen von Stoffen. Hartes Leinen, aus ihrem selbst gesponnenen Garn von den Dorfwebern gefertigt, und darunter gab es tatsächlich Weiches, dicke Wolle. Gesa griff weiter, Schicht um Schicht holte sie hervor und stapelte sie auf den Dielen.

Auf dem Boden der Truhe entdeckte sie ein weißes Viereck. Während sie es anhob, entfaltete sich ein Hemdchen, in das mit groben Stichen zwei Münzen eingenäht waren, und kaum merklich fiel etwas nieder, das einem Brief ähnlich sah.

Kniend drehte Gesa sich dem Fenster, dem spärlich eindringenden Nachmittagslicht zu. Auf dem Papier waren verwischte Vermerke zu erkennen, in nicht zu entziffernden Handschriften. Vorsichtig öffnete sie den Bogen, in dem ein zweiter lag, der – wenn man ihn hochhielt – durchscheinend war mit Kniffen, die feine Risse hatten. Er musste oftmals auf- und wieder zugefaltet worden sein, dieser Brief, der mit den Worten *Meine Marie* begann und mit einem Namen endete, der kein anderer als war als jener, den Gesa als den ihres Vaters kannte: *Kaspar*.

Sie lief hinunter in die Küche, trug den Brief und das Kinderhemd mit beiden Händen vor sich her, legte ihn auf dem Tisch aus, entzündete einen Kienspan. Sie füllte Wasser aus dem Krug in einen Becher und trank ihn leer. Sie strich eine Haarsträhne zurück in den Knoten und wischte die Finger an der Schürze ab. Sie durchquerte die Küche, betrachtete ihren Fund von der Tür aus, den vergilbten Fleck auf dem blank gescheuerten Tisch.

Sie brauchte Zeit für die erste Begegnung mit ihrem Vater.

Sie näherte sich in kleinen Schritten, ließ sich langsam auf der Bank nieder und betrachtete den Brief noch eine Weile, bevor sie sich darüber beugte. Es war eine mühsame Angelegenheit, die verblichene Schrift zu lesen, besonders an den Stellen, wo die Tinte verlaufen war – bestimmt, dachte Gesa, ganz sicher waren dort die Tränen ihrer Mutter auf die Schrift ihres Vaters getroffen. Marie, die so lange darauf warten musste, dass er sie seine *Vielgeliebte* nannte.

... *wo ich dich vor drei Jahren zurücklassen musste* ...

Vor drei Jahren. Gesas Zeigefinger glitt über das mürbe Papier, folgte den schief abfallenden Zeilen bis zum Ende des Bogens.

... *16ten October 1782*

Drei Jahre.

»Sie musste lange drauf warten, und jetzt sollte sie sich freuen. Aber sie konnte nicht. Es war was dazwischengekommen«, hatte Bele gesagt. »Der Dummkopf hatte sie nicht rechtzeitig geholt.«

Das waren Beles Worte gewesen, bevor sie starb. Der Dummkopf, ihr Vater. Nichts sonst hatte sie je über ihn erfahren.

»Ich will über Marie sprechen, über niemanden sonst.«

Bele, die Schweigsame. Gesa, ihr Schatten.

... *dass ich endlich an einem Platz bin, meine Marie, der unsere Heimat sein kann. Nach Zeiten harter Prüfungen, in denen wir ohne einander sein mussten. Ich habe gute Arbeit als Zimmermann, alle Handwerker haben es gut in Amerika. Jetzt kann ich eine Familie ernähren. Wenn wir Kinder haben werden*

Sie versuchte es zu verstehen.

Wenn wir Kinder haben werden, dann müssen sie keine Armut kennen lernen. Kein gequältes Leben.

Während Gesa den Brief viele Male las, während sie sich bemühte zu begreifen, was er bedeutete, und während sich alles in ihr sträubte, die Wahrheit zuzulassen, setzte sich von einem der großen Höfe im nächsten Tal ein Fuhrwerk in Bewegung, das wenig später vor ihrem Haus zum Stehen kam. Sie hörte das

Schnalzen des Fuhrknechts, das Schnauben des Pferdes, das Knirschen der eisenbeschlagenen Räder auf dem Sandboden.

Noch bevor es klopfte, öffnete sie die Tür und erfuhr, dass Jula, die Bäuerin des Eichenhofes, in den Wehen lag. Man hatte den Knecht nach der Hebamme geschickt, und da war er nun, sehr eilig. Es war Schlachttag auf dem Hof, und jede Hand wurde gebraucht.

»Ich ...«, sagte Gesa und rührte sich nicht von der Stelle.

»Was?«, fragte der Knecht.

»Nichts.«

Sie trat zurück und übergab ihm den Gebärstuhl, der zusammengeklappt an der Flurwand lehnte. In der Vorratskammer entnahm sie den Kräuterbündeln, was sie brauchte, und von einem der Borde eine Steingutflasche mit Öl. Ihre Tasche, die einmal Beles gewesen war, lag auf der Bank. Sie war vorbereitet.

Als Gesa das Licht ausblies, verschwanden die Worte ihres Vaters in der Dämmerung.

Nie hat es mich gereut, dass ich fortgegangen bin, nur, dass ich dich nicht gleich mit mir genommen habe.

Behutsam faltete sie den Brief, wickelte ihn in das Kinderhemd und schob es in ihr Leibchen, bevor sie das Schultertuch darüber kreuzte.

Umso fröhlicher wird dein Ankommen sein.

Als sie dem Hof entgegenfuhren, zog ein kalter Wind über die gepflügten Felder. Von den Bäumen zerrte er das trockene Laub und jagte es über die Erde, in der bereits die Wintersaat ruhte. Die Sonne sank hinter fliegenden Wolken, versah sie mit einem roten Saum. Die Mähne des Pferdes fiel im Galopp auf und nieder, und die Zügel schwangen über seine mächtigen Hinterbacken. Hinten hörte sie den Gebärstuhl klappern, der dort hastig festgezurrt worden war. Das Geräusch begleitete den abgerissenen Klang der Sätze, die sich in Gesa immer weiter Gehör verschafften.

... schicke dir spanische Dollar für die Überfahrt ... finde keine Worte für meine Liebe ...

»Dieses fremde Geld«, hörte sie Tante Bele husten, »das fremde Geld. Ich hab's deiner Mutter ins Totenhemd genäht.«

... werde alles wieder gutmachen, was du ohne mich entbehren musstest ... mach dich nur schnell auf die Reise zu mir, Kaspar.

»Zu spät«, tönte Bele. »Nicht rechtzeitig ...«

Wenn wir Kinder haben werden ..., hatte Kaspar Langwasser geschrieben. Aus Chicago.

Chicago, den 16ten October 1782

Als vor ihnen das lang gestreckte Gehöft auftauchte, neben einer Gruppe von alten Eichen, als sie Rufe hörte und über dem Haupthaus Rauch aufsteigen sah, hatte Gesa endlich begriffen, dass ihr Vater nie von ihrer Existenz erfahren hatte.

*

Julas erstes Kind hatte Bele auf die Welt geholt, noch bevor Gesa sie begleitete. Dorit, inzwischen sieben Jahre alt, lief ihr durch das geschäftige Treiben auf dem Hof entgegen. Ungeduldig wartete sie, während Gesa den Gebärstuhl losband.

»Endlich kommst du!«, rief Dorit. Sie nahm Gesa an die Hand, zog sie mit sich, zwischen den Mägden hindurch, die heißes Wasser schleppten, Tröge und Hackbretter schrubbten, vorbei am Brühtrog, wo für heute dem letzten geschlachteten Schwein die Borsten abgeschabt wurden.

Eilig folgte Gesa der kleinen Person, deren Hand wärmend in ihren Fingern lag. Womöglich versammelte Dorit alle Kraft in sich, die ihren Geschwistern gefehlt hatte – Julas vier nachgeborenen Kindern. Nur wenige Tage nach den Geburten war ein jedes von ihnen am Streckfluss gestorben – und niemand wusste, warum es Gott gefallen hatte, die Kinder des Eichenhofes zu sich zu nehmen. Alle diese Kinder, bis auf Dorit, zeigten die gleichen Zeichen. Sie kamen gesund zur Welt und wurden von Tag zu Tag schwächer, bis sie starben, kümmerlich wie kleine Vögel, die aus dem Nest gefallen waren.

Die letzte Niederkunft der Bäuerin hatte Gesa allein leiten dürfen, und während das vor sich gegangen war, hatte Bele ein ernstes Wort mit Albin gesprochen, Julas Mann. Sein Hof wäre groß genug, sagte sie, um eine zweite Schlafkammer einzurichten und seiner Frau mit einer weiteren Schwangerschaft Zeit zu lassen. Die vielen enttäuschten Hoffnungen hätten Jula geschwächt und mutlos gemacht. Ihr in jenem Dezember geborener Sohn verweilte so kurz auf der Erde, dass Bele ihn nottaufen musste.

Albin, so erzählte man sich im Dorf, legte den Rat der Hebamme in einer sehr eigenen Weise für sich aus. Was er schon immer getan hatte, tat er von nun an mit noch weniger schlechtem Gewissen.

Bei den Frauen, die am Herdfeuer in dampfenden Kesseln mit Wellfleisch rührten oder Wurstfett abschöpften, bat Gesa im Vorübergehen um einen Zuber mit heißem Wasser. Außer dem Mädchen, das an ihr zerrte, schien sich niemand Sorgen um die Bäuerin zu machen. Man war wohl zu beschäftigt.

An einem langen Tisch saß in der Halle des Haupthauses ein Teil des Gesindes an hölzernen Schüsseln mit Specksuppe, Kohl und Kartoffeln, doch jeder sonst war in Bewegung. Wurstteig wurde in Därme gestopft, Fleischstücke in Bottichen mit Salzlake eingelegt und der Rauchfang angefeuert. Albin war nirgendwo zu sehen.

Der Geruch nach Blut war allerdings überall.

Auch oben in der Kammer hatte er sich unter den Balken gefangen. Gesa konnte im Zwielicht Julas kräftige Gestalt kaum ausmachen, als Dorit den Bettvorhang auf die Seite schob. Die Bäuerin hockte reglos auf Federdecken. Als Gesa sie ansprach, hob sie den Kopf.

»Gesa«, sagte sie und setzte damit eine der dunklen Haarsträhnen in Bewegung, die ihr ins Gesicht hingen. »Soll ich es nun für ein gutes Zeichen halten, dass du wieder da bist? Oder für ein schlechtes, dass heute Schlachttag ist?« Sie stieß die Luft aus ihren Lungen, und die Haarsträhne flatterte. »Schlachttag«, wiederholte sie tonlos. »Warum nicht? Was macht das für einen Unterschied?« Dann richteten sich ihre Augen auf Gesa, und die Mundwinkel zuckten, ohne dass ihr ein Lächeln gelang.

»Aber wenigstens bist du zurück.«

Dorit griff nach der schlaffen Hand ihrer Mutter und sah zu Gesa hinüber, die noch immer am Ende des Bettes verharrte.

»Machst du jetzt was?«, fragte das Mädchen.

Gesa kam näher, berührte Julas gespannten Leib, zaghaft zunächst, bis sie ihn mit beiden Händen abtastete.

»Seit wann hast du Wehen?«, fragte sie.

»Keine mehr«, sagte Jula. »Aufgehört. Ich glaube, beim zweiten Schwein, das sie unten abgestochen haben. Weiß nicht. Es ist auch egal.«

»Das ist es nicht«, erwiderte Gesa sanft und bat Jula, die Beine auszustrecken. Sie neigte den Kopf, legte das Ohr an den Bauch und lauschte. »Ganz und gar nicht«, flüsterte sie.

Dorit beobachtete sie und wirkte streng in ihrem hochgeschlossenen Kleid, mit straff aus dem Gesicht gezurrtem Haar, ebenso dunkel wie das ihrer Mutter.

Jula drehte sich weg, als Gesa sich aufrichtete, entzog sich der Hand ihrer Tochter, umschlang ihre Schultern, wiegte sich in kleinen Bewegungen vor und zurück. »Du kannst mir helfen, Dorit«, sagte Gesa. »Willst du das tun?«

»Ich will aber nicht weggehen, wenn du das meinst.«

»In Wahrheit ist es so, dass ich eine gute Helferin brauche. Ich weiß gar nicht, wie ich ohne eine auskommen soll, um ehrlich zu sein.«

»Und was müsste die tun?«

Zu Julas Füßen öffnete Gesa das Tuch mit den getrockneten Kräutern, während Dorit sich neugierig näherte.

»Du kannst es jetzt nicht so gut sehen, aber riechen vielleicht«, sie reichte ihr zwei Büschel, »Raute und Beifuß. Sag den Frauen in der Küche, wir brauchen schnell einen Sud davon. Und frag sie, ob ihr Muskat und Nelken im Haus habt. Sie sollen es zerstoßen, auch Zimt wäre gut. Am besten wäre es, das Ganze in Wein aufzulösen, aber kein Branntwein, verstehst du mich?«

Dorit war schon an der Tür.

»Meinst du, es gibt roten Wein?«, fragte Gesa. »Ein Glas davon mit den Gewürzen wäre das Beste für deine Mutter.«

Als das Mädchen verschwunden war, sagte Jula, ohne in ihrem Schaukeln innezuhalten: »Das Beste für mich wäre der Tod.«

Bele hätte nur ein Wort dafür gehabt.

»Unsinn.« Gesa ging um das hohe Bett herum, in dessen Mitte Jula saß, als befände sie sich auf einer treibenden Scholle.

»Ich muss dir etwas sagen.«

»Was denn?« Gesa hörte die Angst in der Stimme.

»Aber zuerst will ich, dass du aufstehst, Jula«, sagte sie. »Und es muss dich nicht beunruhigen. Es hat mit mir zu tun.«

Behäbig rutschte Jula in ihrem langen Unterkleid an die Bettkante. Sie ließ sich von Gesa aufhelfen und griff nach ihrem Wollschal auf dem Bett.

»Mit dir. Machst du jetzt irgendwas anders als sonst?« Sie sah Gesa an, wach plötzlich. »Hast du vielleicht bei den Doktoren was gelernt, das mein Kind retten kann?«

»Komm, Jula, wir laufen ein bisschen.«

Sie drückte das Fenster auf, was schwiwig war, bis das verzogene Holz schließlich mit einem Ächzen nachgab. Die Scheiben klirrten leise in den Rahmen, und von unten waren männliche Stimmen zu hören, hartes Gelächter. Vereinzelt tanzten Laternenlichter, die sich von irgendwoher näherten.

»Ich habe die Prüfung nicht gemacht.«

»Was erzählst du mir da?«, sagte Jula hinter ihr.

»Du bist die Erste, die es erfährt.«

»Aber warum ...«

»Ich war zu feige, es den anderen zu sagen. Bitte, Jula, beweg dich nur weiter. Nicht vor Schreck stehen bleiben.« Sie wandte sich um. Ihr war zum Weinen, aber das durfte jetzt keinesfalls passieren.

»Was du mir da sagst, das schreckt mich nicht, glaub mir«, sagte Jula und winkte sie energisch zu sich. »Komm her und stütz mich. Wir dachten, du kommst zurück und bist unsere Hebamme wie immer. Nun kommst du zurück ohne Papier. Was ändert das? Wir haben dich gewählt, hast du das vergessen? Auch wenn die andere ein Papier vorzuweisen hat, auch wenn sie ihre Arbeit nicht schlecht machen soll – sie ist eine Fremde.«

Jetzt war es Gesa, die stehen blieb.

»Wer?«

»Ach«, sagte Jula unwirsch. »Die Frau vom neuen Lehrer; ich weiß nicht mal, wie sie heißt. Sie ist gleich zum Schulzen gerannt und hat ihm ihr Papier hingehalten. Im Dorf hat man sie schon zur einen oder anderen geholt, die dürre Ziege. Schon vom Ansehen mochte ich sie nicht.«

Abrupt machte Jula Halt vor dem Bett und lehnte sich gegen einen der Pfosten.

»Ich bin froh, dass du hier bist, Gesa. Du kennst mich. Dir muss ich nichts erklären, auch nicht, dass ich Angst hab, das noch mal durchzustehen. Dir kann ich sagen, dass ich Albin in mein Bett geholt habe, weil ich nicht wollte, dass er immer nur zu den Mägden ging. Ich weiß nicht, wie viele es waren, aber zwei sind noch vor dem Gesindewechsel vom Hof verschwunden. Und weißt du«, sie legte den Kopf in den Nacken und stützte mit beiden Händen ihr Kreuz, »... ich bin keine alte Frau. Ich kann es durchaus leiden, wenn mich mein Mann hin und wieder anfasst. Vielleicht ist es das, wofür Gott mich büßen lässt.«

Ein Klopfen unterbrach sie, und sie ließ sich auf der Bettkante nieder, während zwei Mägde erhitztes Wasser brachten, Licht und den Kräutersud, welchen Jula entschlossen zu sich nahm. Gesa bereitete ein Fußbad, massierte ihr den Rücken, wenn sie danach verlangte, und überwachte den Fortgang der Wehen. Jemand brachte den Wein mit den Gewürzen, nur Dorit kam nicht zurück.

Die Suche nach dem Wein hatte sie sehr ernst genommen, und es verschlug sie in die letzten Winkel des Hofes, weil niemand die Zeit hatte, dem Kind zu erklären, wo die Flaschen zu finden waren. So war Dorit auf etwas gestoßen, und sie kehrte dorthin zurück, an den heimlichen Ort. Sie musste nachdenken, hinten bei den Ställen, abseits bei den Ziegen und Gänsen.

Erst hatte Dorit es gar nicht gewagt, näher heranzugehen. Aber dann fand sie es so jämmerlich. Dass es fest verschnürt war, machte die Sache einfacher. Sie hob es aus dem Stroh, mit dem es jemand bedeckt haben musste, und wunderte sich, dass es viel schwerer war, als sie sich das dachte.

Es machte kein richtiges Geräusch. Nur so ein schwaches Gurgeln und Schmatzen. Sie kitzelte es ein bisschen an der Nase, da schaute es, und sie lachte.

Es musste sie wohl dazu gebracht haben, einfach zu tun, wonach ihr der Sinn stand. Sie trug es durch die Stallungen, vorbei an lärmenden jungen Schweinen, an Hühnern und staunendem Fleckvieh. Es machte Dorit Spaß, dass sie guckten, es machte sie neugierig darauf, was geschehen würde, wenn sie die Halle betrat.

Dort saßen inzwischen die Männer. Ihr Vater führte das Wort, sie konnte das schon von weitem hören, auch, dass es verschwimmende Laute waren, die er von sich gab, wie immer, wenn Branntwein im Spiel war. Sie wusste genau, wie sein Atem jetzt roch, aber das würde sie nicht stören, denn er war dann meistens recht lustig.

Sie bedachte nicht, dass es anders sein könnte, wenn der Schulze am Tisch saß, zusammen mit Nachbarn, einigen Dörflern und dem Großknecht. Mit so viel Aufmerksamkeit hatte sie nicht gerechnet – dass Männer so still sein konnten, war Dorit vollkommen neu. Nicht, dass nun alles sehr gut zu sehen gewesen wäre – es war nicht eben hell. Die Halle schluckte das Licht der wenigen Laternen, von denen eine auf dem Tisch zwischen den Schlachtschüsseln stand. Sie wackelte, als der Vater aufstand.

Er musste sich festhalten, während er sich wegdrehte, um hinten im Dunkel den Weg zu ergründen, den seine Tochter genommen hatte. Die Blicke der anderen folgten dem seinen nach oben, dahin, von wo jetzt ein lang gezogener Ton die Stille durchschnitt. Ein Klagen, wie man es kannte, wenn ein Weib ein Kind gebar.

»Wo kommst du her«, sagte Albin. Seine Stimme klang irgendwie gefährlich.

»Von den Ziegen«, antwortete Dorit. »Es lag bei den Ziegen.«

»Bleib stehen«, sagte der Vater und spuckte ein wenig beim Sprechen. Jedenfalls fand sie, es war schlauer, jetzt gar nicht auf ihn zu hören. Erst bewegte sie sich rückwärts und langsam, dann drehte sie sich um, rannte und jagte die Treppe hinauf. Der Vater fluchte. Der Krach ließ befürchten, dass er gestürzt war.

Atemlos erreichte Dorit die Kammer, und als sie Tür aufstieß, maunzte es in ihren Armen. Die Mutter hielt sich an einem verdrehten Tuch fest, das vom Dachbalken kam. Sie hatte Schmerzen, das konnte man sehen.

»Was ist das?«

»Ein Findling«, sagte Dorit und drückte es an sich. »Ich hab es gefunden.« Die Mutter sah ganz wild aus auf einmal, es war ihr unheimlich.

Besser, sie hielt sich an die Hebamme, die am Boden kniete und mit dem Gebärstuhl beschäftigt war. Gesa, die überrascht zu ihr hochschaute und dann zur offenen Tür. Es schien auch ihr ein bisschen Angst zu machen, wie der Vater in seinen derben Stiefeln von der Treppe her kam, denn sie war sehr flink auf den Füßen.

»Schnell«, sagte Gesa »auf die andere Seite des Bettes.«

Hastig schob sie das Mädchen an Jula vorbei, bevor diese das verhindern konnte.

»Wo ist das Balg?«

Wankend füllte Albin den Türrahmen. Ein schwerer Mann mit schwerer Zunge, dem das weite Leinenhemd aus dem Wams sprang und über der Kniehose hing. Noch musste Gesa ihn von nichts abhalten, denn ein Blick auf seine Frau ließ ihn zurückweichen.

»Ist es deins?«, fauchte Jula. Sie hangelte sich an dem Laken hinauf, als gelte es einen tiefen Schacht zu verlassen. »Ist es einer von deinen Bastarden?«

»Woher soll ich das wissen?«

»Weißt du es?«, keuchte Jula. »Sieglind ist weg seit gestern, sagen die Mädchen. Manchmal sagen sie mir ja doch was, wenn ich sie frag. Ist es von ihr? Kinder findet man nicht einfach auf dem Mist.«

»Ach«, Albin holte zu einer wegwerfenden Geste aus, die ihn fast umriss. »Manche eben doch.«

»Und meine einzige Tochter rettet sein Leben. Was für ein schlechter Scherz!« Julas Stimme wurde dünn, unterbrochen von Atemstößen. »Ich bringe auch ein Kind von dir zur Welt, Albin. Und am liebsten will ich, du tötest das andere«, sie holte Luft, »noch bevor meins sterben muss.«

Jetzt brüllte sie.

»Töte es! Vor meinen Augen. Ich will es sehen.«

Eine Wehe zwang sie in die Knie, machte sie stumm, ließ sie am Laken hinabgleiten. Hinter dem Bett war ein Schluchzen zu hören. Albin wankte nicht mehr. Er hob seine großen, schwieligen Hände und starrte Jula an.

Als Gesa ihn berührte, fuhr er zusammen, verwirrt und beschämt. Er wollte gehen, doch Gesa hielt ihn zurück.

»Ich wüsste etwas anderes für deine Hände zu tun. Die Geburt wird jetzt sehr schnell vorangehen. Es bleibt keine Zeit, den Stuhl aufzubauen.«

Er tat einen Schritt in die Kammer und zögerte.

»Soll ich ...« Er wagte es nicht, zu seiner Frau hinüberzusehen, die am Boden saß und sich am Laken festkrallte.

»Hilf ihr aufzustehen«, sagte Gesa. »Mach schnell. Ich muss ein paar Dinge vorbereiten.«

Sie öffnete ihre Tasche und bewegte sich geschäftig durch die Kammer. Sie wies Albin an, Jula vorsichtig zu fassen, unter den Achseln. Sanft sollte er mit ihr sein, so sehr es ihm möglich war, und sie dabei aufrichten, mit ihr zum Bett gehen. Albin tat sein Bestes, er schien plötzlich bereit, alles zu erdulden, auch dass Jula fortwährend nach ihm schlug.

Unter dem Fenster saß Dorit an die Wand gelehnt, schaukelte das Kind, schob ihm den kleinen Finger in den Mund, damit es daran saugte und aufhörte zu wimmern. Dabei ließ sie die Eltern nicht aus den Augen, die auf der anderen Seite des Bettes miteinander rangen, sich gemeinsam mit der Hebamme in einem seltsamen Tanz befanden. Gesa sprach unablässig. Ihre Stimme floss wie ein warmer Strom durch die Kammer.

Behutsam sollte er die Arme seiner Frau festhalten, sagte sie, und sich langsam setzen mit ihr, vorn an der Bettkante bleiben. Sie raffte Julas Unterkleid, damit ihre Beine sich über Albins kräftigen Schenkeln spreizen konnten. Sie goss Öl in ihre Hände, und als sie Jula berührte, gab diese endlich nach. Sie fiel zurück an die Schulter ihres Mannes, stemmte sich gegen ihn, wenn die Wehen ihr Kind weitertrieben und ihr Körper sich bereitmachte, es in einer zügigen Niederkunft freizugeben. Albin hielt Jula, bis sie ihm eine Tochter gebar. Danach blieb er bei ihr, um über sie zu wachen.

Über das Findelmädchen wachten die kleine Dorit und Gesa. Sie wuschen und wärmten es. Von einem Holzlöffelchen flößten sie ihm Gerstensud ein, dem kleinsten, den Dorit in der Küche hatte auftreiben können. Sie schliefen auf der Ofenbank neben den Milchgeschirren, während oben das Kind in Julas Bett zu fiebern begann.

Die Nacht darauf fuhr Albin selbst, um den Pfarrer zu holen. Es waren gut gefüllte Schlachtschüsseln, die er ins Pfarrhaus brachte, und die Fahrt vom Dorf zurück zum Hof wusste er für ein wenig Demut und Buße zu nutzen. Julas neugeborene Tochter starb bald nach der Taufe, und Gesa öffnete das Fenster der Ehekammer, um ihre Seele davonfliegen zu lassen. Sie beschloss, ihr auf dem Weg zu den himmlischen Engelsscharen etwas mitzugeben, denn wer wusste schon, auf wen das Kind womöglich traf? Aus dem Hemdchen, das einmal ihre Mutter für sie genäht haben mochte, trennte sie die zwei Münzen und erzählte Jula die Geschichte von ihren Eltern, von Kaspar und Marie.

Sie zogen dem kleinen Leichnam das Hemd über und wickelten es in ein schneeweißes Tuch aus Julas Truhe. Sein Bettchen, in dem es aufgebahrt lag, schmückten sie mit den letzten Blumen, die Dorit mit den Mägden im Garten fand. Während die Frauen bei dem Kindchen die Totenwache hielten, verrückten die abergläubischen unter den Knechten verstohlen im Speicher die Mehlsäcke, damit das Wenige, was es gab nach der schlechten Ernte, nicht auch noch zugrunde ging.

Das Findelmädchen hatte der Pfarrer bei den Stallungen getauft. Wohl auf Albins Fürbitte hin zeigte er sich bereit, ihm einen Namen zu geben, den Dorit ausgesucht hatte. Es zog weder Fragen noch Missbilligung nach sich, dass sie von der kleinen Johanne als ihrer Schwester sprach.

Einen Tag später verließ Albin den Eichenhof, um Julas sechstes Kind zu begraben. Hinter ihnen wurden Fenster und Türen geschlossen und die Feuer gelöscht. Die Küchenmagd schüttete dem kleinen davonfahrenden Sarg einen Eimer Wasser nach, denn man wollte den Tod daran hindern zurückzukehren. Man versuchte es, obwohl er sich bislang durch nichts davon hatte abhalten lassen.

Gesa blieb auf dem Hof, denn es war der Tag, an dem Julas Brüste schwer wurden von der Milch.

Dorit war es zu verdanken, dass sie Johanne zu sich nahm. Julas beharrliche Tochter tauchte mit ihrem Schützling in der Kammer auf, gerade als Gesa der Mutter kühlende Umschläge anlegte.

Es herrschte ein wortreiches Schweigen, das die kleine Johanne mit einem wütenden Schrei brach. Jula wich Dorits bohrenden Blicken aus, die sich am Fußende des Bettes aufgestellt hatte. Das Mädchen tat nichts. Sie sah nur zu, wie die Milch aus Julas Brüsten perlte.

Und Gesa sah Dorit an. Sie dachte, dass diese kleine Person schon früh eine Menge verstand. Sie trat zur Seite, um sie näher kommen zu lassen. Und als die Bäuerin die Hand nach ihrer erstgeborenen Tochter ausstreckte, nahm Gesa ihr das Kind ab und legte es Jula an die Brust. Vielleicht sollte sie Dorit dafür danken, dass es nun unzweifelhaft und deutlich erschien, wie sie selbst sich zu entscheiden hatte: dass sie zurückgehen musste.

Elf

WINDMOND

Oben von Elgins Zimmer aus sah Marthe ihrer Herrin nach, wie sie die Gasse entlangeilte. Ein Windstoß, der sie an einer Häuserecke erwischte, fegte ihr die weite Mantelkapuze vom Kopf, griff in ihr Haar und spielte mit dem, was er außerhalb des gewundenen Knotens zu fassen bekam. Bevor Elgin zwischen den Häusern verschwand, sah die alte Magd noch eine Spitze ihres blauen Kleides aufblitzen.

Es war kühl, aber sonnig, sodass der Tag nur Gutes erwarten ließ, und Marthe machte sich daran, das Zimmer aufzuräumen. Das Leben mit der Gottschalkin war wieder wie immer – so, wie sie es gern hatte. Außer den Mägden oder anderen Boten, die kamen, um sie zu den Frauen zu holen, störte sie niemand. Wenn die Herrin zu Hause war, hielt sie sich wieder allein hier oben in ihrem Zimmer auf – umgeben von Büchern und den Papieren, die sie mit einer steilen Schrift füllte. Die vielen geschriebenen Wörter flößten Marthe Respekt ein, ebenso die Striche, die sie durchkreuzten, um sie durch andere zu ersetzen – kleine, eng zwischen die Zeilen gezwängte Buchstaben, die noch besser erläutern sollten, was dort zu lesen war.

Marthe konnte nicht lesen. Ebenso wenig vermochte sie zu erkennen, welche Pflanze im Herbarium fehlte. Jedoch das Wort unten auf der leeren, aufgeschlagenen Seite begann mit einem Buchstaben, der einer Schlange ähnlich sah.

Ihr Geruchsinn allerdings war der einer guten Köchin, und zudem hatte sie eine ungute Erinnerung an das, was ihr in die Nase stieg, als sie den Kachelofen anheizte. In der oberen Tür des Ofens, dort, wo man etwas warm halten konnte, stand ein kleiner Steinkrug. Marthe griff danach, zögerte für einen Moment und schob ihn dann doch behutsam zurück.

*

Der Stein war herzförmig und in Silber gefasst. Elgin konnte sich nicht erinnern, wann sie ihn jemals angewendet hatte. Nachdem mit ihrer alten Tasche die Korallenkette verloren gegangen war, hatte sie erstmals seit vielen Jahren an den Bergkristall gedacht und Marthe in den Truhen danach suchen lassen. Manche Frauen fanden unter der Geburt Trost in diesen Dingen. Vielleicht auch Agnes Büttner.

Die Schmerzen mussten ihr Angst gemacht haben, anders konnte Elgin es sich zunächst nicht erklären, warum sie so außer sich war. Ihr Puls raste.

»Schau, Agnes«, sagte Elgin und hielt den Stein ins Licht. »Kannst du erkennen, was darinnen ist?«

Agnes sah gar nicht hin, sie wand sich auf dem Bett. In einem krampfhaften Rhythmus zog sie die Beine an und streckte sie wieder. Ihr Hemd und die zerwühlten Betttücher wanden sich um ihren Körper, das rote Haar klebte auf der feuchten, weißen Haut. So hatte Elgin sie vorgefunden, und bislang war es ihr nicht gelungen, sie zu untersuchen.

Statt ihrer betrachtete Elgin die wolkigen Einschlüsse des Bergkristalls und sagte: »Er hat eine Menge Kraft, dieser Stein. Er gibt sie dir – einfach wenn du ihn in der Hand hältst. Er nimmt den Schrecken von dir. Eine alte Wartfrau hat ihn mir mal geschenkt, als ich eine noch nicht sehr erfahrene Hebamme war.«

Die Wartfrauen fehlten, dachte Elgin. Noch meinte sie, dass sie es für Agnes hätten leichter machen können. Doch bis zuletzt war Büttners junge Frau bei dem Wunsch geblieben, die

Geburt mit ihr allein zu bewältigen. Warum sie so sehr darauf beharrte, blieb ein Rätsel, das Elgin jetzt nicht weiter ergründen wollte. Erst später würde sie sich lange damit beschäftigen. Sie ließ sich am Bettrand nieder und fasste nach Agnes' kalter Hand.

»Wer weiß, wie viele Frauen diesen Stein schon gehalten haben, und vielleicht ist von jeder etwas in ihm.«

»Glaubst du daran?« Agnes atmete flach.

»Es fällt mir nicht schwer«, sagte Elgin. »Und ich möchte, dass du es versuchst.«

Tatsächlich umschlossen ihre Finger den Stein, während Elgin ihr den Schweiß von der Stirn strich und sie aus den Betttüchern befreite. Agnes hielt die Augen auf sie gerichtet, bemühte sich, die Glieder ruhig zu halten.

Als Elgin sie endlich untersuchen konnte, als es ihr gelang, die Schädelknochen des Kindes zu ertasten, als sie erschrak und langsam die Hände von Agnes zurückzog, fiel es ihr schwer, diesem Blick standzuhalten, der rastlos nach einer Antwort suchte.

»Du sagst nichts«, flüsterte Agnes, »du erklärst mir nichts. Sonst hast du es immer getan. Auf der Kommode. Die Bilder.« Jedes Wort gab sie mit einer Anstrengung von sich. Jetzt verstand Elgin, dass ihre Schmerzen unheilvoll waren, grausamer als jene, die sie selbst zu erwarten hatte. Sie stand auf.

»Hol die Bilder«, hörte sie Agnes sagen. »Zeig mir doch, wie es sich befindet.«

»Dein Kind ist sehr eigenwillig«, sagte Elgin, »es befindet sich in einer Lage, die ich dir nicht auf einem Bild zeigen kann. Wir werden versuchen müssen, es von etwas anderem zu überzeugen.«

Sie hastete zur Tür, vor der die Magd auf Anweisungen wartete, und stellte sich im Stillen die sinnloseste aller Fragen: Warum? Warum war es ausgerechnet bei Agnes so gekommen? Elgin musste einen Arzt zu Hilfe holen. Und eben, als Elgin dem Mädchen auftrug, dass sie zum Haus Am Grün laufen sollte, so schnell es ihr möglich war, dass sie Professor Kilian oder dem jungen Doktor dringende Nachricht geben musste, sah sie Büttners weißen Haarschopf aus dem Dunkel des Flurs auftauchen.

Einen quälenden Moment lang stand Elgin ihm gegenüber und schwieg gemeinsam mit ihm den gehetzten Schritten der Magd nach. Sein Schluchzen ließ sie zusammenzucken. Sie brachte es nicht fertig, von der Gefahr zu sprechen, die sie ahnte, von den Wehen, die bei Agnes' Kind nicht ihren Zweck erfüllten, sondern stattdessen ihr Leben gefährdeten.

Die bestürzende Neuigkeit, dass man im Haus des Kupferstechers nach einem Accoucheur geschickt hatte, verbreitete sich schnell in der Nachbarschaft.

Man sah den Professor in großer Eile eintreffen, und als Büttners Magd ein weiteres Mal fortgeschickt wurde, diesmal, wie es hieß, nach dem Pfarrer, begaben sich zwei der Nachbarinnen ins Haus, um ihre Hilfe anzubieten. Diese fanden fanden es im Innern erschreckend still, nichts regte sich, es machte sie beklommen. Trotzdem wagten sie sich hinauf, und oben dann, im Flur, konnten sie ein gedämpftes Murmeln hören. Auf ihr Klopfen hin, würden die Frauen später erzählen, öffnete die Gottschalkin, und die Art, wie sie ihnen entgegentrat, verriet ihnen, dass der Tod in dem Zimmer näher war als das Leben.

Nur kurz konnten sie einen Blick auf den Professor erhaschen, der bei Agnes am Bett stand, aber Büttner sahen sie besser, den ganzen Mann in seinem düsteren Kummer. Sie zogen sich schnell in die Küche zurück, um herzurichten, worum die Hebamme sie gebeten hatte, und während sie beschäftigt waren, belauschten sie weiter die Stille, bis diese ein Ende hatte.

Kilian betrachtete die flatternden Augenlider der jungen Frau, die sich jeden Schmerzenslaut verboten hatte, seit er anwesend war. Auf der anderen Seite des Bettes beugte sich die Gottschalkin hinab und half ihr, den Kopf zu heben, sodass er der tapferen zarten Person eine erlösende Gabe Opium verabreichen konnte.

Vom ersten Moment an hatte die Gottschalkin ihn vergessen lassen, dass es seines Erachtens nach Gründe gab, ihr mit Erbitterung zu begegnen. Bündig und zugleich umfassend hatte sie ihm leise den Befund referiert, darauf achtend, dass er – und nur er – sie verstand. Sogar von ihren vergeblichen Versuchen, das Kind zu wenden, dessen hochgerade Schädellage eine natürliche Geburt unmöglich machte, berichtete sie. Und er gab zu, dass dies aufgrund der Größe des Kindes nicht hatte gelingen können. Die Hebamme hatte richtig gehandelt, vor allem darin, dass sie nach ihm schickte.

Und nun war eingetreten, was sie befürchtet hatte.

Kaum ein Tropfen war nach außen gedrungen, das Blut suchte sich einen anderen Weg. Der Professor musste es ebenso wie die Gottschalkin aufgeben, den pulsierenden Blutfluss mit der Hand im Innern der Frau zu stillen. Auch wenn das Opium ihr Leiden linderte, so war jedwede Traktion nur eine Verzögerung dessen, was sie erwarten mussten.

Als Büttner verstand, dass die schützende Hülle des Kindes zerrissen war und der Leib seiner Frau sich mit Blut zu füllen begann, dass es nichts gab, was es aufhalten konnte, war er es, der schrie.

Kilian, unter dessen Fingern sich Agnes' fliegender Puls befand, hätte ihn anherrschen mögen, dass er die Furcht dieses armen Weibes, das an den Folgen einer Uterusruptur zu sterben begann, mit seinem unsinnigen Toben nur schlimmer machte. Das Verhalten des Mannes war Kilian unerträglich.

Elgin sah, wie Agnes die Lippen bewegte.

»Willst du mir jetzt ein Bild geben. Irgendeines«, flüsterte sie.

Niemand konnte ahnen, dass es ein hinterhältig einsetzender

Schmerz war, der Elgin vor der Kommode aufhielt. Der den Bogen mit dem Kupferstich in ihrer Hand zittern ließ, bis es ihr gelang, zurück zum Bett zu gehen.

»Es war schön, dass ich dich und deine Bilder hatte, Büttner«, sagte Agnes zu ihm, der angstvoll ihrem Wunsch nachkam, still zu sein und sie lieber zu küssen. »Aber nun kann ich unser Kind ... nun kann ich es gar nicht sehen.«

Es kostete Agnes Kraft, den Kopf zu wenden, als Kilian sich räusperte, doch sie schaffte es. Unter ihren roten Haaren knisterte das Blatt mit dem Bildnis eines fremden Ungeborenen. Es war nicht genau auszumachen, wen von ihnen sie mit ihren matten Augen ansah. Vielleicht meinte sie beide, Elgin und Kilian, als sie fragte: »Muss es mit mir sterben?«

Kilian räusperte sich wieder.

»Es muss nicht sein«, sagte er. »Wir könnten es möglicherweise retten ...«

Ein Zittern durchlief Agnes' Körper.

»Es besteht Hoffnung, dass dein Kind leben kann«, sagte Elgin, und niemand musste sich wundern, dass ihre sonst so ruhige Stimme gepresst klang. Dass sie so atemlos zu dieser Frau sprach, die sie schon nicht mehr hörte.

Kilian an ihrer Seite meinte die Verzweiflung der Gottschalkin zu ahnen.

»Es ist eine vage Chance«, sagte er zu Büttner, der sich aufrichtete und aussah, als hasste er jeden von jetzt an.

»Es wird Ihnen grausam erscheinen, wie ich als Arzt nun gezwungen bin, zu Ihnen zu sprechen. Doch ich – wir alle hier – konnten hören, was Ihre Frau sich sehnlichst wünscht. Sie ist dem Tode sehr nahe, sie wird nichts von dem Eingriff verspüren, der für Ihr Kind das Leben bedeuten kann.«

»Wovon in Gottes Namen reden Sie«, flüsterte Büttner. »Warum reden Sie nur und reden? Ist das die ganze Kunst eines Arztes?«

Kilian zögerte. Er wusste nur zu gut, wie dünn das Eis war, auf dem er sich jetzt bewegte, und umso überraschender ergab es sich, dass die Gottschalkin das Wort ergriff.

»Ein Kaiserschnitt, wenn er schnell durchgeführt wird, könnte das Kind retten«, hörte er sie sagen, während er Büttner im Auge behielt. »Und auch, wenn Agnes es uns nicht mehr sagen kann, so hätte sie ...«

Büttner stand vollkommen starr. Der Professor empfand höchste Unruhe, weil kostbare Zeit verrann. Aus den Augenwinkeln sah Kilian die Gottschalkin sich zu der sterbenden Frau beugen, sie berühren – die Lebenszeichen des Kindes erkunden. Büttner ertrug es nicht – sie hätte das wissen müssen.

Als er sich abwandte, zur Kommode stürzte und die Bilder hinunterfegte, an denen seine Frau offenbar ihre Vorfreude auf das Kind genährt hatte, als er herumfuhr und die Gottschalkin ihm entgegenblickte, gab es keinen Zweifel mehr daran, auf wen sich sein Hass richten sollte.

Man konnte in dieser schwarzen Stunde kaum etwas als eine glückliche Fügung bezeichnen, außer das Eintriffen des Geistlichen, fand Kilian, zumal es sich um den Obersten Pfarrer der Lutherischen Gemeinde, Siebert, handelte. Er war es, der sofort eine Entscheidung traf. Ihm hörte Büttner tränenblind zu, als er erklärte, dass sich vor Gott schuldig machte, wer ein mögliches Leben nicht rettete. Die Kirche könne es nicht zulassen, eine Mutter zum Grab ihres ungetauften Kindes zu machen.

Die Gebete des Geistlichen begleiteten Agnes Büttner in einen stillen Tod, denn Siebert bestand darauf, diesen abzuwarten. Er ließ Kerzen entzünden, während sie dank des Opiums wie im Schlaf aus dem Leben glitt.

Der Professor, verdeckt durch den Vorhang des Bettes, legte seine Instrumente auf einem Leintuch zurecht, das die Gottschalkin für ihn ausgebreitet hatte, noch bevor Büttner aus dem

Zimmer gestürzt war. Beinahe hatte er die Hebamme umgestoßen. Sie war ihm gefolgt und schnell zurückgekehrt, leichenblass, für einen Moment wie gebrochen. Mit großer Beherrschung, fand Kilian, wandte sie sich ihm zu.

»Bitte weisen Sie mich an«, sagte sie. Ihre Lippen blieben seltsam bewegungslos, während sie sprach, und darüber schimmerte Schweiß. »Ich denke, Sie benötigen meine Assistenz.«

Kilian sah zu dem Obersten Pfarrer hinüber, der Agnes segnete und ihr Gesicht bedeckte. Dann gab der Geistliche mit einem Nicken seine Zustimmung zur *sectio in mortua*.

Während Kilian die konvexe Klinge des Operationsmessers vier Zoll an der Weißen Linie entlang über den gewölbten Bauch führte und mit einem Zug die Häute durchschnitt, fing Elgin das aus der Bauchhöhle quellende Blut mit Tüchern auf. Sie sah die rötlich-blaue Oberfläche des Uterus, die der Professor jenseits des Risses schnell durchtrennen musste. Während sie die Bauchöffnung fixierte, damit Kilian das Kind an den Füßen packen und mit einem Ruck hervorziehen konnte, während Agnes' Sohn aus dem Tod geboren wurde, hatte sein Vater sich in der Werkstatt verschanzt.

Mit Schrecken durcheilten die Nachbarinnen das Haus, durften endlich heißes Wasser und saubere Tücher bringen, wenigstens nur dies tun, was eine Geburt für gewöhnlich nach sich zog. Sie mussten die Augen abwenden von Agnes, deren geöffneten Leib der Professor wie ein Stück Leinwand vernähte. Sie sahen es mit Entsetzen, doch wäre nicht ohne ihn das Kind mit Agnes zugrunde gegangen? Man durfte dies nicht vergessen. Dann wäre es der Gottschalkin nicht gegeben, um die schwachen Lebensgeister des Kleinen zu ringen. Also brachten die Frauen der Hebamme alles, was sie benötigte. Sie konnten sehen, wie sie mit dem Bart einer Feder den Mund des Neugeborenen von rotem Schleim befreite, wie sie zwischen blutigen

Tüchern kniete und es in warmem Wasser mit Branntwein badete. Unablässig rieb die Gottschalkin den kleinen Körper, da doch sein Herz nur sehr flach schlug. Sie gab nicht auf und blies dem Kind ihren Atem ein, drückte ihm sanft die Brust zusammen, um ihn am Leben zu halten. Sie mochte dies eine Stunde und länger getan haben.

Noch am Abend würden die Nachbarinnen zu berichten wissen, dass Büttner in Raserei verfallen war. Sie hatten den Kupferstecher *die Bilder* verfluchen hören, und das vielfache Reißen von Papier.

Sie würden erzählen, dass er ihnen, den Bildern, die Schuld gab an allem. Es musste seinem unbändigen Schmerz zuzuschreiben sein, dass er auch die Gottschalkin verfluchte. Selbst der Oberste Pfarrer konnte ihn kaum besänftigen. Das Kind war noch schwach, aber es lebte, und das war ein Wunder. Doch Büttner wollte nichts wissen von ihm, und so gab Siebert ihm den Namen Jakob, als er es in den Armen der Hebamme taufte.

Mehr als alles hüte dein Herz, denn von ihm geht das Leben aus.

Elgin stand mit dem Kind vor der Wiege, die man in das Nebenzimmer getragen hatte, in die Nähe eines Kachelofens. Und obwohl man das kleine Bett mit weichen, angewärmten Tüchern ausgelegt hatte, brachte sie es nicht fertig, das Kind hineinzulegen. Sie wagte es nicht. Zum ersten Mal in ihrem Leben fürchtete sie sich davor, mit sich allein zu sein.

»Gottschalkin?«

Als Kilian ins Zimmer trat, begegneten sie einander wie zwei müde Krieger. Ein Augenblick nur, der verstrich.

»Ich werde hier bleiben«, sagte sie. »Nicht nur wegen des Kindes, auch wegen Büttner. Man darf ihn nicht allein lassen.«

»Nein, das nicht. Allerdings ...« Der Professor betrachtete sie sehr aufmerksam. Es verlangte ihr große Selbstbeherrschung ab.

»Der Mann ist voller Gram, er sucht nach Gründen, man kennt das ...«

»Ja.«

»Er gibt sich die Schuld, genauer gesagt seiner Arbeit für Ihr Buch ...«

»Ich werde mit ihm sprechen.«

»Das nähme keinen guten Ausgang, fürchte ich.«

»Wenn ich heute nicht zu ihm vordringen kann, dann vielleicht morgen. Ich werde in seiner Nähe sein, bis es mir gelungen ist.«

Sie sah eine Regung in seinem Gesicht, die man für echte Sorge halten konnte, nur wusste sie nicht, wem sie galt. Dem schlafenden Kind, das sie an sich drückte? Büttner? Ihr etwa, da er die Anstrengung bemerkte?

»Nun also, Büttner will nicht ...«, sagte Kilian schleppend, »... er erträgt es nicht, Ihnen weiter zu begegnen, Gottschalkin. Man muss ihm das nachsehen.«

»Ja.«

»Kaum, dass er sein Kind bei sich haben will. Nur mit Mühe konnte ich ihn davon überzeugen, eine Amme ins Haus zu holen. Glücklicherweise befinden sich derzeit in unserem Institut zwei Wöchnerinnen, die dafür zur Verfügung stünden ...«

»Ich verstehe«, sagte Elgin. »Und Sie werden verstehen, dass ich nicht gehen möchte, ohne wenigstens versucht zu haben, mit Büttner zu sprechen.«

»Selbstverständlich.« Als er in die Rocktasche griff, lächelte er, und fast dachte sie, er wollte ihr sein Einstecktuch reichen, damit sie vielleicht den Schweiß von ihren Schläfen tupfen konnte.

»Nennt man dies nicht einen Schreckstein?«

Er hielt den silbern gefassten Bergkristall ins Kerzenlicht, so, wie sie es vor einer Ewigkeit für Agnes getan hatte. Sie musste sich abwenden.

»Ja, so nennt man ihn. Wollen Sie mich abergläubischer Praktiken überführen, Herr Professor? Dann sollten Sie wissen, dass ich mich nicht fürchte.«

»Ich hoffe, Sie glauben mir, Gottschalkin«, hörte sie ihn sagen, »dass es mir fern liegt, Sie zu kränken.« Er klang weder hölzern noch gespreizt, sondern sehr milde. »Wie Sie sich verhielten und mir während der *sectio* zur Seite standen, verdient meine Achtung. Es ist bedauerlich, dass so ein trauriger Fall Beispiel dafür geben musste, welch eine Ergänzung der Wissenschaften sich hätte ergeben können ...«

Kilian wünschte, sie hätte ihre Haltung aufgeben können. Es berührte ihn merkwürdig, ihren gebeugten Nacken betrachten zu müssen. Erst, als er die Hände auf dem Rücken verschränkte und seinen Blick ratlos umherwandern ließ, entdeckte er auf dem hellen Holzboden einige hellrote Tropfen, manche von ihnen hatten noch einen feuchten Schimmer. Sie führten von der Tür bis zur Wiege, und auch auf dem Kleid der Gottschalkin gab es gewisse Spuren. Nun verstand er, dass sie voller Scham sein musste.

»Sie sollten sich helfen lassen«, sagte er sanft. »Ich werde eine der Frauen zu Ihnen schicken.«

*

In der Nacht lag Elgin auf ihrem Bett und sah zu, wie der Wind den Musselin vor ihrem Fenster ins Zimmer blähte. Am Morgen hatte sie den getrockneten Sadebaum aus ihrem Herbarium gelöst und den Sud gekocht, sobald Marthe zum Markt gegangen war. Am Abend nun verspürte sie über allem, was geschehen war, ihre Krämpfe nicht mehr. Sie war vorsichtig gewesen, vorsichtiger noch als bei Bettina, doch genauso wie sie hatte Elgin sich zu schnellem Handeln entschlossen. Es gab keinen richtigen oder falschen Zeitpunkt, den Sud zu trinken. Da es jederzeit geschehen konnte, dass man sie aus dem Haus rief, hatte sie den heutigen Morgen gewählt, um zu tun, was zur Wiederherstellung ihres Geblüts nötig war.

Dabei meinte sie, dass es ihr gut gelungen war, Lambert zu vergessen – selbst als die ganze Stadt von kaum etwas anderem mehr zu sprechen schien als der Hochzeit. Manche nannten es die Verheiratung der Apotheken, und andere – schwärmerische Naturen – meinten zu wissen, dass Liebe im Spiel war. Was auch immer zu Elgin durchdrang über die besondere Schönheit der Zeremonie und des Festes, so hatte sie es mit Erleichterung vernommen. Sie war sehr überzeugt davon, dass Lambert und jedes Gefühl, das sich mit ihm verband, spurlos aus ihrem Leben verschwunden war.

Wann bloß hatte sie angefangen, darüber nachzudenken? Nur ein Gedanke zunächst. Wann war ihr eingefallen, dass sie nach dem Abschied von ihm vor Wochen wie jetzt auf ihrem Bett gelegen hatte, erschöpft und so unendlich müde? Dass sie noch seine Schritte auf den Stufen der Treppe gezählt hatte und nach dem gedämpften Laut der unten sich schließenden Tür sofort eingeschlafen war? Wann hatte sie sich erinnert, dass sie nach dem Abschied keiner ihrer üblichen Verrichtungen vollzogen hatte? Es gab nicht mal eine Gewissheit, die sie handeln ließ. Sie wollte es nicht abwarten. Sie wollte nicht zulassen, dass etwas sie hinderte, die Nächte mit Lambert zu vergessen. Die letzte Nacht, denn sonst – dachte sie – gab es nichts zu vergessen. Deshalb hatte sie vom Sud getrunken, nur sehr wenig. Achtsam.

Elgin lag da und streckte die Hand aus nach den luftigen Segeln, die der Wind vom Fenster zum Bett herüberschob. Plötzlich schien es ihr, als hätte sie an nichts mehr eine Erinnerung, außer an die Fetzen des dicken, elfenbeinweißen Papiers auf dem Boden von Büttners Werkstatt, wo die zerrissenen Bilder im Dunkel lagen wie helles Laub auf einem nächtlichen Grund.

Irgendwo bei der Druckerpresse, hinter den wuchtigen Umrissen des Rades, hatte sie Büttner vermutet. Von dort jedenfalls war seine heisere Stimme gekommen.

Sie solle schweigen, verlangte er. Obwohl sie wusste und ihm erklären wollte, dass es keine Schuld gab, hatte sie sich schuldig gefühlt. Sie verstand ihn.

»Gehen Sie«, hatte er gesagt, »und kommen Sie niemals wieder.«

Zu Hause hatte sie Marthes besorgten Blick ertragen müssen, nichts weiter. Marthe stellte keine Fragen. Allerdings folgte sie ihr hinauf zum Zimmer, wo es warm war, durchzogen von einem strengen Geruch. Die alte Magd wartete, bis Elgin ihr das Kleid gab, denn Blut, murmelte sie, ließe sich am besten sofort und mit Asche entfernen. Neben dem Bett lag ein Stapel mit gefaltetem Leinen.

Was Marthe auch bekannt sein mochte – hinter der Ofentür, dort, wo man etwas warm halten konnte, stand eine Schüssel mit heißem Wasser. Vom Sud in dem kleinen Steinkrug, der sich ebenfalls dort befand, war noch da, was die Ofenhitze eines langen Tages übrig gelassen hatte.

*

Schött und Gesa waren etwa gleichzeitig aufgebrochen, wenn auch in unterschiedliche Richtungen. Beide durchliefen bei Tagesanbruch den Nebel und ließen das Dorf dahinter zurück.

Schött nämlich verdiente das Wohnrecht für seine Hütte am Forstacker und freie Weide für eine Kuh keineswegs nur als Nachtwächter. Er war nicht allein deshalb gut angesehen bei den Leuten, weil er der geschickteste aller Maulwurffänger war, auf seinen Rundgängen verlaufene Gänse heimbrachte oder ein vergessenes Tuch von der Bleiche. Schött brachte auch Briefe, denn neben alldem versah der Alte das Amt des Postgängers.

An jedem zehnten Tag – kein Wetter hielt ihn davon ab, dass es der zehnte sein musste – trat er im Morgengrauen den Weg zum Gasthof jenseits des Waldes an, wo die Postkutschen Station machten und Briefe für die umliegenden Dörfer abgegeben wurden. Es kam nicht oft Post an, aber manchmal eben doch. Und Schött mochte es, wenn er an den zehnten Nachmittagen ins Dorf zurückkam und man ihn fragte: »Gibt's Neuigkeiten?«

Die gab es nun, aber wohin damit, jetzt, da Gesa fortgegangen war? Er entschied sich, trotz allem zum Haus der Hebamme zu gehen. Er würde den Brief aus Marburg in Gesas Truhe legen, die der Fuhrknecht vom Eichenhof auf den Wagen lud. Jula hatte darauf bestanden, das Möbel abholen zu lassen.

Sie war nicht die Einzige, der es missfiel, dass der Dorfschulze dem neuen Lehrer und seiner Frau so einfach das kleine Haus an der Fallwiese überließ. Jula wollte, dass wenigstens die Habseligkeiten der jungen Hebamme vor der anderen in Sicherheit gebracht wurden. Bis sie zurückkam, und darauf würde zu warten sein. So manche der Frauen im Dorf wäre wohl rebellisch geworden, das wusste Schött, wenn es Gesa Langwasser nicht selbst so entschieden hätte. Dem Dorfschulzen wäre es sauer bekommen, gegen den Willen der Weiber eine Hebamme einzusetzen, wo sie doch eine andere gewählt hatten.

Der alte Schött stand gut mit den Frauen, weil er sich merkte, wann sie große Wäsche hatten, und sie dann zuverlässig vor allen anderen mit einem Stockschlag gegen die Fenster weckte. Ihm kam zu Ohren, was sie einander erzählten, und er war möglicherweise der einzige Mann, der so genau wusste, warum die junge Hebamme wieder fortgegangen war – außer dem Dorfschulzen natürlich, den sie aufgesucht hatte, um ihm ein Geständnis zu machen. Es erzürnte die Frauen, dass den Schulzen kaum zu interessieren schien, wer die Kinder hier im Tal auf die Welt holte. Auf den landesherrlichen Verordnungen war er herumgeritten, erzählten sie sich, doch allein um das Geld ging es ihm, glaubten sie, das man umsonst für Gesa ausgegeben hatte. So machte es die Runde, nachdem der Dorfoberste in seiner Stube die Stimme laut genug erhoben hatte. Und auch, dass er das Haus wie ein Pfand einsetzte.

*

Die Frau, die sie hinaufgeführt hatte, schloss die Tür hinter ihr. Gesa schluckte. Ihr Mund war trocken und die Hände waren feucht, ihren Kleidern sah man den zweitägigen Fußmarsch an, und ihrem Haar, so war zu befürchten, denn sie hatte im Stroh in einer verfallenen Scheune übernachtet.

Vor der Lehne eines ledernen Sessels konnte sie eine Stiefelspitze auf und ab schwingen sehen.

»Kommen Sie ans Feuer«, sagte Kilian.

Er drehte ein Glas in der Hand und betrachtete einige Schlieren, die der Wein mit der kreisenden Bewegung hinterließ. Dann sah er Gesa an.

»Entschuldigen Sie, Herr Professor, dass ich Sie in Ihrem Haus ... dass ich Sie hier störe ...«

Vom weißen Tuch des gedeckten Tisches blitzten Porzellan und Silber herüber, und unten im Haus hatte sie der Küchenduft an ihren Hunger erinnert.

»Ich entschuldige«, sagte er, »aber es erstaunt mich. Haben Sie Doktor Heuser nicht im Institut angetroffen?«

»Doktor Heuser? Nein, ich ... Pauli sagte mir, wo ich Sie finden kann; ich bat ihn darum, denn ich wollte nicht ... Ich konnte nicht einfach ohne Ihr Wissen ...«

»Stottern Sie nicht, Langwasser, unser Gespräch sollte sich nicht allzu mühsam und zeitraubend gestalten.«

Sie hielt sich an der Ecke des Kamins, in einer Distanz, die es dem Professor ermöglichte, den Blick auf sie zu richten, ohne zu ihr hochschauen zu müssen. Beim Dorfschulzen hatte sie in der

Mitte der Stube gestanden, zwischen schwerem, dunklem Mobiliar, und er hatte sie umkreist, als wollte er unbedingt, dass sein Tadel sie von allen Seiten traf. Sie war darauf vorbereitet gewesen. Sie hatte verstanden, dass er die Enttäuschung des gesamten Dorfes zum Ausdruck brachte, und sie fand es gerecht, ja fast erleichterte es sie, dass sie dafür zahlen musste.

»Ich möchte Sie bitten, mich wieder zur Schülerin zu nehmen.«

»Ja, ja.« Er klang nicht erbost, nicht einmal abweisend. Er blickte ins Feuer, und sie fragte sich, ob sie bereits gescheitert war, sich die Sätze vergeblich zurechtgelegt hatte. In ihrer Hand erhitzten sich die Münzen, während er sie warten ließ.

»Es fällt leicht, um etwas zu bitten, wenn man der Antwort sicher sein kann, nicht wahr?«, sagte er plötzlich. »Was also führt Sie in dieser Dringlichkeit zu mir, Langwasser, ohne dass es Zeit gehabt hätte, mir dies morgen im Institut vorzutragen? Wollten Sie sich für Ihr anmaßendes Verhalten entschuldigen, was Sie zweifellos bislang versäumten? Wollten Sie mir unter vier Augen mitteilen, dass Sie zukünftig bereit sind, sich der Haushebamme unterzuordnen, obwohl Sie sich selbst für klüger halten?«

»Ich wollte nie anmaßend sein«, sagte Gesa leise. »Bitte verzeihen Sie mir.« Nichts von dem, was sie sagte, machte wohl Eindruck auf ihn.

Er trank einen Schluck.

»Man hat Sie wissen lassen«, sagte er, »dass ich die Ausbildungszeit verlängert habe ...«

»Mich wissen lassen?« Es schien ihr, als müsste die Zunge am Gaumen festkleben, doch schlimmer war, dass sie sich fühlte, als sei sie sehr schwer von Begriff.

»Sind Sie deshalb hier? Wollen Sie mit mir darum schachern?«

»Nein, ich ...«

»In diesem Punkt werde ich unnachgiebig sein«, hörte sie ihn sagen, und der Hals schwoll ihr zu. »Sie werden die zusätzliche Anzahl von Monaten im Accouchierhaus verbringen müssen, bis Sie ein volles Jahr absolviert haben, so wie es jede zukünftige Schülerin zu leisten hat.«

Hastig wischte Gesa die verschwitzten Münzen an ihrem Rock ab, als Kilian aufstand und sein Glas auf dem Tisch abstellte.

»Die Protektion bringt Ihnen keinen Vorteil, Langwasser, das sollten Sie wissen. Im Gegenteil werde ich von Ihnen das Meiste verlangen und Sie dem schärfsten Urteil aussetzen. Wenn ich bereit bin, Sie weiter zu unterweisen, so liegt dies darin begründet, dass ich Sie trotz allem für tüchtig halte. Da man Sie nun zurückgerufen hat und Sie um nichts bitten mussten, wird Ihnen, so fürchte ich, die Einsicht fehlen, welche Auszeichnung es bedeutet, zu den ersten Hebammen unseres Landes zu gehören, die eine derart ausführliche Unterweisung erhalten ...«

»Was Sie verlangen, will ich doch alles tun, und bitte, haben Sie keinen Zweifel daran.« Sie gab sich alle Mühe, ihre Stimme fest klingen zu lassen. »Ich will Hebamme sein. Deshalb bin zurückgekommen. Vielleicht denken Sie noch immer, dass ich Ihr Vertrauen nicht verdiene, doch ich will ...«

»Alles tun, jaja.«

Sie trat vor bis zur Kante des Teppichs, sodass ihre schmutzigen Schuhe ihn nicht berührten. Sie legte die Münzen auf die Ecke des Tisches, während sie Kilian nicht aus den Augen ließ, der einen ungeduldigen Laut von sich gab.

»Was soll das denn nun wieder sein?« Er klaubte die Münzen vom Tisch und betrachtete sie dann mit widerwilligem Interesse.

»Ich kann es bezahlen«, sagte sie.

»Mit spanischen Silberdollar?«

»Sie kommen von Amerika«, sagte Gesa, »mein Vater hat sie geschickt. Ich kenne ihren Wert nicht, aber ...«

Er warf die Münzen zurück. Er mochte es nicht beabsichtigt haben, doch sie sprangen vom Tisch und trudelten über den Teppich.

»Amerika. Also bitte, stecken Sie Ihr abenteuerliches Geld ein, und gehen Sie. Ich erwarte Besuch.«

Die Tränen ließen sich nicht mehr aufhalten, und nun, dachte Gesa, war kaum mehr etwas zu verderben. Deshalb blieb sie stehen an dem fein gedeckten Tisch, obwohl der Professor sich schon zu Tür bewegte, um sie nur endlich loszuwerden – Gesa Langwasser, die verschmutze, erhitzte und verheulte Person.

»Nehmen Sie es doch«, flüsterte sie. »Ich habe nichts anderes.«

»Das Honorarium für Sie ist entrichtet. Also bitte – Sie wissen das. Doktor Heuser bestand darauf, dies zu tun.«

»Nein.« Sie hob die Geldstücke auf und legte sie behutsam zurück auf den Tisch neben das geleerte Weinglas.

Sie ging zur Tür, die sie selbst öffnete, da der Professor es vorzog, sich von ihr fern zu halten.

»Ich bitte Sie«, gelang es ihr zu sagen, »allein von mir das Geld anzunehmen. Und wenn Sie es von mir nicht annehmen wollen, dann doch vielleicht von meinem Vater.«

Auf der Treppe hastete Gesa an einer Frau vorüber, in der sie flüchtig die Apothekerin erkannte. Kilian indessen hatte nur noch wenige Augenblicke Zeit, sich zu fragen, was, in Gottes Namen, der Kollege Heuser dieser Dörflerin geschrieben haben mochte, dass sie sich derart gebärdete. Jedoch, sie war jung und formbar – somit erfüllte sie, was er sich als Voraussetzung eines neu zu gestaltenden Hebammenwesens vorstellte.

Caroline Fessler bestätigte ihn darin, während sie miteinander dinierten, und er neigte immer mehr dazu, ihrer Menschenkenntnis zu vertrauen. Sie hatte dafür gesorgt, dass die Rettung des Büttner'schen Kindes in Marburg so bekannt gemacht wurde, wie es den tragischen Tatsachen entsprach.

Sie war eine der Ersten gewesen, die den Witwer aufgesucht und seinen Sohn voller Ehrfurcht in Augenschein genommen hatten. Sie war derart beeindruckt, dass sie dem Professor ein Billett schickte, das ihrer Bewunderung Ausdruck verlieh.

»Man muss auf sie achten«, hatte sie später einmal gesagt, »auf Büttner, sein erbarmungswürdiges Söhnchen, aber auch auf die Amme. Vor allem, wie sie mit dem Säugling umgeht. Alles dies wissen Sie am besten, verehrter Professor. Doch dass dieses Kind am Leben bleibt, wird für Ihren Ruf in der Stadt von größter Bedeutung sein.«

In allem war Caroline eine faszinierende Frau, fand Kilian, und er gestattete sich, ihre Gesellschaft zu genießen. Als sie nun vor dem Kamin saßen und das flackernde Feuer ihre Augen glänzen ließ – sie waren grün, wie er inzwischen wusste –, als er ihr gegenüber in seinem Sessel lehnte und sich ihren dahinplätschernden Plaudereien überließ, dachte er, dass sie ein Talent dafür hatte, einen Mann sich behaglich fühlen zu lassen.

»Mein lieber Professor«, seufzte sie – und das tat sie wirklich entzückend, »es ist so erbaulich, mit Ihnen beisammen zu sein. Als Witwe im Haushalt des Sohnes zu leben ist mitunter eine einsame Angelegenheit, denn aus Rücksicht auf die jungen Eheleute achte ich natürlich darauf, mich im Hintergrund zu halten. Deshalb bin ich so gern Ihrer Einladung gefolgt. Ich weiß, die beiden werden es schätzen, einmal für sich zu sein, ohne den mütterlichen Schatten in ihrer nächsten Umgebung zu wissen. Zumal Lambert als Apotheker ja kaum das Haus verlassen kann. Ich habe diese Zwänge selbst in meiner Ehe erfahren. Zuweilen habe ich mich gefühlt wie eine Gefangene, wenn ich Abend für Abend nur dasaß, Arzneischachteln füttern und Räucherkerzen oder Kapseln anfertigen musste. Als junge Frau glaubt man noch, dass die Ehe ein freieres Leben mit sich bringt, und wie oft kommt dann doch alles ganz anders.« Sie seufzte wieder, ihr Lächeln zeigte fast etwas Schmerz.

»Aber Lambert ist ein so sanfter Mensch und viel zu empfindsam, um eine Frau unglücklich zu machen.«

Was Caroline für sich behielt, war, dass sie Therese am heutigen Abend die Anwendung eines Rezepts empfohlen hatte, das sie von ihrer Mutter kannte. Thereses Mutter dagegen sowie die verheirateten Schwestern hatten die junge Frau im Brautstand offenbar schlecht vorbereitet, und sie war heimlich überzeugt, dass diesem Versäumnis ein Mangel an Raffinesse zugrunde lag. Wie sonst war es zu erklären, dass im ehelichen Bett noch nicht geschehen war, was zu geschehen hatte?

Ihr Sohn, darüber war Caroline sich vollkommen im Klaren, gehörte nicht zu der groben Sorte, die rücksichtslos Besitz von einer Frau ergriff. Unverkennbar war es ihm nicht einmal möglich, mit zärtlichem Tun Therese die sinnlose Furcht vor dem Körperlichen zu nehmen. Das arme Kind kam in Gefahr, ein Opfer ihrer Tugenden zu werden, das musste ihr nahe gelegt werden. Mit Sanftmut hatte Caroline die Tränen der Schwiegertochter getrocknet und dann mit ihr geredet – in aller Deutlichkeit. Ihre Ausführungen hatten Therese von einer Schamesröte in die nächste getrieben, doch zwei Gläschen Kirschwein setzten dem nervösen Farbenspiel auf Hals und Wangen ein schnelles Ende.

»Therese, mein Kind«, hatte Caroline gesagt, »da bist du nun voller Liebe für ihn, das ist gut und schön – aber du stehst dir selbst im Wege, merkst du das nicht? Es ist niemals von Vorteil, wenn eine Frau den Kopf verliert. Du bist scheu – Lambert ist zart gestimmt, und euch beiden legt es Fesseln an. Nie darf dich die Angst leiten, ihm nicht zu genügen, denn dann wirst du ihm zur Last. Glaub mir, wenn die Kinder kommen, kettet sich sein Herz von ganz allein an das deine, und jedes Kind bindet euch fester.«

Der unschuldigen Seele tat es gut, eine Verschworene an der Seite zu haben, das war ihr anzumerken. Sie war nahezu fröhlich gewesen und aufgekratzt, als sie sich in die Küche begab, mit den Zutaten für die Schokolade der Betrübten. Hoffnungsvoll ließ Caroline ihre Schwiegertochter zurück, während diese in einem kupfernen Topf Schokolade in Wasser auflöste und unter ständigem Rühren eindicken ließ. Zuvor hatte sie ihr erklärt, wie sie die zwei Stücke Ambra zerkleinern musste und in welchem Verhältnis mit Zucker vermischen, bevor sie es unter die Schokolade und diese in zwei Becher geben sollte.

Sie selbst wusste nicht, was man von der Wirkung dieses Tranks, der eine gewisse Zügellosigkeit anregen sollte, erwarten durfte. Und obwohl Caroline noch nicht bereit war, sich wirklich Sorgen zu machen, zog sie ein stilles Gebet in Erwägung.

»Woran denken Sie nur, Verehrteste?«, hörte sie den Professor fragen, und sie lächelte, als sie bemerkte, mit welchem Wohlgefallen sein Blick auf ihr ruhte.

»Oh«, sagte sie, »man mag mich der Eitelkeit bezichtigen, aber ich fragte mich gerade, ob es mich zu einer anderen macht, wenn ich Großmutter werde. Doch bevor mich dieser Gedanke ängstigen kann – wollen Sie mir die Freude tun und mich Caroline nennen?«

*

Aus dem Dachfenster fiel Licht über den alten Baum, der sich dem Wasser zuneigte. Unter Gesas nackten Füßen war das Gras feucht und kühl. Sie griff in die hängenden Weidenzweige, ließ sie durch ihre Finger laufen, streifte die länglichen Blätter ab, zerrieb sie, bis sie zu Boden fielen.

Das Haus war schon verschlossen für die Nacht, sie würde den Klingelzug betätigen müssen, und Frau Textor würde ihr die Tür öffnen. Gesa klang schon die Häme in den Ohren und die Grobheit ihrer Fragen. Halbherzig erwog sie, über den Hof zu schleichen, hinter dem Hühnerstall an die Kellerfenster zu klopfen, um Pauli in seinem Verschlag beim Brennholz aufzustöbern. Doch der Hahn war nicht zu unterschätzen – der dumme Vogel gefiel sich zuweilen in der Rolle des Hofwächters. Und wenn die Textor wieder damit begonnen hatte, ihren Lieblingsplatz im Lehnstuhl vor dem Herdfeuer einzunehmen – womit zu rechnen war, jetzt, da es kalt wurde –, dann würde alles nur noch verfänglicher werden.

Gesa hörte zu, wie der Wind den Fluss sacht gegen das Ufer bewegte, und dachte an Pauli, der sich gefreut hatte, sie wieder zu sehen. Um seine Medizin hatte sich in ihrer Abwesenheit wohl niemand gekümmert; er war verlegen geworden, als er ihren Blick bemerkte, und seine verdreckten Finger waren hinaufgeschnellt zu den Pusteln. Gesa hatte seine Hand abgefangen und festgehalten, selbst Halt suchend bei dem Jungen, bevor sie nach dem Professor fragte.

Sie ließ ihm ihr Bündel da, das größer war als bei ihrer ersten Ankunft im Haus Am Grün – damals, als sie noch Beles Schatten war.

Noch immer verwirrte sie, wie leicht es ihr gefallen war, Haus und Dorf den Rücken zu kehren. Der Aufbruch hatte an Beles Grab begonnen, auf dem im Sommer schon wilder Klee gewachsen war. Von keinem der Fuhrwerke, die neben ihr die Fahrt verlangsamten, wollte sich Gesa mitnehmen lassen. Weil sie laufen wollte, nur laufen und laufen, während sie darüber nachdachte, ob sie Bele etwas zu verzeihen hatte.

Was vor vielen Jahren geschehen sein musste, fügte sie auf ihrem Fußmarsch zusammen – aus den Bruchstücken von Tante Beles Rede und aus den wenigen Worten ihres Vaters. Vom Vater, dessen Brief sie bei sich trug, hatte Gesa eine Ahnung bekommen und ihn gleich wieder verloren. Sie konnte nicht ermessen, ob ihr Leben ein anderes geworden wäre – sie selbst ein anderer Mensch, wenn Bele sie hätte von Kaspar Langwasser in

Amerika wissen lassen. Gesa, das Kind, hätte von ihm träumen können, darauf hoffen, dass er ein großer Abenteurer war, der irgendwann kommen und sie holen würde.

Wenn jemals auf dem Brief mit den vielen Vermerken von Städten, Schiffen und Kapitänen auch ein Absender zu lesen gewesen war, so hatte doch Bele wohl nie an Kaspar geschrieben, um ihn vom Tod seiner Frau und vom Dasein eines Kindes in Kenntnis zu setzen. Bele hatte seine Silberdollars mit Marie begraben, für das Kind Gesa einen toten Mann aus ihm gemacht. Und doch ließ sie ihn nicht ganz sterben, sondern nur in einer Truhe verschwinden. Beles Angst hatte sich hinter ihrer strengen Liebe versteckt gehalten.

Angst lässt dich Fehler machen.

Eine so lange Zeit, dachte Gesa. Das Einzige, was ich sicher über mich wusste, war – dass ich sein will, was Bele mich gelehrt hat.

Sie fuhr herum, als er gegen ihr im dunklen Gras liegendes Schuhwerk lief.

»Woher konnten Sie wissen, dass ich zurückkommen würde?«, fragte sie, noch bevor er auch nur ihren Namen ausgesprochen hatte.

»Ich wusste es nicht«, sagte er, »aber ich bin glücklich, dass du es getan hast. Wenn du nicht gekommen wärest, hätte ich dich geholt.«

Nichts wollte sie weniger, als dass Clemens sie jetzt, wo die Wut ihr zu Hilfe kam, mit verstörender Zärtlichkeit behelligte.

»Inzwischen haben Sie also schon meinen Unterricht bezahlt«, sagte Gesa, und sie lief ein paar Schritte über die kalte Wiese, bis zum Baumstamm und wieder zurück zu den Zweigen am Ufer. »Verzeihen Sie, dass ich Ihnen dafür nicht danken kann. Es schien Sie nicht zu kümmern, ob ich das wollte, und es war wohl dazu noch freundlich gemeint. Ich benötige es nicht. Mein

Vater hat mir etwas hinterlassen, womit ich für mich aufkommen kann.« Sie lauschte ihren eigenen Worten nach. Wie selbstverständlich ihr diese über die Lippen gekommen waren.

»Ich hatte schon manchmal befürchtet«, sagte Clemens, »dass du mein Schreiben missverstehen könntest. Ich hielt es für klüger, mich darin auf die Sache zu beschränken. Der Brief sollte dir auch bei deinen Leuten im Dorf helfen ...«

»Was für ein Brief?«

»Professor Kilian, Gesa, war durchaus damit einverstanden, dass ich dir schrieb.«

Er wollte näher kommen und blieb stehen, als er bemerkte, dass sie zurückwich. Was ist das plötzlich für eine seltsame Sache mit den Briefen?, dachte Gesa, während Clemens unbeirrt weiterredete.

»... das Wichtigste wäre, dachte ich, dir so schnell wie möglich Nachricht zu geben, dass wir dich wieder aufnehmen werden.«

Es ist einfach, um etwas zu bitten, wenn man die Antwort kennt, höhnte Kilian in ihrem Kopf. Man hatte ihr mitgeteilt. Man hatte sie wissen lassen.

»Und meine Entscheidung gilt nichts«, sagte sie laut. »Ich bin hier, weil ich hier sein will.« Sie fegte die hängenden Zweige der Trauerweide zur Seite, trat unter ihnen hervor, blieb abrupt und maßvoll entfernt vor ihm stehen. »Das scheinen selbst Sie nicht von mir glauben zu können.«

Sie war entschlossen, sich abzuwenden und ein weiteres, erklärendes Wort von ihm – sie hätte es wohl getan. Doch er sagte nichts. Ein schwacher Rest des Lichts aus der Dachkammer fiel auf sie beide hinab.

Es wunderte sie nicht, wie weich seine Lippen waren. Er gab einen erstickten Laut von sich, der fast ein wenig verzweifelt klang.

»Was willst du?«, fragte sie.

»Dich lieben. Und dass du mich auch lieben könntest.«

»Dies scheint mir eine Menge zu sein«, sagte sie, und jetzt gelang es ihr, sich von ihm zurückzuziehen »aber wenn ich meine Prüfung bestanden habe, werde ich noch einmal fragen.«

Die Röcke flogen in schnellem Takt um die Knöchel, während sie auf das Haus zulief und das Herz ihr bis zum Hals schlug.

»Schülerin Langwasser?« Es war ein Leichtes für ihn, sie einzuholen. »Ihre Schuhe«, sagte er. »Damit läuft es sich besser in großen Schritten.«

*

Zum Ausgang des Jahrhunderts hatte Napoleon mit einem nachlässig geplanten Staatsstreich die Französische Revolution beendet. Der erste Mond des darauf anbrechenden Jahres 1800 bescherte zwei Herren in Marburg bescheidenere Siege. Und doch, es waren Siege.

Das Votum des Landgrafen hatte den Geheimen Rat Friedrich Homberg zum Bürgermeister gemacht und ihn des Weiteren an die Spitze der Polizeikommission empfohlen. Man folgte damit einer alten landesherrlichen Vorliebe, die höchsten Ämter der Stadt mit einem Juristen zu besetzen.

Gleichsam als landgräfliches Geschenk zur Jahrhundertwende erreichte Professor Anselm Kilian ein Schreiben der fürstlich-hessischen Regierung. Man hatte sich schließlich – und nach Einsicht in die ebenso akribischen, wenngleich im Umfang mageren Protokolle aus dem Gebärhaus – dem Argument geöffnet, dass es für die Lehre dringend vonnöten war, dem Institut mehr Geburtsfälle zu verschaffen.

Jene ehelos schwangeren Weibspersonen, die sich zur Niederkunft in das Accouchierhaus begaben, beschied der Landesherr, sollten fortan von allen Fornikationsstrafen befreit und auch von der Kirchenbuße verschont werden. Jedoch hätten sie sich zunächst gänzlich gefügig zu zeigen. Käme es einer unehelich geschwängerten Person in den Sinn, sich im Institut zwar zu melden, am ihr bestimmten Zeitpunkt sich jedoch nicht einzufinden – wenn sie ihr Wochenbett, unter welchem Vorwand auch immer, außerhalb des Instituts halten sollte –, so würde sie alle erwähnten Vorteile verlieren.

Ob nun der harte Winter dafür verantwortlich war oder die Vermutung Kilians zutraf, dass sich unter den bedürftigen Frauen in Windeseile herumgesprochen hatte, wie einfach sie von nun an der Geldbuße von dreißig Talern oder einer Gefängnisstrafe entgehen konnten, war ungewiss – die Zimmer des Gebärhauses jedenfalls füllten sich langsam und stetig. In einer Weise, wie er es vorausgesehen hatte.

Die Kirchenältesten Marburgs pochten auf die Einrichtung eines Gebetszimmers im Accouchierhaus, wo die Geschwängerten wegen ihres leichtfertigen Umgangs Buße tun und ihre Kinder taufen lassen konnten. Man arrangierte sich mit der Bewandtnis, dass die liederlichen Personen aus den Dörfern kamen und die Stadt nach der Niederkunft wieder verließen.

Zwölf

EISMOND

Seit dem Morgen trieb Schnee vom Himmel nieder und deckte die Stadt zu. Am Tag waren in der Hofstatt die Schreie spielender Kinder zu hören gewesen, die sich damit bewarfen. Jetzt schluckte er jedes Geräusch.

Unvorstellbar, dass die Arbeit an ihrem Buch ihr zur Beschwernis werden konnte.

Schwangerschaft nennt man den Zustand eines Weibes, welches einen befruchteten Keim im Schoße trägt. Nach der natürlichen und gewöhnlichen Ordnung findet die Empfängnis im Uterus statt. Niedergelegt in die Höhle dieses Organs findet der belebte Keim ein durchaus vorgerichtetes Lager, und mit der ihm gegebenen äußeren Hülle schmiegt er sich an die innere Fläche des Uterus.

Sie hatte noch zahlreiche Versuche unternommen, zu Büttner vorzudringen, in Tagen und Wochen – doch er empfing sie nicht. Sein Haus kam ihr bald vor wie eine Festung, der seltsamerweise Caroline Fessler vorzustehen schien. Und merkwürdig, dass diese nie gefragt hatte – sofern sie einander begegneten –, warum Elgin die Apotheke nicht mehr aufsuchte. Ihr Fortbleiben erregte weder Misstrauen noch Neugier bei der umtriebigen Madame. Sie musste sehr zufrieden sein, nur so konnte Elgin sich ihre Zurückhaltung erklären.

Ungewöhnlich lange hatte Elgin in den letzten zwei Monden des vergangenen Jahres mit Empfindungen zu kämpfen gehabt. Mit dem Tod Agnes Büttners war ihr Gemüt in

Finsternis gefallen, während man in den Häusern der Oberstadt von der Frau des Kupferstechers schon bald kaum mehr sprach.

Dafür hielt sich beharrlich die Rede von der wundersamen Rettung des Kindes. Der gebotene Respekt galt der Kunst des Accoucheurs, des Gelehrten, der das Kind aus dem Tod geborgen hatte. Man setzte einander von der hoffnungsvollen Entwicklung des kleinen Knaben in Kenntnis, an der Professor Kilian bedeutenden Anteil hatte.

Tatsächlich – dies beschämte Elgin maßlos – hatte sie begonnen, sich selbst zu betrügen von dem Tag an, als Agnes von der Welt gegangen war.

Sie sollte aufstehen, ein wenig herumgehen, den schmerzenden Rücken dehnen. Sie wollte ihm keine Beachtung schenken.

Der Embryo bei zehn Tagen erscheint als gräuliches, halb durchsichtiges Flöckchen, welches schnell zerschmilzt und dessen Form nicht angegeben werden kann. Sein ungefähres Gewicht ist ein Gran.

*

Lambert faltete den Brief und versah ihn mit einem Siegel. Es würde wohl ungebrochen bleiben, wie die anderen auch. Marthe, die unverdrossen die Fesslersche Apotheke aufsuchte, informierte ihn jeweils mit einem Kopfschütteln. Elgin las seine Briefe nicht.

Es war erniedrigend, seine Mutter von ihr reden zu hören – es diente stets nur als Einleitung, das Hohelied auf den Professor zu singen. Es war erniedrigend zu schweigen. Seinen Vater hatte er für schwach gehalten oder gleichgültig, wenn er Carolines Redefluss auf diese Weise begegnet war. Lambert schwieg, wenn es um Elgin ging, und fühlte sich wie ein Verräter.

Therese verriet er auch.

Im väterlichen Studierzimmer, das längst zu seinem geworden war, bestürmte ihn das schlechte Gewissen, quälte ihn sinnloses Mitleid, und für sich hatte er bald kaum etwas anderes übrig als Verachtung.

Elgins entsagungsvolles Versprechen zum Abschied blieb ihm unvergessen und belegte ihn mit einem Bann. Mit wie vielen leidenschaftslosen Küssen hatte er Therese beleidigt und sie mit seinem Bemühen gekränkt. Das ihre war rührend, er hatte sie gern dafür, es stimmte ihn zuweilen ohne jede Herablassung zärtlich. Nur deshalb tat er Nutzlosigkeiten, wie ihre Schokolade zu trinken, aus der er die Ambra herausriechen konnte. In der Brandung ihrer zaghaften Begierde blieb er reglos wie ein getöteter Fisch.

Therese hatte es aufgegeben, ihm ihren Körper erwartungsvoll darzubieten. Und der seine erwachte zu heimlichem Leben, wenn er sich nach Elgin sehnte. Das Bett verließ Lambert in den bitteren Nächten erst, wenn Therese sich in den Schlaf geweint hatte – so lange zwang er sich, bei ihr zu bleiben. Manchmal streichelte er ihren Nacken, bis sie heute zum ersten Mal seine Hand wegstieß.

In den einsamen Stunden, die Lambert inmitten der Vermächtnisse seines Vaters zubrachte, hatte er mit der *Solanum dulcamara*, dem Nachtschatten, enge Freundschaft geschlossen.

In den Niederschriften des alten Fessler hatte er nachgelesen, dass seine betäubende Wirkung in Westgermanien zur Vertreibung nächtlicher Dämonen bekannt gewesen war. Die Pflanze mit ihren dunkelvioletten Blüten konnte nur von kundigen Sammlern in Ufergebüschen und Auwäldern geerntet werden. Ihre Verabreichung gegen Beschwerden wie Gicht und Krampfhusten bedurfte der umsichtigen Rezeptur. Mit dem Nachtschatten hatte Lambert eine dunkle Lust am Experiment erfasst. Bald fand er, dass ihm der Pflanzensaft die schönsten und wahrhaftigsten aller Eingebungen bescherte, die er je in Gedichten an Elgin verfasst hatte.

> *Die Luft ging durch die Nacht*
> *Trug meine Liebe durch die Stille*
> *Die fliegen wollte (was ihr misslang)*
> *Dein schlafendes Herz zu wecken*

Und wenn sie nur in ihrem Ofen verbrannten, tröstete Lambert sich, nachtschattenhaft weich gestimmt, dann entfachten seine Worte eben auf diese Weise ein Feuer in ihrer Nähe.

*

Wenn du wüsstest, dachte Elgin, während sie ihre Tasche überprüfte und Marthes Blicke im Rücken spürte. Wenn du wüsstest, dass ausgerechnet ich keine Anzeichen bemerkt haben wollte. Wie sehr es mir zupass kam, dass ich mich selbst kaum je betrachtete. Immer hatte mein Körper mir gehorcht, zumindest bis Lambert ihn zu seinem Verbündeten machte. Als das Blut kam, du weißt schon, Marthe, da glaubte ich keine Zweifel mehr haben zu müssen, und dass ich ihm keine Aufmerksamkeit mehr schenken musste.

Wenn du wüsstest, gute, treue Marthe, dass ich mir nicht einmal etwas weismachte, sondern keine Wahrnehmung zuließ, die in eine so abwegige Richtung führte. Nicht einmal ich selbst weiß, warum ich mich betrogen habe. Gerade denke ich, Marthe, dass ich eigentlich sehr wenig von mir weiß.

Ungeheuerlich, wie sehr ich daran gescheitert bin, Lambert von mir fern zu halten. Ob dies die erste der Lügen war? Nein. Ich liebe ihn nicht. Noch nie, noch immer nicht. Keine Sehnsucht. Ich entbehre nichts. Und wenn nun, Marthe, dies alles längst nicht mehr wahr ist, was ich über mich befinde? Sollte dies mein Wunsch sein, einen Menschen in mein Leben zu lassen? In mein Leben ein anderes.

Es ist schon da.

Elgin folgte der alten Magd, die ihr in den Mantel geholfen hatte, und unten, am Fuß der Treppe, stand Eugen Schricker, der Töpfermeister. In seinen großen Händen drehte er den breitkrempigen Hut, von dem er vorher den Schnee abgeschlagen hatte. Seine Frau, sagte er, schrie schon jetzt das ganze Haus zusammen, das er daraufhin eilig verlassen hatte, um die Hebamme zu holen. Es verhielte sich so, dass Marietta von plötzlicher wilder Furcht besessen war. Nachdem sie der Niederkunft in wachsender Ungeduld entgegengefühlt hatte, sich selbst belauschend, war sie, als die Wehen einsetzten, in heftiges Weinen ausgebrochen und hatte verkündet, dass sie nichts von dem, was sie nun unweigerlich erwartete, durchstehen würde. Und, nun ja, murmelte der Mann, als er hinausging, es waren wohl eher die unguten Dinge als die guten, die Weiber in ihren Nöten beschrien.

Er nahm Elgin die Tasche ab und verstaute sie in seinem Einspänner, während das Pferd Wolken in den Nachthimmel schnaubte. Bevor Elgin seine Hand ergriff, um sich auf den Wagen helfen zu lassen, meinte sie hinten zwischen den Häusern im Schneegestöber jemanden stehen zu sehen.

Sie fragte den Töpfer nach Lene, als sich das Fuhrwerk in Bewegung setzte. Schricker gab dem Pferd die Peitsche und sagte, dass die Magd, diese undankbare Person, sich vor Tagen schon ohne ein Wort davongemacht hatte. Vom Erdboden verschluckt, sagte Schricker, oder wie man das nun wieder nennen wollte.

*

Heute, wenn ich sie bitten werde, so hatten die Nachtschatten ihm eingeflüstert, wird sie mich einlassen. Er glaubte es in diesem Augenblick, als sie sich zu ihm umwandte und die Schneeflocken zwischen sie fielen.

Er wäre sich nicht zu schade gewesen, darum zu betteln, mit ihr unter einem Dach zu sein. Er wollte die gleiche Luft mit ihr atmen, vor ihr auf die Knie fallen, ihre Fesseln umfassen. Auch wenn sie still sitzen bliebe, ohne ihn zu berühren. Nicht einmal sprechen müsste sie, obwohl seine größte Sehnsucht die nach ihrer warmen Stimme war. Wenn sie nur sagte: »Lambert, mein Freund, ich bin weiß Gott nicht mehr in der Blüte meiner Jahre. Was du selbst noch von dir sagen könntest – wärest du in meinem Alter.« Er sehnte sich nach dem spielerischen Ton, danach, als sie noch in einer solchen Leichtigkeit zu ihm gesprochen hatte. Obwohl es schon damals nichts anderes hieß als nein – sie hatte es ihm auf viele Arten immer wieder mitgeteilt.

Ihr Nein war nach wie vor und für alle Zeit unerbittlich. Es war unerträglich, sie davonfahren zu sehen. Sie war stark, immer schon stärker als er. Lambert, mein Freund, sagte der Nachtschatten. Das ist nichts, was du hinnehmen musst. Geh.

Es gab nur ihn auf dem Marktplatz, den der Schnee zu einem hellen Ort machte. Wie schön die Stille war. *Statt dein Herz zu wecken, sollte ich meins in den Schlaf schicken.*

Es ist an der Zeit, flüsterte der Nachtschatten, die Bekanntschaft mit meinen roten Beeren zu machen. Es wird eine kurze Bekanntschaft sein, doch sie wird Eindruck hinterlassen.

Auf dem Kräuterboden, da, wo die Pflanzen trockneten, lagen sie in einer staubigen Schachtel. Der Lehrling hatte sie von den Stängeln gestreift, gesammelt und dann vergessen. Zu Zeiten des Provisors Stockmann wäre dergleichen nicht vorgekommen. Bei seinen täglichen Kontrollgängen hätte er sie aufgespürt und im Laboratorium auf der Stelle dem Feuer übergeben. Doch war keinesfalls zu behaupten, dass der junge Apotheker Lambert Fessler den Bestand an Giften in seinem Hause nicht überblickte.

Zurück im Haus an der Schlosstreppe, hatte er die Beeren trotz des kärglichen Kerzenlichts bald gefunden. Zehn von ihnen reichten, um einen Menschen zu töten. Lambert nahm eine Hand voll zu sich und kaute sie gründlich. Erst schmeckten sie bitter, dann süß.

*

Schon nach wenigen Schritten waren die Röcke schwer von Schnee. Doch jeder Schritt, der Anna Textor weiter fortbrachte vom Haus Am Grün, fand sie, war es wert, gegangen zu werden. Nichts konnte sie jetzt aufhalten, selbst wenn sie gewusst hätte, dass sie nie wieder dorthin zurückkehren würde. Was sie mit Eile vorantrieb, war nicht die Sorge um das Kind, das sie mit sich trug. Was Anna Textor mit Ungeduld dem Armenviertel Marburgs entgegenstreben ließ, war Paulis Geld in ihrem Beutel.

Hinter ihr blieb das Accouchierhaus mit seinem feuchten, fauligen Dunst in den Kammern, wo Wöchnerinnen und Schwangere sich in großer Enge beieinander aufhielten und heimlich die Zuglöcher gegen die Kälte verstopften. Die Kränklichkeit einiger Säuglinge ließ den Professor Abstand nehmen vom unerlässlichen Lüften, und die Durchfälle der geschwächten Kinder erforderte beständiges Waschen. Die Wäsche sollte, so war es angeordnet, über Glutpfannen auf den Gängen trocknen, doch dies reichte bei weitem nicht hin, bei der täglichen Menge. Man musste den Frauen gestatten, die Wäsche in den Zimmern vor den Öfen in der verunreinigten Luft aufzuhängen – es gab keinen anderen Ausweg, und das forderte mitunter ein Opfer.

Die Weiber, die Kleidung und Betten – über allem lag ein Geruch. Weder das angeordnete Öffnen der Fenster am Morgen und zur Nacht, wenn der Hausknecht die Öfen mit Brennholz beschickte, noch das Räuchern mit Essig, welches die Hebammenschülerinnen mehrmals am Tag zu besorgen hatten, änderte etwas daran.

Die nicht enden wollende Arbeit in dieser Zeit war von allen im Haus kaum zu bewältigen. Niemand schien jemals zu schlafen, und immer schien es irgendwo Bewegung zu geben, von der Studierkammer unter dem Dach bis zum Holzlager im Keller. Anna Textor, die sich ihre Medizin – wenn auch in kleinen Mengen – wieder mit alter Schläue bei den Gängen zur Universitätsapotheke zu beschaffen wusste, trug diese nun in all der Betriebsamkeit stets bei sich. Zu diesem Behufe hatte sie sich eigens mit Mühe und gichtigen Fingern einen Beutel genäht, den sie am Rockbund unter der Schürze befestigte, wobei sie darauf achten musste, dass sich dieser nicht beim Gehen oder wenn sie sich bückte, mit dem Gewicht einer zwar kleinen, aber doch gefüllten Flasche gegen den schweren Schlüsselbund schwang.

Viele Nächte verbrachte die Haushebamme unten am Herdfeuer in der Küche. Dort war es warm im Gegensatz zu ihrer klammen, ofenlosen Kammer, und zudem war die Langwasser bei jedem Laut sofort auf dem Sprung. Sie spurte seit ihrer Rückkehr, das schon, doch an ihrer Arglosigkeit, fand Anna Textor, musste man nach wie vor Zweifel haben.

Sie hatte so eine Art sich anzuschleichen, wie in der vergangenen Nacht, als sie in die Küche kam. Angeblich um auf Geheiß des Doktor Heuser noch einen Teller Gemüsebrühe für die Wöchnerin mit dem hitzigen Fieber zu holen. Anna Textors alte Knochen waren geschmiert von der Medizin, sie konnte so schnell sein, wie sie wollte, und geschickt, wenn ihr daran lag. Sie tat, als bückte sie sich nach einem der letzten Holzscheite, stellte die Flasche ab, kam wieder hoch und riss den Topf auf das Feuer, während sie die Flasche mit dem Fuß in die Maueröffnung hinter das Holz stieß.

Später dann, derweil oben das Weib am Fieber verreckte, lag Anna Textor auf den Knien, hantierte mit dem langen Stiel einer Räucherpfanne und fand das Glück.

Noch später, während der Blödkopf dem Doktor half, die Tote in einem Laken zum Keller hinabzutragen, schickte die Haushebamme eine der Schülerinnen, neues Holz unter dem Herdfeuer zu schichten. Zudem war nun die Leiche zu waschen und vorzubereiten, der Tag begann mit allem, was er an Arbeit mit sich brachte. Man entschied, das Kind der Toten rasch loszuwerden. Anna Textor sollte die Waise zu seinen nächsten Verwandten bringen.

Ein eisiger Wind kam von den verschneiten Hügeln vor der Stadt, pfiff zwischen den Hütten hindurch und zerrte am Schultertuch der alten Hebamme. Sie leckte sich die trockenen Lippen, und einen gierigen Moment lang dachte sie daran, sie könnte das mucksmäuschenstille Kind auch später abgeben.

Der Gestank in der Hütte mit dem eingesunkenen Dach ähnelte dem in den Schwangerenkammern des Gebärhauses, doch dergleichen hatte Anna Textor noch nie gestört. Sie störten nur die Fragen der hohlwangigen Weibsperson, an deren Röcken eine unübersichtliche Zahl von Kindern hing. Eilig drückte sie ihr das Bündel in die Arme. Es war ihr inzwischen steinschwer geworden. Was sollte schon sein mit der Mutter des Balgs, der Schwester dieser Frau? Ein kostenloses Begräbnis würde sie kriegen, wenn die Doktoren mit ihr fertig waren. Das Geld brannte Anna Textor unter der Schürze. Bloß weg von diesen jämmerlichen Gestalten, die sich am qualmenden Herdfeuer zusammendrängten.

Wieder fielen Schneeflocken vom eisgrauen Himmel, sie flogen ihr in Mund und Nase, als Anna Textor weiterlief.

Endlich war sie da, wo sie hinwollte. Und wie es hier roch, das mochte sie wirklich. Der Branntwein würde gleich auch in ihrem Atem sein, und nach einer gewissen Menge davon würde es ihr den Schweiß aus den Poren treiben. Wenn sie ein Teil dieses rüden Haufens geworden war, der an den dreckigen Tischen soff. Noch kannte sie niemanden, noch sah sie keinen von denen genau, dafür war sie zu durstig. Nicht mal den Riesen sah sie.

*

Das Tageslicht war für eine Lehrsektion unentbehrlich. Der Winter eignete sich bestens für die anatomische Arbeit, jedoch bestand die angeratene Zeit des Tages in jenen Stunden, in welchen man ohne brennendes Licht auskam. Es war ein recht günstiges diffuses Morgenlicht, das durch die Fenster des Sezierkellers auf den bleichen Körper fiel, als Professor Kilian mit einem gleich bleibend leichten Druck des Skalpells den Bauchraum der Toten öffnete.

Die anwesenden Hebammenschülerinnen und sehr wohl auch einige der Herren Studenten traten vor dem abscheulichen Geruch zurück, der dem geöffneten Leib entwich, bis der strenge Blick ihres Lehrers sie wieder in die gebotene Nähe an den Seziertisch holte. Während Professor Kilian die Bauchorgane freilegte, referierte er die Krankengeschichte der Frau. Ein Schrei, der zu ihnen nach unten drang, ließ den Gelehrten kaum innehalten. Sofern ein fliegender Wechsel vom Sektionstisch zum Geburtsbett nötig wäre, würde Doktor Heuser ihn umgehend in Kenntnis setzen. Nur flüchtig zog das Ärgernis über den ungeklärten Verbleib der Haushebamme in Kilian auf, dann widmete er sich wieder dem Unterricht, der den rätselhaften Ursachen des hitzigen Kindbettfiebers gewidmet war.

Zehn Tage hatte sich die Person, deren Leichnam ihnen lehrreiche Auskunft geben sollte, nach der Geburt wohl befunden und ihr Kind gesäugt. Am Abend des elften begann sie sowohl über Frost als auch Hitze zu klagen. Ihr Gesicht blieb bei dem Anfall der Krankheit totenblass, wobei die Hände sich sehr erhitzten. Die Zunge wurde zunehmend weiß und trocken, die Milch verlor sich, und die Person entwickelte großen Durst. Über der Scham quälte sie ein Schmerz, der beim Befühlen zum

Weinen heftig wurde. Ihrer aufgeschwollenen linken Seite legte man warme, erweichende Umschläge auf, sie erhielt Klistiere und daneben eine Mixtur aus Kampfer und Chinarinde. Alles, was die Person daraufhin von sich gab, roch faulig, und es zog die Klagen der anderen Frauen nach sich. Mit wiederholten Räucherungen trat man hinter der geschlossenen Kammertür den tödlichen Ausatmungen entgegen, damit diese bei ihnen keine Entzündungen hervorriefen.

Dies war das Befinden und Verfahren bis zum Vorabend des vergangenen Tages, an welchem die Lippen und Nägel sich blau verfärbten, sodass die Person bereits einer Sterbenden glich. Zur Nacht plötzlich verlangte sie nach einer Suppe, die man ihr zu essen gab. Sie sagte, nun habe sie keine Schmerzen mehr.

Der Professor sah auf, als die Schülerin Langwasser das Tuch auffing, welches vom kahl geschorenen Kopf der Toten rutschte. Und während er weitersprach, bedeckte Gesa das Gesicht. Sie zog das Tuch über die blauen Lippen, mit denen die Frau heiße Brühe vom Löffel geschlürft hatte, in einer ermutigenden Gier. Clemens hatte sie indessen ein letztes Mal zur Ader gelassen und das Blut, das an ihrem ausgestreckten Arm entlang in die Schüssel lief, mit deutlicher Sorge betrachtet.

Bevor sich die Augen der Frau für immer schlossen, waren sie unruhig zwischen ihr und Clemens hin und her gewandert. Gesa war es vorgekommen, als stellten sie eine Frage – eine, die sie selbst sich verbot. Nie näherte er sich ihr. Es gab kein vertrauliches Wort zwischen ihnen, er verstand es, auch die zufälligste Berührung zu vermeiden. Manchmal meinte sie, er streichelte sie mit seinen Blicken, doch wenn sie aufsah, glaubte sie zu wissen, dass sie sich täuschte. Niemand sollte eine Ahnung haben, nicht einmal sie.

Dass sie noch bei klarem Verstand gewesen war, die Person, hörte Gesa den Professor jetzt sagen, dass sie noch Hoffnung über ihr Aufkommen hegte – bis zum letzten Augenblick ihres Lebens, welches nachts, in der Wende zum neuen Tag, geendet hatte.

In der Kellerkälte, als sie allein mit der Frau gewesen war und sie wusch, hatte Gesa sie wie einen Schmetterling aus einer schwarzen Blüte kriechen sehen und es ihrer Erschöpfung zugeschrieben.

Was nun auf dem Seziertisch den Beweis erbrachte, woran die Person zugrunde gegangen war, sollten alle Anwesenden im Leib der Toten betrachten. Während abwechselnd mit einem Haken die Öffnung der Bauchdecke fixiert wurde, wünschte der Professor, dass die Studenten jene Organe, die von der Entzündung befallen und von blassgelber Flüssigkeit umgeben waren, einzeln benannten. Erst dann sollten sich einige Fortgeschrittene in der Präparation des Uterus und der Muttertrompeten üben. Die zwei neuen Hebammenschülerinnen musste Kilian wegen ihres ebenso offensichtlichen wie törichten Ekels wiederholt ermahnen, dem Geschehen besonders aufmerksam zu folgen.

Ein Getöse von Holzschuhen auf der Treppe und das darauf folgende Klopfen an der Kellertür setzte dem anatomischen Unterricht ein vorläufiges Ende. Den in die Sektion vertieften Herren und ihrem Lehrer entging, dass Paulis Gesicht zwar kaum mehr von Pusteln, so doch von Rotz und Heulerei verwüstet war. Es gab Nachricht von einer überstürzt einsetzenden Niederkunft oben im Haus.

Es lohnte sich kaum mehr, die Ärmel von Hemden und Gehröcken herunterzukrempeln, und vom Säubern der Hände unter der Verwendung von Chlorkalk, wie englische Kollegen dies vereinzelt empfahlen, sah Professor Kilian ab. Er hielt diese Vorschläge ohnehin für Schrullen, die aus konfusen Theorien über Ansteckungsstoffe entstanden. Noch im Gehen, auf dem Weg ins Auditorium, schloss er seine Ausführungen über jenes tödliche Fieber ab, das sich in der Luft übertrug und für das allein die Körper kürzlich entbundener Weiber empfänglich waren.

Erst dann fiel es ihm wieder ein, nach Frau Textor zu fragen, es ärgerte ihn, dass er den Kollegen Heuser ohne ihre Unterstützung antraf.

»Ich bring sie um, wenn sie kommt«, sagte Pauli zu Gesa, die, zurückbleibend mit ihm, den Grund für seine Tränen erfahren hatte.

»Warum bloß hast du denn deine Schätze nicht bei dir im Holzkeller versteckt?«, fragte sie.

»Es kam mir zu einfach vor«, schniefte er. »Weil ich dachte, wenn, dass sie da zuerst suchen würde.«

»Ach, Pauli.«

»Schülerin Langwasser!« Die Stimme des Professors kam gereizt von den Türen des Auditoriums, das er mit seinem Gefolge bereits durchschritt. »Schwatzen Sie nicht, kommen Sie!«

Gesa raffte die Röcke und rannte die Treppe hinauf.

»Der Hausknecht sorgt sich, Herr Professor«, rief sie, »um Frau Textor, und er will sich gern in der Stadt nach ihr umhören.«

»Schülerin Langwasser.« Doktor Heusers Stimme war direkt über ihr. »Der Professor wünscht, dass Sie im Auditorium die Aufgaben der Haushebamme übernehmen.« Er trat zur Seite, bevor sie die letzte Stufe nahm, blieb aber stehen, natürlich nur, um sie an sich vorbeizulassen.

»Du wirst sie finden«, flüsterte sie Pauli zu, der mit offenem Mund zu ihnen hinaufstarrte. »Lauf los.«

*

Er wusste eigentlich gar nicht so genau, worauf er wartete. Zunächst hatte Pauli einfach nur sehen wollen, ob es noch genug weiterschneite, bis Anna Textor wieder verschwand.

Er hatte sich ein bisschen in der Gegend herumgetrieben und mit nichts Gutem gerechnet, wie immer. Der eine oder andere wollte die Alte gesehen haben, und doch wusste keiner etwas. So, wie das war, wenn man Säufer was fragte oder die andern, die vor Hunger alles vergessen hatten.

Vor etwa einer Stunde dann, als das Stroh in seinen Schuhen an den Füßen festfror, als er mit seinen verschneiten Kleidern zwischen den Bäumen entlang der weißen Wiesen selbst schon fast nicht mehr zu sehen war, hatte er die Augen zugekniffen, um nicht schon wieder zu heulen oder blind zu werden. Der Stock war das Erste, was er sah, als er die Augen wieder aufmachte. Ein Stock, der in einem Hügel steckte. Er griff danach, damit er um sich schlagen konnte, den Schnee von den Gebüschen. Er drosch auf den Hügel ein – der aufplatzte wie die Schale von einem Ei –, und da drinnen saß die Textor.

Pauli war vor Schreck auf den Hintern gefallen und dann auf allen vieren herangekrochen, während es in seinem Nacken noch kälter wurde, als es ohnehin schon war. Nichts zitterte mehr in dem blauen Gesicht, das er vor sich hatte. Ihr Mund war mit Schnee gefüllt, der nicht schmolz.

Erst brachte er nur ein Krächzen hervor, dann warf Pauli sich auf den verschneiten Weg. Und lachte. Er kreischte vor Lachen und brüllte, bis die Wut kam, die er brauchte, um sich an sie ranzutrauen. Er zerrte an ihren verschränkten Armen, hieb auf ihre geschlossenen Fäuste und trat gegen ihre angezogenen Knie. Frau Textor blieb hart. Wenn sie noch etwas hatte von seinem Geld, so gab sie es nicht her. Und der eisigen Frau die Knochen zu brechen, dafür reichte Paulis Wut dann doch nicht.

Aber wenigstens wollte er sehen, wie sie wieder verschwand.

Es dämmerte, und das Schneetreiben wurde immer dichter. Fast fühlte der Junge die Kälte nicht mehr, nur Müdigkeit. Der Holzstapel, hinter dem er vor dem Wind Schutz gesucht hatte, kam ihm schon vor wie eine mächtige Mauer, die ihn festhielt und bewegungslos machte. Kann sein, dachte Pauli, ich schlaf ein bisschen, wie da drüben auf der anderen Seite die Textor.

Das Sirren von beschlagenen Rädern auf dem Schnee ließ ihn hochschrecken, und eine Stimme, die er nicht vergessen hatte. Dass sie verdammmich hier sein müsste, die Alte, hörte er den Mann fluchen. Fast meinte Pauli den stinkenden Atem zu riechen, den der Kerl ihm ins Gesicht geblasen hatte damals. Konrad. Es musste noch jemand bei ihm sein, jemand, der ein Geräusch von sich gab wie ein Schwarm auffliegender Bienen.

Als auf der gegenüberliegenden Seite der Karren zum Stehen kam, zog Pauli den Kopf ein hinter seinem Festungswall und hielt den Atem an.

Konrad ließ noch ein paar Flüche hören und dann ein zufriedenes Knurren.

»He, was machst du denn da?«

Pauli sprang das Herz gegen die Rippen.

»Schaff die Alte auf den Wagen, so wie sie ist!«, befahl die hässliche Stimme. »Und schick dich, Bruder, ich will noch vor der verdammten Nacht in der Ketzerbach sein.«

Die Neugier ließ Pauli noch mehr wagen, als nur weiterzuatmen. Geduckt kroch er an den Rand des Holzstoßes. Vorne am Karren, mit dem Rücken zu ihm, hockte Konrad vor einer Laterne und schlug Feuer. Nur wenige Schritte entfernt von Pauli befand sich die Textor jetzt in den Armen eines sehr großen Menschen, der sie aus dem Schnee hob wie ein Kind. Wie er sie mühelos in den Karren verfrachtete, geradezu sanft, das würde Pauli für sich behalten. Er wartete, bis der Karren und das schaukelnde gelbe Licht im Schneegestöber nicht mehr zu sehen waren, dann machte er sich in die andere Richtung davon.

Nichts von dem, was er gesehen hatte, würde er erzählen. Wer tot ist, kommt nicht wieder, sagten die Leute. Und im Haus Am Grün hörte man davon auf anderem Wege.

*

Es war Konrad zuweilen von Nutzen, mit dem Aufwärter der Marburger Anatomie besser bekannt zu sein. Wie alle, deren Geschäft der Tod war, gehörte der Alte nicht eben zu den Leuten in der Stadt, deren Gesellschaft man suchte. Schon während er noch Totengräber gewesen war, hatte der Mann das bitter erfahren müssen, und es war so geblieben. Gerade während der dunklen Wintertage, da Konrad öfter was abzuliefern hatte, fand der Anatomiediener mitunter Gefallen daran, sich einem lebenden Menschen mitzuteilen als immer nur den Kadavern, die er bewachen und ins Auditorium schleppen musste.

Daher ließ der Mann, der im Akademiegebäude an der Ketzerbach hauste, Konrad manchmal bei sich auf einem Strohsack schlafen, wenn dieser spät in der Nacht eine Lieferung brachte. Für Frieder war dort, zwischen den schimmligen Wänden der Anatomiediener-Kammer, kein Platz. Aber wo er sich ausstrecken konnte, da konnte Frieder schlafen – kaum dass er lag – wie tot.

Eines Morgens hatte er versehentlich Begeisterung ausgelöst unter den früh eintreffenden Anatomen, als man ihn auf dem Boden des Leichenkellers vorfand. Sie zeigten ihn daraufhin schon einmal vor und vermaßen ihn, das hatte seinem Bruder immerhin ein bisschen was eingebracht.

Beinahe so viel wie die Leiche der Alten, die Konrad im Gasthaus mit ihrem Geld unter den Tisch gesoffen hatte. Danach war es leicht gewesen für ihn, denn im Grunde erledigte sich nach der Sperrstunde alles von selbst. Konrad war so freundlich gewesen, sie auf den rechten Weg zu schicken, als sie aufbrechen wollte. Sie war nicht mehr gut zu Fuß. Er versprach sie abzuholen mit seinem Karren, und nichts anderes hatte er schließlich getan.

Dass einige der Herren Studenten, erzählte der Aufwärter ihm, die Alte auf dem Sektionstisch erkannten, verschaffte dem Anatomieprofessor einen angespannten Moment. Doch der Gelehrte befürchtete völlig umsonst eine Auseinandersetzung mit seinem Kollegen, dessen Haushebamme er eine erstaunlich narbige, steingraue Leber entnahm. Im Accouchierhaus hegte man an der Zergliederung dieser Person kein Interesse.

Konrad fand viele, aber nicht alle, die draußen unter dem Eismond starben. Lene Schindler, Mariettas Magd – deren Sohn mithilfe der Gottschalkin gesund geboren worden war –, trieb in der Lahn unter dem Eis entlang, und wieder waren es Kinder, die sie entdeckten. Lene kam unter ihren Schlittschuhen daher wie eine Nixe mit wehendem Haar. Vielleicht war ihre Seele etwas Schönem begegnet, denn die Kinder erzählten sich, es hätte ausgesehen, als lächelte sie.

Sie tauchte noch einmal auf, jedoch lediglich als Vermerk in den Akten. Die Lage war eindeutig und die Person unerheblich. Nachdem Polizeiknechte ihren Körper geborgen hatten, überließ man diesen, wie es die städtischen Verordnungen vorsahen, ohne weitere Umschweife der Anatomie. Mit aufgefundenen Toten ohne bekannte Verwandtschaft verfuhr man in dieser Weise.

Der Geheime Rat Friedrich Homberg, hatte sich ein weiteres Mal auf die Vernehmungskunst des jungen Juristen Collmann verlassen, allerdings ging es dabei nicht um Lene Schindler. Homberg hielt es für überflüssig, den jungen Anwalt mit der Nachricht von dem unschönen Ausgang seiner Bemühungen als Verteidiger zu deprimieren. Größten Wert dagegen legte er auf die sachlich zu ermittelnden Gegebenheiten im Fall Lambert Fessler.

*

Es war eine überraschend große Zahl an schwarz gekleideten Marburger Bürgern, die sich am Hang gegenüber der Elisabethkirche eingefunden hatten, und viele von ihnen sahen aus, als hofften sie auf eine Erklärung. Kaum etwas brachte die Leute wohl mehr durcheinander als der völlig unerwartete und von eigener Hand herbeigeführte Tod eines Menschen, den sie für glücklich gehalten hatten. Und mehr noch als sonst nahm sich das in beschneiter Erde frisch ausgehobene Grab wie eine offene Wunde aus.

Die Begegnung mit der jungen Witwe Therese Fessler hatte Eindruck auf Collmann gemacht. Nachdem er sie hatte verhören müssen und sie sich in unsäglicher Selbstanklage bezichtigte, lag ihm daran, in ihrer Nähe zu sein, dezent, aber doch so, dass sie ihn wahrnahm.

Gerade weil Homberg, so vermutete Collmann, auf der Hochzeit des Apothekers getanzt hatte, verlangte dieser eine schonungslose Aufklärung über die Ursachen der anzunehmenden Selbsttötung mittels giftiger Substanzen. Zu diesem Zweck zog der Richter und Bürgermeister auch eine forensische Sektion in Betracht, von der er nur abzusehen bereit war, sofern der Mann nachweislich an einer seelischen Erkrankung gelitten hatte, die sich Melancholie nannte.

Collmann also hatte den schönen Toten in Augenschein genommen und den maßlosen Schmerz seiner Mutter. Caroline Fessler war kaum fortzubringen von ihm, den sie immer wieder ihr einziges Kind nannte. Dann war sie verstummt. Collmann traf auf eine versteinerte Frau, die es nicht mehr fertig brachte, auch nur einen Ton zu sagen oder eine Träne freizugeben. Professor Kilian, auf ihren Wunsch bei der Befragung zugegen, war derjenige gewesen, der für sie Auskunft über den Sohn gab, den er vor allem aus ihren Erzählungen als einen empfindsamen, träumerischen Menschen kannte. Der Gelehrte hatte seine Worte mit Bedacht gewählt, und beide, Collmann und Kilian, beobachteten Carolines blasses Gesicht, während von schwermütigen Affekten die Rede war. Doch nichts regte sich darin. Nur als die Gedichte ihres Sohnes Erwähnung fanden, ballte sie ihre Hand zu einer Faust über dem Herzen. Sie verschwieg etwas.

Jene Gedichte, die Lambert Fessler verfasst haben sollte, waren unauffindbar. Nur Therese besaß noch einen Brief, den sie während ihrer Verlobungszeit auf indirektem Wege erhalten hatte, wie sie Collmann wissen ließ. Er musste sie bei ihren erschrockenen Eltern aufsuchen, zu denen sie zurückgekehrt war – fluchtartig, nachdem ihre Schwiegermutter sie verflucht und beschrien hatte wie eine Fremde. Das Entsetzen ließ Therese immer aufs Neue in Tränen ausbrechen, derweil sie ihm erzählte, wie Caroline auf dem staubigen Boden bei ihrem Sohn kniete – stundenlang – und wie eine Wahnsinnige nach jedem schlug, der sich ihnen nähern wollte.

Während Collmann Lambert Fesslers Brief in Gegenwart der jungen Witwe lesen durfte, fragte er sich, ob er jemals für eine Frau fühlen würde, was diese Zeilen ausdrückten. Er begann damit, als Therese aus seinen Händen ein Tuch entgegennahm. Es schien ihm, dass ihre Augen für einen Moment in seine tauchten.

Homberg hatte sich zufrieden gegeben mit Collmanns Bericht, doch er lehnte es ab, an der Beerdigung eines Selbstmörders teilzunehmen, auch wenn dieser in tiefer Melancholie aus dem Leben gegangen war. Das einzige Zugeständnis des Bürgermeisters war es gewesen, dafür Sorge zu tragen, dass Lambert auf dem alten Friedhof der kleinen Kapelle St. Michael an der Seite seines Vaters begraben werden durfte. Schon für den alten Fessler – dessen Wunsch es gewesen war, bei den Pilgern zu ruhen – hatte man um einen Platz auf dem stillgelegten Friedhof bitten müssen. Bei verdienten Bürgern, oder mitunter in tragischen Fällen, gab man solchen Bitten noch nach.

Auch Professor Kilian konnte gegen die strengen sittlichen Auffassungen seines Freundes nichts ausrichten, obwohl er sich Caroline zuliebe sehr eindringlich verwendete, dass doch der Bürgermeister ihrem Sohn die letzte Ehre erweisen möge. Und so vermutete Kilian, dass die rot geweinten Augen Malvine Hombergs, die sich auf der gegenüberliegenden Seite des Grabes dicht bei Therese hielt, auf eben jene Unnachgiebigkeit zurückzuführen waren.

Tatsächlich war Malvine nicht allein darüber aufgewühlt, in welch demütigender Weise Lambert ihre Freundin als Ehefrau hatte versagen lassen. Sie fand keine Erklärung für seine rätselhafte Rücksichtslosigkeit, keinen Trost für Therese, und sie fürchtete ernsthaft um sie.

»Homberg«, hatte Malvine heute Morgen ihren Mann angefleht, »wenn du Lambert Fesslers Tod so verächtlich betrachtest und beinahe zu einem kriminellen Akt machst, wird alles nur noch schlimmer für Therese.«

»Nicht ich mache ihn zu einem kriminellen Akt, er selbst hat es getan«, war die Antwort ihres Gatten gewesen. »Wie anders willst du es nennen, wenn jemand die Selbstliebe zum Prinzip erhebt? Abgesehen davon, dass er die Pflicht gegen sich selbst und seine Ehefrau verletzt hat ...«

»Pflichten und Prinzipien, Homberg, komm einmal zu dir! Du sprichst nicht vor dem Rat, und du sitzt nicht zu Gericht, hoffe ich, wenn es um Freundschaft geht.«

»Der Mann war nicht mein Freund und hätte es schwerlich sein können. Ganz offensichtlich fehlte es ihm an Kraft, sein Leben als Teil der Gesellschaft zu meistern, und ich werde nicht öffentlich seinen vermeintlichen Mut zum Tod anerkennen.«

»Mir geht es doch nicht um ihn oder dass du gutheißt, was er getan hat, aber Therese – sie ist meine liebste Freundin ...« Hombergs harte Gesichtszüge hätten ihr sagen müssen, dass er seine Haltung nicht ändern würde, doch sie war zu sehr daran gewöhnt, ihn herumzukriegen.

»Und nicht zu vergessen, sie ist auch die Patin unseres Sohnes, dem bald möglicherweise ein weiterer folgen wird. Homberg, sei nicht herzlos«, sie wusste ihrer Stimme einen wirklich schmeichelnden Klang zu geben, »ich bin wieder schwanger – was sagst du? Und ich will darüber nicht zum ersten Mal unglücklich sein.«

Diese Bemerkung allerdings war das fatale Ende ihrer Unterredung gewesen, aus der Homberg sich mit kaltem Schweigen zurückgezogen hatte. Gekränkt in Wahrheit. Diese Erkenntnis ließ Malvine am Grab Lambert Fesslers erneut weinen – hemmungslos, wie es ihre Art war.

Caroline hob den Kopf, als sie das Schluchzen vernahm. Die Totengräber ließen den Sarg in die schwarze Öffnung hinab, während Pfarrer Siebert ihren Sohn segnete. Er betete für die schlaflose Seele und predigte Milde. Kein Christenmensch sollte einen anderen verurteilen, dessen Hinscheiden in Schwermut und daher doch nicht gänzlich freiwillig zustande gekommen war. Sie hörte den Geistlichen von stiller Wut und Verzweiflung sprechen, und nichts davon berührte sie. Die Menschen am Grab ihres Sohnes, über dem eine schneegebeugte Birke hin und wieder ein wenig von ihrer Last abgleiten ließ, waren für Caroline eine gesichtslose, dunkle Menge.

Die Luft ging durch die Nacht:
das berührte sie
Trug meine Liebe durch die Stille,
sie hörte kaum etwas anderes
dein schlafendes Herz zu wecken.

Nichts quälte Caroline mehr als dieser Brief, den sie aus seinen verkrampften Händen gewunden hatte, der dabei zerrissen war und den sie trotz des Zwielichts hatte lesen können, Wort für Wort, auch den Namen, an den diese gerichtet waren.

Elgin stand über ihnen auf dem Hang. Sie hielt sich fern, in einer Mauernische der Kapelle, und die Kälte war längst durch den langen Mantel und das wollene Kleid bis in ihr Innerstes gedrungen. Wie seltsam, dass sie unwillkürlich ihre Hand auf den Bauch legte. Es kam ihr zu Bewusstsein, im selben Moment, als sie es tat. Als schaute sie einer anderen zu. Womit sie sich so viele Jahre in einer selbstverständlichen Weise befasst hatte, war selbstverständlich nicht sie. Elgin war anders. Wie bedeutsam es ihr gewesen sein musste, dass sie so vieles darüber hinaus nicht in Betracht gezogen hatte. Das Leben. Den Tod. Wie sehr es doch ihre Gewohnheit war, sich zu befassen.

Die Leute da unten. Den Sarg, der nicht irgendeinen Menschen in sich verschlossen hielt, sondern Lambert. Sie musste sich zwingen, seinen Namen über die steifen Lippen zu bringen. Er flog mit ihrem kalten Atem davon.

Zur Stunde, in der er starb, war ihr Mariettas Sohn in die Hände geglitten, sie war glücklich gewesen, nichts anderes als ihre Arbeit zu tun. Nichts hatte sie gewarnt. Auch jetzt warnte sie nichts.

Elgin nahm ein Geräusch wahr – harte Erdklumpen, die hinabgeworfen wurden und mit einem dumpfen Prasseln auf den Sarg trafen. Sie hatte seine Gestalt vor Augen, Lambert, heraustretend aus wirbelndem Schnee, der sich teilte wie die Vorhänge an ihrem Fenster.

Es schneite nicht. Der Himmel war blau.

Jemand rief oder schrie nach ihr.

Unten gerieten die Leute plötzlich in eine Bewegung, Schulter an Schulter beinahe. »Gottlose Hure!«

Der Ausruf traf sie mit einer Wucht, die alles aus ihrem Herzen löschte. Einen Augenblick lang. Alles, was es darin gab.

Die Leute sahen zu, wie Elgin Gottschalk sich von den Mauern der kleinen Kapelle löste. Allein, wie sie davonlief, mit gejagten Schritten, die sie am Hang ausgleiten und in den Schnee fallen ließen, es sprach sie schuldig an allem, was Caroline Fessler ihr nachschrie. Für viele von ihnen war das Unfassbare erklärlich geworden, so entsetzlich leicht zu verstehen.

Collmanns Betroffenheit galt Therese, die am ganzen Leib zitterte. Malvine Homberg zog sie in die Arme und geriet in hilflosen Zorn bei dem Gedanken daran, wie vollkommen sie dieser fliehenden Frau vertraut hatte.

Professor Kilian sah wie alle, in deren Mitte er stand, die Gottschalkin stürzen. Ebenso Adrian Büttner, auch wenn dieser sich aus anderem Anlass auf einem anderen Teil des Friedhofs befand. Er war bei Agnes und befreite die Flügel des Engels über ihrem Grab vom Schnee. Im Gegensatz zu Kilian wich Büttner keineswegs der Frage aus, ob er Genugtuung empfand.

*

Frieder hielt es nicht mehr aus, vor der heiligen Elisabeth zu knien. Er hielt es nicht aus, ihre Sanftheit zu sehen, ihre Güte – die so schön war, schöner als das, was er sonst zu sehen kriegte. Frieder auf seinen Knien wünschte sich, er wäre aus Stein. Vielleicht, wenn er sich ausstreckte zu ihren Füßen, die er nicht sah, so als schwebte sie, als sei sie körperlos unter dem roten Kleid und dem blauen Mantel, wenn er nur dalag, den Bauch und alles auf den Boden gedrückt, fest, dass sich nichts regte in ihm, vielleicht könnte er dann bald aus Stein sein. Wenn die Kälte in seine Gliedmaßen kriechen würde, die zu groß waren für alles, außer für das, was Konrad ihm sagte.

Frieder hatte keine Worte dafür, dass er etwas fühlte, aber es verwirrte ihn, es machte die Dinge schwierig, die er für Konrad tun musste – immer mehr. Es kam wie Schmerz in seine schweren Knochen, in seinen ganzen schweren Körper.

Tränen hatte Frieder nicht, nur sein Summen. Er wusste nicht, wie man weinte und ob er es jemals getan hatte in seinem riesenhaften Dasein. Aber er konnte es hören. Ganz leise. Es wärmte sein Herz, wie das Lächeln von Elisabeth.

Frieder bewegte die Finger, er wackelte mit den Füßen und hob den Kopf. Dann kam er langsam auf die Knie. Hinter den steinernen Säulen, die dicker waren als der dickste Baum, den er jemals in den Sommern umarmt hatte, konnte er stehen, sogar verschwinden. Hinter den Säulen, die so himmelhoch waren, dass er kein Riese mehr war, nur Frieder, der Einzige weit und breit.

*

»Gottschalkin!«

Gesa rief ein weiteres Mal nach ihr, doch die Frau vor ihr lief weiter, ohne sich umzusehen. Trotzdem hatte sie keinen Zweifel daran, dass es die Hebamme war, die vor ihr ging, seitdem sie die Elisabethkirche passiert und das helle, fast aufgeregte Glockengeläut der gegenüberliegenden Kapelle am Hang sie verwundert hatte.

Zunächst folgte sie ihr nicht, sondern ging nur ihres Weges, der sie zur Universitätsapotheke führen sollte. Sie hatte sie nicht einholen können. Durch den festgetretenen Schnee in den Gassen war der Aufstieg zur Oberstadt mühsam genug.

Manchmal sah sie den roten Saum des Kapuzenmantels unter den Schritten der Hebamme auffliegen. Es kamen ihnen Leute entgegen, kreuzten ihre Wege, drängten sich oder gingen ein Stück auf gleicher Höhe mit, und keiner von ihnen beachtete sie, weder sie, die vor ihr ging, noch Gesa. Und während sie meinte, mit ihr allein unterwegs in der Stadt zu sein, folgte sie ihr unversehens. Nichts reichte ihr plötzlich – weder zu meinen, zu ahnen, noch zu vermuten –, sie wollte nur wissen, dass es diese Frau gab.

Sie blieb hinter ihr, bis sie die Hofstatt erreichten, und zögerte auch nicht, weiter auf das schmale Haus der Hebamme zuzugehen, selbst als diese vor der Tür stehen blieb, ohne sie zu öffnen. Gesas Schritte knirschten im Schnee, und sie ertappte sich dabei, sie zu zählen. Es waren sieben, bis die Gottschalkin sich endlich umdrehte und sie ansah.

»Vielleicht ist es gut, dass du da bist«, sagte sie.

*

Marthe schloss die Tür hinter dem Mann. Jetzt hatte sie einen Grund, hinaufzugehen in das Zimmer, wo sich die Herrin mit der jungen Person aufhielt, die ihr bekannt vorkam und doch wieder nicht. Wenn es ihr möglich gewesen wäre, hätte sie der Gottschalkin verboten, überhaupt aus dem Haus zu gehen an diesem heutigen furchtbaren Tag. Und als sie endlich zurückgekommen war, als sie aussah, als würde sie umfallen, bleich wie der Talg, aus dem sie die Kerzen zog, hatte Marthe gesagt: »Muss man Sie denn einsperren wie ein Kind?« Sie wusste genau, woher sie kam in diesem Zustand.

Alles hatte sie abgelehnt – die Suppe, warme Wecken, heiße Honigmilch –, jede Hilfe, die sie ihr zukommen lassen wollte. Auf der Treppe – das hatte sie genau gesehen – fasste die Fremde nach ihrem Arm, als sei sie eine Vertraute, dabei hatte die Herrin doch so jemanden gar nicht. Nur sie.

*

Es hielt Gesa nicht länger auf dem Stuhl, auf dessen vorderster Kante sie gesessen hatte. Das Zimmer gab den kargen Worten, mit denen Elgin sie über ihre Schwangerschaft in Kenntnis setzte, eine eigene Geschichte. Das Bett, in dem sie geliebt worden war, obwohl sie es so nicht nannte, der Tisch mit den Büchern, von dem Gesa sich jetzt erhob, die beschriebenen Bögen, Elgins Arbeit, von der sie mit Zärtlichkeit sprach, das Flackern des Öllichts, das all dies belebte.

»Als Sie die Kindsregungen spürten«, sagte sie, »wäre es da nicht noch Zeit gewesen, zu ihm zu gehen?« Jede Frage, fürchtete Gesa, könnte die falsche sein.

»Nein«, sagte Elgin, »es hätte nichts geändert. Es wäre zu keiner Zeit richtig gewesen. Das glaube ich jetzt noch, oder jetzt erst recht.«

Sie wandte sich vom Fenster ab, mit geradem Rücken und einer Miene, die verriet, wie sehr sie sich mühte, wieder in eine Ruhe zu finden, die es keinesfalls in ihr geben konnte. Gesa wünschte, sie würde sich wenigstens in die Nähe des Kachelofens bewegen, als könnte es ihre Starre lösen.

»Es wird dunkel«, sagte Elgin. »Müssen Sie nicht längst gehen?«

»Das ist jetzt nicht wichtig.«

»Vielleicht haben Sie Recht. Selbst Ihrem Professor wird es heute nicht wichtig erscheinen.«

»So meinte ich das nicht.«

»Ich weiß«, Elgin lächelte schwach. »Verzeihen Sie mir.«

»Ich will Ihnen helfen«, sagte Gesa.

»Das haben Sie bereits. Sie haben mir zugehört, ohne sichtlich zu erschrecken. Ich danke Ihnen dafür.«

»Und jetzt möchten Sie, dass ich alles möglichst schnell wieder vergesse? Ich soll gehen und Sie allein weiter hart mit sich sein lassen?«

»So gut kennen Sie mich? Sie verfügen wohl über eine besondere Art von Klugheit.«

»Es erinnert mich nur an jemanden, wie Sie gegen sich sind.«
»Es macht mir Angst, was ich herbeigeführt habe.«
»Das Kind?«
Elgin schwieg.
»Was wollen Sie tun?«, fragte Gesa.
»Die Frage ist doch, was werden die anderen tun? Ich werde nicht länger allein über mein Leben bestimmen. Das werden die anderen übernehmen, und vielleicht ist es die gerechte Strafe dafür, dass ich offenbar hochmütig bin. Mein Hochmut hat ...« Elgin senkte den Kopf und sah wieder auf. Ein Zucken um ihre Mundwinkel brachte sie mit einem Atemzug unter Kontrolle. »Es hat ihn umgebracht. Gesa, fangen Sie gar nicht erst an, mich zu mögen. Warmherzige Menschen wie Sie weiß ich nämlich nicht zu schätzen, hören Sie? Ich kann rein gar nichts mit ihnen anfangen. Ich bin nur von Berufs wegen ein guter Mensch, begreifen Sie das? Damit wird es also bald vorbei sein.«

»Aber das ist nicht wahr! Ich will kein Wort davon glauben.« Sie wollte zu ihr, die sich vom Fenster forttastete, hielt sich zurück, weil sie die Hand hob, als müsse sie sich vor ihr schützen. Sie nahm sich in Acht, denn sie war wie Bele damals, mit ihrer von Elfen verzauberten Haut, die man nicht berühren durfte, da sie sonst in tausend Stücke zersprang. Stattdessen also nahm Gesa einen Bogen von dem Manuskript auf dem Tisch, wogegen Elgin keine Einwände zu haben schien. Sie blieb, wo sie war, und beobachtete Gesa, die las.

Der Zeitraum der Empfängnis, das Alter der Mutter, ihre Lebensart und Leidenschaften besonders während der Schwangerschaft scheinen zu Größe und Gewicht des Fötus beizutragen. Sie sind indessen sehr veränderlich. Ein Embryo von zwanzig Tagen gibt sich die Gestalt einer großen Ameise, eines Lattichkerns, dann eines Gerstenkorns und später die einer Biene.

Sie legte das Blatt zurück. Unter zusammengezogenen Brauen folgten Elgins Augen ihrer Bewegung, nachdenklich, als erwog sie mehrere Korrekturen.

»Wann auch immer Sie das geschrieben haben«, sagte Gesa, »und was immer Sie an jenem Tag über sich wussten – das ist, was Sie zu geben haben. Und so, wie es sich liest, kann es nicht von der Frau kommen, die Sie mir weismachen wollen zu sein. Sie müssen weiterschreiben. Lehren. Ich will die Erste sein, die zu Ihnen kommt. Was Sie sind, ist nicht vorbei. Es verändert sich nur.«

Draußen auf der Treppe war ein Ächzen zu hören, als Elgin langsam aus ihren Gedanken aufzutauchen schien.

Marthe betrat das Zimmer, ohne zu klopfen.

»Man hat dies für Sie abgegeben«, sagte sie. Die Rolle aus dickem Papier hielt sie fest. »Der Herr hat mit den wärmsten Empfehlungen darum gebeten, es Ihnen sogleich zu überreichen.«

Marthes Blick drängte Gesa zur Tür, während sie einen grünen Morgenmantel vom Bett nahm. Ihrer Herrin näherte sie sich energisch und wartete dicht bei ihr.

»Ich wünschte, ich wäre müde«, sagte Elgin.

Erst als sie sich setzte, schob Marthe ihr die Papierrolle in die Hände und zog das Band auf, das diese zusammenhielt. Dann trat sie hinter ihre Herrin und löste mit einem Griff ihr Haar. Bevor Gesa ging, konnte sie noch sehen, wie es in einer dunklen Welle hinabschwang.

Unter Elgins Händen entrollte sich ein Kupferstich Adrian Büttners. Ein Neugeborenes, schlafend schien es, die Fäuste vor das Gesicht gehoben. Die offenbar eilig mit Rötelstift hingeworfene Zeile war ein wenig verwischt. *Entgegen allen Widerstandes, den ich aufzubringen bemüht war, finde ich Freude an meinem Kind, Gottschalkin, und werde sie fortführen in der Arbeit an Ihrem Buch.*

Marthe, die ihrer Herrin das Kleid aufknöpfte und es sachte von den zuckenden Schultern zog, dachte, wie gut es war, dass sie endlich weinte.

»Wenn diese junge Frau, Gesa Langwasser, noch einmal wiederkommt«, sagte Elgin ein wenig später, »beiß sie nicht weg, Marthe. Ich muss sie um etwas bitten.«

*

Ein Zögern vor der Kammer, das den schnellen Schritten die Stiege hinauf folgte, verriet ihm, dass sie es war.

»Komm nur«, sagte Clemens.

Erstaunlicherweise verschloss sie die Tür und lehnte sich dagegen, die Hände verschränkt auf dem Rücken.

»Herr Doktor Heuser ...«

Er liebte sie, da konnte sie machen, was sie wollte.

»Die Gottschalkin ...«, ihre Stimme fiel zu einem Wispern ab, »Sie möchten sie in ihrem Haus in der Hofstatt aufsuchen.«

Clemens tat, als zöge ihn nichts mehr an, als seine Arbeit fortzusetzen, die er auf seinem wie stets überfüllten Tisch, von einer Kerze beleuchtet, vor sich hatte, und übertrug aus seinen Notizen die Maßeinheit einer weiteren Becken-Conjugata in eine Tabelle.

»Du bist mit ihr in Verbindung? Das wusste ich nicht.«

»Nein. Und wenn du zu ihr gehst, sollte das auch niemand wissen.«

Er lächelte, ohne aufzublicken, doch seine hemmungslose Freude darüber, wie sie ihn angesprochen hatte, ließ ihn im Schreiben innehalten.

»Wirst du mich begleiten?«

»Natürlich nicht.«

»Natürlich nicht.« Er warf die Feder fort, was seinen Eintrag mit einem Klecks verdarb, wandte sich ihr zu, nichts wollte er mehr verbergen. Als er den Stuhl zurückschob, geriet dies heftig, und sie erschrak.

»Nein, bitte!« Doch ihre abwehrenden Gesten konnten ihn nicht verletzen, denn obwohl sie sich an die Tür drängte, als könnte sie damit die feste Materie aufzulösen, sagte sie: »Clemens.« Sie wartete, bis er sich wieder gesetzt hatte. »Das alles ist eine ernste Sache und nichts, was wir zum Spiel zwischen uns machen müssen.«

»Kein Spiel also.«

»Wann wirst du zu ihr gehen?«

»Bald. Ich muss sehen – nun, heute ist es zu spät. Morgen dann. Aber willst du mir nicht sagen, warum sie meinen Besuch wünscht?«

Wieder senkte sie ihre Stimme.

»Wird Professor Kilian etwas gegen sie tun?«

»Gegen die Gottschalkin? Ich wüsste nicht ...«

Sie unterbrach ihn ungeduldig.

»Aber weißt du denn gar nichts? Hat der Professor dir nichts erzählt? Hat niemand über sie gesprochen zu dir?«

»Nein, niemand, Gesa.«

»Es ist wahr«, sagte sie, »du hast das Haus kaum verlassen.« Sie zögerte. »... und wenn, habe ich es nicht gemerkt.«

»Manchmal schläfst sogar du. Wenn auch bei offener Tür.«

Sie wich seinem Blick aus, während ihre Hände jetzt hinter dem Rücken hervorkamen und über die zerknitterte, von den Spuren des Tages gezeichnete graue Schürze fuhren.

»Umso wichtiger ist«, sagte sie, »dass Professor Kilian nicht erfährt, wenn du zur Gottschalkin gehst. Und bitte ...«

»Vielleicht hörst du jetzt einfach auf, in Rätseln zu sprechen, und sagst mir ...«

Sie schrak zusammen und lauschte auf Geräusche unten im Haus, auf irgendetwas, das er nicht wahrgenommen hatte.

»Die Gottschalkin wird dir selbst sagen, was du wissen sollst.« Sie öffnete die Tür einen Spalt breit, horchte hinaus und flüsterte dann: »Eines noch. Sie bat mich darum, du möchtest deine Zirkel mitbringen, und auch das Instrument der französischen Hebamme.«

Erst jetzt, als sie hinausschlüpfte, bemerkte er, dass sie barfuß war.

*

Sie streifte ihre Kleider zurück über die Knie, während er mit dem Rücken zu ihr seine Hände in der bereitgestellten Waschschüssel wusch.

Noch bevor er sich ihr wieder zuwandte, womit er sich Zeit ließ, stand Elgin von ihrem Gebärstuhl auf. Begleitet von Marthes wortlosem Missfallen, die sich fragte, was ein Mann, dieser Doktor, zur Nacht in den Räumen der Herrin damit wollte, hatte Clemens ihn in den Salon hinaufgetragen und unter Elgins Anleitung aufgebaut. Zuvor hatte er ihr – verlegen zunächst, in der Sache jedoch sicher – erklärt, dass der Gebärstuhl ihm die Untersuchung erleichterte. Im Übrigen waren sie übereingekommen, auf die Anwendung des Pelvimeters der Hebamme Loisin zu verzichten. Elgin hatte die konkaven Bögen des Messinstruments betrachtet und seinen Mechanismus überprüft, der die Maßstäbe spreizte wie einen sich öffnenden Zirkel.

»So, wie es aussieht, bereitet es Schmerzen«, hatte sie gesagt.

»Ich bin von seiner Anwendung nach wenigen Versuchen abgekommen. Das beste Resultat zur inneren Messung liefern die Hände.«

»Sagte sie es nicht selbst, die Loisin?«

»Ja.«

»Glauben wir ihr.«

Es gab keinen Moment der Scham.

Weder, als der Arzt zwischen ihren Beinen kniend seine Hände einölte, was sie überraschte, noch, als er seinen Ellenbogen auf dem Oberschenkel abstützte und sie sein Räuspern zum Anlass nahm, ihr Kleid zu raffen. Allerdings senkte Elgin den Blick vor den Porträts ihrer Eltern zwischen den Wandleuchtern, während sie auf die ruhige Stimme hörte, auf Worte, die sie tausendfach Frauen zugesprochen hatte, damit sie sich unter dem tastenden Zugriff in ihrem Innern entspannten. Sie wollte sich einprägen, wie schwierig dies war. Im Besonderen, um zu der Diagnose zu kommen, deretwegen der Arzt mit zwei Fingern der linken Hand ihre *conjugata diagonalis* vermessen hatte, um mit der rechten den Tasterzirkel zu bedienen, von dem er die Werte ablas.

»Wenn ich Ihre Miene richtig deute«, sagte sie, »haben Sie das Ergebnis vorgefunden, was ich befürchtete und Sie offensichtlich ebenso ahnten. Damals schon, nach unserer Unterredung im Accouchierhaus.«

»Als Sie mir von dem Beckenbruch erzählten, den der Schaukelsturz in Ihrer Kindheit verursachte. Ja, damals dachte ich, wenn Sie ...« Er rollte die weiten Hemdsärmel hinunter und griff nach seinem Rock, der über einem der Stühle hing.

»Sie dachten«, sagte Elgin, »... als ich behauptete, dass kein Grund zur Sorge bestünde, Sie dachten, wenn ich jemals schwanger würde, dann aber doch.«

»Nun, ich wusste nichts über Sie ...«

»Was sich auch jetzt nur geringfügig geändert haben dürfte ...«

»Ganz wie Sie meinen.«

»Tun Sie mir die Liebe, Herr Doktor Heuser, setzen Sie sich, und verzeihen Sie mir, dass ich ekelhaft bin. Ich habe einen guten Wein nebenan, und den trinken Sie bitte mit mir, während wir weitersprechen. Dabei ziehen Sie gelegentlich in Betracht, dass ich es niemals gewünscht habe, mich in dieser Lage zu befinden.«

Er sah auf die Zahlen, die er notiert hatte. Er hörte sie umhergehen in dem angrenzenden Zimmer, wo er die äußeren Messungen vorgenommen hatte, während sie mit entblößtem Rücken vor ihm stand, und ihm später, auf dem Bett liegend, ermöglichte, den Zirkel anzusetzen, ohne dass ein Hemd störte.

Sie kam zurück mit einem Lächeln, der Weinkaraffe und zwei Gläsern. Nachdem sie ihnen eingeschenkt hatte, nahm sie in seiner Nähe Platz, sodass sie auf einer Seite des Tisches saßen, und hob ihr Glas.

»Mein Becken also«, sagte sie.

»Seine Höhle scheint durch die Fraktur beeinträchtigt«, sagte Clemens, »nach dieser ersten Messung – der noch weitere folgen sollten – zeigt sich seine Form ungleichmäßig und in besonderer Weise verengt.«

»Was für einen natürlichen Geburtsvorgang von erheblichem Nachteil ist.«

»Sie wissen, welche Komplikationen es bedeuten kann.«

»Sofern sich das Kind ungünstig im unteren Beckenausgang feststellt, was bei einer Deformation zu erwarten ist: stundenlange Qual der Gebärenden unter vergeblich treibenden Wehen, Stillstand, ein Totgeborenes. Es kann beide das Leben kosten, Mutter und Kind. Besonders doch, wenn man sich zu einer Operation entschließt.«

Sie ließ den Wein in ihrem Glas kreisen und trank dann davon.

»Es ist dies der schlimmste aller anzunehmenden Fälle«, sagte Clemens, »der vor allem dann eintritt, wenn erst der Geburtsverlauf die Diagnose liefert. Daher, Gottschalkin, sehe ich für uns einen durchaus ermutigenden Vorteil.«

»Für uns.«

»Für die Situation, wenn Sie so wollen. Eine frühe Diagnose eröffnet verschiedene Möglichkeiten einzugreifen, Komplikationen gar nicht erst entstehen zu lassen. Eine vorzeitige Einleitung der Geburt etwa ...«

»... eine frühe Wendung des Kindes«, ergänzte sie, »um einer ungünstigen Schädellage vorzubeugen.«

»Ja, eine Wendung auf die Füße wäre die erfolgversprechendste. Bei guter und regelmäßiger Beobachtung Ihrer Schwangerschaft können wir ...«

»Nein«, sagte sie. »Obwohl ich es, soweit es Ihre Person angeht, Herr Doktor, bedaure. Aber eine Beobachtung meiner Schwangerschaft ...«

»... ist für Sie unerlässlich! Ob nun durch einen Arzt oder eine kundige Hebamme ...«

»Keinesfalls wird dies in Marburg geschehen.«

Sie stand auf und lief zum Fenster. Für einen flüchtigen Moment spiegelte es ihr Gesicht, ohne Clemens etwas darin erkennen zu lassen.

»Warum haben Sie mich ins Vertrauen gezogen?«, fragte er.

»Warum arbeiten Sie in diesem Haus?«

»Weil es ein Anfang ist.«

Langsam kam sie zurück. Sie setzte sich wieder und sah ihn an.

»Ich werde nach Wien gehen«, sagte sie.

»Zu Professor Wolf.«

»Er war ein Freund meines Vaters und mein Lehrer. Ich vertraue ihm. Noch heute werde ich an ihn schreiben.«

»Ich verstehe.«

»Nur den Anteil, glaube ich, von dem Sie sich in Ihrem Stolz kränken lassen möchten.«

»Mein beruflicher Stolz ist nicht über die Maßen stark ausgeprägt – für manchen Geschmack schmählich schwach, fürchte ich.«

»Also sind Sie einfach ein guter Arzt.«

»Wenn Sie Marburg zur Niederkunft verlassen, Gottschalkin – was wird danach sein?«

»Sie meinen, wenn ich die Geburt überlebe und auch ... das Kind?«

»Ihr Kind, ja. Es will mir scheinen, als gestatteten Sie sich keinen Gedanken an ein Leben mit ihm.«

»Ich habe für mich beschlossen, darüber erst nachzudenken, wenn es sich fügt. Doch es ist gut möglich, dass ich nicht nach Marburg zurückkehren werde. Vielleicht bleibe ich in Wien, wenn Professor Wolf meine Dienste benötigt. Die Arbeit in seinem Hospital könnte für mein Buch wertvolle Ergänzungen bedeuten. Ich könnte lehren ...«

»Sie könnten Ihr Kind ohne Missgunst und schlechtes Gerede heranwachsen sehen.«

»Auch das.«

»Bestimmt wünschen Sie sich eine Tochter.«

»Ich wünsche die Stadt baldmöglichst zu verlassen und werde dies vorbereiten. Sagen Sie Gesa Langwasser nichts davon, ich bitte Sie. Sie hat eine Neigung zur Sorge.«

»Eine schöne Neigung, finde ich.«

»Durchaus, doch sie wäre mir hinderlich. Das Einzige, was mir von Nutzen sein kann, ist ein sachlicher Blick auf die Dinge. So habe ich es immer gehalten. Besser sollte ich sagen – eine sehr lange Zeit. Als ich mir untreu wurde, geriet mein Leben aus den Fugen, und nie wieder wird es sein wie zuvor.«

Dreizehn

FEBRUAR 1800

Die Stimmen vernahm sie als gedämpfte Laute, aus denen ihr kein einzelnes Wort verständlich wurde. Mit vorsichtigen Schritten näherte sich das Dienstmädchen dem Zimmer, in dem die Herren dinierten. Doch natürlich wusste sie, worüber sie sprachen, den ganzen Abend schon, während es ihre Aufgabe war, mit unbewegter Miene die Speisen auf- und abzutragen. Vor ihr hastete die Küchenmagd auf die Tür zu, um sie für Bettina zu öffnen, die eine nächste, üppig befüllte Silberplatte herantrug.

»Sie entzieht sich also«, sagte Homberg gerade, als Bettina das Zimmer betrat. Sie stellte die Platte am Ende des Tisches hinter einem der Kerzenleuchter ab, als Pfarrer Siebert erwiderte: »Ich frage mich, wie lange sie dieses Spiel schon trieb, ohne dass es sich bemerkbar machte.«

»Ihr Ruf hat sie immer geschützt.« Sie erkannte die Stimme des Professors, ohne ihren Blick in die Runde zu heben.

»Ein Ruf, der durchaus gerechtfertigt war, was ihre Kunst angeht«, sagte Homberg, während Bettina wartete. Sie verschränkte die Hände auf dem Rücken und starrte auf den Aal, von Götze aus einem Eisloch im Flussgrund gestochen, nachdem er ihn bei Dunkelheit mit der Laterne angelockt hatte. Noch unter den Händen der Köchin hatte das Tier gezuckt, als diese sich daran machte, ihm die Haut abzuziehen.

»Sie nennen es Kunst, verehrter Homberg ...«, sagte der Professor, und Bettina entschloss sich zu einem Hüsteln.

»Wie immer man auch es nennen will ...« Jetzt endlich sah ihr

Dienstherr auf, nickte ihr fahrig zu, zog die Stirn in Falten, ungehalten, an nichts weniger interessiert als am Fischgang, den sie nun zügig aufzutragen hatte. Bettina legte den mit Nüssen und Kräutern gefüllten, mit Pfeffer und Muskat gewürzten und am Spieß gebratenen Aal vor und trug den Herren auf. Sie tat dies, ohne die Verbindungstür zum Salon aus dem Auge zu verlieren. Ob diese noch immer angelehnt und nicht etwa verschlossen war.

»Was sie in Marburg so vortrefflich verrichtet hat«, fuhr Homberg fort, »dass viele Frauen gerade und nur ihre Hilfe suchten, dass sie keinen Unterschied machte zwischen denen, die sie gut oder reich bezahlten, und den anderen, den Ärmsten ...«

»Worauf allerdings eine jede Hebamme den Eid zu leisten hat.«

»Aber ja.«

»Sie haben Mitleid mit ihr, das ehrt Sie als Christenmenschen«, sagte Siebert. »Jedoch als Bürgermeister, Homberg ... Sehen Sie ...«, er wartete, bis das Mädchen das Zimmer verlassen hatte, »trotz ihrer schwer begreiflichen sittlichen Verfehlung ...«

Man konnte nicht sicher sein, ob Homberg einen Essensrest aus den Zwischenräumen seiner Zähne zu entfernen suchte oder ein ärgerliches Schnalzen von sich gab.

Unbeirrt davon sog der Pfarrer den Duft der Gewürze ein, bevor er weitersprach. »... trotz ihres Umgangs, mit dem sie sich gegen Gott versündigt hat ...«

»... und gegen drei Menschen im Mindesten«, ergänzte Kilian, während er das silberne Fischmesser akkurat wie ein Skalpell ansetzte, »allein die Mutter des jungen Fessler ...«

»Ich höre, sie verkauft die Apotheke an Herbst?«

»Ja, ich riet ihr dazu«, sagte der Professor. »Verzeihen Sie, Pfarrer Siebert, dass ich Sie unterbrach. Wie war Ihr Vorgehen bei der Gottschalkin?«

»Ich suchte sie auf, denn was mich mit ihr in gewisser Weise verbindet, ist doch die Vielzahl der Kinder, die sie zur Taufe in unsere Kirchen trug.«

»Zuweilen führte Sie allerdings auch der Tod einer Gebärenden am Wochenbett zusammen.«

»Fälle dieser Art haben sich mit der Gottschalkin allerdings in den Jahren nicht häufig ergeben.« Siebert räusperte sich, was seinem hageren Gesicht einen angestrengten Ausdruck verlieh. »Nun also – ich bot ihr entgegen einer öffentlich auszuübenden Buße das gemeinsame Gebet mit mir, wozu sie sich vage bereit erklärte. Indessen zu keinem Bekenntnis der Verfehlungen, deren sie bezichtigt wurde. Mir scheint, ihr fehlt die Einsicht, besonders in Hinblick auf eine Haltung, zu der ihre Stellung sie verpflichtet. Sie fragte mich, ob es nicht üblich sei, dergleichen mit einer Geldstrafe zu dispensieren, was ich bejahte, wohl meinend, wir näherten uns nun einem Eingeständnis. Stattdessen wollte sie wissen, wie hoch die Summe sei – sie wolle sie klaglos entrichten. Ihr Ton war spöttisch, auch als ich ihr mitteilte, dass sie vom Abendmahl ausgeschlossen sei, dass kein Pfarrer in Marburg ein Kind von ihr zur Taufe annehmen werde, bis sie sich in Demut ihrer Kirche und ihrem Gott gegenüber finden würde. Sie sagte, sie werde die Zeit der Besinnung zu nutzen wissen.«

»Die Beweislage im Sinne eines Fornikationsdeliktes ist also denkbar schlecht«, sagte Homberg und legte das Besteck auf seinem Teller ab. Vom Aal hatte er kaum gegessen. Er zog sein Weinglas näher zu sich und betrachtete dessen goldgelben Inhalt. »Was hat es denn mit diesen angeblichen dichterischen Ergüssen des jungen Fessler auf sich, auf die sich die Verdächtigungen stützen? Nachdem man damit schon seine Melancholie zu beweisen suchte.«

»Nun, leider verhält es sich so«, sagte Kilian, »dass Caroline ... dass die Witwe Fessler – was man verstehen muss – im Affekt verbrannte, was sie im Schreibpult ihres Sohnes fand. Die Scham und auch Schuld, die sie der unglücklichen Schwiegertochter und deren Familie gegenüber empfand, ließ sie so handeln. Betrüblicherweise traf ich zu spät ein, um sie daran hindern zu können. Doch sie berichtete mir die Details. Später erst, nachdem ...«

Hombergs Hände fuhren ungeduldig über das Tischtuch. »Und selbst wenn diese fragwürdigen Schriften erhalten wären – was beweisen schon die Briefe eines krankhaft empfindsamen Menschen? Womöglich handelte es sich um Hirngespinste. Ich kann nicht tätig werden auf der Basis von hitzigen Gerüchten.«

»Die Flucht der Gottschalkin vom Friedhof allerdings ...« Siebert gab zum ersten Mal an diesem Abend seine kerzengerade Haltung auf und lehnte sich zurück.

»... es war ein wahrhaftiges Schuldbekenntnis, Homberg«, sagte Kilian. »Ihrer Menschenkenntnis, die Sie mit Ihrer Erfahrung als Richter zweifellos erworben haben, wäre das nicht entgangen, hätten Sie Zeuge des Geschehens sein können.«

»De facto haben wir nichts als die Anschuldigungen einer aufgewühlten Mutter, die den Ruf ihres Sohnes schützen will, der wiederum nicht Manns genug war, mit seiner gesunden, jungen Frau die Ehe zu vollziehen.«

Nebenan, im Salon, ließ Malvine ihren Stickrahmen sinken. Innerlich applaudierte sie ihrem Gatten an dieser Stelle, obwohl sie sich seinem Wunsch hatte unterordnen müssen, dem Diner fern zu bleiben.

»Und man fragt sich des Weiteren«, sagte Homberg, »warum das, was er im Ehebett nicht vollbrachte, in seinem angeblich so verderbten Umgang mit der Gottschalkin ohne Folgen geblieben sein soll?«

»Nun, Fessler war Apotheker«, bemerkte Kilian, »... und schon mit seinem Vater soll sie sich – wie es heißt, nur gedanklich –

über alles Mögliche ausgetauscht haben. Vermutlich hat sie Kenntnis von Mitteln, die eine Empfängnis verhindern können, und in jedem Fall von solchen, mit denen ein Abortus herbeizuführen wäre.«

Während Homberg schwieg, kam mit Bettina der warme Geruch von Mokka und Gebäck ins Zimmer. Alle schwiegen, und das Mädchen bemühte sich, die Teller so leise wie möglich abzutragen. Teilnahmslos, vielleicht erschöpft, oder doch nur träge schienen sich die Blicke der drei Männer an ihre Bewegungen zu heften. Erst als sie wieder an der Tür war, fragte Homberg: »Hat die Gottschalkin eigentlich jemals in all den Jahren, Herr Pfarrer, eine uneheliche Schwangerschaft angezeigt oder von versuchten Aborten Nachricht gegeben?«

Bettina schlüpfte atemlos aus der Tür, verbarg sich dahinter.

»Nein, niemals, ich erinnere keinen einzigen Fall«, konnte sie den Pfarrer hören, bevor sie lautlos zu weinen begann und hoffte, dass niemand es ihr mehr ansehen würde, wenn sie unten in der Küche angekommen war.

»Sie verweigert sich den Pflichten einer Amtsperson – das allerdings will zu ihr passen«, sagte Kilian.

»Ich hatte schon einmal die Vermutung, dass sie sich Freiheiten gestattet«, sagte Homberg nachdenklich, »... möglicherweise in der irrigen Annahme, sie stünden ihr zu, da sie sich nie in den städtischen Dienst hat vereidigen lassen.«

»Trotzdem hat jede Hebamme kraft ihres Eides eine Amtsperson zu sein«, beharrte Kilian. »Dies unmissverständlich im Hebammeneid zu formulieren muss unser Anliegen sein, und ich habe – wie Sie wissen – dem Collegium medicum in diesen Tagen den Entwurf einer neuen Hebammenordnung vorgelegt. Im Zuge dessen kam man zwangsläufig auf die Gottschalkin zu sprechen. Es gehört zu den Aufgaben des Collegiums, nicht nur die Geschicklichkeit und das Wissen einer Hebamme wiederholt zu prüfen, sondern auch ihren Lebenswandel.«

»Wohl zu spät«, sagte Homberg. Seine Ungeduld hatte sich ebenso wenig gelegt wie sein offensichtliches Missvergnügen an dem, was er eine leidige Affäre nannte.

Kilian war nicht ersichtlich, was genau den Bürgermeister so gereizt wirken ließ, und das machte ihn nervös.

»Nun«, sagte er, »das Collegium hat ihr eine schriftliche Note zukommen lassen, die sie aufforderte zu erscheinen, damit sie zu befragen sei. Dies sollte heute am Morgen sein.«

Homberg stand auf. Er schritt die Längsseite der Tafel ab. Siebert sah ihm dabei zu, und Kilian sprach schneller.

»Sie erschien nicht. Sie hielt es weder für nötig, der Aufforderung Folge zu leisten, noch ließ sie sich entschuldigen. Ich darf Sie, meine Herren, darüber in Kenntnis setzen, dass man daraufhin einstimmig beschied, ihr die Tätigkeit als Hebamme so lange zu untersagen, bis sie dem Collegium medicum vorstellig geworden ist.«

»Ich verstehe das nicht« Homberg sprach leise, fast zu sich selbst. »Was bezweckt sie damit?«

Als bemerkte er eben jetzt die angelehnte Verbindungstür zum Salon, schloss er sie, wie beiläufig.

Auch Malvine fragte sich das, die sich im Nebenzimmer fast gleichzeitig mit ihrem Gatten erhoben hatte. Was sie gehört hatte, gefiel ihr nicht – doch sie wollte sich nicht davon beunruhigen lassen.

Was die Gottschalkin mit ihrer Verweigerung bezweckte, die man für unklug halten musste, war nur eine weitere von zahlreichen Fragen, die Malvine sich über sie stellte. Noch immer fühlte sie so etwas wie Enttäuschung über den Vertrauensbruch ihrer Hebamme, von dem sie inzwischen immer mehr meinte, dass es kaum einer gewesen war. Denn hatte die Gottschalkin sie jemals hintergangen, oder wissentlich belogen? Malvine war nach einer ebenso raschen wie zielgerichteten Selbstprüfung zu der Überzeugung gelangt, dass dem nicht so war.

Doch bei aller Zuneigung, die sie wieder, oder doch unausgesetzt, für die Gottschalkin empfand, wusste Malvine, dass sie Zeit verstreichen lassen musste, bis die Gemüter, vor allem das von Caroline Fessler, sich etwas beruhigt hatten. Offenbar konnte Kilian, der alte Fuchs, dazu beitragen; ihn galt es hinsichtlich seiner Ambitionen, welche die Apothekerin anbetrafen, zu bestärken.

Für ihre Freundin Therese indessen zeigte sich ein deutlicher Hoffnungsschimmer in der Gestalt Daniel Collmanns – das Engagement des jungen Anwalts war Malvine nicht verborgen geblieben. So musste man es – bei allem, was Therese erlitten hatte – doch wohl als Vorteil betrachten, dass Lambert die Ehe mit ihr nicht vollzogen hatte und es somit keine sehnsuchtsvollen Erinnerungen gab. Sobald die Zeit reif war – und da Malvine sich im Besitz eines gesunden Instinkts wähnte, meinte sie, dass dies nicht mehr lange dauern konnte –, würde sie die Freundin auf den Weg in eine neue Zukunft geleiten. Idealerweise war dafür der Mai ins Visier zu nehmen.

Im Frühjahr also würde sie Therese raten, die Leidenschaftstauglichkeit des jungen Collmann mit mindestens einigen Küssen zu prüfen. Sie würde dafür ihren Garten, der jetzt dort unten im Winterschlaf lag, für das eine oder andere Rendezvous zur Verfügung stellen, sobald die erste Rosenblüte ihren Effekt machte.

Malvine strich über die Fenstervorhänge, als suchte sie etwas in den samtenen Falten. Nebenan hörte sie Stühlerücken, Geräusper.

Die Herren gingen wohl.

Wenn all dies zu dem führen sollte, was Malvine schon jetzt für sicher hielt, dann musste es möglich sein, die Gottschalkin zur Geburt ihres vierten Kindes, mit dem im Juli zu rechnen war, wieder bei sich haben. Nicht im Entferntesten wollte sie daran denken, eine Fremde an ihr Geburtsbett zu lassen, etwa eine der Amtshebammen, wie andere es schon taten, seit das Unfassliche über die Gottschalkin und Lambert Fessler ans Licht gekommen war. Dieses Licht, so grell es durch den ungeheuerlichen Eklat auf sie getroffen war, hatte ihr die Gottschalkin menschlicher gemacht. Niemals, das gestand Malvine sich in diesem Augenblick ein, als eine plötzliche Traurigkeit ihr die Kehle zuschnürte, niemals hatte sie darüber nachgedacht, dass es im Leben der Hebamme eine Sehnsucht geben könnte.

Sie öffnete die Verbindungstür. Homberg saß allein am Tisch, mit dem Rücken zu ihr. Sie trat hinter ihn, berührte seine Schulter. Sie nahm sein Glas und trank davon.

»Warum«, sagte er, »kann sie sich nicht einfach fügen?«

»Weil es nicht ihre Art ist.«

»Dann muss es eben ihre Art werden, wie die anderer Frauen auch.«

»Ach, Homberg«, sie setzte das Glas ab und streichelte seine Schläfen. »Die Sache mit dem Sichfügen macht doch nur dann einen Sinn, wenn man es zuvor unterlässt, nicht wahr?«

»Malvine, meine Liebe«, sagte er, »manchmal solltest du besser schweigen.« Doch er sagte es zärtlich. Es ermutigte sie in dem Gedanken, dass nur ein wenig Zeit verstreichen müsste, bis sie die Gottschalkin aufsuchen und sie ihrer Verbundenheit versichern würde.

Dann galt es, im Sinne der reinen Vernunft vorzugehen.

*

Mit einigen letzten, langen Stichen schloss Marthe die Naht des Leintuchs, in das sie die Kleider eingenäht hatte. Sie folgten den anderen Dingen in den Koffer, der am Fußende des Bettes auf dem Boden stand. Die alte Magd hatte das wuchtige Behältnis zunächst mit einem alten, weißen Laken ausgeschlagen, damit kein hervorstehender Nagel etwas beschädigen konnte, dann mit Schuhen, Schachteln und Kästchen den unteren Teil des Koffers gefüllt, dem sie jetzt den Kleidersack hinzufügte, einmal gefaltet und sorgsam geglättet. Alles musste fest gepackt sein, damit nichts verrutschte und umherflog, wenn das sperrige Gepäckstück verladen und keinesfalls mit der nötigen Sorgfalt behandelt werden würde. Das Schlimmste an allem für Marthe war, dass sie nicht mitreisen durfte, dass sie nicht dabei sein konnte, um auf die Herrin zu achten und auf ihr Gepäck.

Die Gottschalkin dagegen verhielt sich fast heiter, seit sie den Brief aus Wien erhalten hatte, ja aufgekratzt in einer Weise, die einem schon unheimlich sein musste. So war sie auch heute aus dem Haus gegangen, seit langem wieder, als man sie zu einer schweren Geburt ins Armenviertel geholt hatte.

Marthe aber schlief schlecht vor Angst, wenn sie sich vorstellte, was der Herrin allein auf der Reise blühen konnte. Wenn sie beengt sitzen musste, geschüttelt und umhergeworfen in den Ausdünstungen einer ungewaschenen Gesellschaft, umgeben von Tabakdämpfen und zotigen Reden. Langsames Fortkommen mit schlafenden Postkutschern. Oder zu übereiltes – dann konnten Achsen brechen, die Wagen umkippen auf schlechten Wegen, vor allem jetzt, bei Schnee und Eis. Man erzählte sich von üblen Passagieren, die Mitreisende im Schlaf bestahlen. Nicht zu denken an die Herbergen, wo sie möglicherweise kaum etwas anderes vorfinden würde als ein verwanztes Strohlager.

Wer nur sollte in Wien die Sachen wieder auspacken und sie sorgsam richten? Im Hause des Professor Wolf, wo sie wohnen würde, hatte die Gottschalkin gesagt, dort fände sich schon jemand. Jemand! Mit einem Seufzen bückte sich Marthe zwischen den offen stehenden Schranktüren, lud sich den Arm voll mit Weißwäsche und tauchte wieder auf. Auf dem Tisch, der leer geräumt war von Papieren und Büchern, eigenhändig von der Herrin in einen weiteren Koffer gepackt, der mit aufgeklapptem Deckel unter dem Fenster stand – auf dem nun seit

Jahren zum ersten Mal blanken Tisch begann Marthe Unterkleider und Schlafhemden zusammenzulegen, während ihr das Herz noch schwerer wurde. Von Tag zu Tag war es ihr schwerer geworden, seit die Gottschalkin den Platz in der Postkutsche gekauft hatte, unwiderruflich nur einen, seit sie die letzte Hoffnung aufgegeben hatte, zur Not auf dem Kutschbock mitfahren zu dürfen.

»Du musst doch das Haus hüten, Marthe«, hatte die Herrin gesagt. »Und ein wenig warten musst du, nicht lange. In einigen Monden, wenn ich Klarheit habe, dann schreibe ich dir.«

Klarheit! Ach, dachte sie denn wirklich nicht, dass sie längst Klarheit hatte? Dass sie es nur nicht wagte, der Verschwiegenheit ihrer Herrin entgegenzutreten? Denn Marthe brachte es nicht fertig, ihr zu sagen, auf den störrischen Kopf zu: »Ich habe doch gesehen, dass Ihre Brüste größer geworden sind, dass Ihre Haut frischer erscheint, dass Ihr Haar noch mehr glänzt, wenn ich es bürste. Ich weiß doch längst, dass Sie ein Kind tragen, und ich will bei Ihnen sein.« Es ziemte sich nicht, ihr zu sagen, wie sehr sie sie liebte. So sagte Marthe nichts und prägte sich mit wachsendem Kummer jede einzelne Anweisung ein, die sie zu hören bekommen hatte.

»Wenn dich aus Wien ein Brief von mir erreicht, Marthe, etwa im Junimond, dann wirst du ihn dir von einer vertrauensvollen Person vorlesen lassen. Es kann dies der Doktor Heuser sein, oder auch Gesa Langwasser, sofern sie sich noch in Marburg befindet. Du wirst also den Rest packen, das Haus verschließen, und dann wirst du mir nach Wien nachreisen in einer deutlich angenehmeren Zeit des Jahres.«

Marthe legte einen Stapel Wäschestücke in den Koffer und schaute hinüber zum Fenster, wo die Gottschalkin gestanden hatte, als sie sagte: »Heul nicht, Marthe. Sonst rede ich nicht mehr mit dir, und außerdem sollst du zum Schnäuzen nicht die Schürze benutzen.« Unbedingt im gleichen Moment hatte die

Herrin einige Bücher im Koffer versenken müssen, während sie weitersprach. »Sollte der Brief nicht von mir, sondern von Professor Wolf verfasst sein, dann gibt es da ein weiteres Schriftstück, das du in der obersten Schublade der Kommode vorfinden wirst, hörst du?«

Aber ja. Jedes Wort. Drüben an der Wand über der Kommode waren zwei helle Flecken. Die Eltern der Gottschalkin reisten mit. Marthe meinte sterben zu müssen vor Sorge um sie.

*

Es war Aufregung, die ihr das Blut durch die Adern jagte und das Herz erhitzte. Im milchigen Licht des Morgens, das durch die Eisblumen in die Kammer sickerte, band Gesa ihr Haar straff über dem Scheitel zusammen und teilte es in drei Stränge. Mit fliegenden Fingern flocht sie die Zöpfe und wand sie in sinnloser Sorgfalt zu einem Knoten, der anschließend unter der weißen Haube verschwinden würde. Diese lag mit der Schürze auf ihrem Bett bereit, und beides hatte sie in einer schlaflos verbrachten Nacht am Schüttstein gewaschen, vor dem Herdfeuer getrocknet und in der Herrgottsfrühe dieses Tages mit dem Eisen geplättet.

Seit einigen Stunden sah sie eine Bedeutung hinter allem. Was den Professor anging. Warum er sie nicht mehr aus dem Haus hatte gehen lassen. Als er plötzlich damit begonnen hatte, eine der anderen Schülerinnen zur Apotheke zu schicken, vermutete Gesa, dass etwas von ihren vormaligen Besuchen bei der Gottschalkin zu ihm durchgedrungen war.

Es hatte sie einen Verdacht hegen lassen. Es ließ sie warten, ob Clemens ihr etwas berichten, ob er zu ihr kommen und ihr sagen würde, was sich bei der Gottschalkin zugetragen hatte. Sie dachte, wenn er käme, ohne dass sie fragte, gäbe es ihr ein Zeichen, dass sie ihm vertrauen konnte. Bis jetzt hatte sie vergeblich gewartet.

Seit einigen Stunden jedoch meinte Gesa zu begreifen, warum Kilian ihr einen neuen Hebammen-Katechismus vorgelegt, warum der Professor sie herumgescheucht und bis zur völligen Erschöpfung hatte arbeiten lassen. Sie verstand, warum er von ihr verlangte, die Schülerinnen bei den Hausarbeiten anzuleiten und ihnen die Pflichten zuzuteilen, warum er wollte, dass sie bei jeder Geburt an seiner Seite war. Ihr leuchtete ein, weshalb er sie für zuständig erklärte, die Speisepläne aus den kargen Mitteln zu erstellen und ihm vorzulegen. Er hatte ihr die Schlüssel für das Auditorium übergeben, sie für die Reinlichkeit im Hause verantwortlich gemacht, für den Bestand der Wäsche, die Erträge der Spinnstube, die an die Webereien abzugeben waren.

Dass Kilian ihr all das aufgebürdet hatte, war schon eine Prüfung gewesen. Zur fortgeschrittenen Stunde des gestrigen Abends hatte er sie in sein Studierzimmer rufen lassen, in den kleinen Raum neben dem Auditorium, wo sich die Lieblingsstücke seiner Sammlung befanden. Dann hatte er sie in Kenntnis gesetzt.

Clemens hatte nichts dergleichen getan.

Auf dem Bett lag nun nur noch das Wenige, das sie besaß, und was sie noch nicht gewagt hatte, erneut in ein Bündel zu schnüren. Gesa ging zum Tisch, schob den Stuhl darunter, bis die Lehne seine Kante berührte. Die Seiten des Hebammen-Katechismus liefen durch ihre Finger, während die Schrift vor ihren Augen verschwamm. Ihr wurde kalt, als es klopfte.

»Deine Prüfung wird gleich beginnen, Gesa ...«, hörte sie Clemens sagen.

»Ich weiß es seit gestern«, sagte sie zu den Eisblumen am Fenster. Wie gut, dass er nicht näher kam. »Seit wann weißt du es?«

»Auch nicht länger, glaub mir.«

Wo warst du dann, wollte sie fragen und tat es wieder nicht. Sie wollte, dass er ging, am besten, ohne dass sie ihn ansehen musste.

»Kilian hat es mir beim Nachtessen mitgeteilt, zu dem er mich gebeten hatte«, sagte er. Nun schien er doch in die Kammer zu treten; die Tür ächzte in ihren Angeln, doch er schloss sie wohl nicht.

»So also.«

»Ja, und ich will dir etwas sagen, bevor ...«

»Was? Nachdem du lange nichts gesagt hast zu mir.«

»Es gibt so etwas wie ein Abkommen zwischen uns, glaube ich ...«, sagte er. So sanft, dass es wie eine Lüge klang.

»Zwischen uns gibt es, glaube ich, gar nichts.«

Es tat ihr weh, als er schwieg, doch noch immer konnte sie sich nicht umdrehen zu ihm.

»Was willst du mir also erzählen«, sagte sie, »nach den vielen Tagen, die nun vergangen sind, ohne dass du etwas gesagt hast? Vielleicht etwas über die Gottschalkin? Ihr Befinden? Deinen Besuch bei ihr?«

»Nein, nichts über sie.«

Wie ruhig er war.

»Nein?«, sagte sie. »Ach, weißt du, das musst du auch nicht. Ich gehe nämlich zu ihr, sobald ich ...«

»Sobald du die Prüfung bestanden hast.«

»Ja. Ich werde zur Gottschalkin gehen und mit ihr sein. Das ist es, was ich will, zuallererst.«

»Vielleicht solltest du dich zunächst vergewissern, ob auch die Gottschalkin das will. Nach dem, was ich von ihr weiß, habe ich meine Zweifel daran.« Sie hörte nur die Kälte in seiner Stimme, und jetzt wollte sie ihn ansehen, diesen großen, todernsten Menschen.

»Was du von ihr weißt?«, flüsterte Gesa. »Weißt du denn etwas anderes von ihr als ich?«

»Gesa, es geht doch nicht um sie. Ich ...«

»Doch. Mir geht es um sie.«

»Du musst noch etwas wissen, bevor du in diese Prüfung gehst. Kilian will ...«

»Nein, Doktor Heuser. Sie müssen mir nicht sagen, was gut für mich ist. Leider haben Sie das immer noch gar nicht verstanden. Und ich, hören Sie, ich verstehe Elgin Gottschalk dafür umso besser. Warum sie für ihr Leben so entschieden hat.«

»Das heißt also, du wirst nach Wien gehen?«

Sie konnte den Sinn seiner Frage nicht fassen, doch sie sah, dass er noch blasser geworden war.

»Wien«, sagte sie. »Warum nicht?«

*

Ohne zu zögern hatte sie bislang alle Fragen beantwortet, vor dem Professor und den fremden Männern, die er ihr als Mitglieder des Collegium medicum bekannt gemacht hatte, deren Gesichter sie ebenso wenig sah wie das seine, Doktor Heusers, der seitlich im Auditorium Platz genommen hatte. Vor ihren Augen gab es nur eine Reihe von schemenhaften Gestalten, aus deren dunklen Röcken zuweilen ein helles Halstuch aufblitzte oder ein Hüsteln aufstieg.

Die anderen Schülerinnen befanden sich bei den Frauen. Man hörte sie nicht. Gesa fragte sich, ob jemals etwas durch die Flügeltüren des Auditoriums nach innen gedrungen war. Sie erinnerte sich nicht.

Auf Kilians Rücken spreizten sich seine ineinander verschränkten Hände. »Meine Herren«, sagte er, »ich hoffe sehr, dass Ihnen die Prüfung dieser Schülerin einen Eindruck geben konnte, welches Wissen einer von Ärzten ausgebildeten Hebamme zukünftig vermittelt und abverlangt werden wird.« Er deutete eine Verneigung an und vollzog eine leichte Drehung des Oberkörpers. »Und da ich vor dem geschätzten Collegium keinesfalls in den Verdacht einer Begünstigung des Prüflings zum Zwecke einer gefälligen Vorführung geraten möchte ...«, sein Profil zeigte ein

Lächeln, »... will ich Sie ermuntern, meine Herren, ebenfalls Fragen an sie zu richten.«

Gesa sah zu den Sitzreihen, wo sie Gelegenheit hatte, einigen abschätzenden Blicken zu begegnen.

»Nun«, sagte schließlich einer der Herren, »wollen wir sehen, ob sie vertraut ist mit der Hebammen-Ordnung. Was sagt diese etwa über den Umgang mit Arzneien?«

»Dass diese einer Hebamme vor, während oder nach der Geburt zu verordnen oder auch nur anzuraten, unter Strafe verboten seien.«

»Und des Weiteren?«

»Und des Weiteren soll sich die Hebamme ebenso der Anwendung von so genannten Hausmitteln gänzlich enthalten.«

»Aber muss nicht eine Hebamme die Krankheiten der Schwangeren, der Kindbetterinnen und ihrer Kinder etwas angehen?«

»Sie darf nur aufmerksam sein. Über kränkliche Zufälle und Umstände muss sie einem Arzt Nachricht geben.«

»Was also wird von einer Hebamme in widernatürlichen und schweren Geburtsfällen erfordert?«

»Nichts, als sie beurteilen und unterscheiden zu wissen, damit sie die Gefahr für Mutter und Kind frühzeitig erkennen und einen Arzt zu Rate ziehen kann.«

»Und was, wenn keiner in der Nähe ist?« Es war Doktor Clemens Heuser, der dies fragte und damit eine Unruhe auslöste. Er überging Kilians verdüsterte Miene, das angespannte Räuspern und fuhr fort: »Was, wenn ein ärztlicher Geburtshelfer, schickte man nach ihm, erst Stunden oder Tage später zu erwarten sei – wenn denn überhaupt einer zu finden wäre?«

»Wenn Sie für einen solchen Zufall ein Beispiel geben wollten ...«, sagte Gesa, während sie ihren Blick auf die äußerste Kante der Bankreihe heftete, wo seine Hände lagen, bewegungslos, »... damit ich ...«

»Damit Sie uns wissen lassen können, was Sie tun, wenn Sie auf sich gestellt sein werden?«

»Nun also wird es sich, wie wir übereinkamen, Herr Kollege Heuser, für die Jungfer Langwasser anders ergeben, da wir sie doch in unserem Institut, nicht wahr, nach bestandener Prüfung zur Haushebamme machen möchten. Und dem sollte, so wie ich es sehe, nichts mehr im Wege stehen?«

»Herr Professor Kilian.«

Er drehte sich ihr zu, vielleicht verwundert, dass weder Stolz noch sichtbare Freude an ihr auszumachen war.

»Ich muss Ihnen sagen, ich werde das Haus Am Grün verlassen.«

Die Mitglieder des Collegium medicum hatten womöglich schon eine Weile den Eindruck, einem Bühnenstück zu folgen, dessen fragwürdiger Ausgang sie nun mit Spannung warten ließ. Die Anwesenheit der Männer, die er mit einer gänzlich anderen Absicht gewünscht hatte, zwang Kilian sich zu beherrschen.

Mit einer einladenden Geste beendete er das Schweigen. »Doktor Heuser? Ich bitte Sie, Ihre Frage zu stellen – möglicherweise aus dem weiten Feld Ihrer Wahrnehmungen zu Geburtsverläufen bei engen Becken?«

»In Gottes Namen«, sagte jemand von den Bankreihen, »meine Herren, lassen Sie es gut sein und diese Frau endlich ihren Eid ablegen. Ich würde meinen, sie ist vorerst die bestgeprüfte Hebamme der Stadt. Auch wenn sie es offenbar vorzieht, Marburg zu verlassen. Wo wird man sich denn Ihrer Präsenz erfreuen dürfen?«

Nicht alle Herren lachten.

Sie tauchte in sich zurück, ließ die Herren die Herren sein – hörte nichts als sich selbst. Wie sie begann, den Eid zu sprechen: »Ich, Gesa Langwasser, schwöre zu Gott dem Allmächtigen nachzuleben, was mir die Ordnung zuschreibt, schwöre zu tun und zu beachten, was meine Lehrer mich lehrten ...« Nur mit sich war sie in diesem feierlichen Moment, der nach allem so erstaunlich schnell vorüber war.

Kilian ließ eine zähe Zeit verstreichen, bis er sich bereitfand, ihre Papiere zu zeichnen – er hatte sich einer Geburt zu widmen, mit deren natürlichem Verlauf er sie nicht mehr behelligen wollte, wie er sagte. Des Weiteren enthielt er sich jeglicher Äußerung, wie auch Doktor Heuser es tat. Alles, was dem Professor noch blieb, war die Hebamme Langwasser mit Sprachlosigkeit zu strafen, und es stand zu vermuten, dass er sehr genau wusste, wie wenig er damit noch ausrichten konnte.

So wurde es Abend, mondhell, bis sie ging und Pauli sie vor die Tür des Hauses in der Hofstatt brachte mit seinem Licht, das er trug. Und sobald Marthe die Tür aufriss, rannte er ohne einen Abschied davon.

»Ich hätte nicht gedacht, dass ich einmal froh sein würde, dich im Haus zu haben«, sagte die alte Magd, während Gesa ihr in die Küche folgte. Von der Glut des Herdfeuers kam ein rötlicher Schimmer, der Marthe umgab, als sie das Feuer anfachte.

»Du siehst verfroren aus«, sagte sie in das Knacken der Holzscheite hinein. »Willst du Suppe?«

»Ich will ...«

»Du willst zu ihr.«

»Ja.«

Marthe richtete sich auf. Sie sog die Luft ein, als bereitete es ihr Mühe oder Schmerzen.

»Sie ist nicht da«, sagte sie. »Sie ist nicht zurückgekommen. Sie war nicht abzubringen davon, noch mal nach der Frau zu sehen, die sie im Armenviertel entbunden hat. Ausgerechnet da. Wo sie sich den Tod holen kann. Ausgerechnet heute. Wo sie doch schon morgen reist.«

»Sie reist?«

»Ja, morgen schon.«

»Nach Wien«, sagte Gesa.

»Ja, nach Wien. Der Fuhrknecht hat das Gepäck zur Station abgeholt heute. Das war mir gar nicht recht, ohne sie. Es ist mir nicht recht ohne sie.« Wieder rang die alte Magd nach Luft in einer Weise, die ihren gedrungenen Körper durchbebte und ihre Hände sich in der Schürze winden ließen.

»Beruhige dich«, sagte Gesa und bemerkte, wie wenig überzeugend sie klang. Marthe jedenfalls griff das Öllicht vom Tisch und packte sie am Handgelenk.

»Komm mit«, sagte sie. »Ich will dir was zeigen. Alles beunruhigt mich. Alles, seit ich weiß, dass sie geht.«

Die Magd zerrte sie mit sich nach oben. Das Bett wartete mit seinen aufgeschlagenen Decken und den geglätteten Kissen ebenso wie der bewegungslose Musselin an den grauen Fenstern. Elgins Zimmer war ein verlassener, warmer Ort. Nahezu alles war mit ihr verschwunden. Bis auf die Tasche.

»Sie hat sie nicht mitgenommen«, flüsterte Marthe. Sie hielt das Licht hoch wie eine Fackel. »Was hat das zu bedeuten?«

»Nichts«, sagte Gesa. »Das muss es nicht. Es bedeutet, dass sie wiederkommt.« Die Tasche thronte auf dem Tisch, Ehrfurcht gebietend und fremd. Doch wenn man die Augen ein wenig zusammenkniff, kam ein feines Strahlen von den Messingschließen. Neben sich fühlte sie Marthes Furcht. Rasch, als wollte sie eine Ansteckung verhindern, ging Gesa hinüber zum Fenster. Mit einem Ruck zog sie die weißen Stoffbahnen auseinander, als könnte so, jetzt auf der Stelle, ein hoffnungsvoller neuer Tag beginnen.

»Was sollen wir nur tun?«, fragte Marthe tonlos.

»Wir warten.« Gesa sah durch die kalten Scheiben hinaus. »Wir warten auf sie, solange es Nacht ist.«

Marthe kam neben sie und schob ihre Hände auf das Fensterbrett, knorrig, mit einer Haut, die aussah wie sehr dünnes Papier. Die vielleicht weich waren, wenn man sie berührte.

»Schau nur. Der Mond«, sagte sie.

*

Wenn sein Bruder nicht stehen geblieben wäre auf dem Weg, wenn er nicht zwischen den dicht stehenden Häusern den Hang hinaufgestarrt hätte, dann hätte Frieder sie gar nie gesehen. Nur weil der Mond über der Stadt hing und mit seinem verwirrenden Licht auf alles hinunterschien – auf die kleine Kapelle, den Friedhof – die Frau.

Frieder konnte auch sehen, was Konrad für Augen machte, und er kannte seinen Bruder gut genug, um zu wissen, warum er sich in Bewegung setzte, geduckt, wie es Frieder vorkam, ganz flink. Der Schatten seines Bruders streifte schon die Häuserwände, als Frieder den Handgriff des Karrens fallen ließ. Konrad drehte sich um nach ihm, er legte die Hände auf die Schenkel, er lief ein paar Schritte rückwärts und grinste. Konrad hatte Spaß – jetzt schon. Konrad hatte immer Spaß an Sachen, die ihn in Unruhe versetzten. Frieder hob seinen Kopf zum Hang.

Sie hatte so eine Biegsamkeit, etwas weich Fließendes in den dunklen Konturen ihres Gewands. Frieder sah das, obwohl sie sich gar nicht bewegte. Es war eng zwischen den Häusern, er konnte sich mit seinen Händen an ihnen abstoßen, um besser vorwärts zu kommen, aber es reichte nicht. Es reichte nicht, um vor ihm bei der Frau zu sein, die oben zwischen den Gräbern stand.

Konrad sprang unter dem Vollmond davon wie ein Wiesel. Wie schwer es doch für Frieder war, seinen Körper in einer notwendigen Hast zu beugen, damit er sich die Holzschuhe von den Füßen reißen konnte, um nicht mehr auszugleiten auf dem Schnee. Am Tag würden Kinder ihre Freude an ihnen haben und sie über das Eis schießen lassen wie zwei große Segler.

Weit vor Frieder erreichte Konrad das Friedhofstor und schlüpfte hindurch. Allein, dass er hinter den verschneiten Ligustern verschwand, wieder hervorsprang, die Zähne bleckte und lautlos lachte – es ließ seinen ungelenken Bruder näher kommen. Frieders Herz zog sich zusammen, schmerzhaft, dass es ihn mit der Angst bekannt machte und vorantrieb. An einer der Birken endlich, die Konrad mit ihren hängenden Zweigen, mit ihren eisigen, langen Fingern streiften, ihm den Hut vom Kopf rissen, als wollten auch sie ihn aufhalten, da endlich konnte Frieder ihm einen Stoß versetzen und kam an ihm vorbei.

Er lief weiter, immer weiter auf sie zu, während sie blieb, wo sie war, so als wartete sie auf ihn. Als Frieder die Frau ansah, die Farben trug wie die heilige Elisabeth, Blau und Rot, wenn auch irgendwie anders – als Frieder ihre Tränen sah, die in einem Lächeln wie Sterne schwammen, war er für einen kurzen Moment sehr glücklich. Kaum wagte er zu hoffen, dass es einmal nicht sein würde wie immer, dass es kein Zurückweichen gab vor ihm, als es auch schon geschah. Er streckte seine riesengroßen Hände aus nach ihr, wollte sie halten, doch sie fiel.

Mit einem flüchtigen Knacken brach ihr Genick an der marmornen Kante einer Grabplatte, so schnell und so leise, dass kein menschliches Ohr es vernehmen konnte, außer ihr eigenes vielleicht, als eine letzte, befreiende Botschaft. Es ließ sie einer Liebe folgen, die keine war, und sollte es jemandem gefallen, es trotzdem so zu erzählen, dann ging sie das nichts mehr an.

Durch das Rauschen in Frieders Kopf kroch die Stimme seines Bruders, die ihm immer wieder sagte, dass er sie umgebracht hatte. Zu früh, Spaßverderber. Er schlug ihn weg wie eine

Fliege. Konrad durfte sie nicht anfassen. Er durfte gar nichts mit ihr machen. Frieder hob sie auf, so behutsam, so sanft es ihm möglich war. Sie lag auf seinen Armen, als sollte es so sein, und sonst wusste er nichts. Er lief einfach und trug sie durch den Schnee, der plötzlich wieder vom Himmel fiel. Fort von den Gräbern, zurück durch die Gasse, wo Konrad schon am Karren war.

Frieder bemerkte nicht, dass Konrad ihn dirigierte, dass er den Karren nutzte, um ihn auf den Weg zu bringen, den sie immer gingen, wenn sie in der Stadt waren. Er blickte der Frau ins Gesicht, die friedlich in seiner Armbeuge ruhte, deren Haar sich aus einem dicken Knoten gelöst hatte, die bei ihm war und vielleicht doch nur schlief. Dass seine schweren Schritte ihren Haarschleier so weich hin und her wehen ließ, hin und her mit jedem Schritt, holte ein Summen aus seinem großen Herzen, wie es sogar die heilige Elisabeth noch nie zu hören gekriegt hatte.

Das Haus, zu dem sie immer gingen, wenn sie in der Stadt waren, an dem Frieder nur die hohen Säulen mochte, zwischen denen eine Freitreppe zu einem Eingang führte, den sie nie benutzten – das Anatomische Theater hatten sie schon so gut wie hinter sich, als Konrad nicht mehr wollte, dass Frieder weiterging.

Konrad wollte, dass er stehen blieb. Er konnte nicht wissen, dass Frieder nicht mehr machen würde, was er sagte, dass es ihm nichts mehr bedeutete, seinem Bruder nützlich zu sein. Deshalb, weil er es nicht glauben konnte, rannte Konrad vor ihm her, Haken schlagend wie ein Hase, und immer sagte er, Frieder sollte sie hergeben, nicht für lange, sie müssten das Weib waschen, einmal untertauchen nur, und dabei kniete Konrad schon auf einem der schmalen Bretterstege, die über die Ketzerbach führten. Frieder sah das Messer aufblitzen, mit dem er auf das Eis einhackte, und er sah es weiter in Konrads erhobener Hand, wie der ihn ansprang, und er gar nichts spürte, weil er die Frau festhalten musste.

Frieder ging in die Knie, als das Blut aus seinem Hals schoss. Er legte die Frau ab, die leicht war wie eine Feder, ganz vorsichtig. Er durfte nicht über sie fallen – neben sie –, das wäre schön. Wenn er sie noch ein wenig anschauen dürfte.

*

Es geschah in einem, dass Gesa die Augen aufschlug und heftiges Herzklopfen einsetzte. Von der Glut des Herdfeuers floss wieder ein rötlicher Schimmer in die Küche. Bald, vielleicht in einer Stunde, wenn es endlich hell wurde draußen, würde sie auf die Suche gehen.

*

Pauli nahm immer zwei Stufen zugleich. Im Haus Am Grün ging es drunter und drüber. Neben allem, was Arbeit machte, befand sich der Professor in Wut. Den ganzen Morgen schon ließ er sich über die Langwasser aus und das, was er einen Verrat nannte. Auch Doktor Heuser war nicht eben guter Dinge. Pauli hatte ihn mit wehenden Rockschößen davongehen sehen, wenn auch nur über die Flure, von der Schwangerenkammer in die der Wöchnerinnen und wieder zurück. Der Professor verblieb hinter den Flügeltüren, wo sie gestritten hatten, noch eine Weile reichlich aufgebracht.

»Einen Ersatz für ihn finden!«, hatte Pauli ihn laut sagen hören, was ihn den Korb mit dem Brennholz hatte absetzen lassen, um durch das Schlüsselloch den alten Mann vor den Schränken auf und ab gehen zu sehen. »Wer will das schon?«, rief der Professor in die leeren Bänke. »Ich jedenfalls nicht!«

Zu allem Übel also waren über Nacht zwei der Weiber ins Fieber gefallen und ein anderes in die Wehen. Den ganzen Weg vom Accouchierhaus zum Anatomischen Theater war Pauli gerannt, als hinge sein Leben davon ab. Das Klappern seiner Holzschuhe auf den Stufen hallte unerhört laut durchs Treppenhaus, und oben angekommen, drückte er die Klinke an der Tür des Hörsaals langsam herunter. Er kannte die Stelle, an der sie quietschte.

»He!«, sagte jemand hinter ihm. »Du kannst die Herren jetzt nicht stören. Nicht mal für eine Zwillingsgeburt würdest du die jetzt hier wegbringen.«

Dem Anatomiediener begegnete Pauli selten. Was er an dem Alten nicht leiden konnte, war weniger der Leichengeruch, der ihm in den verdreckten Kleidern hing und in den sich Branntwein mischte. Pauli war es lästig, dass er immer reden wollte, reden und reden, wenn er einen am Wickel hatte. Er hörte ihm gar nie zu. Er wandte den Blick von den Speichelfäden ab, die der zahnlose Mund des Alten beim Sprechen zog, während dieser die Stimme senkte.

»Vier von den Studiosi haben mit anpacken müssen, der war in kein Leichentuch zu wickeln nicht, eine elende Schlepperei war das, und der Hörsaal, sagen sie, soll unbeheizt bleiben, die Fenster offen, immer rein mit dem Frost plötzlich und für die nächsten Tage, an dem haben sie was zu zergliedern, sag ich!«

Der Alte öffnete die Tür einen Spalt breit, sein vogeliger Schädel verschwand dahinter und tauchte wieder auf.

»Komm«, er winkte nach ihm, »komm ruhig. Guck ihn dir an, das siehst du so bald nicht wieder.«

»Nein.« Pauli lehnte sich an die Wand neben der Tür und verschränkte die Arme.

»Auf den haben sie ja gewartet wie der Teufel auf die arme Seele!«, krächzte der Alte. »Ob der eine hatte?«

»Was?«, sagte Pauli lustlos. Am liebsten hätte er sich die Ohren zugehalten. Der Anatomiediener ließ die Klinke los und kratzte sich.

»War ja auch nur ein armer Idiot, wenn man's bedenkt. Da hat ihn nun einer im Schlaf erwischt. Gesehen hat's keiner. Nicht mal sein Bruder, und trotzdem ... wie er ihn hergebracht hat, ist mir ein Rätsel. Wo der doch schon einen Körper zu transportieren hatte.«

Der Alte kam ihm näher, als ihm lieb war, und jetzt zupfte er ihn auch noch am Ärmel.

»Vielleicht willst du lieber sehen, was Konrad noch gebracht hat?«

Der Alte kicherte, als Pauli sich von der Wand abstieß.

»Konrad?«, flüsterte er.

Der Mann rieb sich die Hände vor Freude, dass Pauli endlich ein Ohr für ihn hatte.

»Weil du's bist«, sagte er. Nur ungern wandte er sich von dem hellwachen Blick des Jungen ab, doch dann begann er die Treppen hinabzusteigen. »Weil du's bist, zeig ich sie dir.«

*

An der Postkutschenstation hatte Gesa mit einer Reisegesellschaft gewartet, die letztlich froh war über den freien Platz im Coupé, sodass man es sich geringfügig bequemer einrichten konnte. Nachdem die Kutsche mit Verspätung abfuhr, war Gesa ins Armenviertel gelaufen und von dort zurück in die Stadt. Seit Stunden suchte sie Elgin Gottschalk und fühlte die Füße vor Kälte nicht mehr.

Die Angst jedoch erwischte sie erst oben am Hang, auf dem Pilgerfriedhof, als sie am Grab Lambert Fesslers bis zu den Waden im frisch gefallenen Schnee einsank. Als sie sich bückte, die Hände hineintauchte und es ihr dumm vorkam, was sie tat. Als ihre steifen Finger dicht vor dem Grabstein an etwas Hartes stießen, sie ein Päckchen heraushob und es vom Schnee befreite. Es waren Briefe, fest verschnürt, mit ungebrochenen Siegeln.

Sie schob das Päckchen in ihr über der Brust gekreuztes Tuch, auch wenn es sie nur noch mehr frieren ließ, wo es lag wie ein Stein, während sie vom Friedhof fortlief und der kalte Atem ihr in den Lungen stach. Unten, vor der Wegkreuzung, sah sie die Studenten von der Ketzerbach kommen. Hinter ihren schwarzen Mänteln leuchtete Paulis roter Schopf, den er gesenkt hielt, die Hände in die Hosentaschen gebohrt, mit hochgezogenen Schultern.

Sie rief nach ihm. Erst zögerte er, als er sie entdeckte. Dann rannte er los, direkt auf sie zu.

*

Auf den ersten Blick waren die Symptome des Ertrinkens an der Toten nicht überzeugend auszumachen. Man hatte dem Lieferanten keine Fragen stellen können. Entgegen seinem sonstigen unverschämten Auftreten war der Mann am Morgen nicht zugegen gewesen, um sich bezahlen zu lassen. Möglicherweise ging ihm der Tod seines Bruders unerwartet nahe.

Durch den Anatomiediener hatte der Lieferant sagen lassen, er hätte das Weib vor der Stadt aus der Lahn geborgen, wo er sie am Ufer entdeckte, als er im dünnen Eise einen Fisch zu fangen gedachte.

Ihr langes Haar, das ihr bis zu den Hüften reichte und dessen man sich vor der Sektion entledigen würde, war noch immer feucht. Beim Verbrennen der nassen Lumpen, mit denen sie bekleidet gewesen war, hatte sich ein übler Qualm ergeben, dessen Schwaden bis hinauf in die Eingangshalle gezogen waren.

Wie genau man sich die Todesart der Frau vorzustellen hatte, würde die Lehrsektion an einem der nächsten Tage ergeben. Die anhaltende Härte des Winters machte das großzügige Geschenk der Zeit. Doch beim bloßen Anschauen ergab sich nur ein einziger Hinweis, der für das Ertrinken sprach: Ihr leicht aufgetriebener Bauch sprach dafür, dass sie eine Menge Wasser geschluckt haben könnte.

Ansonsten fehlten die eindeutigen Zeichen. Ihr quoll kein Schaum aus dem Mund, wenn man ihn öffnete. Die Nasenlöcher steckten nicht voller Rotz und Unrat, wie man es sonst bei Wasserleichen vorfand. Stattdessen – und damit würde man sich zu befassen haben – gaben sie Nachricht darüber, dass die Frau schon tot ins Wasser gekommen war.

Das ungewisse Schicksal der Person ließ sich nicht gänzlich verdrängen – angesichts ihrer Physis, die auffallend weniger grob erschien als die anderer jemals zuvor angelieferter Körper. Doch gleichzeitig ließ dieser Leib die Herstellung eines Ganzkörperpräparates in Erwägung ziehen, einen Sagittalschnitt durch Kopf und Rumpf, um die Organe im Querschnitt sichtbar zu machen. Man hatte Möglichkeiten! Bevor man sich allerdings einer weiteren Begutachtung des Körpers zuwenden konnte, wurde mit Wucht die Tür des Leichenkellers aufgestoßen. Von einer jungen Frau, der die Tränen aus den grauen Augen stürzten, sobald sie sich an den Tisch gedrängt hatte.

»An ihr wird kein Schnitt getan«, sagte sie, man musste sagen: Sie schrie. »Wissen Sie denn nicht, dass dies Elgin Gottschalk ist?«

Man hatte zu fragen, ob sie eine Verwandte sei.

»Ja«, antwortete sie, die nicht mehr von der Seite der Toten wich, um die sie auf das Heftigste weinte, die sie zudeckte und deren wächsernes Gesicht sie unablässig streichelte. Man hatte sich zu gedulden, bis sie zu sich kam und verlangte, nach dem Arzt Doktor Heuser zu schicken.

∗

Elgin, die der Stadt eine Reihe von Geheimnissen über sich aufgegeben hatte, teilte ihr letztes mit immerhin drei Menschen.

Unzählige dagegen waren es, die von ihr Abschied nahmen, Frauen, die an ihrem aufgebahrten Körper beteten, der dieses Geheimnis in sich barg.

Das Totenhemd für ihre Herrin nähte Marthe in der einen Nacht, die es gedauert hatte, sie zurück in ihr Haus zu holen. Gesa und die alte Magd wuschen Elgin, die nahezu unversehrt geblieben war, und schmückten ihr glänzendes Haar mit einem Rosmarinkranz. Im Himmel, sagte Marthe, würde es so mit den Haaren der tausend Jungfrauen zusammen fliegen.

Jene Frauen, die kamen und Kerzen an Elgins Totenbett anzündeten, rochen ein letztes Mal den Duft von Lilienöl und erinnerten sich daran, wie die Gottschalkin es verwendet hatte. Man erzählte sich, es war Marietta, die Frau eines Töpfers, die ihr Kind mitbrachte, ein Wesen, das fröhliche Laute von sich gab.

Malvine Homberg blieb von allen am längsten. Sie konnte sich nicht lösen, schien es. In den vielen Stunden der Trauer hatte sie trotz ihrer Tränen Beobachtungen gemacht. Als sie sich schließlich erhob, ging sie ohne Umschweife auf Gesa zu.

»Was ist mit Ihnen, Gesa Langwasser? Werden Sie die Nachfolgerin der Gottschalkin sein?«

»Wenn Sie mit mir kommen möchten, Frau Rat.« Sie öffnete die Verbindungstür in das andere Zimmer, ging zur Kommode und entnahm der obersten Schublade ein Schriftstück.

Nachdem Malvine es überflogen hatte, gab sie es ihr zurück.

»Sie hat Ihnen ihr Haus überlassen.« Sie trat vor, ergriff Gesas Hände und ließ sie in plötzlicher Hast wieder los. »Suchen Sie mich recht bald auf«, sagte sie. »Sofern Sie sich entschieden haben.«

Später dann öffnete Gesa das Fenster und sah zu, wie der Musselin sich ins Zimmer blähte. Aus den anderen Häusern fiel Licht in die Hofstatt, warm, wohl von Kerzenleuchtern oder Kaminen. Jedenfalls konnte sie Clemens gut sehen.

Draußen trieben Schneeflocken an ihr vorüber, und fast war es, als schob ein leichter Wind sie in seine Arme.

»Wirst du gehen?«, flüsterte er, und dabei streiften bereits seine Lippen die ihren.

»Aber ja«, sagte sie, »zu jeder Tages- und Nachtzeit.«

Epilog

Man setzte alles daran, den Hausierer Konrad zu finden, der – wie eine intensive Befragung des Anatomiedieners ergab – als Mörder der Gottschalkin zu vermuten war, sicher jedoch als der seines riesenwüchsigen Bruders Frieder.

Im Rat der Stadt beschloss man, aus dem abscheulichen Geschehen eine Lehre zu ziehen und die obrigkeitlichen Verfügungen zur Abgabe von Leichen im Interesse der Bürger einer Prüfung zu unterziehen.

Des Hausierers wurde man in einem der umliegenden Dörfer habhaft, noch bevor endlich der Schnee zu schmelzen begann. In seinem Karren fand man bei den Lumpen das blaue Wollkleid Elgin Gottschalks, ihren rot gefütterten Kapuzenmantel und einen alten Hebammenkoffer. Letzteren behauptete der Mann im vergangenen Sommer auf dem Pilgerweg gefunden zu haben. Dem ehrlosen Menschen würde kein Wort zu glauben sein. Sein baldiger Tod am Galgen galt als sicher.

Die Anatomie hatte bereits bei der Stadt die Auslieferung seiner Leiche beantragt. Derzeit beklagte man einen empfindlichen Mangel an männlichen Körpern.

Literaturauswahl

Marita Metz-Becker: Der verwaltete Körper. Die Medikalisierung schwangerer Frauen in den Gebärhäusern des frühen 19. Jahrhunderts. Frankfurt / N.Y. 1997

Dies.: Hebammenkunst gestern und heute. Zur Kultur des Gebärens durch drei Jahrhunderte. Marburg 1999

Eva Labouvie: Beistand in Kindsnöten. Hebammen und weibliche Kultur auf dem Land (1550-1910). Frankfurt / N.Y. 1999

Jürgen Schlumbohm, Claudia Wiesemann (Hg.):
Die Entstehung der Geburtsklinik in Deutschland 1751-1850. Göttingen 2004

Hans-Christoph Seidel: Eine neue Kultur des Gebärens. Stuttgart 1998

Karin Stukenbrock: Der zerstückte Cörper. Zur Sozialgeschichte der anatomischen Sektionen in der frühen Neuzeit. Stuttgart 2001

Dank

Prof. Dr. Marita Metz-Becker, deren Monografie *Der verwaltete Körper* Idee-gebend und zugleich wichtigste Quelle für den Roman war. An den Ergebnissen ihrer jahrelangen Forschungsarbeit, ihrem umfassenden Wissen über die Geschichte Marburgs und des Frauenlebens im ausgehenden 18. und frühen 19. Jahrhundert hat sie mich nicht nur teilhaben lassen, sondern mit allem eine nachhaltige Faszination ausgelöst.

Dr. Ulrich Hussong vom Marburger Stadtarchiv sowie

Gerhard Aumüller, Professor für Anatomie in Marburg, die mir freundliche und wertvolle Unterstützung gaben.

Dem Historiker Michael Behrendt, der mir kundige Hilfe bei der Bibliotheksrecherche leistete.

Meinen Kindern Jakob und Carlotta für ihre liebevolle Geduld, ihrem Vater Stefan Cantz für so vieles.

Christiane Krinner und Gerlinde Wolf, die mich in Freundschaft, mit erbarmungslosem Zuspruch und unverzichtbarem Rat vorantrieben.

Britta Hansen, die mir vertraute und mich dieses Buch schreiben ließ.

Barbara Raschig für ein sensibles Lektorat.

GINA MAYER
Die Protestantin

Diana Verlag

Kaiserswerth im Jahre 1822:
Die 17-jährige Johanne ist voller Bewunderung für den protestantischen Pfarrer Theodor Fliedner. Als er um ihre Hand anhält, lehnt sie ab, trotz ihrer starken Gefühle für ihn. Ihre jüngere Schwester Catharine hat eine ganz andere Vorstellung von Glück. Sie will ihre große Liebe leben – koste es, was es wolle. Da entbrennt zwischen den Schwestern ein erbitterter Kampf.

978-3-453-35140-0

www.diana-verlag.de